mtb

Zum Buch:

Niemals hätte Reeve gedacht, dass sie nach The Point zurückkehren würde, erst recht nicht, um den ihr so verhassten Ort zu retten. Doch einmal im Leben möchte sie das Richtige tun. Deshalb wendet sich Reeve an den einzig guten Menschen im Bezirk: den Cop Titus King. Der Mann, der schon immer eine unbändige Begierde in ihr weckte, ihr allerdings nicht gehören kann. Genau diese Leidenschaft, die zwischen ihnen beiden lodert, könnte ihr und Titus in dieser gefährlichen Mission zum Verhängnis werden.

„Jay Crownover weiß, wie man originelle Charaktere erschafft und Liebesgeschichten, die komplex und einzigartig sind – nicht zu vergessen die Extraportion Erotik."

Romantic Times Book Reviews

Zur Autorin:

Jay Crownover ist ein großer Fan von Tattoos, wie sich deutlich an ihren Romanhelden sehen lässt. Sie liebt Musik und wäre liebend gerne ein Rockstar. Da sie bedauerlicherweise weder singen noch ein Instrument spielen kann, hat sie sich fürs Schreiben entschieden. Für sie geht nichts über eine gute Story mit interessanten Charakteren, die den Leser berühren.

Lieferbare Titel:

The Point – Entfesselte Sehnsucht
The Point – Wilde Hingabe

Jay Crownover

The Point – Unbändige Begierde

Roman

Aus dem Amerikanischen von
Ira Panic

MIRA® TASCHENBUCH
Band 25972
1. Auflage: November 2016

MIRA® TASCHENBÜCHER
erscheinen in der HarperCollins Germany GmbH,
Valentinskamp 24, 20354 Hamburg
Geschäftsführer: Thomas Beckmann

Deutsche Erstveröffentlichung

Titel der amerikanischen Originalausgabe:
Better When He's Brave

erschienen bei: William Morrow, New York

Published by arrangement with
William Morrow, an imprint of HarperCollins Publishers, LLC.

Konzeption/Reihengestaltung: fredebold&partner GmbH, Köln
Umschlaggestaltung: any.way, Barbara Hanke / Cordula Schmidt
Titelabbildung: Shutterstock / Kiselev Andrey Valerevich
Satz: GGP Media GmbH, Pößneck
Druck und Bindearbeiten: GGP Media GmbH, Pößneck
Printed in Germany
Dieses Buch wurde auf FSC®-zertifiziertem Papier gedruckt.
ISBN 978-3-95649-628-8

www.mira-taschenbuch.de

Dieses Buch ist dem bösen Mädchen in uns allen gewidmet.
Die Bitch weiß, wie man Spaß hat!
Und man sollte ihr dabei besser nicht in die Quere kommen.

Einleitung

Manches, was in The Point passiert, ist haarsträubend und überzeichnet, und genau so liebe ich es! Denn das ist einer der Gründe, warum es so viel Spaß macht, diese Reihe zu schreiben. Vergesst beim Lesen also nicht, dass es sich um Fiktion handelt. Alle Freiheiten, die ich mir bezüglich der Polizeiarbeit nehme, dienen der Handlung und haben nichts mit mangelhafter Recherche zu tun. Am besten, ihr spielt einfach mit und stürzt euch in den Strudel aus Rebellion, Romanze, Leben und Chaos, der diese Geschichten ausmacht.

Wenn ich Titus' Polizeiwache und sein Büro beschreibe, mag euch einiges daran anachronistisch vorkommen. Jedenfalls sind diese Cops definitiv nicht mit all den technischen Schikanen ausgestattet, die bei den meisten modernen Krimiserien ganz selbstverständlich dazugehören. Was daran liegt, dass ich total verrückt nach der Doku-Serie *Homicide Hunter – Dem Mörder auf der Spur* bin ... Oh, mein Gott, es gibt nichts Besseres! Darin werden Fälle aus den Siebziger- und Achtzigerjahren hier in Colorado Springs nachgestellt, und ich hatte beim Schreiben immer nur diese Polizeistation und Joe Kendas Büro vor Augen. Das Bild ist also schon ziemlich alt und zerknittert, passt aber gerade deshalb zur insgesamt ziemlich trostlosen, garstigen Atmosphäre in The Point. Und falls ihr euch die Serie mal anschauen solltet, werdet ihr garantiert erkennen, wie sehr sie mich inspiriert hat.

Wieder gilt mein Dank allen, die dieser Romanreihe eine Chance geben. Wir alle brauchen mal neue Ideen, ein kreatives Ventil, kleine Fluchten aus dem Alltag ... und The Point ist mein Rückzugsort. Ich genieße es, ohne Rücksicht auf die Regeln des Genres über diese Männer und Frauen zu schreiben und die

Grenzen dessen, was man normalerweise unter New Adult versteht, auszudehnen – sogar auch darüber hinaus, was man sonst so von mir kennt. Das Ganze ist unglaublich befriedigend, und ich freue mich über jeden, der mich bei diesem Ritt begleitet … und es ist ein ganz schön wilder Ritt geworden! Jedes Mal, wenn ich glaube, zu weit gegangen zu sein oder den äußersten Punkt erreicht zu haben, finde ich eine weitere Ecke, um die ich biege, oder eine neue, unerwartete Wendung, der ich folgen kann. Die meiste Zeit bin ich über den Verlauf der Handlung ebenso überrascht wie ihr – und für einen Schriftsteller gibt es nichts Aufregenderes und Spannenderes als das. Diese Bücher sind ein Riesenspaß für mich, und während ich sie schreibe, komme ich mir vor wie ein Kind im Süßwarenladen.

Wir wissen doch alle, dass ein mutiger Mann ein besserer Mann ist – daher kann ich es kaum erwarten, dass ihr Titus kennenlernt!

Tapferkeit heißt, der Einzige zu sein,
der weiß, dass man Angst hat.

Franklin P. Jones

Prolog

Am Anfang vom Ende.

Tropf, tropf …

Platsch, platsch …

Ratter, ratter …

Schepper, schepper …

Zisch, zisch …

Knall, knall …

„SCHEISSE …“

Ächz …

Ich versuchte meinen Kopf zu heben, nachdem das Metallrohr zum zweiten Mal gegen den hinteren Teil desselben gekracht war, aber das wollte mir nicht so recht gelingen. In meinen Ohren rauschte es, über jeden Quadratzentimeter meines Gesichts lief das Blut und tropfte platschend auf den kalten Betonboden unter meinen Stiefeln. Ich wollte gar nicht darüber nachdenken, wie tief die Pfütze schon war oder wie weit sie sich ausgebreitet hatte. Jedenfalls war es eine Menge Blut. Zu viel Blut. Alles meins. Ich konnte meine Augen nicht länger offen halten. Daher konnte ich auch die Männer nicht mehr sehen, die sich um mich geschart hatten und abwechselnd auf mich einschlugen, mit Fäusten und allem, was sonst noch greifbar war, während ich an die offene Rohrleitung über meinem Kopf gekettet war. Ich rüttelte an den Handschellen – es waren dieselben, die ich jeden Tag benutzte, um diese Stadt einigermaßen unter Kontrolle zu halten –, aber mir war klar, dass ich in nächster Zukunft eher nicht freikommen würde.

Beim unheilvoll scharrenden Geräusch eines Metallrohrs, das über den Boden geschleift wurde, als einer meiner Angreifer näher kam, entwich mir zischend der klägliche Rest von

Atem, der nach dem letzten Schlag noch in mir verblieben war. Die simple Tätigkeit des Luftholens fühlte sich an, als ob meine Eingeweide sich nach außen stülpten, und ich kniff die Lider so fest wie möglich zusammen, damit diese brutalen Arschlöcher nicht mitkriegten, wie effizient sie mir mit ihren Fäusten und Eisenstangen den Garaus machten. Mein Körper gab unter den qualvollen Attacken allmählich nach, aber meinen Willen und meine Entschlossenheit, auf keinen Fall Typen wie sie die Oberhand gewinnen zu lassen, würden sie niemals brechen. Ich würde in diesem Drecksloch sterben, durch die Hände dieser Mörder und Schurken. Aber egal, wie heftig sie mich misshandelten, und egal, wie gnadenlos sie gegen meine äußere Hülle vorgingen: Meinem Mut und meiner inneren Mission, die Welt vor Leuten wie diesen zu beschützen, konnten sie nichts anhaben. Ich würde niemals einknicken, mich niemals unterwerfen – und niemals einen Kerl wie Conner Roark gewinnen lassen.

Ich spuckte einen Mundvoll Blut aus, der metallische Geschmack legte sich auf jede wunde Stelle meiner Schleimhäute. Es gelang mir, den Hals zumindest so weit zu drehen, dass ich in die undurchdringlichen schwarzen Augen schauen konnte, die mich anstarrten. In diesem dunklen Blick lag kein Funken Freude darüber, dass er mich endlich da hatte, wo er mich haben wollte. Keine Spur von Befriedigung. Statt irgendeiner menschlichen Regung gab es nur eine totale Leere, wie in einem bodenlosen Hohlraum. Ich hatte exakt denselben Gesichtsausdruck schon einmal gesehen. Der Vater meines kleinen Bruders hatte ihn jahrelang tagein, tagaus zur Schau getragen, während er unsere Stadt in eine stinkende Kloake aus Gesetzlosigkeit, Ausschweifung und Gewalt verwandelt hatte. Diese Stadt war der schlimmste Ort, den man sich aussuchen konnte, um so was wie Recht und Ordnung herzustellen, und trotzdem tat ich genau das – und zwar so selbstverständlich, wie ich atmete. Sie war ein zerfallendes Ghetto, beherrscht von gefährlichen Männern und harten Frauen, aber das hier war mein Revier, und seine Bewohner waren meine gefährlichen Männer und harten Frauen, die es zu beschützen galt. Viele von ihnen waren meine Familie und hatten einen festen Platz in meinem Herzen. Für sie zu kämpfen war nicht einfach nur mein Job, es war meine Berufung. Es bestimmte, wer ich war. The Point hatte keinen Raum für Helden, aber ich war so nah dran, einer zu sein, wie es an diesem Ort überhaupt möglich war. Auch wenn ich mir momentan nicht sonderlich heldenhaft vorkam, gefesselt und verprügelt und in der Gewissheit, dass das hier mein Ende war.

Ich blinzelte ihn durch das Blut an, das mein Gesicht bedeckte, verzog meine geschwollenen Lippen zu etwas, das zumindest an ein gruseliges Grinsen erinnern sollte, und sagte rundheraus: „Fick dich. Du kriegst mich nicht klein. Eher bringst du mich um."

Diese harschen Worte wurden vom letzten Rest Sauerstoff transportiert, der in und aus meiner offensichtlich verletzten Lunge pfiff, und dann verging mir Hören und Sehen, als die nächste Runde Schläge startete. Inzwischen hatte irgendjemand einen Baseballschläger aufgetrieben, der so heftig mit der Außenseite meines Knies kollidierte, dass ich stöhnend zusammensackte. Das Einzige, was mich noch aufrecht hielt, während diese Typen mich in Stücke rissen, waren meine geschwollenen, wunden Handgelenke in den Handschellen, die über mir an das Rohr gekettet waren.

Durch einen blutigen Nebel glaubte ich zu sehen, wie Roark den Kopf schüttelte, und als er jetzt sprach, kratzte der melodische irische Akzent, der seine Sätze färbte, über meine ramponierte, blutende Haut wie eine Million Glasscherben. Der Mann war ein Mörder, ein Lügner, ein krimineller Tsunami ohne Reue und ohne Bedauern. Er sollte keine Stimme haben, die nach sanften grünen Hügeln und unbeschwerten Volksliedern klang. Vielmehr sollte er eigentlich Hörner und einen Schwanz haben, und jedes Wort, das ihm über die Lippen kam, sollte nach Rauch und Schwefel riechen. Keiner, den ich kannte, kam dem leibhaftigen Teufel so nahe wie Conner Roark, und das hieß einiges. Immerhin verdiente ich meinen Lebensunterhalt damit,

Dämonen und andere gefallene Wesen zu jagen, die meine Stadt, meine Straßen und meine persönliche Version der Hölle als ihr Zuhause betrachteten. Ich hatte mich in meiner Eigenschaft als Mordermittler in einer der gefährlichsten, korruptesten Städte der Welt mit mehr als genug niederträchtigen Drahtziehern angelegt. Dieser Ort war so böse, so finster, so versunken in Verbrechen und Gewalt, dass er nicht mal einen Namen hatte. Wir nannten ihn einfach The Point. Er war der Endpunkt, der Bruchpunkt, der Punkt ohne Wiederkehr … The Point war schlicht und ergreifend ein Platz, an dem nur die Starken überlebten und alle anderen dem Untergang geweiht waren.

Das Metallrohr prallte schmerzhaft gegen meine ohnehin schon kaputten Rippen, und mir wurde schwarz vor Augen.

Obwohl ich darum kämpfte, jede Reaktion, die sie mir entrangen, auf ein Minimum zu reduzieren, entfuhr mir ein Stöhnen.

„Und all das wegen eines Mädchens und wegen einer Stadt, die dir dein Blut und dein Opfer niemals vergelten wird. Ehrlich gesagt hatte ich angenommen, dass du eine größere Herausforderung darstellen würdest, mein lieber Detective King. Aber sie hat dich weich gemacht. Sie hat dich schwach werden lassen. Alle Männer dieser Stadt lassen sich von ihren zuckenden Schwänzen ablenken und vergessen dabei, dass wir uns mitten im Krieg befinden. Keine Frau ist es wert, für sie zu sterben."

Ich hustete und spuckte noch mehr Blut. Danach ließ ich meinen Kopf nach vorn fallen und stieß ein keuchendes, pfeifendes Lachen aus. „Du kannst mich töten. Du kannst diese gottverdammte Stadt niederbrennen. Du kannst jedem, der es wagt, diesen Ort sein Zuhause zu nennen, das Leben zur Hölle machen. Doch selbst wenn du alles in Schutt und Asche legst, kriegst du nicht das, was du willst … eine Frau, die es wert ist, für sie zu sterben. Denn sie wird dich vorher umbringen."

Mit zusammengebissenen Zähnen umklammerte ich die Kettenglieder der Handschellen, um mich so weit aufzurichten, dass ich meinem Kidnapper in die Augen schauen konnte, während ich ihm die nackte, brutale Wahrheit ins Gesicht schleuderte, die ihm, wie ich wusste, den Rest seiner Beherrschung rauben würde.

Ich erzählte ihm von *dem* Mädchen, das jetzt *mein* Mädchen war; ich wies ihn darauf hin, dass diese Frau die Welt, die Roark gerade zu zerstören versuchte, um ihn herum einreißen und ihn unter den Trümmern begraben würde, wenn sie herausfand, dass ich tot war. Ganz nebenbei brachte ich noch einige gezielte Sticheleien unter, die keinen Zweifel daran ließen, dass ich wusste, was er vorhatte und was seine wahre Motivation war, selbst wenn seine Beweggründe allen anderen chaotisch und vage vorkamen.

Ein Muskel in seiner Wange zuckte, und Roark kam ein paar Schritte näher dorthin, wo ich schlaff in den Ketten hing und langsam innerlich und äußerliche verblutete. Er blieb stehen, als seine Schuhe meine blutüberströmten Stiefelspitzen berührten. Ich spürte einen seiner Finger unter meinem Kinn. Er hob meinen Kopf, bis wir einander in die Augen sahen. Die Dunkelheit und der Wahnsinn in seinem Blick waren mir nur allzu vertraut. Sowohl der Irrsinn als auch die skrupellose Missachtung von Menschenleben lagen Roark quasi im Blut. Mit verkorksten Genen führte eben kein Weg daran vorbei.

„*Dein* Mädchen?“ Seine Stimme klang hart und wütend, und mir war klar, dass ich einen Nerv getroffen hatte.

Ich stieß ein Lachen aus, das eher an ein letztes Röcheln erinnerte, und empfand einen flüchtigen Moment lang Befriedigung, als ein Spritzer meines Bluts direkt in seinem Gesicht landete. Wir waren fast gleich groß, und wenn ich nicht schlaff und zerschlagen vor ihm gebaumelt hätte, wären wir auf Augenhöhe gewesen. Ich war etwa zwanzig Kilo schwerer als er und konnte genauso schmutzig kämpfen wie alle anderen hier. Aber mein unüberwindbarer Nachteil – und der Grund, dass Männer wie er bei Typen wie mir immer die Oberhand behalten würden – war die Tatsache, dass ich ein Herz besaß. Ich machte mir etwas aus meinen Mitmenschen. Egal, wie oft diese Stadt mir in die Eier trat, egal, wie oft ich mich zwischen meiner Familie und dem, was richtig war, entscheiden musste, egal, wie oft ich daran erinnert wurde, dass ich an einem Ort ohne Licht und Gerechtigkeit lebte ... die Menschen waren mir nicht gleichgültig. Ich hatte noch immer Hoffnung. Ich wollte noch immer jemand sein, der sich für das Recht und für das wenige Gute einsetzte, das sich in den Ritzen und in der Dunkelheit versteckte. Und ich konnte noch immer lieben. Mein Herz wurde von einem Monster beschützt, das tief in meinem Inneren hauste – doch diese Bestie hatte es immerhin geschafft, das Ding sicher zu behüten, während wir uns an diesem grauenhaften Ort durchschlugen.

Ich liebte meinen Bruder, obwohl er ein kriminelles Arschloch war. Ich liebte meinen Job. Ich liebte meine wenigen Freunde, die meist auf der anderen Seite des Gesetzes standen. Ich liebte meine Mutter, obwohl sie eine unverbesserliche Säuferin war, die keinerlei Interesse daran zeigte, jemals trocken werden zu wollen ... und ich liebte mein Mädchen.

Das Mädchen. Das eine, für das ich sterben würde. Das eine, für das ich in diesen Krieg zog, den Roark angefangen hatte, und wenn es mir bestimmt war, auf diese Weise aus dem Leben zu scheiden, dann war das eben so. Ich würde sterben, weil ich ein Herz besaß. Aber zumindest wusste ich, dass es einen verdammt heroischen und wichtigen Grund für meinen Tod gab.

„*Meins.*" Ich bedachte ihn mit einem weiteren grotesk verzerrten Lächeln, und er ließ meinen Kopf los, der kraftlos nach vorn sank, weil mein Nacken zu ramponiert war, um das Gewicht allein tragen zu können. „Sie gehört mir seit dem Moment, in dem sie Novak und seine Leute verpfiffen hat. Sie hat sich bloß mit dir eingelassen, weil sie mich wollte und keine Ahnung hatte, wie sie an mich herankommen sollte. Sie glaubte, du könntest sie so beschützen, wie ich es tun würde. Was ist das für ein Gefühl, zu wissen, dass du für sie nichts anderes als ein jämmerlicher Ersatz für mich gewesen bist? Jedes Mal, wenn du mit ihr geschlafen hast, hat sie an mich gedacht. Du warst noch nie irgendjemandes erste Wahl, Roark."

Ich spürte, wie er erstarrte. Das Mädchen war ein wunder Punkt für ihn, ein Verlust, der ihn nur noch heißer darauf machte, The Point in einer Explosion aus Rache und Hass zugrunde gehen zu lassen. Diese Abweisung und diese Beleidigung würde Roark keinesfalls auf sich beruhen lassen, ebenso wenig wie all die anderen Tiefschläge, die The Point ihm bereits versetzt hatte.

Seine Finger krallten sich in mein Haar und rissen mein Gesicht hoch, sodass er und ich uns einmal mehr in die Augen schauen konnten. Meine schwollen allmählich zu, und mir war klar, dass ich zu viel Blut verlor. Unterhalb der Schultern fühlte ich abgesehen von meinem pochenden Knie nicht mehr viel. Mein Körper, soweit ich ihn noch erkennen konnte, war übersät mit Blutergüssen, Striemen und offenen Wunden, aus denen der Rest meiner Lebenskraft auf den rissigen Betonboden tropfte. Ich versuchte, mich auf sein Gesicht zu konzentrieren, doch es verschwamm immer wieder vor mir und verwandelte sich in eins, das ich liebte. In der nächsten Sekunde wurde mir der Lauf einer schwarzen Pistole in den Mund geschoben, bis er an meine Zähne stieß. Das Metall löste ein Brennen auf meinen aufgeplatzten Lippen aus und brachte mich zum Würgen.

Ich entdeckte mein Spiegelbild in der totalen Leere seines dunklen Blicks. Er hatte mich im Visier, und ich wusste, dass er abdrücken würde.

„Sie hat die falsche Wahl getroffen“, sagte er. „Ich hätte ihr diese Stadt zu Füßen gelegt.“

„Wenn sie gewollt hätte, dass diese Stadt ihr zu Füßen liegt, hätte sie sie selbst dorthin befördert. Genau deshalb hast du sie nicht verdient, du Arschloch. Du hast nie kapiert, dass sie dich in Sachen Rachedurst und unangemessene Wut locker abhängen könnte. Doch sie war klug genug, um zu erkennen, dass das Leben mehr zu bieten hat als das. Und dieses *Mehr*, das bin ich für sie. Du warst nur ein Mittel zum Zweck.“ Ich gurgelte die Worte um den Pistolenlauf herum, aber sie hatten einfach gesagt werden müssen.

Mit geschlossenen Augen wartete ich jetzt auf das Ende. Ich würde nicht betteln. Ich würde nicht flehen. Ich würde nicht ins Wanken geraten. Ich würde genauso abtreten, wie ich gelebt hatte. Ich würde mutig sterben. Und es kam verdammt noch mal überhaupt nicht infrage, dass dieses Stück Scheiße mitkriegte, wie viel Angst es mir machte, dass ich nicht nur meinen Bruder an diesem düsteren Ort zurücklassen musste, sondern auch mein Mädchen … *das* Mädchen. Wenn ich tot war, wäre hier die Hölle los. Conner Roark hatte ja keinen blassen Schimmer, was eine rachedurstige Frau, in der sehr viel mehr Böses als Gutes steckte, alles anstellen konnte, wenn man ihr das Herz brach.

PENG!

1. Kapitel

Reeve

Es gab zwei Orte auf der Welt, die ich nie wieder betreten wollte. Einer davon war die zerbröckelnde, faulige Stadt, die nur The Point genannt wurde. Der andere war die Polizeistation, die im Herzen dieser Stadt stand und in deren Mauern sich Korruption und Verbrechen ebenso ausgebreitet hatten wie in den Straßen da draußen. Aus tiefster Seele verabscheute ich den Grund, aus dem ich dorthin ging, und dennoch setzte ich einen Fuß vor den anderen. Denn ich wusste, dass ich bloß dann die Chance hatte, zu einer Frau zu werden, die mit dem Gesicht leben konnte, das ihr jeden Morgen aus dem Spiegel entgegenblickte, wenn ich mich ausnahmsweise und zum ersten Mal überhaupt von den richtigen Entscheidungen leiten ließ. Ich musste etwas tun, das nicht meinen egoistischen Begehrlichkeiten diente und auch nicht meinem brennenden Bedürfnis nach Rache und Vergeltung für die kruden Ungerechtigkeiten, die dieser Ort, wie mir nur allzu deutlich klar war, über einen bringen konnte. Ob gut oder schlecht: Jeder, der The Point als Heimat betrachtete, hatte automatisch eine Zielscheibe auf dem Rücken. Die Stadt machte keine Unterschiede dabei, Schmerz zu verursachen und Existenzen zu vernichten.

Meine Hände zitterten, als ich zur Türklinke griff. Ich hatte hier nichts verloren. Nicht in dieser Stadt. Nicht in diesem Gebäude. Nicht in diesem Leben, das nicht mehr mir gehörte.

Ich sollte mich eigentlich verstecken. Es war vorgesehen, dass ich ein anderer Mensch werden sollte, jemand, der die Chance bekommen hatte, noch mal ganz neu anzufangen. Es war vorgesehen, dass ich zu einem Mädchen werden sollte, das nicht ahnte, wie Tod und Rache sich anfühlten, obwohl beides direkt unter seiner Haut brodelte. Das neue Ich sollte so abgeschirmt und isoliert sein, so weit entfernt von den Verbrechen und der Verderbtheit, die das Lebenselixier von The Point waren, dass es in dieser grässlichen Stadt nicht mal fünf Minuten überstehen würde.

Doch das neue Ich war nie so recht haften geblieben, und ehrlich gesagt war ich nie ein Fan der zerbrechlichen und weichen Tarnung dieses Mädchens gewesen. Nur die Schwachen versteckten sich. Tief im Inneren, im Kern meines Seins, hatte ich immer gewusst, dass ich niemals wirklich in Sicherheit sein würde. Ich hatte im Laufe der Zeit zu viele Dämonen beherbergt, zu viele Pakte mit dem Teufel geschlossen, um daran glauben zu können, dass ich The Point entkommen konnte, ohne für meine Missetaten in irgendeiner Form blutige Buße zu tun.

Mit weichen Knien stand ich vor dem jungen Polizisten, der hinter schusssicherem Glas und Gittern im Empfangsbereich der Wache saß, und bat ihn, den einen Mann zu holen, den einen Guten, den ich in diesem gottverlassenen Ort getroffen hatte. Wenn ich schon mein neues Leben wegwerfen und kopfüber zurück ins Feuer springen würde, dann war Detective Titus King der einzige Mensch, dem ich zutraute, mich vor den Flammen zu schützen.

Manche Männer wollten die Welt brennen sehen. Titus hingegen wollte die Flammen im Alleingang ersticken, aus dem Inneren der Feuersbrunst heraus. Keinem außer ihm konnte ich die Information anvertrauen, die ich mit mir herumschleppte; keinem außer ihm traute ich zu, mich an einem sicheren Ort unterzubringen, nachdem ich mein neues Ich in die Wüste geschickt hatte und wieder in meine alte wunde, ramponierte Haut geschlüpft war. Gott allein wusste, wie lange ich meine Rückkehr überleben würde, aber mir war klar, dass meine Chancen mit Titus an meiner Seite wesentlich besser standen, bis zum Ende, zum Finale durchzuhalten. Nur mit ihm konnte ich es bis an das Ziel schaffen, das ich erreichen musste, um ein Unrecht wiedergutzumachen. Eins von so vielen in diesem Höllenloch.

The Point zog in den Krieg, und ich war dabei, den Guten einen Vorteil zu verschaffen. Und den würden sie dringend brauchen, um auch nur den Hauch einer Chance zu haben, sich in diesem Kampf zu behaupten.

Der junge Polizist fragte nach meinem Namen, und als ich „Reeve Black“ murmelte, konnte ich beobachten, wie sein Blick sich veränderte. Eben war er noch anerkennend auf meinem langen schwarzen Haar und meinem hautengen T-Shirt verweilt, das Kurven betonte, die weit gefährlicher waren, als er ahnte, und plötzlich nahm er einen spekulativen, beinahe angewiderten Ausdruck an. Ich hatte einen gewissen Ruf, und der war alles andere als gut. Selbst in dieser Stadt, die voller schlechter Menschen war, die böse Dinge taten, gab es immer noch Steigerungspotenzial für die Schlimmsten der Schlimmen. Ich war die *Allerschlimmste* und hatte nie das Gegenteil behauptet.

Der Polizist sprach leise in sein Telefon. Mehr als einmal hörte ich ihn meinen Namen nennen und sah, wie er den Kopf schüttelte. Ich sollte wirklich, wirklich nicht hier sein, und Titus war mit Sicherheit alles andere als glücklich, mich zu sehen. Aber er brauchte ja nicht glücklich zu sein. Er musste sich nur anhören, was ich zu sagen hatte, und seine Bereitschaft signalisieren, mir dabei zu helfen, ihm zu helfen.

Ich schob eine Haarsträhne hinters Ohr und brachte meine Hände durch reine Willenskraft dazu, das Zittern einzustellen. Dies war nicht der richtige Moment, um Schwäche zu zeigen. Ich hatte keine Angst vor ihm. Ich hatte vielmehr Angst *um* ihn.

Aus dem Augenwinkel sah ich, dass eine Tür aufschwang, an der in abblätternden schwarzen Klebebuchstaben sein Name und Rang standen. Als sein Kopf sich durch die Öffnung schob, flatterte mein Herz für einige Schläge, und mein Magen zog sich schmerzhaft zusammen. Selbst über die Distanz hinweg und durch alle Mauern, die uns trennten, konnte ich förmlich die

Wucht spüren, als mich der Blick seiner unverschämt blauen Augen traf, in denen mühsam gebändigter Zorn funkelte.

O ja … Ganz und gar nicht glücklich, mich zu sehen.

Mich weiterhin unverwandt anstarrend, stürmte er aus dem Büro und auf mich zu. Ich stand etwas abseits des Getümmels im Revier. Polizisten liefen hin und her, manche in Uniform, manche in Zivil. Titus trug niemals Uniform, zumindest hatte ich ihn noch nie darin gesehen. Nein, Titus kleidete sich wie ein Mann, der einen Job zu erledigen hatte, der ihn zermürbte und ihm langsam, aber sicher die Seele raubte.

Während er sich näherte, bemerkte ich, dass seine nachlässig geknotete Krawatte locker um seinen Hals hing. Ich sah, wie sich seine hochgekrempelten Hemdsärmel um seine Unterarme spannten, als er bei meinem Anblick die Hände zu Fäusten ballte. Ich registrierte, dass seine dunkle Hose zerknittert war, was vermutlich das Ergebnis seiner heutigen Bemühungen war, all die bösen Typen zur Räson zu bringen und all die bösen Dinge geradezubiegen. Als er sich schließlich drohend vor mir aufbaute, konnte ich trotzdem nicht aufhören, ihn anzuschauen. Ich beendete meine Prüfung seiner Person bei seinen abgetragenen, abgewetzten Stiefeln. Ein Mann wie Titus King würde niemals polierte Halbschuhe tragen oder in blütenweißen Sneakers auf dem Tennisplatz stehen, um sich nach Feierabend sportlich zu betätigen. Nein, Titus war jemand, der robuste Schuhe für den schlammigen Morast brauchte, durch den er tagein, tagaus bei seinem Versuch waten musste, zumindest so etwas Ähnliches wie Recht und Ordnung herzustellen.

Ich schluckte und kämpfte gegen den Drang an, einen Schritt zurückzuweichen. Titus war ein kräftiger Kerl und wirklich groß, daher verspürte man unwillkürlich das Bedürfnis, seinem stechenden Blick zu entkommen. Doch wenn ich das tat, würde er merken, wie verängstigt ich war, und ich konnte es mir nicht leisten, unsere Unterhaltung auf diese Weise zu starten.

Stattdessen klimperte ich mit den Wimpern und atmete tief ein und aus. Mir war klar, dass er dadurch geradezu gezwungen sein würde, das Heben und Senken meiner Brust zu verfolgen. Schließlich verzog ich eine Seite meines sorgfältig geschminkten Mundes zu einem schiefen Grinsen, durch das ich schon mehr als nur einen Mann dazu gebracht hatte, alles zu tun, was ich von ihm wollte.

„Detective King." Ich mochte seinen Namen, sogar mit dieser Berufsbezeichnung davor. Er könnte der Herrscher irgendeines alten barbarischen Reichs sein, in dem nur die Starken überlebten.

„Was zum Teufel soll das?" Frage und Feststellung zugleich, wurden diese Worte so laut in den Raum gerufen, dass es die Aufmerksamkeit sämtlicher Polizisten und Kriminellen auf sich zog, die im Gebäude unterwegs waren.

Ein eisenharter Griff legte sich um meinen Ellbogen, und dann wurde ich ohne Umschweife herumgezerrt – vorbei an allen Gittern und Barrieren, vorbei an all den Polizisten an ihren Schreibtischen, vorbei an einem gebannten Publikum, das offensichtlich darüber spekulierte, welche Laus dem großen Detective über die Leber gelaufen war. Titus neigte normalerweise nicht dazu, seine Gefühle zur Schau zu stellen. Er war eher ein Mann der Tat, weshalb der finstere Ausdruck auf seinem herben, hübschen Gesicht und die Heftigkeit, mit der er mich durch die Menge seiner Kollegen und des Gesindels hier auf der Wache bugsierte, nicht unbemerkt blieben. Er war stinksauer über mein plötzliches Auftauchen und machte sich nicht die Mühe, es zu verbergen.

Als wäre ich eine seiner Tatverdächtigen, stieß er mich in sein Büro und schlug die Tür hinter uns mit mehr Kraftaufwand als nötig zu. Ich wusste, dass The Point kurz vor Ausbruch eines Flächenbrands stand, doch nichts konnte je so heiß oder unkontrolliert sein wie das wütende Feuer, das in den Tiefen von Titus' himmelblauen Augen loderte. Er war so zornig, wie ich erwartet hatte. Darüber hinaus war er allerdings auch ziemlich besorgt, und das machte ihn anscheinend noch wütender. Niemand wollte sich um ein Mädchen wie mich Sorgen machen.

Ich hatte jeden widerlichen Scheiß, der auf meiner Türschwelle landete, klaglos hinzunehmen. Ich verdiente es nicht anders. So funktionierte das mit dem Karma nun mal. Aber Titus hatte diese verdammte Veranlagung, sich Sorgen zu machen, auch wenn die betreffende Person das weder verdiente noch unbedingt wollte, und das musste ihn ja zur Weißglut treiben.

Ich musterte ihn für einen langen Moment und ließ meinen Blick auf dem Muskel ruhen, der in seiner stahlharten Kieferpartie zuckte. Titus war so schön. Das war mein allererster Gedanke gewesen, als ich ihn zum ersten Mal gesehen hatte. Damals, als ich zu ihm gegangen war, um ihm mein Herz auszuschütten und dadurch eine Art Erlösung zu finden. Er war alles, was ein Mann sein sollte. Besaß alles, über das ein Krieger verfügen sollte, um in diesem Ödland zu bestehen, während er für Dinge kämpfte, die längst verloren waren. Wenn es um Titus ging, kam es mir manchmal so vor, als sei ich innerlich zwischen Lust und Verehrung hin- und hergerissen.

Er war gebaut wie eine uneinnehmbare Festung. So groß und breit, dass es schien, als könne sich nichts und niemand je einen Weg in sein Inneres bahnen. Sein Körper war hart: vom Ausdruck seines Gesichts bis hin zu den Muskeln, die sich unter seiner Haut bewegten, selbst wenn er etwas ganz Simples tat und sich zum Beispiel gegen die Kante seines Schreibtischs lehnte. Sein Haar war an den Seiten kurz geschoren, oben trug er es etwas länger. Es war fast so tintenschwarz wie mein eigenes, mit Ausnahme dieser verblüffend und schockierend schneeweißen Stelle an seiner Schläfe: die stete Erinnerung an jene Nacht, in der mein neues Ich geboren worden war und er hatte zusehen müssen, wie sein jüngerer Bruder sich eine Pistole an den Kopf gehalten und mit Selbstmord gedroht hatte. Titus hatte außerdem rabenschwarze Brauen, dunkle sexy Bartstoppeln und einen olivfarbenen Teint, der nicht der Sonne geschuldet war.

Seine Augen waren blau – ein hübsches, helles Blau, das die Härte seiner männlichen Züge eigentlich hätte mildern sollen. In ihnen lag jedoch etwas Kaltes und Hartes, das sie glitzern und schimmern ließ wie eine fein geschliffene Klinge, so scharf, dass es schmerzte, länger hineinzusehen. Diese wunderschönen Augen, umrahmt von Wimpern, die zu lang und federweich für so ein herbes, unnachgiebiges Gesicht waren, konnten schon im Alleingang allen möglichen Schaden anrichten, auch ohne die bedrohliche Rückendeckung durch seinen kraftvollen Körper. Titus war der Typ, den man besser nicht unterschätzte, und alles an seiner äußeren Erscheinung brachte diese Tatsache unmissverständlich rüber.

Er verschränkte die Arme vor seiner breiten Brust, und ich beobachtete hemmungslos den Tanz seiner Muskeln. Ich hatte hier wirklich nichts verloren, aber solange ich hier war, würde ich die Aussicht genießen.

„Lange nicht mehr gesehen, Detective."

Seine Miene wurde noch finsterer, und eine Ader an seinem Hals begann zu pulsieren. „Wir hätten uns nie wieder begegnen sollen, Reeve. Das ist der eigentliche Sinn und Zweck des Zeugenschutzprogramms. Du solltest jetzt das Problem des Federal Marshal sein."

Ich verlagerte mein Gewicht von einem Fuß auf den anderen und nickte langsam. „Ist mir bekannt. Aber es hat sich etwas ergeben, von dem ich glaube, dass du es wissen solltest."

Leise fluchend fuhr er sich mit beiden Händen durchs Haar, das nach oben abstand, und brachte es dadurch endgültig durcheinander. Sein zerzauster Schopf und seine Miene ließen ihn fast animalisch wirken. Dieser Mann hatte definitiv einen äußerst wilden Zug, und ich überlegte, ob ihm selbst das überhaupt klar war.

„Hör zu, Reeve." Er stieß sich vom Tisch ab, streckte den Arm aus und legte eine Hand auf meine Schulter. „Du musst den Marshal kontaktieren, der für deinen Fall zuständig ist. Es gibt eine undichte Stelle. Einer der Zeugen, der mit den Ermittlungen über Novak und seine Leute zu tun hatte, wurde letzte Nacht umgebracht. Er hatte gerade ausgepackt und war erst seit zwei Monaten im Schutzprogramm. Jeder, der mit dem Fall befasst ist, könnte gefährdet sein. Dass du hergekommen bist, war eine Riesendummheit. Es ist viel zu riskant."

Ich seufzte und ging um seine mächtige Gestalt herum, um mich auf einen der wackeligen Stühle zu setzen, die vor seinem abgenutzten, vollgemüllten Schreibtisch standen. Ich wischte meine feuchten Hände an meinen Jeans ab, reckte das Kinn und hoffte, dass er nicht mitkriegte, wie gern es gezittert hätte. „Hartman. Hartman wurde letzte Nacht ermordet."

Mord war so ein hässliches Wort. Schwer und unangenehm, selbst wenn man es nur dachte und nicht laut aussprach. Das Wort bestand aus lauter spitzen, scharfen Objekten, die sich in mein Fleisch bohrten und mir das Atmen schwer machten. Es hatte die Macht, Schmerzen zu bereiten, die Macht, alles zu verändern; es verfolgte mich seit vielen Jahren und hing mir wie ein Mühlstein am Hals.

Titus spannte jeden einzelnen Muskel in seinem Körper an, und seine Lippen pressten sich zu einem brutalen Strich zusammen. „Was?"

Ich musste wegschauen. Er versuchte mich mit diesen gletscherblauen Augen aufzuspießen, und ich wollte ihn auf keinen Fall in die Nähe des matschigen, weichen Zentrums meines wahren Ichs lassen.

„Ich weiß, dass Hartman letzte Nacht ermordet wurde. Deshalb bin ich hier", sagte ich. „Ich habe das Zeugenschutzprogramm verlassen, weil ich weiß, wer es getan hat."

Die Linie seines Mundes verzog sich und machte einer wütenden Grimasse Platz, die eine klügere Frau als mich sofort hätte aufspringen und davonlaufen lassen. Wieder baute er sich direkt vor mir auf und senkte den Kopf so, dass ich keine andere Wahl hatte, als mich seinem bohrenden Blick zu stellen.

„Wovon redest du eigentlich, Reeve? Und bring deine Sache bitte möglichst überzeugend vor. Dafür gebe ich dir noch exakt zwei Sekunden, dann werde ich dich einsperren, ins Röhrchen pusten lassen und eine Blutprobe anordnen."

Ich war nicht betrunken und hatte noch nie in meinem Leben eine illegale Droge angefasst. Ich verdrehte die Augen und warf mein Haar über eine Schulter. Er verfolgte die Bewegung mit schmalen Augen und trat endlich einen Schritt zurück. Erleichtert, aber kaum hörbar atmete ich auf.

Ich war ja echt hart im Nehmen, aber Titus konnte mir durchaus etwas zu viel werden. Er war ziemlich überwältigend.

„Ich weiß das von Hartman ... Jetzt komm schon, Detective, schau mich an." Ich wartete, bis er mich ansah. „Würde ich auf ein bequemes Plätzchen im Zeugenschutzprogramm und einen perfekt gepflegten Rasen in der Vorortsiedlung verzichten, wo alle glauben, mein Name sei Jill Parker, und wo es mein Job ist, Fußball-Muttis die Haare zu schneiden, wenn ich nicht einen guten Grund dafür hätte? Ich war in Sicherheit, Titus. Und mein größter Wunsch seit dem Tag, als ich meine Seele an Novak verkauft habe, war Sicherheit. Ich würde das niemals aufgeben, nicht in einer Million Jahren ... Und trotzdem bin ich hier. Der Krieg um diese Stadt hat gerade begonnen, und ich kenne den Verräter, der den ersten Schuss abgegeben hat. Du brauchst mich."

Für einen langen Moment musterte er mich nachdenklich. Die Spannung, die zwischen uns in der Luft lag, baute sich immer weiter auf, bis sie den winzigen Raum erfüllte. Er wollte mir nicht glauben, wollte nicht, dass ich hier war, wollte nicht, dass ich wusste, was abging oder wie es mit mir zusammenhing, aber an den Fakten führte kein Weg vorbei. Ich sagte die Wahrheit, das bewiesen die Leiche und das Blut von heute Nacht.

Titus lehnte sich wieder gegen den Tisch, und seine kräftigen Brauen zogen sich über der Nasenwurzel zusammen. „Erzähl mir, was du weißt. Dann entscheide ich, ob ich dich brauche oder nicht."

Er war schroff. Er war grob. Er war unnachgiebig. Nichts davon konnte ich ihm verübeln. The Point wurde angegriffen, und es würde unschuldige – und nicht so unschuldige – Opfer geben. Und wenn es etwas gab, das Titus verabscheute, dann waren es Opfer.

Es war eine lange Geschichte, von der er nur den Anfang kannte, und es gab Teile, die ich ihm nicht erzählen wollte. Zum Beispiel, dass ich mich in den Verräter verliebt hatte. Ich wollte nicht eingestehen, dass ich vor allem deshalb auf den General hereingefallen war, der die erste Salve in dieser Schlacht abgegeben hatte, weil er mich oberflächlich so sehr an den eindrucksvollen Mann erinnerte, der jetzt vor mir stand.

Conner Roark war in mein Leben getreten und hatte mir die eine Sache geboten, nach der ich mich sehnte, solange ich denken konnte: Sicherheit. Die Chance auf ein Leben, in dem Worte wie *Mord* nicht erstickend schwer um meinen Hals hingen. Das war der Kuchen gewesen, bei dem mir bereits das Wasser im Mund zusammengelaufen war. Aber das Sahnehäubchen obendrauf, das mich endgültig dem Wahnsinn in die Arme getrieben hatte, war die Tatsache gewesen, dass Conner außerdem groß und kräftig war. Er hatte welliges dunkles Haar und traumhafte mitternachtsblaue Augen und sprach mit dem weichsten irischen Akzent, den ich je gehört hatte. Und da all diese erfreulichen Dinge ebenso zu einem gewissen Mann mit Dienstmarke gehörten, der geschworen hatte, das Recht zu verteidigen und aus innerer Überzeugung für das Gute einzutreten, hatte ich mein dämliches Herz gar nicht schnell genug mit einer Schleife umwickeln und verschenken können. Es war ohnehin kein Geschenk, um das sich viele rissen.

Doch Conner Roark war nicht wie Titus King. Kein Mann war das, und es war idiotisch von mir gewesen, etwas anderes zu glauben.

„Der Marshal, der mich ins Schutzprogramm genommen hat …“ Ich musste das Gesicht abwenden. Es war verdammt hart, zuzugeben, wie leicht ich einer billigen Kopie dessen, was ich nie haben konnte, auf den Leim gegangen war. Die Schlimmsten kriegten nie das Beste, und Titus war definitiv der *beste* Mann, den ich je getroffen hatte. „Conner Roark. Der Typ hat jede Menge Dreck am Stecken. Er hat jemanden auf den alten Hartman angesetzt, nachdem der aus dem Gefängnis entlassen und an einen sicheren Ort gebracht worden war. Er wollte Race Hartman wissen lassen, dass es keine gute Idee ist, dort weiterzumachen, wo Novak aufgehört hat.“

Titus sagte eine Weile nichts. Er schaute mich schweigend an, und ich konnte sehen, dass er meine Worte in seinem Kopf hin- und herdrehte. „Warum?“, fragte er dann. „Warum kümmert es Roark, wer in The Point das Ruder übernimmt? Was bringt es ihm, und warum nimmt er dafür in Kauf, seine Karriere als Marshal zu zerstören?“

Ich schlug die Beine übereinander und trommelte mit den Fingern auf mein Knie, um so hoffentlich das wirbelnde, unsichere Chaos zu überspielen, das in meinem Inneren tobte. „Darauf habe ich keine Antwort. Er hasst die Stadt. Er hasst die Menschen, die hier leben, und das tut er mit einer Leidenschaft, die schon an Fanatismus grenzt. Ich kann dir nicht sagen, warum er es getan hat. Ich kann dir nur sagen, dass er es war.“ Ich biss mir auf die Lippe, während ich Titus dabei beobachtete, wie er versuchte, die Puzzleteile zusammenzufügen.

Meine gelassene Fassade begann zu bröckeln. Meine Unterlippe zitterte, und ich spürte, wie die Emotionen sich einen Weg durch meine immer enger werdende Kehle kratzten. Er konnte sich nicht entscheiden, ob er mir glauben sollte oder nicht, und das tat weh.

Titus stemmte schließlich die Hände in die Hüften, legte den Kopf in den Nacken und starrte an die Decke. „Du verarschst mich doch.“

Bedächtig schüttelte ich den Kopf. „Schön wär's.“ Wieder gruben sich meine Zähne in meine Unterlippe.

Er stieß einen tiefen Seufzer aus. Plötzlich beugte er sich vor und stützte die Hände auf die Knie, als hätte ihm jemand einen Schlag in den Magen versetzt. „Woher weißt du das eigentlich alles so genau, Reeve? Warum sollte ein korrupter Marshal der Bundespolizei eine Frau, die unter seinem Schutz steht, in seinen Plan und sein Verbrechen einweihen? Warum bringt er Hartman nicht einfach stillschweigend um und geht weiter seinen

Geschäften nach? Warum vertraut er dir so sehr, dass er dich wissen lässt, was er vorhat?"

Ich hörte die Enttäuschung in seiner Stimme, sein Erkennen, dass die Lage schlimmer und unübersichtlicher war, als er sich vorgestellt hatte, und noch weitere schmutzige Bullen involviert waren. Und da ich in dieser speziellen Scheißnummer mittendrin steckte, wusste er auch, dass ich recht hatte. Er brauchte mich.

„Warum handeln gefährliche und verzweifelte Männer wohl so, Detective?"

„Aus Liebe." Sein Ton war ungerührt und monoton.

Ich nickte ernst. „Ich war praktisch von dem Moment an mit Conner zusammen, als er mich von hier weggeschafft hat. Nach allem, was mit Dovie passiert war, fühlte ich mich grässlich. Ich hatte nie gewollt, dass sie verletzt werden würde, aber ich musste wegen meines Deals mit Novak tun, was ich getan habe. Bei Conner kam ich mir geliebt vor, obwohl ich meine Freundin betrogen habe, obwohl ich ein schrecklicher Mensch bin. Und ich fühlte mich sicher bei ihm." *In Wahrheit wollte ich dich, aber ich wusste, dass es keine verdammte Chance gab, dass es jemals dazu kommen könnte, und deshalb begnügte ich mich mit dem, was ich für das Nächstbeste hielt …* Den letzten Satz sprach ich natürlich nicht aus, doch vermutlich konnte er ihn in meinen Augen lesen.

„Diese ganze Geschichte klingt verflucht unglaubwürdig."

Was du nicht sagst. Selbst wenn ich glaubte, etwas Gutes zu tun, verwandelte es sich jedes Mal ins Gegenteil.

„Ich kann dir helfen, Conner zur Strecke zu bringen, Titus", meinte ich. „Deshalb habe ich das Schutzprogramm verlassen. Deshalb bin ich hier. Ich hasse The Point. Ich hasse die Person, zu der ich wegen dieser Stadt geworden bin. Aber ich bin es dir und den Leuten, die niemals von hier wegziehen werden, schuldig: Ich muss tun, was ich kann, um ihn daran zu hindern, noch mehr Schaden anzurichten. Die Guten verdienen es, auch mal zu gewinnen." *Er* verdiente diesen Sieg.

„Und wie stellst du dir das vor? Wie willst du mir helfen? Bislang habe ich nur dein Wort dafür, dass Roark ein schmutziger Bulle ist, der die Regeln gebrochen hat, indem er sich mit einer Zeugin eingelassen hat. Das Ganze kann durchaus darauf hinauslaufen, dass am Ende dein Wort gegen seines steht und man deine Aussage als Rache einer verschmähten Geliebten einstuft."

Mit diesem Einwand hatte ich gerechnet. Also hob ich meine Handtasche hoch und wühlte darin herum, bis ich das Handy fand, das ich Conner während seines letzten Besuchs in meiner sicheren Zuflucht in der Vorstadt gestohlen hatte. Das war erst einen Tag her; trotzdem kam es mir so vor, als ob seither ein ganzes Leben vergangen wäre. Wortlos reichte ich Titus das Telefon und stand auf. Ein winziger Stromstoß durchzuckte mich, als ich dabei flüchtig seine raue Handfläche streifte.

„Das ist Conners Handy", erklärte ich. „Sieh es dir gründlich an und such mich danach auf. Ich hänge da jetzt mit drin, Detective."

Als ich die Hand nach der Türklinke ausstreckte, hörte ich ihn hinter mir wieder leise fluchen. Dann sagte er meinen Namen, in einem sehr viel sanfteren Ton als bisher. Über die Schulter hinweg sah ich ihn an.

Er drehte das Telefon zwischen den Fingern und betrachtete mich, als wollte er in mein Inneres schauen. Aber dort wollte er nicht wirklich sein; es war ein dicht bevölkerter und verschachtelter Ort, und vermutlich wäre er schockiert darüber, wie viele Immobilien er dort bereits besaß.

„Du behauptest, du wüsstest nicht, warum Conner das tut – falls er denn tatsächlich darin verstrickt ist. Aber was ist mit dir, Reeve? Warum machst du das hier?"

Die klare Antwort darauf belauerte mich mit einer so krassen Mischung aus Hunger und Hass, dass sie mich fast in die Knie zwang. „Weil es das Richtige ist und ich schon vergessen hatte, wie das aussieht. Ich will nicht mehr diese Person sein. Ich kann nicht mehr so sein."

Damit trat ich durch die Tür und stolperte um ein Haar über die junge Frau, die ich vor gar nicht allzu langer Zeit durch meine selbstsüchtigen und dummen Aktionen beinahe getötet hätte.

Dovie Pryce war ein Schätzchen. Alles an ihr war rein und vollkommen. Ihre grünen Augen weiteten sich bei meinem Anblick, und sie wurde noch blasser als ohnehin schon. Ich kam mir mit einem Mal wie die mieseste, niedrigste Lebensform vor, die jemals auf diesem Planeten existiert hatte.

„Was machst du denn hier, Reeve?“ Sie klang besorgt, was mich noch mehr runterzog. Eigentlich sollte sie mich hassen, mich verabscheuen, und doch sorgte sie sich um mein Wohlergehen. Sie war zu gut, als dass ich sie jemals Freundin nennen dürfte. Sie war zu gut für diese gottverdammte Stadt.

Ich schob mir eine Haarsträhne hinters Ohr und grinste schief. „Ich hatte ein kleines Geschäft mit Titus zu besprechen. Das Zeugenschutzprogramm ist nicht wirklich erfolgreich bei mir.“ Am liebsten hätte ich sie umarmt und ihr gesagt, wie leid es mir tat, dass ihr Arschloch-Vater von meinem gleichermaßen verrückten wie verkorksten Freund hingerichtet worden war. Aber ich vermutete, dass Titus das besser hinkriegen würde als ich. Außerdem liebte Dovie den Detective und war in Shane Baxter verliebt, seinen Teufelskerl von Halbbruder. Und Neuigkeiten wie diese sollten von Familienmitgliedern kommen.

Dovie gab einen mitfühlenden Laut von sich. Bevor sie mir weitere Fragen zu meiner plötzlichen Rückkehr stellen konnte, tauchte jedoch ein eleganter blonder Mann an ihrer Seite auf und legte beschützend einen Arm um ihre schmalen Schultern. Ich hatte Dovies älteren Bruder Race nie kennengelernt und war nicht wild darauf, das jetzt nachzuholen. Er kannte mich nicht, wusste aber garantiert, dass ich bei der Entführung seiner Schwester die Hand im Spiel gehabt hatte und auch daran beteiligt gewesen war, eine Bande rücksichtsloser Schläger in seine Richtung zu weisen, die ihn so schlimm zugerichtet hatten, dass er fast gestorben war. Race Hartman hatte jedes Recht der Welt, mir die fürchterlichsten Dinge an den Hals zu wünschen. Wie jeder andere, der Novaks letztem Massaker lebend entkommen war.

Diese Erkenntnis – gepaart mit der Gewissheit, dass Conner sich rachedurstig und wutschnaubend an meine Fersen heften würde, sobald er herausfand, dass ich ihn aufs Kreuz gelegt und verraten hatte – schürte nicht gerade meine Hoffnungen, die Konsequenzen dessen, was ich heute losgetreten hatte, zu überleben. Zum Teufel, bei meinem Glück wäre es schon ein Wunder, wenn ich es heil aus dieser Polizeiwache heraus und in das schäbige Motel schaffen würde, in dem ich mich fürs Erste eingerichtet hatte.

Mein neues Ich war eine zerbrechliche Hülle gewesen. Mein altes Ich war aus härterem Holz geschnitzt, aber selbst der stärkste Stamm brach, wenn das Gewicht der Welt sich darauf niederließ.

2. Kapitel

Titus

Es hätte mich eigentlich nicht weiter überraschen sollen, dass die Freundin meines Bruders die Nachricht, dass ihr Vater ermordet worden war, vergleichsweise gefasst zur Kenntnis nahm. Schließlich hatte sie den Typen nie getroffen, außerdem hatte er den schlimmsten und brutalsten Verbrecher der Stadt angeheuert, um sie zu töten. Aber Dovie hatte etwas an sich; sie strotzte geradezu vor Großherzigkeit und Liebenswürdigkeit. Dabei vergaß ich oft, dass sie trotz allem einen steinharten Kern haben musste, verstärkt durch Betonstahl, um sich gegen meinen knallhart kriminellen jüngeren Bruder behaupten und in The Point überleben zu können.

Race hingegen war eine ganz andere Nummer. Ich hatte Zorn, Rage, blinde Wut erwartet … alles, nur nicht die eisige Gleichgültigkeit, die sich über ihn zu legen schien, sobald ich den beiden die Neuigkeit mitgeteilt hatte. Race und sein Alter konnten einander nicht ausstehen. Tatsächlich war es mehrfach zu wüsten Drohungen gekommen, und wenn Reeve nicht aus heiterem Himmel mit ihrer ungeheuerlichen Geschichte aufgetaucht wäre, hätten Race und mein Bruder ganz oben auf meiner Liste der Mordverdächtigen gestanden.

Keiner von beiden hatte ein Geheimnis daraus gemacht, dass Lord Hartman, wenn es nach ihnen ging, bei einem Spaziergang auf einer viel befahrenen Autobahn am besten aufgehoben wäre. Doch Races erstarrte Miene, während sein Blick zwischen mir und seiner Schwester hin- und herwanderte, ließ darauf schließen, dass es immer noch einen Teil von ihm gab, der um seinen Erzeuger trauern wollte – egal, wie grässlich besagter Erzeuger gewesen sein mochte.

Dovie musste es ebenfalls gespürt haben, denn sie streckte die Hand nach Race aus und drückte seine Schulter. „Wie ist es passiert?“, fragte sie mich. „Haben Novaks Leute rausgekriegt, wo das Schutzprogramm ihn versteckt hatte?“

Ich rieb meinen Nacken und drehte zwischen den Fingern wieder und wieder das Handy, das Reeve mir gegeben hatte. Bei jeder Drehung machte es ein scharrendes Geräusch auf der Tischplatte. Ich brannte darauf, es zu öffnen und durch die Nachrichten zu scrollen. Nicht nur wegen möglicher Informationen, sondern auch, um herauszufinden, ob die schwarzhaarige Schönheit aufrichtig gewesen war. Sie hatte etwas an sich, das mich beschäftigte, seit sie zum ersten Mal auf die Wache gekommen war, um Novak ans Messer zu liefern.

Damals hatte sie mir erzählt, dass sie einen Deal mit dem Gangster eingegangen war, damit er den Freund ihrer Schwester umbrachte. Ich hatte nie jemanden erlebt, der sich so ruhig und gefasst zu einem Kapitalverbrechen bekannte, der so gelassen den Rest seines Lebens ruinierte. Niemals würde ich vergessen, wie abgrundtief und undurchdringlich ihr dunkelblauer Blick gewesen war, während sie freimütig zugegeben hatte, Dovies Aufenthaltsort an Novaks Schläger weitergegeben zu haben, um sich für den Mord zu revanchieren, den er auf ihren Wunsch hin arrangiert hatte. Es war Reeves Schuld, dass Dovie auf offener Straße gekidnappt worden war, und es war Reeves Schuld, dass ich hatte zusehen müssen, wie sich mein Bruder – die einzige Familie, die ich besaß – eine Pistole an die Schläfe gesetzt hatte, wild entschlossen, abzudrücken, um nicht nur sein Mädchen zu retten, sondern auch mich. Trotzdem war mir die schöne falsche Schlange nicht aus dem Kopf gegangen, seit das FBI sie ins Zeugenschutzprogramm aufgenommen hatte, nachdem sie sich bereit erklärt hatte, gegen den Rest von Novaks Bande auszusagen, wenn man ihr dafür Sicherheit und ein neues Leben garantierte.

„Nein, wir glauben nicht, dass es jemand aus Novaks Umfeld war“, antwortete ich. „Ich ermittele in alle Richtungen.“

Race hob eine seiner goldfarbenen Brauen und verzog angewidert den Mund. „Noch mehr schmutzige Bullen?“

Das war es, was ihn so gefährlich machte und weshalb er prädestiniert war, die langjährige kriminelle Organisation zu übernehmen, sobald Novak aus dem Spiel gewesen war. Er war so verdammt clever. Er konnte das ganze Bild sehen, bevor überhaupt alle Puzzleteile auf dem Tisch lagen.

„Das kann ich noch nicht mit Sicherheit sagen. Ich ermittele, wie gesagt, in alle Richtungen.“ Ich atmete so tief aus, dass es beinahe ein Seufzen war. „Ich habe Bax und Brysen herbestellt. Ich dachte, ihr wollt ihnen lieber persönlich sagen, was los ist.“ Tatsächlich hatte ich die beiden als Verstärkung angerufen, weil ich mir nicht sicher gewesen war, wie Race und Dovie reagieren würden. Aber ich wusste, dass Bax Dovie vor allem beschützen würde, das sie verletzte, einschließlich der Nachricht vom Tod ihres Vaters. Und ich glaubte, dass Brysen der einzige Mensch war, der Race aus diesem eisigen Schockzustand aufrütteln konnte, in den er verfallen war. Ich war Polizist. Ich unterschätzte niemals, wie segensreich Verstärkung sein konnte.

Dovie grinste mich an und schüttelte leicht den Kopf. „Du willst Bax bloß dahaben, um sicherzustellen, dass er nicht loszieht und Dummheiten macht, wenn er davon erfährt.“

Race schnaubte und fuhr mit beiden Händen durch sein struppiges Haar. „Wie passt der Mord an dem Alten zu all den anderen Vorfällen, Titus?“

Seit einiger Zeit gingen die Huren von The Point ihrer Arbeit nur noch verängstigt nach. Kürzlich hatte man eine von ihnen zu Brei geschlagen, während zur selben Zeit der dreckigste, verrufenste Club der Stadt abgebrannt war. Zu viele Stammgäste waren in den Flammen umgekommen. Obendrein war auch noch Races geliebter Oldtimer eingeäschert worden, übrigens direkt vor dieser Polizeiwache, und ständig gab es seitdem Tote, einzig und allein deshalb, weil irgendwer irgendwas beweisen wollte. Novak war erledigt, die Stadt daher vogelfrei – zumindest war das bislang unsere Interpretation der Ereignisse gewesen. Doch nach Reeves Enthüllungen und dem Mord an Hartman sagte mir mein Bauchgefühl jetzt, dass hier etwas Größeres abging als normale Revierkämpfe. Der Mord an Dovies Altem oder der Versuch, Race ebenfalls kaltzumachen, brachten der Stadt gar nichts. Hinter diesen Aktionen steckte schlicht und einfach Rache. Irgendjemand war offenbar überhaupt nicht damit einverstanden, dass Race und sein Geschäftspartner Nassir Gates genau dort weitermachten, wo Novak aufgehört hatte. Die Brandstiftung im Club war eine direkte Attacke auf Nassir gewesen und hatte ihn genau dort getroffen, wo er am empfindlichsten war: Es gab nichts Wichtigeres für ihn als sein Geld und seine Mädchen. Dasselbe galt für die Zerstörung von Races Auto. Er hatte diesen verdammten Mustang geliebt, und auch wenn sein Dad ein Schuft gewesen war, hatte er offensichtlich doch etwas für ihn empfunden. Auf einmal wirkten diese Angriffe sehr viel gezielter als zuvor.

Ich seufzte erneut und warf Race einen Blick zu, den er so deuten konnte, wie er wollte. Er war klug genug, zu erkennen, was ich dachte, ohne dass ich es ihm extra vorbeten musste.

Ich stand auf und ging an ihm und Dovie vorbei. „Gebt mir ein paar Minuten, um Bax und Brysen auf den neuesten Stand zu bringen, danach könnt ihr gehen. Wenn ich Bax nicht sage, was los ist, dauert es sowieso keine fünf Sekunden mehr, bis er hier durchs Sicherheitsglas springt." Mein Handy brummte und fiepte vor ungeduldigen SMS, seit mein kleiner Bruder die Wache betreten hatte. Nichts und niemand, weder kugelsichere Scheiben noch ein Heer bis an die Zähne bewaffneter Polizisten, würde Bax von Dovie fernhalten, wenn er glaubte, dass sie ihn brauchte. „Bleibt so lange hier zusammen im Büro, wie ihr wollt."

Dovies sanfte Stimme ließ mich innehalten, als ich schon fast draußen war. „Warum ist Reeve wieder da, Titus?", wollte sie wissen. „Was hat sie mit all dem hier zu tun?"

Ich sah sie scharf an und öffnete die Tür. Sofort fiel mein Blick auf meinen Bruder und Races hübsche blonde Freundin. Ich zuckte leicht zusammen, als ich außerdem erkannte, dass Reeves Timing ziemlich schlecht gewesen war und sie momentan von einem wutschnaubenden Bax bedrängt und angefaucht wurde. Mein kleiner Bruder hatte Einschüchterung praktisch zu einer Kunstform erhoben. Auch wenn ich es nur ungern eingestand: Ich konnte ihm den nackten Hass nicht verübeln, der ihm aus jeder Pore schwitzte, während er die zierliche junge Frau nach Strich und Faden zusammenstauchte.

„Das weiß ich noch nicht“, beantwortete ich Dovies Frage. „Ich gebe mir redlich Mühe, herauszufinden, wie das alles zusammenhängt, bevor die gesamte Stadt in Schutt und Asche liegt. Und ich habe das wirklich mulmige Gefühl, dass ich sie dabei brauche.“

„Du darfst ihr nicht trauen.“ In Dovies Ton schwang der alte Schmerz über den Verrat mit. Sie wusste besser als jeder andere, wie wenig vertrauenswürdig Reeve war.

„Ich weiß, Dovie. Ich traue keinem.“

Race schnaubte abfällig und legte seiner Schwester einen Arm um die Schultern. Ihrer Miene nach zu urteilen war ihr klar, dass die Geste für ihn selbst wichtiger war als für sie. „Ist es nicht schon zu spät, sich darüber Sorgen zu machen, ob diese Stadt niederbrennt? Die Menschen hier können doch gar nicht anders, als die Flammen zu schüren.“

Dem konnte ich nur zustimmen. Also zog ich die Tür hinter mir zu und ging dorthin, wo Bax gerade Reeve zur Schnecke machte, während Brysen die beiden mit großen Augen beobachtete.

„Du Schlampe“, schnauzte er sie mit seiner tiefen Stimme an. „Ich sollte dich mit dem Kopf durch die Wand dort rammen, nach allem, was du Dovie angetan hast. Sie dachte, du wärst ihre Freundin.“ Ich hätte mir gewünscht, dass das nur leere Worte waren, aber Bax sprach keine Drohungen aus, die er nicht in die Tat umsetzen würde, ohne mit der Wimper zu zucken. Dass

Reeve eine Frau war, spielte keine Rolle. Für ihn war sie ein Feind, der Dovie in Gefahr gebracht hatte. Er würde so mit ihr umgehen, wie er mit allem anderen umging, das eine Bedrohung für seine Freundin darstellte.

Reeve blinzelte langsam mit diesen Augen, die von so ungewöhnlicher Farbe waren, und wurde kreidebleich, als Bax' Zorn über ihr zusammenschlug. Ich seufzte leise und verabscheute den leichten Anflug von Stolz, der irgendwo tief in meinem Inneren aufstieg, als ich sah, wie tapfer sie seinem Blick standhielt.

„In The Point hat keiner Freunde, jedenfalls dachte ich das", gab Reeve zurück. „Ich versuche, es wiedergutzumachen." Just in dem Moment, in dem ihre Stimme brach und ihre Unterlippe ganz leicht zu zittern begann, erreichte ich die kleine Gruppe.

Bevor Bax ihr noch mehr an den Kopf werfen konnte, griff ich ein, indem ich ihm einen Schlag auf den Hinterkopf versetzte. Ich konnte meinen Bruder nur selten so überraschend treffen: Seine Instinkte waren normalerweise viel zu geschärft, um sich übertölpeln zu lassen. Daher nutzte ich die Chance, die sich mir unverhofft bot, weil er sich so stark auf seine Beute konzentrierte, dass er mich nicht kommen sah – und weil mir nicht gefiel, wie seine Drohungen Reeve gegenüber sämtliche Beschützerinstinkte in mir wachriefen. Sie war nun wirklich die letzte Frau auf der Welt, zu deren Beschützer ich mich aufschwingen sollte. Allerdings änderte das nichts an meinem dringenden Bedürfnis, mich zwischen sie und meinen Bruder zu stellen.

„Lass sie in Ruhe, du Arschloch. Sie will bloß helfen." Ich machte keinen Hehl aus meiner Genervtheit und meinem Frust, und er drehte sich um und funkelte mich finster an.

Reeve schaute zwischen uns hin und her und war clever genug, den Abflug zu machen, solange sie konnte. Wortlos ging sie davon, doch als sie die Tür nach draußen öffnete, sah ich, wie sehr ihre Hände zitterten.

„Wer um alles in der Welt war das?" Brysen klang verwirrt, und ihre hellen Augen waren voller Fragen.

Um sich für meine Kopfnuss zu revanchieren, rammte Bax mir eine geballte Faust in den Magen. Er schlug immer aus voller Kraft zu, daher krümmte ich mich stöhnend zusammen und warf ihm einen mörderischen Blick zu.

Dann wandte er sich Brysen zu. „Reeve Black", erklärte er wütend. „Sie ist diejenige, die Novak erzählt hat, dass Dovie an dem Abend, als seine Schläger sie von der Straße weggeschnappt haben, allein unterwegs war. Sie ist wegen einer Blutschuld mit ihm ins Geschäft gekommen, und er hat seinen Anteil eingefordert, um Race und Dovie zu schaden. Eigentlich müsste sie wegen Mordes im Gefängnis sitzen, aber sie hat einen Riesendeal mit den Bullen abgeschlossen und ist ins Zeugenschutzprogramm aufgenommen worden. Sie sollte weit weg von hier sein. Ich habe diesem Idioten gesagt ..." Er deutete auf mich. „... wenn ich sie je wiedersehe, kann ich für nichts garantieren."

„Und ich habe dir gesagt, dass du aufhören sollst, mir solche Scheiße zu erzählen. Ich bin ein Cop, falls du das vergessen hast." Ich rief ihn wegen seines losen Mundwerks und seines ungestümen Temperaments ständig zur Ordnung. Mein Bruder war durchaus dazu fähig, jemanden zu töten. Es war echt nicht nötig, mir das jedes Mal in Erinnerung zu rufen, wenn seine wilde Natur ihn dazu brachte, die Ketten abzuschütteln, die er sich selbst auferlegt hatte, seit er in Dovie verliebt war.

„Und warum sind wir hier, *Detective*?", fragte er nun. Ich hasste es, wenn er mir meinen Rang so verächtlich um die Ohren haute.

Finster funkelte ich Bax an und warf Brysen ebenfalls einen ziemlich verkniffenen Blick zu. Dann krümmte ich den Finger und bedeutete ihnen, näher zu kommen. „Einer der Marshals, die sich um die Zeugen im Fall Novak kümmern, hat mich angerufen. Races und Dovies Vater wurde letzte Nacht an dem sicheren Ort ermordet, an dem er sich im Zuge des Zeugenschutzprogramms versteckt hielt. Hartman war willens, die Namen von Waffenhändlern und Drogendealern sowie alle möglichen anderen brisanten Informationen weiterzugeben. Er hatte die höchste Sicherheitsstufe und war mitten im gottverdammten Nichts untergebracht. Und trotzdem hat ihn jemand erwischt."

Brysen schnappte verstört nach Luft und biss sich auf die Unterlippe. „Wie haben die beiden die Nachricht aufgenommen?"

So aufrichtig wie möglich antwortete ich: „Dovie ist ein Schätzchen. Daher denke ich, dass sie sich vor allem um Race sorgt, der noch kein einziges Wort gesagt hat. Dieses Arschloch von Vater hat Novak schließlich dazu angestiftet, sie umzubringen. Ich glaube, sie ist einfach erleichtert, dass sie diese Bedrohung ein für alle Mal los ist. Race hingegen hat irgendwie dichtgemacht, ich habe ihn noch nie so erlebt. Aber das ist nicht alles." Ich lehnte mich ein Stück zurück und legte eine Hand auf die Pistole an meinem Gürtel. „Da Hartman so isoliert war, muss der Mord von innen organisiert worden sein. Von jemandem, der sich um das Prozedere und die Verlegung gekümmert hat." Diese Schlussfolgerung wollte ich nicht mal mir selbst eingestehen, doch es gab keine andere Erklärung.

Leise fluchend meinte Bax: „Ein Bulle?"

Ich nickte ernst. „Wahrscheinlich."

Nun stieß er so ungefähr jedes schmutzige Wort aus, das er in petto hatte. „Als hätten wir nicht schon genug mit den bösen Jungs zu tun! Jetzt müssen wir uns auch noch über die guten Jungs Gedanken machen?"

„Das hast du ziemlich treffend auf den Punkt gebracht."

„Warum war Reeve hier, Titus?" Das war ein ziemlich abrupter Themenwechsel, aber ich hatte damit gerechnet. Bax war definitiv nicht glücklich darüber, dass Reeve wieder da war – egal, was die Gründe für ihre plötzliche Rückkehr waren.

„Weil sie über Informationen verfügt, die ich brauche, wenn ich eine Chance haben will, unseren schmutzigen Bullen auffliegen zu lassen."

„Was für Informationen?"

Ich schüttelte den Kopf und strich mir über mein kurzes Haar. „Damit ist die Grenze erreicht, an der Bruder und Cop sich treffen, Shane." Mein Ton ließ keinen wie auch immer gearteten Widerspruch zu. „Lass sie einfach in Ruhe. Ich brauche sie, um meinen Job zu erledigen, und ich werde ernsthaft sauer, wenn du mir in die Quere kommst."

Brysen hatte anscheinend die Nase voll von unserem Testosteron-Wettbewerb. „Wo ist Race?", fragte sie.

„In meinem Büro, mit Dovie." Ich legte Bax, der sich an mir vorbeischieben wollte, eine Hand auf die Brust, um ihn aufzuhalten. Mein Bruder war groß, aber ich bin schon immer größer gewesen, und ich hatte absolut keine Skrupel, meinen Gewichtsvorteil einzusetzen, wenn es notwendig war. „Hör zu, ich brauche dieses Mädchen, um zu stoppen, was gerade in The Point passiert ... Die Brände, die Schlägereien, die Zerstörung ... das hängt alles irgendwie zusammen. Sie ist absolut unverzichtbar. Das habe ich Dovie auch erklärt, und sie versteht es. Daher solltest du dringend dein Hirn einschalten und dich nicht zu irgendwelchen übereilten, unausgegorenen Aktionen hinreißen lassen, sonst sperre ich dich schneller weg, als du gucken kannst. Habe ich mich klar genug ausgedrückt, Bax?"

Bax erwiderte nichts, sondern stieß mich ungestüm zur Seite und stapfte auf eine Glastür zu, auf der in schwarzen Buchstaben mein Name und mein Rang standen. Als Brysen ihm folgen wollte, streckte ich meinen Arm aus und versperrte ihr so den Weg. Ich wollte sie schonend darauf vorbereiten, dass ihrem Mann die Neuigkeit über seinen Dad ziemlich zu schaffen machte, er sich aber alle Mühe gab, das zu verbergen.

„Race ist ein guter Mann", sagte ich zu ihr. „Er hat es zurzeit nicht leicht und muss ein paar schwere Entscheidungen treffen, doch er war im Kern immer viel weicher als Bax. Sein Dad war zwar ein Stück Scheiße, ein Mörder und ein verdammter schmieriger Hurensohn. Wenn er jedoch wirklich begreift, was passiert ist, wenn die Nachricht richtig zu ihm durchdringt, dann braucht Race jemanden, der ihm hilft, darüber hinwegzukommen, dass sein alter Herr nicht mehr lebt."

Eben ließ sie mich in hochmütigem Ton wissen, dass sie nicht vorhatte, ihn alleinzulassen, als ihr Kerl, mein Bruder und dessen Freundin in düsterer Eintracht auf uns zukamen. Ich trat beiseite, während die beiden Paare sich umarmten und leise Worte wechselten, als ob sie sich nicht gerade mitten in einer belebten Polizeiwache befinden würden. Sie schoben sich durch die Menge zur Tür und benahmen sich dabei, als ob Mord, Verrat und schwerwiegender persönlicher Verlust für sie alte Hüte wären. Mit einem Gefühl der Enge in meiner Brust schaute ich ihnen hinterher, denn an einem Ort wie The Point waren diese Dinge tatsächlich alltäglich, und all diese jungen Erwachsenen waren viel zu vertraut damit. Wenigstens hatten sie alle jemanden gefunden, an den sie sich anlehnen und mit dem sie die Bürde der stetig eintrudelnden schlimmen Nachrichten teilen konnten.

Ein Bund, der unter den denkbar schlechtesten Umständen zustande kam, eine Liebe, die im Feuer geschmiedet wurde, musste zwangsläufig heller glänzen und länger halten als Empfindungen, die nie auf diese Weise getestet wurden. Normale Leute konnten leichtherzig und gedankenlos lieben. Leute, die sich in The Point verliebten, wussten hingegen von vornherein, dass sie um ihre Liebe würden kämpfen müssen. Alles hier war ein Kampf, und an einem gefährlichen Ort voller gefährlicher Menschen war es oft allein die Liebe, die jemanden dazu bewegen konnte, das Richtige zu tun. Mein Bruder war dafür das beste Beispiel.

Bax' gesamtes Leben war wie ein Kartenhaus gewesen, das jeden Moment in sich zusammenfallen konnte. Seine ganze Jugend hindurch hatte er eine kriminelle Handlung nach der nächsten begangen, als ob er nur darauf gewartet hatte, erwischt zu werden. Er war kein guter Kerl und würde nie einer sein, aber die Tatsache, dass er Dovie liebte und sich um sie kümmerte, zwang ihn jetzt dazu, klügere Entscheidungen zu treffen. Er wusste, dass es sie umbringen würde, wenn er wieder ins Gefängnis müsste – oder wenn er sich mit jemandem anlegte, der nur ein bisschen härter oder ein bisschen rücksichtsloser als er war, und sie ihn beerdigen müsste. Bax war immer schon gefährlich gewesen, aber nachdem er nun den kessen Rotschopf in seinem Leben hatte, war er auch vorsichtig geworden. Ich hätte nie geglaubt, das noch zu erleben, aber mein Bruder dachte inzwischen tatsächlich nach, bevor er handelte.

Ich ging zurück in mein Büro, ließ mich in meinen wackligen Stuhl fallen, der garantiert noch vor Ende des Jahres unter mir zusammenbrechen würde, und schaltete das Handy an, das Reeve mir dagelassen hatte. Ich war neugierig, zu sehen, was sich darauf finden lassen würde, und zugleich war mir ein bisschen schlecht. Seit ich vor acht Jahren meinen Dienst als Streifenpolizist in The Point angetreten hatte, waren mir alle Arten von bösen Buben untergekommen. Es gab nicht mehr viel, was mich schockieren oder mir eine Gänsehaut über den Körper jagen konnte. Zum Teufel, ich selbst hatte Bax die Handschellen angelegt und ihn für fünf Jahre in den Knast gebracht, als das Glück ihn endlich verlassen hatte, und ich hatte es ohne Reue oder Schuldgefühle getan. Allein bei der Vorstellung, dass ein Polizist wie ich, ein Mann des Rechts, hinter all der Zerstörung und dem Stapel von Toten im Leichenschauhaus stecken könnte, kochte mein Blut so heftig vor Wut, dass ich überrascht war, dass es sich nicht durch meine Haut brannte. Man verschrieb sich nicht dem Dienst der Öffentlichkeit und gelobte, die Menschen zu schützen, um plötzlich irgendwann zu dem Schluss zu kommen, dass es zu schwierig war, sich an diesen Eid zu halten.

Das Telefon war durch einen Sicherheitscode gesperrt, den ich nicht knacken konnte. Daher rief ich einen der Techniker an und fragte, ob er vorbeikommen könnte. Ich war auf der Wache als sturer Hund bekannt und kriegte meine Sachen für gewöhnlich gebacken. Deshalb rückte ich oft automatisch an die Spitze der Warteliste, wenn ich um eine Gefälligkeit bat. Der Technik-Typ war nach zwanzig Minuten in meinem Büro und brauchte fünf weitere, um mir Zugang zum Handy zu verschaffen. Als er die Tür hinter sich schloss und in seine eigene Abteilung zurückkehrte, hatte ich mich bereits durch zehn Nachrichten gescrollt, deren Inhalt mich dazu brachte, die Zähne derart fest zusammenzubeißen, dass sie nur mit Glück heil blieben.

Es war alles da. Worte über Worte, die eine Geschichte von Rache und Verwüstung erzählten. Es gab eine SMS-Konversation zwischen Roark und einem Typen, der einen festen Termin mit einer von Nassirs Huren ausgemacht hatte und sie so in die Falle locken konnte. Der Typ hatte dem brutalen Iren dadurch Zutritt zu Roxie verschafft, die eine der bekanntesten Prostituierten in The Point war und außerdem eine enge Freundin von Baxter, der sie schon ewig kannte. Roark hatte das Mädchen übelst zugerichtet.

Es gab einen SMS-Austausch mit jemandem, der schlicht Zero genannt wurde, der sich damit befasste, wie man Dynamit durch den Zoll schmuggeln konnte. Das Dynamit, mit dem später Nassirs Club dem Erdboden gleichgemacht worden war. Das Feuer war nicht nur als Strafe für Nassir und Race gedacht gewesen, es hatte auch die Menschen treffen sollen, die sich im Herzen von The Point zusammenfanden, um unmoralische Dinge zu tun. Die Wut des schmutzigen Bullen auf diese Stadt hatte etwas Unwirkliches, Unheimliches, und ich kam einfach nicht drauf, was dahinterstecken könnte. Es kam mir nicht so vor, als ob er jemals hier gelebt hatte oder ein Opfer der Straße geworden war, wie so viele von uns, die The Point als ihre Heimat betrachteten. Sein Zorn und sein zerstörerischer Rachedurst fühlten sich so … fehlgeleitet, so verrückt an. An der Sache musste definitiv mehr dran sein. In dieser Richtung hatte das Handy allerdings nichts zu bieten.

Es gab Nachrichten, die sich mit dem Plan beschäftigten, einen Jungen umzubringen, der Race Geld für eine Football-Wette schuldete, und seine Leiche als Botschaft an die neue kriminelle Elite zu benutzen. Weitere Morde waren diesem gefolgt, und Geld war in die Hände verzweifelter Männer geflossen, damit sie schlimme Dinge taten, um sicherzustellen, dass jeder wusste: The Point würde niemals ein sicherer Ort sein – egal, wer gerade an der Macht war –, sondern für immer bleiben, was es war. Eine vergessene Stadt voller vergessener Leute, die keiner vermissen würde, wenn sie weg war.

Es gab sogar ein Foto, das zeigte, was nach dem Brand von Races klassischem Mustang übrig geblieben war: ein in sich verdrehter Schrotthaufen aus geschmolzenem Metall und Gummi.

Der Typ war rachsüchtig und schaute sich die Ergebnisse seiner Bemühungen gern aus der Nähe an. Unglücklicherweise war ihm die Arbeitsweise der guten Jungs bekannt. Daher fanden sich auf seiner Seite des Geschehens zwar jede Menge Beweise, dass er bei all diesen Niederträchtigkeiten vor Ort gewesen war, aber an unserem Ende war kein einziger Hinweis auf seine Anwesenheit aufgetaucht. Roark kannte die Tricks, wie man Überwachungskameras umging und sich unauffällig im Hintergrund hielt; er wusste genug, um zu verhindern, dass man ihn erwischte, während er im Verborgenen wie ein durchgeknallter Puppenspieler die Fäden zog.

Ich überflog Hunderte von SMS, die er und Reeve sich während der letzten paar Monate geschickt hatten. An dem Schriftwechsel war zunächst nichts Ungewöhnliches. Ihre Nachrichten waren lustig und in einem flirtenden Ton verfasst. Sie schien den korrupten Cop wirklich zu mögen. Sie teilte ihm mit, dass sie ihn vermisste, wenn er unter der Woche zurück in die Stadt musste. Sie dankte ihm überschwänglich dafür, dass er sie nicht nach ihren vergangenen Missetaten beurteilte. Sie gestand ihm, dass sie sich bei ihm sicher und wie ein besonderer Mensch fühlte.

Seine Antworten waren flapsig und voller oberflächlicher Beteuerungen. Er schrieb, dass sie schön sei, sogar umwerfend, dass sie ein toller Fang sei. Während Reeve wie eine Frau klang, die dabei war, sich ernsthaft zu verlieben, wirkte Roark wie ein Mann, der eine Trophäe ergattert hatte und ganz versessen darauf zu sein schien, sie zur Schau zu stellen und damit zu prahlen. Sein Rang und seine Dienstmarke hatten viel dazu beigetragen, ihr Interesse zu wecken, und ihr Aussehen war für ihn ein überzeugendes Argument gewesen, die Vorschriften zu missachten und mit ihr zu schlafen. Ich konnte nachvollziehen, dass er der Versuchung erlegen war.

Die jüngeren Nachrichten aus der Zeit kurz vor dem Brand im Club waren interessanter. Reeve war in The Point aufgewachsen und hatte eine Schwester an die gnadenlose brutale Wildnis der Straße verloren. Sie war nicht nur mit allen Wassern gewaschen, sie verfügte auch über einen empfindlichen Radar für Gefahren. Irgendwann fing sie an, ihm Fragen zu stellen. Sie wollte wissen, wohin er an den Wochenenden verschwand und warum er nicht mit ihr darüber redete. Sie fragte, warum sein Telefon zu merkwürdigen Zeiten mitten in der Nacht klingelte. Das war zwar nicht unüblich bei einem Polizisten, aber sie schien zu wittern, dass irgendwas nicht stimmte. Sie erkundigte sich, wer Zero war und weshalb er an ihrem sicheren Rückzugsort aufgetaucht war, um nach ihm zu suchen. Aus ihren SMS ging klar hervor, dass sie immer misstrauischer wurde – und dass Roark nicht das war, was er vorgab.

Er versuchte, ihr Sand in die Augen zu streuen. Er schrieb, dass er mitten in einem hochgeheimen Fall stecke, der von großem öffentlichen Interesse sei, und entschuldigte sich glattzüngig für all die Nebelkerzen und Ausflüchte. Er versprach, mit ihr wegzufahren, sobald der Prozess gegen Novaks Leute beendet sei, irgendwohin, wo es warm und tropisch sei. Und als nichts von alldem sie zu beschwichtigen schien, holte er das ganz große Kaliber hervor und schwor ihr, dass er sie liebe. Da verschlug es ihr für exakt einen Tag die Sprache. Erst dann schrieb sie zurück, dass sie ihn ebenfalls liebe. Das war ihre letzte Nachricht.

Nach der großen Liebeserklärung herrschte also Funkstille zwischen den beiden. Aber es gab noch diverse aufschlussreiche SMS, die zwischen Zero und Roark hin- und hergegangen waren. Roark hatte Brysen und Dovie beobachen lassen. Er spionierte auch das Spanky's aus, den Stripklub, der mittlerweile praktisch Nassirs geschäftliches Hauptquartier war, nachdem das Pit Geschichte war. Im Spanky's tanzte eine Stripperin namens Honor, und jeder, der Augen im Kopf hatte und sich die Mühe machte, näher hinzusehen, begriff, dass dieses Mädchen Nassirs Schwachstelle war – wenn er denn überhaupt eine hatte. Die Nachrichten wiesen darauf hin, dass Roark, angetrieben von was auch immer, sich darauf vorbereitete, den Kampf direkt ins Herz jener zu tragen, die willens waren, sich ihm bei seinem Rachefeldzug in den Weg zu stellen. Und das konnte nur eins bedeuten: Die Dinge hier würden noch viel hässlicher und blutiger werden, bevor ich dem Ganzen ein Ende setzen konnte.

Die Nachrichten brachen ab, weil Reeve offensichtlich bei ihrem nächsten gemeinsamen Treffen Roarks Handy geklaut hatte und in die Stadt zurückgekehrt war, um es mir zu geben. Sie hatte sein Liebesbekenntnis als das durchschaut, was es gewesen war – ein ziemlich durchsichtiges Ablenkungsmanöver. Und hatte das getan, was sie immer gemacht hatte, seit ich sie kannte: Sie wollte ihren eigenen Arsch retten. Jede Wette, dass Roark clever genug war, um zu erkennen, dass seine Tarnung als einer der Guten, als Hüter des Gesetzes, in dem Moment aufgeflogen war, in dem er den Verlust seines Telefons bemerkt hatte. Ich würde mein linkes Ei darauf setzen, dass der Federal Marshal abgetaucht war – und dass außer mir noch andere nach ihm suchten.

Bei Gelegenheit würde ich die Marshals anrufen, um herauszufinden, wie viel sie über ihren korrupten Kollegen wussten.

„Verdammte Scheiße." Ich warf das Handy auf den Schreibtisch, ballte die Fäuste und presste sie in meine Augenhöhlen. Von meinen verspannten Nackenmuskeln aus kroch ein pochender Kopfschmerz zu meinem Scheitel und pulsierte hinter meinen Augen. Es fühlte sich an, als ob jemand meinen Schädel von innen mit einem Vorschlaghammer bearbeitete.

Ich hievte mich aus meinem altersschwachen Stuhl hoch, der vor Erleichterung ächzte, und schlug die Bürotür so heftig hinter mir zu, dass der Rahmen erzitterte. Mehrere Kollegen blieben abrupt stehen und musterten mich fragend, während ich auf den Ausgang der Wache zumarschierte.

In The Point gab es nirgends so etwas wie frische Luft, aber ich wollte jetzt draußen sein. Ich brauchte die Freiheit, auf und ab laufen zu können, ohne mir dabei wie ein eingesperrtes Tier vorzukommen. Also riss ich mir die ohnehin schon gelockerte Krawatte vom Hals. Dann zog ich mein Handy aus der Hosentasche, um einen Anruf zu tätigen, von dem ich nie im Leben, nicht in einer Million Jahren, gedacht hätte, dass ich ihn jemals machen würde.

Es klingelte lange. Mein erster Gedanke war, dass sie nicht rangehen würde. Mein zweiter, dass ich mich in diesem Fall in meine stinklangweilige Limousine setzen und jede einzelne Straße dieser verdammten Stadt abfahren würde, bis ich wusste, wo sie sich verkrochen hatte. Wer so aussah wie sie, konnte sich nicht verstecken.

Endlich, als ich fast am Ende meiner Geduld und bereits drauf und dran war, aufzulegen und dann vermutlich das Telefon über den Parkplatz zu schleudern, hörte ich ihre rauchige, spöttische Stimme.

„Na, das ging ja schnell, Detective."

Während ich auf meine abgeschabten Stiefelkappen starrte, fragte ich mich zum ungefähr millionsten Mal, warum ich dieses Leben nicht einfach hinter mir ließ. Ich hatte die Qualifikationen. Ich hatte die nötigen Fähigkeiten. Ich könnte überall in den USA als Polizist arbeiten. Zum Teufel, ich könnte wahrscheinlich sogar zum FBI gehen, wenn ich das wollte. Was mich hier festhielt, war undefinierbar und unbezwingbar. Als ich jünger gewesen war, hatte ich es mal mit dem besseren Leben probiert und war auf die andere Seite gezogen – The Hill war die Gegend der Wohlhabenden. Aber diese Erfahrung hatte mich bloß gelehrt, dass es überall schlechte Menschen und schlimme Dinge gab. Die Postleitzahl spielte in Wahrheit keine Rolle. Ich hatte hier in The Point die Unschuldigen zu beschützen, und genau das würde ich bis zu meinem letzten Atemzug tun.

„Du hast recht. Ich brauche dich, Reeve." *Und Gott helfe uns allen.*

Ihr leises Lachen klang gänzlich humorfrei. „Du hast ja keine Ahnung, wie lange ich diese Worte schon von dir hören will, Titus King.“

Ich hatte keinen Schimmer, wovon sie sprach, aber mich beschlich eine böse Vorahnung, was es für mich nach sich ziehen würde, mit ihr ins Bett zu gehen ... ob im übertragenen Sinne oder auf die andere Art. Dieses Mädchen bedeutete in jedem Fall Ärger.

3. Kapitel

Reeve

Ich wälzte mich die ganze Nacht lang schlaflos im Bett, und das hatte nichts damit zu tun, dass Conner inzwischen garantiert wusste, dass ich weg war – und dass ich sein Handy hatte. Das hatte ich allerdings nur ein paar Sekunden in Augenschein nehmen können, bevor der Sperrcode aktiviert worden war; daher wusste ich nicht, wie tief Conner auf der schiefen Bahn bereits gesunken war. Aber die paar Nachrichten, auf die ich einen Blick erhascht hatte, machten es glaskar, dass der Mann, den ich für meinen Retter gehalten hatte, in Wahrheit ein Mörder war, und damit kein bisschen besser als ich. Als Titus mich angerufen hatte, um mir zu sagen, dass er mich brauchte, war zwar meine Unterhose spontan in Flammen aufgegangen und mein dummes Herz hatte einen Trommelwirbel geschlagen – doch seine Worte hatten mir auch gesagt, dass er auf diesem Telefon mehr als genug gefunden hatte, um Conner ans Messer zu liefern. Sonst hätte er sich nicht die Mühe gemacht, mich zu kontaktieren.

Titus mochte mich nicht. Wie könnte er, wo er doch aufs Intimste mit all den schrecklichen Dingen vertraut war, die ich früher verbrochen hatte? Ich würde nie vergessen, wie seine hübschen blauen Augen aufgeblitzt waren, als ich mich nach Dovies Entführung gestellt und meine schmutzige Geschichte vor ihm ausgebreitet hatte. Bei den meisten Männern wurden die Augen dunkler, umwölkten sich mit Emotionen, wenn sie wütend oder bestürzt waren. Nicht so bei Titus. Nein, diese scharfen, durchdringenden blauen Augen waren während meiner Bekenntnisse so hell geworden, dass sie beinahe silbern wirkten. Ich erzählte ihm von meiner kleinen Schwester und dem Typen, der sie ruiniert hatte. Ich erzählte ihm, wie die Drogen Besitz von ihr ergriffen und sie dazu trieben, sich zu prostituieren. Ich erzählte ihm, dass es nie reichte und Rissas Freund deshalb anfing, sie zu schlagen. Ich erzählte ihm, wie es mich fertigmachte, dass sie mir jedes Mal, wenn ich auf sie zuging, die Tür vor der Nase zuschlug und mich komplett aus ihrem Leben ausschloss. Ich wollte sie retten, und ich war verzweifelt. Je länger ich erzählte, desto heller wurden seine Augen, und seine Miene verfinsterte sich immer mehr.

Ich erzählte von der Schwangerschaft und davon, wie Rissas Freund ausflippte, als sie es ihm sagte. Er war so aufgebracht, dass sie nicht mehr arbeiten und keinen Sex mehr mit Fremden haben konnte, um das nötige Geld zu beschaffen. An dieser Stelle brach ich zusammen. Schluchzend berichtete ich Titus von den Polizisten, die mitten in der Nacht bei meinen Eltern vor der Tür standen und uns mitteilten, dass man die nackte Leiche meiner kleinen Schwester in einer finsteren Seitengasse im Herzen von The Point gefunden hatte. Ich konnte nicht mehr atmen, weil mir die Brust so wehtat, und ich weiß noch, dass er sich erhob und seinen Schreibtisch umrundete, um mir unbeholfen auf den Rücken zu klopfen. Er war kein Mann, der zu freundlichen Gesten neigte, aber er versuchte es … für mich … Was allerdings nur dazu führte, dass ich noch mehr die Fassung verlor, während ich ihm den Rest beichtete.

Ich erklärte, dass ich nichts mehr empfinden konnte. Dass ich innerlich völlig taub war, wie erloschen. Ich flüsterte, dass sie mich genauso gut neben meiner kleinen Schwester in die kalte Erde hätten legen können, weil nichts mehr eine Bedeutung hatte. Ich war bloß zu einem Gedanken fähig: wie ich mich an Rissas mörderischem Freund rächen konnte. Ich war völlig besessen von dieser Idee, die mich ganz und gar erfüllte. Alles andere spielte keine Rolle mehr. Die Rache war das Einzige, was mich am Leben hielt, jeden Morgen wachte ich damit auf, und irgendwann reichte es nicht mehr, nur daran zu denken. Ich musste handeln.

Als ich so weit gekommen war, hörte er auf, mich zu berühren. Er trat einen Schritt zurück und lehnte sich an seinen Schreibtisch – ungefähr so wie gestern –, während er mich weiterhin unverwandt ansah. Seine Augen glitzerten wie Diamanten in seinem markanten Gesicht, und der metallische Glanz in ihren Tiefen schien sich durch meine dünne Haut zu bohren, ohne dort auf Widerstand zu treffen.

Die nächsten Worte kamen mir nur zögernd über die zitternden Lippen, denn ich wusste, dass ich ein Verbrechen gestand, das mich bestenfalls ins Gefängnis bringen würde und schlimmstenfalls in die Todeszelle. Ich erzählte ihm, dass es nicht lange dauerte, bis mich jemand an Novak verwies. Natürlich half mein Aussehen – seine Schläger waren damals ganz wild darauf, mich dem inzwischen verblichenen Verbrecherkönig zuzuführen. Schließlich gefiel es ja jedem Mann, wenn ein hübsches Mädchen in seiner Schuld stand; und was ich von Novak wollte, sollte mich für den Rest meines Lebens in seine Gewalt bringen, mit Leib und Seele.

Das war mir egal. Ich war bereit, jeden Preis zu zahlen, den er verlangte. Hätte er gewollt, dass ich für ihn im Bett die Beine spreize, hätte ich es getan. Hätte er gewollt, dass ich mich im Spanky's an einer Stange reibe, hätte ich tanzen gelernt. Hätte er verlangt, dass ich Waffen und Drogen für ihn schmuggele, wäre ich jedes Risiko eingegangen. Ich hätte alles für ihn getan, solange er mir garantierte, dass Rissas Mörder exakt das bekam, was er verdiente. Ich stellte mir für ihn ein brutales, blutiges Ende vor. Ich wollte, dass er ebenso leiden musste, wie meine Schwester gelitten hatte, und Novak lächelte mich an und versprach mir die bittere Befriedigung, nach der ich mich so verzweifelt verzehrte.

Nur zwei Wochen später standen die Cops schon wieder bei meinen Eltern vor der Tür, um zu fragen, ob wir irgendwas über den Tod von Rissas Freund wüssten. Meine Mom und mein Dad waren verblüfft, und ich war starr vor Schock. Eigentlich hätte ich Genugtuung empfinden sollen, weil er weg war. Aber ich empfand keine. Ich war noch immer wütend. Ich kam mir noch immer wie ausgehöhlt vor und vermisste meine Schwester, und jetzt füllten sich all diese klaffenden Wunden mit Schuldgefühl – und mit ungläubigem Entsetzen darüber, dass ich für das vorzeitige Ende eines Mitmenschen verantwortlich war.

Titus knurrte mich an wie ein Tier, und als ich es wagte, ihn anzuschauen, erkannte ich auf seinem attraktiven Gesicht den Ausdruck von Ekel und Widerwillen. Ich schämte mich bis ins Mark, weil er meinetwegen so aussah. Er neigte den Kopf, damit ich weiterredete, und ich musste all meine inneren Reserven mobilisieren, um fortfahren zu können. Ich hatte nie behauptet, ein guter Mensch zu sein oder eine Frau ohne Fehler, doch unter Titus' Blick kam ich mir vor wie jemand, der es verdiente, in einer schmierigen Gasse zu verrecken, gleich neben der Stelle, an der meine Schwester gestorben war.

Ich erzählte, dass Novak sehr, sehr lange nicht auf mich zugekommen war. So lange, dass ich schon glaubte, er hätte mich und den Gefallen, um den ich ihn gebeten hatte, vielleicht vergessen. Ich zog bei meinen Eltern aus, weil ich wusste, dass ich verdorben war, dass ich eine Grenze überschritten hatte und nie mehr zurückkehren konnte. Ich begann, in einem Friseursalon knapp außerhalb von The District zu arbeiten. Stripperinnen gaben viel Geld aus, damit ihre Haare toll aussahen, und sie waren immer spendabel mit dem Trinkgeld, weil ihr eigener Lebensunterhalt von der Großzügigkeit übererregter Fremder abhing. Es war ein netter Job, und ich versuchte mir den lieben langen Tag einzureden, dass meine Aktionen gerechtfertigt waren, dass ich nur getan hatte, was jede liebende, fürsorgliche Schwester tun würde. Ich trug die Maske der Normalität und zurrte sie so fest, dass es mir schon fast gelungen war, mich selbst davon zu überzeugen, dass alles nur ein böser Traum gewesen war. Dann tauchte eines Nachmittags Novaks rechte Hand bei mir auf, und die Maske wurde weggerissen. Das böse, hasserfüllte Mädchen, das ich wirklich war, zeigte der Welt wieder sein wahres Gesicht.

Novak forderte seinen Gefallen ein. Ich sollte mich als freiwillige Helferin in einem Kinderheim melden und mich mit einer stillen Rothaarigen namens Dovie Pryce anfreunden. Meine Aufgabe war es, möglichst viel über sie zu erfahren und sie im Auge zu behalten. Und falls erforderlich, sollte ich sie dann irgendwann zu Novak bringen, ohne irgendwelche Fragen zu stellen.

Ich dachte, ich könnte es tun. Was konnte denn so schwierig daran sein, sich mit einem schüchternen Mädchen anzufreunden? Eine ganze Menge, stellte ich bald fest. Vor allem, wenn besagtes Mädchen praktisch auf der Straße aufgewachsen war und dieselben Instinkte entwickelt hatte wie ich, was Menschen betraf. Dovie ließ mich nie wirklich an sich heran, und als Bax ins Spiel kam und ich versuchte, sie zu warnen und ihr klarzumachen, wie schlimm es für sie ausgehen würde, wenn sie ihn sich nicht vom Leibe hielt, zog sie sich völlig von mir zurück. Dann kam der Anruf, vor dem mir gegraut hatte. Novak wollte sie, und es war ihm egal, wie er sie kriegte. Ich erwog, Dovie alles zu beichten und sie irgendwie dazu zu bringen, die Stadt zu verlassen. Ich dachte darüber nach, selbst wegzulaufen, aber ich wusste, dass Novak in dem Fall hinter uns beiden her wäre. Letztendlich wählte ich die feige Lösung: Ich rief Novaks rechte Hand Benny an und informierte ihn, dass Dovie allein unterwegs war und den Bus zu irgendeiner Werkstatt nehmen wollte, wo sie wohnte. Mir war klar, dass Novaks Leute sie entführen würden; mir war jedoch nicht klar, dass sie sie dazu benutzen wollten, Bax zu schaden, oder dass sie die Werkstatt überfallen, den Besitzer umbringen und Dovies Bruder halb totschlagen würden.

Für eine Weile rang ich mit meinen Schuldgefühlen, bis ich es nicht länger aushielt und zu Dovie ging. Ich musste ihr erklären, warum ich es getan hatte. Sie würde mir niemals verzeihen können, aber ich wollte ihr klarmachen, dass meine Gründe komplizierter waren, als es den Anschein hatte. Ich sagte ihr, dass ich mich stellen würde, und sie warnte mich davor, zu Titus zu gehen. Das bedeutete natürlich, dass er derjenige war, den ich aufsuchen musste. Ich war bereit, meine volle Strafe anzunehmen, und wenn das hieß, Bax' Bruder mein Herz auszuschütten, damit der danach mit mir machen konnte, was er wollte, dann war es eben so. Ich verdiente, was immer das Gesetz für angemessen hielt, und als ich mit meinem Geständnis durch war, sah ich, dass Titus in dem Punkt ganz meiner Meinung war. Für ihn war ich nicht anders als jeder andere Kriminelle, der seine Verbrechen in The Point beging.

Ich stellte mich darauf ein, eine lange Gefängnisstrafe abzusitzen und mein Leben vorüberziehen zu sehen, während ich durch die Gitterstäbe starrte, doch plötzlich tat Titus etwas, das uns beide schockierte. Er rief den Bezirksstaatsanwalt an, der mich prompt an den Generalstaatsanwalt weiterreichte. Titus erläuterte den hohen Tieren widerwillig, welche Art Informationen über Novaks Organisation ich zu bieten hatte, und ehe ich michs versah, saß ich in einem schicken Büro. Dort bot man mir einen Deal an, wenn ich mich bereit erklärte, im Prozess vor dem Bundesgericht gegen die überlebenden Mitglieder von Novaks Bande auszusagen. Im Gegenzug garantierte man mir Zeugenschutz und einen Ausweg aus meiner juristischen Situation, und ich konnte gar nicht schnell genug zustimmen. Titus mochte mich zwar hassen – es war offensichtlich, dass das, was ich getan hatte, ihn abstieß. Trotzdem rettete er mich, und ich war ziemlich sicher, dass ich ihn dafür bis in alle Ewigkeit lieben würde. Ich hatte in meinem Leben noch nicht viel Gutes gesehen, doch hier war ein riesiger Haufen davon, eingewickelt in ein hoch aufragendes Paket düsterer Männlichkeit und vergrübelter Schönheit, das es nicht mal mehr über sich brachte, mir in die Augen zu blicken.

Und nun brauchte er mich. Was bedeutete, dass er mich ansehen musste, und vielleicht, ganz vielleicht, konnte er ja an all den Dingen, die ich getan hatte, und an all den Eigenschaften, die er nicht tolerierte, vorbeischauen. Das war natürlich reines Wunschdenken. Aber nachdem ich ihm gestern in seinem Büro so nahe gewesen war, nachdem ich seinen Duft eingeatmet und beobachtet hatte, wie die tobenden Emotionen in seinem Inneren seine himmelblauen Augen aufglühen oder vereisen ließen, konnte ich mich nicht gegen das Verlangen wehren, das meinen gesamten Körper in Besitz nahm. Es war so schwer und mächtig, dass es mich die ganze Nacht wach gehalten hatte. Ich konnte nicht mehr nachvollziehen, wie ich mir jemals hatte einreden können, dass Conner ein akzeptabler Ersatz für diese Naturgewalt namens Titus King war. Der eine Mann war ein wirkliches Weltwunder, ein echter Schatz; der andere war billiger Plastik-Flitterkram, der zerfiel, sobald man ihn nach Hause gebracht hatte.

Jetzt stand ich also in dem schmuddeligen Bad meines grässlichen Motelzimmers vor einem Spiegel, der so alterstrübe und gesprungen war, dass ich mein Gesicht kaum erkennen konnte, und machte mir Gedanken, wie ich aussehen würde, wenn Titus gleich vor meiner Tür stand. Ich wusste natürlich, dass es keine Rolle spielte. Er würde mir gegenüber nie das empfinden, was ich für ihn empfand – auch wenn es zweifellos eine Art von Anziehungskraft zwischen uns gab. Meine Eitelkeit und das Bedürfnis, mich ihm von meiner besten Seite zu zeigen, trieben mich dennoch dazu, an meinen Haaren herumzuzupfen und zu versuchen, mich mit den paar Utensilien zu schminken, die sich in meiner Handtasche befanden. Als ich Conners Telefon geklaut hatte, da hatte ich nicht wirklich vorausgeplant. Ich besaß momentan nur, was ich am Leibe trug oder in der Handtasche aufbewahrte. Das war nicht viel, aber es musste vorerst reichen. Dann hörte ich, wie eine schwere Faust gegen die papierdünne Zimmertür klopfte, und holte tief Luft, um zur Ruhe zu kommen.

Ich wollte nicht barfuß über den ekligen Boden laufen, und meine ausgelatschten Stiefel machten auf dem schäbigen Teppich ein schlurfendes Geräusch. Es passte zum unrhythmischen Stolpern meines Herzens, hervorgerufen durch Titus' unmittelbar bevorstehende Gegenwart. Ich spähte durch das kleine

Loch in der Tür und wich angesichts seiner finsteren Miene unwillkürlich zurück. Er hatte mich noch nicht mal gesehen und wirkte bereits, als würde er am liebsten jemanden erwürgen.

Kaum löste ich die Kette und öffnete die Tür einen Spaltbreit, schob er schon seinen kräftigen Körper an mir vorbei in den Raum. Ich war nicht die Einzige, die aussah, als hätte sie sich seit unserer letzten Begegnung nicht umgezogen. Er trug noch immer die zerknitterten Hosen und das schlappe Hemd vom Vortag, und die Schatten unter seinen Augen ließen ihn viel älter als seine achtundzwanzig Jahre erscheinen. Er hatte mir bloß ein paar Jahre voraus, doch im Moment kamen mir diese Jahre wie Jahrzehnte vor. Die Krawatte war verschwunden, und seine dunklen Haare waren total zerzaust, als ob er sie sich mehr als einmal gerauft hätte.

„Vor nicht mal zwei Wochen haben wir in diesem Motel zwei tote Junkies gefunden und einen Drogendealer hochgenommen", sagte er. „Konntest du keinen besseren Platz finden, um dich zu verstecken?"

Ich machte die Tür zu, lehnte mich dagegen und beobachtete, wie er vor mir wie ein wütendes Tier auf und ab lief. Gern hätte ich eine Hand nach ihm ausgestreckt, um ihn zu beruhigen. Er stand total unter Strom. Die Anspannung war in jeder Bewegung seines muskulösen Körpers und in der starren Härte seiner Züge zu sehen.

Als er seine stahlblauen Augen endlich auf mich richtete, zuckte ich leicht mit den Schultern. „Conner ist nicht blöd. Er ist mir garantiert schon auf den Fersen", meinte ich. „Daher konnte ich nicht riskieren, nach Hause zu gehen. Meine Eltern mussten in den letzten paar Jahren ziemlich viel durchmachen. Ich will sie nicht in das hier reinziehen."

„Wird er dort nicht ohnehin als Erstes nach dir suchen?" Er machte Anstalten, sich auf die Bettkante zu setzen. Als er jedoch sah, wie widerlich die senffarbene Tagesdecke bei näherer Betrachtung war, zog er eine Grimasse, baute sich vor mir auf und verschränkte die Arme vor seiner breiten Brust.

„Glaube ich nicht", erwiderte ich. „Nach Rissas Tod standen wir uns nicht mehr besonders nahe. Ich litt so sehr und hatte wohl das Gefühl, dass sie nicht genug litten. Ich habe seit Jahren nicht mit ihnen gesprochen."

Titus brummte irgendwas vor sich hin und rümpfte die Nase, als meine Zimmernachbarn beschlossen, sich eine Runde lautstarken Morgensex zu gönnen, der die ganze Wand zum Beben brachte.

„Hast du keine Freunde oder irgendwelche anderen Verwandten? Niemanden, der dir Unterschlupf gewähren kann, bis wir uns darüber klar geworden sind, wie wir mit Roark umgehen?", fragte er. „Der Generalstaatsanwalt wird denken, dass du aus dem Zeugenschutzprogramm getürmt bist. Du giltst als flüchtig, bis wir ihn geschnappt und diese Angelegenheit in Ordnung gebracht haben – und bis ich den richtigen Leuten zweifelsfrei beweisen kann, dass er korrupt ist."

Ich ließ meinen Kopf nach hinten fallen, bis er gegen die Tür stieß. „Teile dem FBI mit, dass ich weiterhin bereit bin, im Prozess auszusagen. Ich will bloß nicht mehr im Zeugenschutzprogramm sein. Das haben sie bei Bax und Race doch auch zugelassen. Abgesehen davon ist er nicht nur korrupt: Er hat außerdem mit mir geschlafen und damit die Vorschriften verletzt. Warum muss *ich* überhaupt beweisen, dass ich es ehrlich meine?" Ich konnte ihm die Antwort vom Gesicht ablesen. Sie würden weiterhin große Stücke auf Conner halten, weil er einen respektablen Job hatte – selbst wenn er ihn dazu benutzt hatte, das Gesetz zu brechen –, während ich nur irgendein Mädchen war, das eine schlechte Entscheidung nach der anderen traf.

„Bax und Race waren allerdings nicht in eine Auftragsmord-Geschichte mit Novak und seinen Schlägern verwickelt."

Unwillkürlich zuckte ich zusammen. „Nein, aber sie waren in seine anderen kriminellen Aktionen verwickelt. Und ich halte mich ja an meinen Teil der Vereinbarung, nur eben von hier aus."

„Hier ist es nicht sicher. Ich habe die Nachrichten in seinem Handy gelesen. Roark ist längst nicht fertig mit seinem Amoklauf. Er ist komplett durchgeknallt. Er ist wütend über irgendwas, und diese Wut treibt ihn an. Er will, dass The Point untergeht, und nimmt jeden ins Visier, der nach Novaks Niedergang versucht, die Stadt zusammenzuhalten. Bestimmt ist ihm klar, dass du diejenige bist, die ihn angeschwärzt und die nötigen Beweise für seine Schuld an sich gebracht hat. Du steckst bis zum Hals in der Scheiße."

Ich lachte trocken und wünschte mir, ich besäße den Mut, zu ihm zu gehen und ihn zu umarmen. Wir hätten wohl beide eine Umarmung gut gebrauchen können. „Ich stecke immer bis zum Hals in der Scheiße. Als ich vorgegeben habe, eine andere zu sein, hatte ich mal ein paar ruhige Minuten. Aber diese fremde Haut hat mir nie wirklich gepasst. Das hier ist mein Leben. So sieht es aus, Detective."

Seine Brauen zogen sich zusammen, und in seinem Kiefer zuckte unübersehbar ein Muskel. „Dir ist aber schon klar, dass Conner dich höchstwahrscheinlich tötet, wenn er dich in die Finger kriegt, oder? An dem Abend, an dem er Nassirs Box-Club niedergebrannt hat, waren jede Menge Leute da drin. Wir haben zehn Leichen aus den Ruinen gezogen. Die meisten Opfer waren jünger als du."

Ich brauchte keine Lektion darüber, wie brutal und kaltblütig Conner war. Ich wusste es. Der Bastard hatte mir das Wort *Liebe* vor den Latz geknallt, als wäre ich eine Idiotin, ein schlicht gestricktes Mädchen, das nicht auf der Straße aufgewachsen war und nicht ahnte, wie mühsam es war, jemanden wie mich zu lieben. Ein guter Mann, ein Mann, der eine Mission und ein Ziel hatte, würde das L-Wort niemals so leichtfertig für eine Frau mit meiner Vergangenheit gebrauchen. In dem Moment war mir klar gewesen, dass er etwas im Schilde führte, mit dem ich nichts zu tun haben wollte. Er hatte geglaubt, er müsse mir nur vorgaukeln, dass er mich liebte, und ich sei Wachs in seinen Händen. Stattdessen hatte ich die Lüge ungerührt zurückgegeben und mich darangemacht, seine Pläne zu durchkreuzen. Was ihm nur recht geschah, dafür, dass er mich unterschätzt hatte.

„Ich weiß, was Conner mit mir anstellen wird, wenn er mich in die Finger kriegt. Deshalb bin ich ja zu dir gekommen." Ich schaute ihn unter meinen langen Wimpern hervor an.

Als unsere Blicke sich trafen, presste er die Lippen zusammen.

Ich fügte hinzu: „Sie werden mich schon lange genug am Leben halten, damit ich aussagen kann, Detective King." Er würde mich so lange am Leben halten, dass ich Conner den Garaus machen konnte, bevor er mich erledigte. Doch diesen Teil meines Plans brauchte Titus nicht zu kennen.

„Warum bist du dir da so sicher, Reeve?"

Mit einem tiefen Seufzer stieß ich mich von der Tür ab und ging zu ihm. Ich musste meinen Kopf in den Nacken legen und er seinen leicht senken, damit wir einander weiterhin in die Augen schauen konnten. Er war wirklich ein Berg von einem Mann, aber bei ihm – und auf mich – wirkte das ungemein anziehend.

„Conner weiß, dass ich ihn verpfiffen habe. Ich bin schuld daran, dass er nicht mehr die Freiheit hat, vorzugeben, einer der Guten zu sein. Dafür wird er mich leiden sehen wollen. Aber er ist nicht dumm, und er kennt all eure schicken Polizeitricks. Wir haben es hier nicht mit einem ungebildeten Gangster zu tun, der an der Straßenecke mit Shit dealt. Er ist du, Titus – nur eben die böse Version." Ich verschränkte die Arme, um seine Pose zu imitieren, und ein Schauer überlief mich, weil er nicht umhinkonnte, meine Brust zu betrachten, über der sich der Stoff meines T-Shirts spannte. Er mochte mich vielleicht nicht besonders. Dennoch war da eine Anziehung, die er nicht zu jeder Zeit unter Kontrolle hatte. Irgendetwas in seinem Inneren stürmte gegen seine raue, schroffe Fassade an, wann immer wir uns sehr nahe waren. Es war dieser Teil von ihm, an den ich mich kuscheln wollte, um ihn ganz fest in die Arme zu nehmen.

„Wenn du Conner willst, dann brauchst du mich, um ihn herzulocken", fuhr ich fort. „Er wird mich jagen und keine Rücksicht darauf nehmen, wen oder was er dafür aus dem Weg räumen muss. Also musst du mich da draußen herzeigen und ihn schnappen, sobald er sich auf mich stürzen will."

Für einen langen Moment herrschte angespanntes Schweigen. Er musste schwer schlucken, das erkannte ich an den Bewegungen seines Adamsapfels.

„Willst du damit sagen, dass ich dich als Köder benutzen soll?", fragte er dann. „Du erwartest, dass ich dich ins Haifischbecken stoße, obwohl das Wasser schon rot vom Blut ist?"

Mit beiden Händen strich ich mir das Haar aus der Stirn und ließ den Kopf hängen, sodass ich den scheußlichen Teppich zwischen unseren Füßen im Blick hatte. Die Spitzen unserer Schuhe berührten einander beinahe. Alles in mir sehnte sich danach, diesen letzten winzigen Schritt zu machen, um ihm ganz nahe zu sein.

„Wenn ich nicht gegen Novaks Leute aussage, platzt mein Deal mit dem Staatsanwalt, und ich muss für den Rest meiner Tage in den Knast", entgegnete ich. „Ich habe ein paar wirklich schlimme Dinge getan, und ich kann nicht zulassen, dass Conner aus Jux und Tollerei zertrümmert, was von diesem Ort noch übrig ist. Du musst mich lange genug am Leben erhalten, um mein Versprechen zu erfüllen, und du musst mich benutzen, um Conner aus der Reserve zu locken. Das ist die einzige Möglichkeit. Wenn er abgetaucht ist, braucht er einen triftigen Grund, um sich wieder blicken zu lassen. Er weiß schließlich, dass nicht nur du nach ihm fahndest, sondern auch das FBI."

Titus trat einen Schritt zurück und fing wieder an, auf und ab zu laufen. Ich hätte schwören können, dass der weiße Fleck in seinem Haar nach meiner Erklärung ein bisschen größer geworden war. Da ich immerhin die Nacht in dem schmuddeligen Bett verbracht hatte, war ich nicht so zimperlich wie er. Ich ließ mich auf die fleckige Decke fallen, während ich ihn weiterhin beim Herumtigern beobachtete.

„Oh, er macht das nicht aus Jux und Tollerei. Er tut das alles aus einem speziellen Grund. Ich kenne ihn nur noch nicht." Er sah mich scharf an. „Wie wär's denn, wenn du ins Zeugenschutzprogramm zurückgehst, unter der Aufsicht eines anderen Marshals?"

Ich schüttelte den Kopf, stützte mich mit den Händen ab und starrte an die Decke. Dort war ein undefinierbarer Fleck, den ich gestern gar nicht bemerkt hatte. Igitt. Ich musste hier dringend raus, bevor ich mir noch was einfing. „Nein. Wenn ich wieder untertauche, verlierst du deine Chance, Conner aus der Reserve zu locken. Außerdem habe ich doch schon gesagt, dass mir diese saubere, anständige Haut nicht passt. Ich will hierbleiben. Ich muss hierbleiben."

Er würde nie verstehen, dass ich das Gefühl hatte, es nicht nur Dovie schuldig zu sein, nach allem, was ich ihr angetan hatte, sondern auch der Stadt. The Point war scheiße und hatte keinerlei positive Eigenschaften. Genauso dachte ich auch über mich selbst, und trotzdem wünschte ich mir jemanden, der mich rettete, mich liebte. Die Stadt und ich, wir waren uns so ähnlich, dass es mir fast so vorkam, als müsste ich sie retten, um mich selbst zu retten. Falls ich so lange am Leben blieb.

Titus sah nicht so aus, als ob er meinem Plan irgendwas abgewinnen könnte. Genau genommen sah er aus, als ob er gleich aus den Latschen kippen würde.

„Hast du letzte Nacht überhaupt geschlafen?" Die Frage war viel zu persönlich, rutschte mir jedoch einfach raus.

Titus blieb stehen, und sein Kopf fiel nach vorn, als ob er eine Tonne wog. Mit einer Hand massierte er seinen Nacken und stieß zugleich einen markerschütternden Seufzer aus, in dem das Schicksal der ganzen Welt mitzuschwingen schien.

„Nein. Ich habe versucht, mir einen Pfad durch dieses Roark-Schlamassel zu bahnen", antwortete er. „Ich habe sichergestellt, dass mein idiotischer Bruder keine Dummheiten macht, nachdem er erfahren hat, dass du wieder in der Stadt bist. Dann bin ich nach Hause gefahren und war gerade mal zwanzig Minuten dort, als der Anruf kam, dass in The District eine tote Hure gefunden worden sei. Es hat mich zwei Stunden gekostet, ihre Identität aufzudecken. Als ich ihre Angehörigen informieren wollte, stellte ich fest, dass sie verheiratet war und zwei kleine Kinder hatte. Sie ist anschaffen gegangen, weil ihr Kerl die ganze Kohle verspielt und aus jedem Job fliegt. Mit dieser Art Scheißdreck muss ich mich jeden Tag herumschlagen, also: Nein, ich schlafe nicht besonders gut, selbst wenn ich die Chance dazu kriege."

Seine Worte zerrissen mir das Herz. Nicht, weil die Geschichte so bewegend oder auch nur ungewöhnlich für diesen Ort war, sondern weil sie ihm so naheging. Er nahm die Sorgen, Fehltritte und Nöte dieser Menschen auf sich, machte sie sich zu eigen, schleppte sie ständig mit sich herum. Und in einer Stadt wie The Point musste das Gewicht gewaltig sein. Er war Atlas. Er bemühte sich wirklich, die Welt mit all ihrem Mist und Elend auf seinen Schultern zu tragen.

Seine kristallklaren Augen richteten sich auf mich, dann auf das Bett, auf dem ich herumlungerte. „Und was ist mit dir? Um dieses Zimmer einigermaßen sauber zu kriegen, müsste schon eine ABC-Einheit anrücken. Hast du geschlafen?"

„Nein. Ich habe das Handy geklaut und bin abgehauen, ohne alles. Ich habe nicht mal Kleider zum Wechseln dabei oder meinen echten Ausweis. Für den Rest der Welt bin ich immer noch Jill Parker. Reeve Black existiert nicht."

„Heilige Scheiße. Das wird ja immer besser."

„Ohhhh … ich glaube, das Schlimmste kommt erst noch."

Aufstöhnend stieß er einen Fluch aus und ballte die Fäuste. Das Zucken in seinem Gesicht kehrte zurück, doch dann passierte etwas in seinem Blick. Die Farbe seiner Augen wechselte wieder auf diese spezielle Weise, wurde heller und silbriger, als ob sein Inneres aus schmelzend heißem Metall bestünde. Mann, ich würde die letzten Trümmer meiner Seele dafür verkaufen, mit ihm zu verglühen.

„Wie weit bist du bereit zu gehen, Reeve? Wo liegt deine Grenze?"

Ich verstand seine Frage nicht ganz, daher setzte ich mich aufrechter hin und beugte mich vor. „Es gibt keine Grenze", antwortete ich entschlossen. „Was habe ich denn für Optionen, Titus? Ich sterbe, oder ich gehe in den Knast. Beides kommt mir nicht sonderlich verlockend vor. Mir ist klar, dass ich keine zweite Chance verdiene, aber ich bin so stur und so egoistisch, mir trotzdem eine zu nehmen."

„Du weißt, dass Conner hinter dir her ist. Doch bist du dir der anderen Risiken tatsächlich bewusst? Mein Bruder ist ebenso gefährlich und unberechenbar wie Roark, und du warst direkt daran beteiligt, dass das einzige Mädchen, aus dem er sich jemals etwas gemacht hat, entführt und beinahe aufgeschlitzt wurde. Und hast du dir je Gedanken über Nassir gemacht? Ich wette, nicht! Der Kerl ist ein niederträchtiges Monster, und er tobt vor Wut, weil sein Club zerstört wurde und Roark eins seiner Mädchen hat zusammenschlagen lassen. Er ist genau der Typ, der dich so benutzen würde, wie du vorschlagen hast: als Lockvogel für seine Beute – mit dem Unterschied, dass es ihn nicht im Geringsten kümmern würde, ob du das Gemetzel überlebst. Du hast hier mehr als nur einen Feind."

Seine unverblümten Worte jagten mir eine Gänsehaut über den Körper. „Ich weiß." Das klang zittriger, als es sollte, und ich hasste es, ihm gegenüber Schwäche zu zeigen.

Titus kam näher und blieb erst stehen, als unsere Knie sich berührten. Er legte einen Finger unter mein Kinn und hob meinen Kopf an, sodass ich ihn ansehen musste. Seine Augen waren jetzt fast so hell, als hätten sie gar keine Farbe, was ihm ein grimmiges, wildes Aussehen verlieh.

„Ich bin der einzige Mensch, der auf deiner Seite steht", sagte er, „aber ich tue es nur sehr widerwillig."

„Autsch."

Ich senkte den Blick, um in seinem Gesicht nicht lesen zu müssen, wie er wirklich über mich dachte.

„Doch sosehr es mich schmerzt, das zuzugeben: Wir können einander helfen", fügte er hinzu. „Tatsächlich glaube ich, dass wir zusammenarbeiten *müssen*, um die Zahl der Opfer so gering wie möglich zu halten. Ich will Roark, und du willst deinen

Arsch retten. Um diese Ziele zu erreichen, müssen wir ab sofort unzertrennlich sein."

Stirnrunzelnd musterte ich ihn. „Was schlagen Sie vor, Detective?"

„Ich schlage gar nichts vor. Ich ordne an, dass du plötzlich und unwiderruflich in mich verliebt bist. Du bist sogar geradezu besessen von mir, und wir stehen unmittelbar davor, uns in eine leidenschaftliche, unkontrollierte, unerklärliche und sehr, sehr öffentliche Affäre zu stürzen. Wir werden unsere süße junge Beziehung allen und jedem dermaßen überzeugend unter die Nase reiben, dass sie kotzen müssen."

Ich schluckte und öffnete dann den Mund, um ihn wissen zu lassen, wie verrückt sich das anhörte, doch er streckte eine Hand aus und legte sie sanft über meine Lippen. Ich funkelte ihn finster an und erwog, meine Zähne in das weiche Stück zwischen Daumen und Zeigefinger zu schlagen.

„Ernsthaft, Reeve, das ist der einzige Weg. Bax wird sich beherrschen, wenn er meint, dass zwischen uns was läuft. Nassir wird sich dadurch sicher nicht komplett ausbremsen lassen, aber er stellt eine geringere Gefahr dar, wenn er glaubt, erst an mir vorbeizumüssen, wenn er an dich herankommen will. Nach dem, was du mir erzählt hast und was ich über Spinner wie ihn weiß, wird Roark sich außerdem gezwungen fühlen, etwas zu unternehmen, wenn er denkt, dass du ihn durch mich ersetzt hast. Der Gedanke, dass du ihn ohne langes Zögern verlassen hast, lockt ihn garantiert schneller aus seinem Versteck hervor. Wenn du dir über die Risiken im Klaren bist, die dies alles birgt, bin ich bereit, sie mit dir zu tragen."

Ich hob die Brauen und trommelte mit den Fingern auf mein Knie. Titus wich ein Stück zurück und versuchte offenbar, meine Reaktion abzuschätzen. Schließlich erhob ich mich. Ich weiß nicht, was er erwartet hatte, aber er wirkte irgendwie nervös.

„Was denkst du?" Seine Stimme war leise, und er schaute nicht weg, als ich auf ihn zukam und direkt vor ihm stehen blieb.

Was dachte ich? Ich dachte, dass nichts „Plötzliches" daran

war, unwiderruflich etwas für ihn zu fühlen, das verdächtig an Liebe erinnerte. Ich dachte, dass die Begriffe *leidenschaftlich*, *unkontrolliert* und *besessen* ziemlich gut zusammenfassten, wie ich bereits für ihn empfand, und dass sein Plan keinerlei schauspielerische Glanzleistung von mir erforderte. Ich legte eine Hand auf seine Brust. Sie war warm und hart. Er strahlte Sicherheit und pure Kraft aus.

„Ich denke“, antwortete ich, „dass es für Sie sehr viel schwieriger sein wird, vorzugeben, mich zu mögen, als umgekehrt, Detective. Haben Sie das bei Ihren Überlegungen berücksichtigt?“

Er scheute leicht zurück und ergriff mein Handgelenk. Ob er wohl bemerkte, wie mein Puls sich unter seiner Berührung beschleunigte?

„Ich mache, was immer erforderlich ist, um den Fall zu lösen.“

Oh, darauf würde ich jede Wette eingehen. Grinsend stellte ich mich auf die Zehenspitzen, sodass unsere Lippen sich beinahe berührten. Ich rechnete damit, dass er hastig zurückzucken würde, aber das tat er nicht. Stattdessen leckte er sich über die Unterlippe, und ich hätte fast aufgestöhnt.

„Beweis es“, flüsterte ich herausfordernd und hielt dann gespannt den Atem an. Wie würde dieser Furcht einflößende, sexy Mann reagieren, nachdem ich den Fehdehandschuh geworfen hatte?

Er enttäuschte mich nicht. Das tat er nie.

4. Kapitel

Titus

Beweis es.

Ihre seltsamen dunkelblauen Augen funkelten, und ich konnte nicht widerstehen. Weder der Herausforderung in dem Blick noch dem Mädchen. Es gefiel mir gar nicht, dass diese Frau mir dermaßen unter die Haut ging. Noch weniger gefiel mir, dass sie mitten in dieser Schweinerei mit Roark steckte. Doch am allermeisten ging es mir auf die ohnehin zum Zerreißen gespannten Nerven, dass sie sogar total ungeschminkt und nach einer offensichtlich schlaflosen Nacht noch immer die atemberaubendste Frau war, die ich je gesehen hatte. Ich wollte das nicht bemerken. Ich wollte nicht, dass mein Schwanz zuckte, als sie mich berührte, aber das tat er nun mal. Was es gleichzeitig leichter und sehr viel schwerer machte, so zu tun, als sei ich in sie verliebt. Und das wusste sie ganz genau.

Beweis es.

Okay. Ich würde verdammt noch mal beweisen, dass ich alles tun würde, damit mein Plan funktionierte. Ich konnte so tun, als ob ich sie mochte, was in Wahrheit das einzige Unechte an dem ganzen Konstrukt war. Ich konnte die Art, wie mein Puls jedes Mal in die Höhe schoss, wenn sie ihren mitternachtsblauen Blick auf mich richtete, nicht mit der Tatsache unter einen Hut bringen, dass sie den Mord an einem Menschen organisiert hatte. Sie war schön, aber sie war auch tödlich. Sie war so hart wie der Ort, aus dem wir beide kamen, und ich hatte schon jetzt mehr als genug davon, wie diese Stadt wieder und wieder meine Fundamente zu untergraben versuchte. Sich nach einer Frau zu verzehren, die ebenso kalt und berechnend sein konnte wie all die anderen Kriminellen, die ich Tag für Tag hinter Gitter brachte, war nicht gerade die perfekte psychische Ausgangslage für einen Krieg mit ihrem geistesgestörten Exlover.

Ich war stinksauer, als ich den Kopf zu ihr herunterbeugte. Sauer auf mich. Sauer auf sie. Noch wütender machte mich allerdings, dass wir beide überhaupt in dieser Situation sein mussten. Jedes Mal, wenn ich mich umdrehte, war mir eine weitere schlimme Sache oder böse Person dicht auf den Fersen. Es fiel mir immer schwerer, dem Verbrechen einen Schritt voraus zu sein. Irgendwann würde ich stolpern und untergehen, und dann gab es in dieser Stadt niemanden mehr, der auch nur eine Spur von Gewissen hatte, niemanden, der sich um Recht und Ordnung scherte.

Diese Wut ließ meine Hände zittern, als ich ihr Gesicht umfasste und es anhob, bis ihr Mund unter meinem war. Ich hatte nicht viel Zeit für Verabredungen und keine Geduld für eine Frau übrig, die nicht begriff, dass ich mich nach Kräften bemühte, eine ganze Stadt vor sich selbst zu retten, und dass mein Job den Großteil meiner Aufmerksamkeit und Energie beanspruchte. Die Frauen, mit denen ich mich traf, hatten nie die richtige Größe oder die perfekte Figur, und sie sahen weiß Gott nicht so köstlich und verführerisch aus wie dieses Mädchen hier. Niemand hatte je so zu mir gepasst wie Reeve, und das brachte mich nur noch mehr auf die Palme.

Alles an ihr war ein Test für meine Willensstärke. Wie ihre dunklen Augen blitzten, als ich mich auf ihre Lippen zubewegte. Wie ihre Hand über meine Brust strich und sich dann, während ich mich näherte, um meinen Nacken legte. Wie sich ihrer Kehle ein leises Seufzen entrang, das meine Haut kitzelte, bevor mein Mund endlich ihren berührte. Eigentlich wollte ich ihr bloß etwas beweisen. Es sollte eine trotzige Reaktion sein, und vielleicht stimmte das sogar für den Bruchteil einer Sekunde. Doch mit einem Mal war es einfach nur ein Kuss, und ich vergaß, wer sie war und worum es bei dem Ganzen ging. Nach diesem halben

Herzschlag wollte ich sie küssen und immer weiter küssen, bis wir beide nackt waren und ich bis zu den Eiern in ihrem perfekten, treulosen, trügerischen Körper steckte.

Ihr Mund war weich, was eine Lüge war, denn sie war keine weiche Frau. Sie schmeckte süß, was ebenfalls eine Lüge war. Sie mochte wie ein Traum aussehen und wie eine Nachspeise schmecken, aber ich wusste, dass unter dieser hübschen äußeren Hülle ein bitterer Kern steckte. Schließlich spürte ich, wie ihre Zungenspitze meine Unterlippe berührte, und bevor mir klar war, was ich da tat, küsste ich sie, wie ich eine Frau küssen würde, die ich wollte – und nicht wie eine Frau, der ich zu widerstehen versuchte.

Ich vergrub meine Hände in ihrem langen Haar und drückte sie schwungvoll gegen die papierdünne Tür des Hotelzimmers. Als sie nach Luft schnappte, nutzte ich das Überraschungsmoment, indem ich meine Zunge durch den Spalt zwischen ihren leicht geöffneten Lippen stieß. Ich wollte sie verschlingen. Ich wollte sie vereinnahmen. Ich wollte diesen Augenblick ewig andauern lassen, nie mehr etwas anderes als ihr wild klopfendes Herz und ihre Nippel spüren, die sich hart und fest gegen meine Brust pressten. Ihr Mund, so atemberaubend, ließ die Welt verschwinden, die um mich herum in Trümmer ging. Es gab keine Stadt am Rande des Ruins, für die ich mich verantwortlich fühlte; es gab nur noch diese Frau, die wimmerte, als ich ihre Beine mit meinem Knie auseinanderschob und ihre forschende Zunge mit meiner umschlang.

Ich spürte, wie ihre Fingernägel sich in meinen Nacken krallten. Ich spürte, wie ihre Hüften sich meinen entgegenbäumten, als die Fülle zwischen meinen Schenkeln mühelos in die Weichheit zwischen ihren glitt. Es war beinahe beängstigend, wie gut wir zueinander passten. Ich war kein kleiner Mann und hatte oft das Gefühl, mich bei Begegnungen mit dem anderen Geschlecht zurücknehmen zu müssen. Ich wollte niemanden einschüchtern oder bedrohlich rüberkommen, aber bei Reeve brauchte ich mir in dieser Hinsicht keine Sorgen zu machen. Sie nahm alles, was ich ihr zumutete, mit Begeisterung hin und gab es auf eine Weise zurück, die mich dazu brachte, die kurze Leine ein wenig zu lockern, an der ich all meine Frustrationen und Aggressionen zu halten pflegte. Tief in mir erwachte etwas mit einem Brüllen aus seinem üblichen Schlummer. Reeve schien es nicht zu beunruhigen, dass ich noch immer die Pistole am Gürtel trug, wo sie praktisch ständig hing. Sie umklammerte meine Schultern und gab sich mir so willig hin, als wäre sie meine Henkersmahlzeit und ich ein zum Tode Verurteilter. Bis zu der Sekunde, in der meine Lippen ihre berührten, hatte ich nie zuvor im Leben nach irgendwas so verzweifelt gehungert.

Ich biss in ihre volle, geschwungene Unterlippe und griff nun ziemlich heftig in ihr Haar, um ihren Kopf weiter nach hinten zu biegen, während ich tiefer und tiefer in den einladenden Sog ihres Mundes tauchte. Mein Schwanz schrie mich praktisch an, irgendwas zu unternehmen – egal, was. In meinen Ohren rauschte das Blut dermaßen laut, dass ich beinahe überhörte, wie das Telefon in meiner Hosentasche klingelte.

Ich gab sie frei und taumelte zurück, als stünde sie in Flammen. Wir waren beide erhitzt und atemlos. Ihre Augen wirkten fast schwarz, und meine eigenen mussten durch den Aufruhr, der in mir tobte, inzwischen weißglühend sein. Noch nie hatte ich mich so gut und zugleich so schlecht gefühlt.

Mit einem Ruck holte ich das Handy aus der Hosentasche und drückte es ans Ohr. „Was gibt's?", blaffte ich.

Ich hatte das Gefühl, keine Luft zu bekommen, während sie sich einfach an die Tür lehnte und mich mit großen Augen anstarrte. Als ihre Zungenspitze zum Vorschein kam und die Feuchtigkeit und die winzigen Blutstropfen berührte, die mein nicht gerade sanfter Kuss auf ihrem Mund hinterlassen hatte, wäre ich fast ausgeflippt. Ich hatte sie nicht verletzen, ihr nicht wehtun wollen. Doch als sie merkte, dass ich sie beobachtete, senkte sie leicht die Lider, und bei mir fiel der Groschen: Es hatte ihr gefallen. Sie mochte es etwas härter, etwas brutaler. Natürlich mochte sie das.

„Ich weiß, dass du außer Dienst bist, aber ich habe eine Leiche draußen im Hafen, die dich interessieren könnte." Welcher meiner Kollegen da am anderen Ende der Leitung war, konnte ich nicht heraushören. Aber offenbar war es jemand, der wusste, dass ich normalerweise als Erster angerufen wurde, wenn jemand in The Point verfrüht das Zeitliche gesegnet hatte.

Ich hatte nicht das geringste Interesse daran, mir diese Leiche anzuschauen. In den letzten paar Tagen hatte ich genug Tote gesehen. Ich fuhr mir mit der freien Hand durchs Haar und setzte eine finstere Miene auf. Reeve stieß sich endlich von der Tür ab und nahm wieder auf dem Bett Platz. Ich zog eine Grimasse. Diese Decke war wirklich zu eklig.

„Warum sollte ich mich dafür interessieren?"

„Weil es praktisch noch ein Kind ist. Ein Mädchen, höchstens achtzehn oder neunzehn."

Ich fluchte und begann, auf und ab zu laufen. „Ja, das ist kacke, aber nichts Ungewöhnliches."

„Stimmt schon. Allerdings rufe ich vor allem deshalb an, weil sie dieser Sexbombe, die gestern bei dir im Büro gewesen ist, verdammt ähnlich sieht. Langes schwarzes Haar, blaue Augen. Auf den ersten Blick hätte sie es sein können, doch die hier ist jünger, und jemand hat sie auf wirklich persönliche Weise fertiggemacht."

„Scheiße."

„Ja. Beweg deinen Arsch hierher, King, und guck dir an, was dieser kranke Scheißkerl dem armen Mädchen angetan hat. Und wenn du schon dabei bist, dann such diejenige, die noch atmet, und sag ihr, dass sie aufpassen soll."

Ich beendete das Gespräch und umklammerte das Handy so fest, dass es mich nicht gewundert hätte, wenn es zerbrochen wäre. Ich schaute zu Reeve, die mich ernst betrachtete. „Pack deinen Kram. Wir gehen." Es war keine Bitte.

Sie blinzelte langsam, und ihre dunklen Brauen zogen sich zusammen. „Ich habe dir bereits gesagt, dass ich überstürzt abgehauen bin und keine andere Bleibe habe."

„Ich habe eine, die es fürs Erste tun wird. Am Hafen ist eine Leiche gefunden worden, die anscheinend eine unheimliche Ähnlichkeit mit dir hat. Roark weiß also, dass du hier bist, und ich glaube, er will uns wissen lassen, wie sauer ihn das macht. Ein armes Mädchen wurde ermordet, nur weil sie dieselbe Haar- und Augenfarbe hatte wie du, Reeve. Kapierst du nun, wie gefährlich das Ganze für dich ist? Dieser Kerl ist ein Soziopath." Und ich hatte null Zeit, herauszufinden, was ihn umtrieb, was diesen Amoklauf ausgelöst hatte und wie man ihn aufhalten konnte.

Als ich das tote Mädchen erwähnte, hatte sie das Gesicht abgewandt. Sie war also durchaus dazu fähig, so etwas wie Bedauern und Reue zu empfinden. Das war gut zu wissen. Ich fühlte mich jetzt nicht mehr ganz so sehr wie ein Stück Scheiße, weil ich im Moment nichts lieber getan hätte, als sie wieder gegen die Wand zu drücken und dort weiterzumachen, wo wir gerade aufgehört hatten.

Sie stand auf. „Wo genau soll ich denn hin, Detective?"

„Als Bax geschnappt wurde, hat er in einem beschissenen Einzimmerapartment in der Nähe von The District gewohnt. Ich hatte keine Ahnung, dass er vor seiner Verhaftung ein Haus gekauft hatte. Nach seiner Entlassung kam er dann mit Dovie zusammen und ist mit ihr in die Vorstadt gezogen. Die Miete für das Apartment hatte ich bereits für ein paar Jahre im Voraus bezahlt, um sicherzustellen, dass er einen Ort haben würde, an den er nach dem Knast zurückkehren konnte. Es steht jetzt bereits länger leer und ist auch nicht viel besser als das hier, aber bis ich irgendwas Sichereres auftreiben kann, wird es schon gehen." Ich musterte sie scharf. „Außerdem weiß jeder, was Bax von dir hält. Daher würde keiner vermuten, dass du dich ausgerechnet in seiner Wohnung versteckst."

Sie konnte es sich nicht leisten, zu vergessen, dass hinter jeder Ecke Feinde lauerten, die überglücklich wären, wenn ihr Atem plötzlich stillstehen würde.

„Titus …", begann sie leise, und ihre Augen bohrten sich förmlich in mein Gesicht. „Ich bin zurückgekommen, um dir zu helfen. Ich will nicht der Grund dafür sein, dass du dich wieder mit Shane überwirfst. Ich weiß, wie schwer es für dich war, ihn beinahe zu verlieren. Damit will ich auf keinen Fall irgendwas zu tun haben."

Ihr Blick wanderte zu dem weißen Fleck in meinem Haar; die stete Erinnerung daran, wie weit mein kleiner Bruder im Ernstfall zu gehen bereit war. Im Unterschied zu mir hatte Bax keinen Käfig, in den er seine wilde Seite sperrte. Er tat, was er wollte und wann er es wollte, und das machte ihn unglaublich gefährlich. Darum brauchte Reeve mich. Bax und ich mochten nicht immer am selben Strang ziehen. Unsere ziemlich gegensätzlichen Meinungen über das, was gut und schlecht war, führten nach wie vor zu unglaublichen Spannungen. Doch er respektierte und mochte mich genug, um sich in dieser Sache zurückzuhalten – sofern ich ihm erfolgreich weismachen konnte, dass diese Frau mir etwas bedeutete. Es würde ihm nicht gefallen. Er würde es sogar verabscheuen. Dennoch würde er sich entsprechend verhalten.

„Bax ist mein Problem", erwiderte ich. „Das war er immer, und du solltest ihn in seiner Hörweite besser nicht Shane nennen."

Sie hob eine Schulter und ließ sie wieder fallen. „Ich habe gesehen, wie Dovie sich in Shane verliebt hat, nicht in Bax. Als Shane wirkt er weniger beängstigend."

Statt einer Antwort brummte ich vage. Shane und Bax waren zwei Seiten einer Persönlichkeit, und beide waren für sich schon beängstigend und gefährlich. Aber das brauchte sie ja nicht zu wissen, daher deutete ich einfach mit dem Arm auf den schmuddeligen Raum und wiederholte: „Pack deine Sachen."

Sie lächelte schief. „Ich habe keine Sachen."

Das hatte sie bereits gesagt, und trotzdem konnte ich es immer noch nicht glauben. Welche Frau würde buchstäblich mit nichts als dem, was sie am Leib trug, davonlaufen? Eine, die darauf geeicht war, um jeden Preis zu überleben. Ich hatte meine eigene Frage beantwortet.

Ich seufzte. „Okay. Dann lass uns von hier verschwinden. Ich muss zum Hafen.“ Ich ging zur Tür und riss sie auf.

Sie nickte und machte Anstalten, sich an mir vorbeizuschieben. Ich erstarrte, als sie vor mir stehen blieb und mich anschaute.

„Also wenn du mich fragst, dann bist du sehr überzeugend darin, vorzutäuschen, mich zu mögen, Titus. Einen Moment lang, vor dem Anruf, hab ich's dir beinahe abgenommen.“

Danach schlüpfte sie nach draußen und ließ ihre Worte wie Ziegelsteine zu meinen Füßen liegen.

Es dauerte eine Weile, bis ich sie in dem Apartment untergebracht hatte, mit der strikten Anweisung, sich nicht zu rühren, bevor sie wieder von mir hörte. Bax' alte Wohnung war für den Augenblick okay, aber ich musste etwas für sie finden, das sicher war und gleichzeitig so exponiert, dass Roark erfahren würde, wo sie war – oder vielmehr: wo wir waren und so taten, als seien wir bis über beide Ohren verliebt. Weiter war mein Plan allerdings noch nicht gediehen. Ich wusste, dass ich Roark aus der Reserve locken musste, doch wie es danach weitergehen würde, stand mehr oder weniger in den Sternen. Gern hätte ich darauf vertraut, dass es mir schon gelingen würde, ihn ohne weiteres Blutvergießen – auf welcher Seite auch immer – zu verhaften. Der Typ war jedoch gewalttätig, und er war wütend, daher bezweifelte ich, dass es so einfach sein würde. Sobald ich Reeve an einem sicheren Ort hatte und unsere Farce beginnen konnte, wollte ich die noch fehlenden Details ausarbeiten. Der Teufel steckte nämlich immer in diesen kleinen Scheißern.

Die Fahrt zu The District verlief in angespanntem Schweigen. Die Miene, mit der Reeve die schäbige alte Junggesellenbude von Bax begutachtete, war unbezahlbar. Ich versicherte ihr, dass Dovie hier gründlich durchgeputzt hatte, da sie gelegentlich hier übernachtete, wenn Bax bis spät in seiner Werkstatt arbeiten musste. Und beteuerte, dass es sehr viel unwahrscheinlicher war, sich in diesem Badezimmer einen Tripper zu holen als in dem unsäglichen Hotel.

Sie antwortete nicht. Ich machte mir nicht die Mühe, mich zu verabschieden, forderte sie im Weggehen aber nochmals auf, sich unauffällig zu verhalten und keinerlei Aufmerksamkeit zu erregen. Was ein Mädchen, das aussah wie sie, nur hinkriegen konnte, indem es keinen Fuß vor die Tür setzte. Wenn Reeve Hunger hatte, musste sie sich eben eine Pizza oder was vom Chinesen bestellen. Kein toller Plan, aber was Besseres fiel mir gerade nicht ein. Ihr ungnädiger Blick erinnerte mich daran, dass sie sich ohne Geld und ohne echte Papiere aus dem Staub gemacht hatte. Seufzend reichte ich ihr einige Zwanzigdollarscheine, die sie offensichtlich gern zurückgewiesen hätte. Es gefiel ihr nicht, von mir abhängig zu sein. Ebenso wenig gefiel es mir, der Einzige zu sein, der in der Lage war, ihr zu helfen.

Als ich am Hafen ankam, war ich fix und fertig. Ich ging praktisch auf dem Zahnfleisch, und keine noch so großen Mengen an Kaffee und Zorn konnten meine Kraftreserven genügend aufladen, um die Tatsache zu verarbeiten, dass ein unschuldiges Mädchen völlig sinnlos sein Leben lassen musste. Die Lage war total chaotisch. Überall liefen Polizisten herum, und die gesamte Rechtsmedizin hatte sich um die Leiche versammelt. Oder vielmehr darum, was noch übrig war. Das arme Mädchen war durch die Hölle gegangen, und Roark hatte dafür gesorgt, dass wir den Leidensweg Schritt für Schritt nachvollziehen konnten. Ohne jeden Zweifel war das hier eine Botschaft.

Er war nicht nur wütend auf Reeve, weil sie sich gegen ihn gewendet hatte. O ja, sie war jetzt der Feind und würde als solcher behandelt werden, wenn er sie in die Finger bekam. Doch diesem Typ gingen seine Opfer am Arsch vorbei. Mann, Frau oder Kind – seine Brutalität wurde ungehemmter und gezielter. Er wollte ums Verrecken wahrgenommen werden und brachte es dabei auf eine ganz neue Ebene der Gewalt. Es ging ihm um den Effekt und ums Gemetzel. Es schien, als ob die Leute, die er sich aussuchte, um ihre misshandelten Körper als Visitenkarte zu hinterlassen, zudem immer jünger wurden.

Die Frau war über der Brust aufgeschlitzt worden, so ähnlich wie Dovie an dem Abend, als sie entführt worden war. Doch Dovie war mit dem Leben davongekommen, und sie hatte Narben als Beweis dafür, wie hart sie darum hatte kämpfen müssen. Dieses Mädchen hatte nur die Wunden. Außerdem Verbrennungen an Armen, Beinen, am Hals und im Gesicht sowie ein Einschussloch in der Stirn. Nichts davon war jedoch so grauenhaft wie das, was Roark den Körperpartien angetan hatte, die nur mit Andacht und Wertschätzung behandelt werden sollten. Über diesem Mädchen hatten sich ein Hass und eine Rage ausgetobt, wie sie mir noch nie begegnet waren. Was besonders gruselig war, weil die Frau Reeve wirklich auffallend ähnelte, nur viel jünger und kleiner war.

„Können wir sie jetzt mitnehmen, Detective?"

Ich schaute zu dem jungen Kriminaltechniker hoch und nickte. Mir war gar nicht bewusst gewesen, dass ich völlig abgeschaltet und die Leiche angestarrt hatte, als ob sie jeden Moment aufwachen und Conner Roark als Schuldigen nennen würde, sodass ich ihn ohne größere Scherereien festnehmen konnte. Aber so funktionierte das leider nicht.

„Ja", erwiderte ich. „Wissen wir schon, wer sie ist? Sie ist praktisch ein Kind. Jemand muss die Angehörigen verständigen."

„Noch nicht. Der einzige Hinweis, den wir haben, ist, dass sie möglicherweise eine der Tänzerinnen im Spanky's war. In ihrer Handtasche war jede Menge Bargeld, sonst nicht viel."

Na toll. Nassir war wegen der Sache mit dem Pit sowieso schon bis zum Äußersten gereizt. Wenn er jetzt noch erfuhr, dass eins seiner Mädchen zur denkbar falschesten Zeit am denkbar falschesten Ort gewesen war und dass der Typ, der seinen Club niedergebrannt hatte, auch diesmal verantwortlich zeichnete, würde er garantiert durchdrehen. Es gab ein paar Männer, bei denen es mich nicht weiter juckte, wenn sie beschlossen, ihre

Streitigkeiten auf meinen Straßen auszufechten. Ich war härter als sie, ich war schneller, ich war cleverer, und wenn es sein musste, war ich auch brutaler. Aber Nassir Gates war ein anderes Kaliber. Was seine Vorgeschichte betraf, war ich mir nicht hundertprozentig sicher. Aber ich erkannte Training und Gerissenheit, wenn ich sie sah – da konnte er noch so sehr versuchen, sich als gewöhnlicher Schläger zu geben und seine Arglist runterzuspielen. Nassir war der Teufel, und wenn er von dem dünnen Felsvorsprung der Zivilisation fiel, an den er sich klammerte, dann würde sein Sturz ein Blutbad anrichten, in dem wir alle ertranken.

Während das Mädchen in den Lieferwagen der Gerichtsmedizin geschafft wurde, schaute ich ziellos über den Industriehafen und spürte, wie sich das Gewicht eines weiteren sinnlosen Todes auf den Teil meiner Seele senkte, wo diese Fälle sich sammelten und mich immer mehr ausfüllten. Ich hatte jedes Zeitgefühl verloren und fragte mich gedankenversunken, wie um alles in der Welt ich diese spezielle Sauerei in Ordnung bringen sollte, als sich eine schwere Hand auf meine Schulter legte.

Ich dachte nicht nach.

Ich reagierte bloß, und vor meinem nächsten Atemzug hatte ich die Waffe gezogen und sie auf den Angreifer gerichtet. Wir fluchten beide, und Race wich mit erhobenen Händen einen Schritt zurück.

„Langsam, Titus."

Aus zusammengekniffenen Augen funkelte ich ihn an und steckte die Pistole wieder ins Holster. „Was hast du hier draußen zu suchen, Hartman? Solltest du nicht irgendwo Wettschulden eintreiben oder, noch besser, dich mit all dem finsteren Scheiß beschäftigen, der dir durch den Kopf gehen muss, nachdem dein Alter eliminiert wurde?"

Ich war nicht taktvoll oder freundlich. Ich konnte einfach nicht mehr, was Race wohl kapierte, denn er grinste mich bloß an und wirkte dabei so erhaben und gelassen wie immer. Keine Spur mehr von dem schockstarren Mann, der gestern in meinem

Büro gesessen hatte. Ich fragte mich, wie viel dieser wundersamen Wandlung auf eine gewisse Frau zurückzuführen war. Eine gute Frau, die ihn und das Leben, das er führte, verstand und akzeptierte. Mühsam kämpfte ich den Anflug von Neid, der mich durchzuckte, nieder.

„Ich wohne hier", sagte er. „Brysens kleine Schwester hat den Tumult gehört, und wir haben einen Blick auf die Sicherheitskameras des Gebäudes geworfen. Ich habe gesehen, wie du angekommen bist. Aber ich wollte lieber warten, bis die anderen Bullen verschwunden sind, bevor ich herkomme, um herauszufinden, was los ist."

„Du wohnst hier?"

Er nickte und deutete mit dem Kopf auf einen Komplex aus Beton und Glas, der viel zu anständig für The Point wirkte und definitiv zu schick für diese verfallende Hafengegend. „Mein Alter hat sich da drin ein Apartment gekauft, um seine Geliebten dort zu treffen. Der Besitzer des Gebäudes ist ziemlich dubios. Daher konnte ich ihn dazu bewegen, die Besitzurkunde auf Brysen zu überschreiben, und ihr so ein sicheres Versteck bieten, als die Situation mit ihrem Stalker zu eskalieren drohte. Mir gefällt es hier draußen. Es ist ruhig, und als Booker nach seiner Schussverletzung aus dem Krankenhaus entlassen wurde, habe ich ihn ebenfalls in dem Haus untergebracht, damit er ein Auge auf alles hat, wenn ich arbeite. Ich finde es gut, dass die Mädchen jemanden haben, an den sie sich im Notfall wenden können, falls ich nicht da sein sollte. Außerdem habe ich das Sicherheitssystem aufgemotzt. Keiner betritt oder verlässt das Gebäude, ohne dass ich oder Booker es mitkriegen. An allen Ecken und Enden sind Kameras installiert."

Noah Booker war ein Exknacki und ein knallhartes Arschloch – in beiden Punkten also genau wie mein Bruder. Er war clever genug gewesen, zu kapieren, dass Race nach Novaks Ende derjenige sein würde, der die Angelegenheiten in den Hinterzimmern und dunklen Gassen der Stadt regelte, und war sofort eingestiegen. Er hatte sich als Kugelfang angeboten, als Races

Mädchen ins Visier eines tödlichen Stalkers geraten war. Booker war bei dem Versuch fast gestorben, Brysen und ihre Schwester zu beschützen. Deshalb überraschte es mich nicht, dass Race den Mann prompt befördert und ihn nicht nur mit seinem eigenen Schutz, sondern auch mit dem seiner Mädchen beauftragt hatte.

Mit dem Daumen rieb ich über meine stoppelige Wange, während sich die Rädchen in meinem Kopf mit neuem Schwung bewegten. Ich sah Race an und hob eine Braue. „Ist in dem Gebäude noch was frei?"

Er verschränkte die Arme vor der Brust, und seine grünen Augen verengten sich zu Schlitzen. „Warum? Was stimmt denn nicht mit deiner Bleibe?"

Ich besaß ein kleines Haus im Craftsman-Stil. Es lag zwar nicht direkt außerhalb von The Point, aber zumindest so weit am Stadtrand, dass ich mir, wenn ich denn mal schlief, keine Sorgen machen musste, dass jemand mir die Scheiben einschoss oder die Haustür eintrat. Es war im Grunde nur der Ort, an dem ich mein Zeug unterbrachte und mich aufs Ohr haute, wenn ich mal ein paar Minuten freihatte. Es war definitiv nicht sicher genug, um Reeve dort hinzubringen – nicht bei all den Leuten, die momentan hinter ihr her waren. Sie wäre dort zu isoliert, wenn ich sie allein ließe, um Roark zu jagen.

„Mit meiner Bleibe ist alles in Ordnung, aber ich stecke gerade mitten in einer heiklen Situation und brauche für einige Wochen einen sicheren Unterschlupf."

„Hat diese Situation irgendwas mit einer gewissen dunkelhaarigen Schönheit zu tun, die plötzlich wieder in der Stadt ist?", gab Race zurück.

Verdammt, er war schlauer, als gut für ihn war. Oder vielmehr: als gut für *mich* war.

„Ja, hat es, und ich will keine Vorhaltungen hören", erklärte ich. „Der Typ, der dein Auto abgefackelt, Roxie zusammengeschlagen, dieses arme Mädchen hier gefoltert und dann wie Müll am Hafen liegen gelassen hat, ist nicht nur hinter The Point her: Er will auch Reeve, auf die er eine Stinkwut hat. Sie hat mir seinen Namen genannt und will sich als Köder zur Verfügung stellen, damit wir ihn erwischen. Also muss ich alles in meiner Macht Stehende tun, um ihre Sicherheit zu garantieren. Hilf mir dabei, Race."

Ich sah, wie er die potenziellen Vor- und Nachteile kalkulierte, die sich aus der Erfüllung meiner Bitte ergaben. Race tat nie etwas, ohne sämtliche Optionen abzuwägen. Er wusste, dass ich ihm zumutete, ein nachweisliches Sicherheitsrisiko in sein beschütztes Heim zu holen. Und ihm war klar, dass ich etwas von ihm wollte, das Bax total ablehnen würde. Er verstand, dass einzig die Verzweiflung mich dazu trieb, ihn anzuflehen, einer Frau Schutz zu gewähren, die nicht nur seine Schwester als Opferlamm missbraucht hatte, sondern deren Aktionen auch direkt dazu geführt hatten, dass er fast totgeschlagen worden wäre. Ich bat ihn um sehr viel mehr, als er je von mir erbeten hatte, und natürlich bezog er das in seine Überlegungen ein. Und weil er so verdammt brillant war, wusste er, dass ich ihm, wenn er zustimmte, einen unglaublich großen Gefallen schuldete. So ungefähr in der Größenordnung einer „Du kommst aus dem Gefängnis frei"-Karte.

Ich hatte mein Leben lang ganz klar zwischen Schwarz und Weiß unterschieden, doch in letzter Zeit waren die Linien immer mehr verwischt worden und bildeten mittlerweile so viele Grauschattierungen, dass es schwierig war, den Nebel zu durchblicken. Ich glaubte an Richtig und Falsch, an Gut und Böse. Ich war willens, für diesen Glauben zu sterben, aber ich wollte auch, dass die Guten hin und wieder gewannen. Und in letzter Zeit schien das nur dann möglich zu sein, wenn man nach den Regeln der Bösen spielte. Allein die Vorstellung brachte mich innerlich vor Wut zum Brodeln, doch mir blieb keine Wahl. Und das war auch Race klar, wie ich bemerkte.

„Gib mir eine Woche. Im Augenblick ist nichts frei, aber ich kann da was für dich arrangieren", meinte er.

Seufzend ließ ich den Kopf hängen, sodass ich meine Stiefel und die abgewetzten Holzbohlen des Anlegers betrachtete.

„Will ich wissen, wie du in so kurzer Zeit eine freie Wohnung *arrangierst?*"

Er lachte leise, wodurch sich alle Härchen auf meinen Armen aufstellten. Ich konnte mich noch gut an den orientierungslosen reichen Jungen erinnern, der mit Bax Autos geklaut hatte. Race war jetzt nicht mehr orientierungslos, und den Mann, der aus ihm geworden war, durfte man keinesfalls unterschätzen.

„Vermutlich nicht, aber ihr werdet beide in Sicherheit sein, und ich leihe dir sogar Booker", sagte Race. „Er kann auf deine kleine Petze aufpassen, wenn du unterwegs bist, um die Welt zu retten."

Ruckartig schaute ich auf, um ihn verärgert anzufunkeln, doch er hatte sich bereits abgewandt und steuerte auf den schicken Apartmentkomplex zu.

Ich rief ihm hinterher: „Man sollte ja annehmen, dass ausgerechnet du ein bisschen mehr Mitgefühl für jemanden zeigst, der alles tut, um zu überleben, Hartman."

Ohne sich noch einmal umzudrehen, zuckte er die Schultern und entgegnete: „Denk dran, dass keine gute Tat ungestraft bleibt. Jetzt sagt sie, dass sie hier ist, um dir zu helfen – aber sie hat Dovie dasselbe gesagt, bevor sie sie verraten hat. Ich will diesen Typen, der mit meinem Leben und meiner Familie Schindluder treibt, und wenn du glaubst, dass der Weg zu ihm über sie führt, dann will ich sie so nah wie möglich bei mir haben."

Dem hatte ich nichts entgegenzusetzen, da er dieselbe Logik benutzte wie ich, also schickte ich seinem Rücken nur ein undefinierbares Knurren hinterher.

5. Kapitel

Reeve

Nach ein paar Tagen allein in Bax' winziger Bude kam es mir vor, als wäre ich wieder im Zeugenschutzprogramm. Ich sah niemanden außer dem Pizzaboten. Und ich hörte nichts von Titus, der am Tag, nachdem er mich hierher abgeschoben hatte, nur noch einmal vorbeigekommen war. Er hatte einen Armvoll Klamotten dabeigehabt, die er seinen Worten nach von einer Nachbarin geborgt hatte, und mir knurrend ein Prepaidhandy in die Hand gedrückt. Nachdem er mich knapp darauf hingewiesen hatte, dass ich es bloß im Notfall benutzen sollte, war er einfach verschwunden. Es war offensichtlich gewesen, dass es ihn wahnsinnig nervte, irgendwas mit mir zu tun zu haben, doch für dieses Problem hatte ich keine Lösung parat. Also hatte ich stumm das Telefon entgegengenommen, und als er in einer dicken Wolke aus Wut und Anspannung davongestürmt war, hatte ich mich gegen die geschlossene Tür fallen lassen.

Jede Nacht, seit ich ihn so lange gereizt hatte, bis er mich geküsst hatte und er die steinharte Schutzhülle um sein Inneres ein Stück weit hatte sinken lassen, hatte ich das Gefühl, in ihm zu ertrinken. Zugegeben: Die Faszination, die Titus King auf mich ausübte, war nichts Neues. Aber nachdem ich am eigenen Leib erfahren hatte, wie es war, von ihm begehrt zu werden und der Fokus dieses Infernos aus heißem Verlangen zu sein, konnte ich es nicht mehr verdrängen. Es verfolgte mich bis in den Schlaf und suchte mich auch heim, wenn ich wach war. Ich schmeckte ihn. Ich fühlte ihn, und ich hätte schwören können, dass mein Herz im Takt seines Namens schlug.

Dabei sollte ich mich eigentlich auf Conner konzentrieren. Ich durfte den Preis nicht aus den Augen verlieren, denn nur der Gewinner dieses Spiels würde mit dem Leben davonkommen. Der Gedanke, im Fadenkreuz eines Irren zu sein, war lähmend. Um Himmels willen, er hatte ein Mädchen getötet, weil es so aussah wie ich – und er hatte es nicht kurz und schmerzlos gemacht. Sie hatte leiden müssen. Titus war brutal ehrlich gewesen, als ich ihn nach der Leiche gefragt hatte, die ihn zur Pflicht gerufen hatte, bevor die Dinge im Motel außer Kontrolle geraten konnten. Sie hatte ganz furchtbar leiden müssen, und wir wussten beide, dass das noch gar nichts war im Vergleich zu dem, was Conner mit mir anstellen würde, wenn er mich erwischte.

In der Zeit vor Titus wäre ich wohl einfach weggelaufen. Ich war schnell, und wenn es sein musste, wusste ich, wie man über die Runden kam. Es gab jede Menge namenlose Städte in ländlichen Regionen, wo ich so untertauchen konnte, dass man mich nie finden würde. Aber mit einem mürrischen Detective vor der Nase, der bereit war, zu glauben, dass ich kein völlig hoffnungsloser Fall war und ihm ganz ehrlich helfen wollte, war das keine Option mehr.

Nein. Es war höchste Zeit, meine Frau zu stehen und meine Fehler auf die einzige Weise, die ich kannte, wiedergutzumachen. Ich war eine Falle, der nur wenige Männer widerstehen konnten, und Conner war schon einmal hineingetappt. Sobald er sich mir näherte, würde ich sicherstellen, dass er nie mehr Gelegenheit hatte, jemanden hinters Licht zu führen oder zu verletzen. Es lief auf eine alles entscheidende Kraftprobe hinaus. In der wirklichen Welt triumphierte das Gute nicht über das Böse, weil das Böse nicht fair spielte. Das bedeutete, dass bloß die Bösen eine Chance hatten, das Böse zu besiegen, und ich war gerade böse genug, um diesen Job erledigen zu können. Ich wollte, dass Titus mich am Leben erhielt, aber nicht, um im Prozess auszusagen. Vielmehr wollte ich Conner zur Strecke bringen, bevor er mich oder sonst jemanden in The Point umlegte. Ich würde mich für das Allgemeinwohl opfern, und das Einzige, was mich bei diesem Vorhaben nervös machte, war die Tatsache, dass ich dem gut aussehenden Detective meine wahren Absichten verschweigen musste. Er hielt mich ohnehin schon für dubios und verschlagen. Wenn ans Licht kam, was mich wirklich umtrieb, blieb ihm ja nichts anderes übrig, als zu glauben, ich wäre tatsächlich nichts Besseres als eine seelenlose Mörderin.

Heute war der Tag, an dem Titus mich abholen wollte, daher nahm ich ganz automatisch an, dass er es war, als jemand kurz nach Sonnenuntergang klopfte. Doch ich hatte zu lange in The Point gelebt, um jemals eine Tür zu öffnen, ohne vorher nachzusehen, wer auf der anderen Seite stand. Also spähte ich durch den Spion, und die Augen, in die ich schaute, waren nicht hellblau, sondern waldgrün und befanden sich in einem Gesicht, das dazu geschaffen schien, die Frauen vor Lust verrückt zu machen. Fast schien es, als hätte er meine Gedanken gelesen, denn noch bevor ich die Sicherheitskette löste, lächelte der goldene Gott mich an und zeigte dabei ein Grübchen, das mein Herz zu einem unfreiwilligen Stolpern animierte. Race war auf eine ganz andere Art gefährlich als Bax, und plötzlich begriff ich, warum die beiden so ein unaufhaltsames Team abgaben.

Ich öffnete die Tür und stemmte einen Arm gegen den Rahmen, um Race zu signalisieren, dass ich ihn nicht hereinbat. „Hat Titus dich geschickt?"

Dass der dunkelhaarige Cop mich einem anderen aufgehalst hatte, versetzte mir einen Stich – was mir zugleich total auf die Nerven ging. Ich war doch aus härterem Holz geschnitzt, oder? Es hatte keinen Zweck, jedes Mal verletzt zu reagieren, wenn ich daran erinnert wurde, dass Titus mir gegenüber nicht das fühlte, was ich für ihn empfand. Stattdessen sollte ich mir vor Augen führen, dass er gar nicht dasselbe empfinden *konnte*. Ich war kein guter Mensch, und Titus verdiente nur das Beste.

Wieder grinste Race mich an, und ich verdrehte die Augen. Es war leicht zu sehen, warum er praktisch immer kriegte, was er wollte. Dieses Lächeln allein konnte einen dazu bringen, ihm den Himmel auf Erden zu versprechen. Ohne sich die geringste Mühe zu geben, verströmte der Junge bereits die Verheißung von hemmungslosem Spaß und sexy Sauereien.

„Nein, er weiß nicht, dass ich hier bin“, antwortete er. „Vermutlich würde er losbrüllen und wild um sich schlagen, wenn er es wüsste. Ich habe einfach die Puzzleteile zusammengefügt, die von anderen gern links liegen gelassen werden. Ist doch klar, dass er dich hier untergebracht hat. Kein Mensch käme auf die Idee, dass Bax dir seine Bude als Versteck überlassen würde. Er hasst dich und würde dich nur allzu gern an den Höchstbietenden verscherbeln. Titus reißt sich den Arsch auf, damit niemand erfährt, was mit dir los ist. Bax löchert ihn die ganze Zeit, um an Informationen zu kommen, und ich glaube, du bist klug genug, um zu ahnen, dass er nicht vorhat, dir Blumen zu schicken.“

Ich biss mir auf die Unterlippe und schaute Race an. „Ich weiß. Bax will Blut sehen, und es ist ihm egal, warum ich hier bin oder dass Titus mich vielleicht braucht, um sein Ziel zu erreichen.“

„Wenn es nach Bax geht, kannst du gar nicht früh genug irgendwo unter der Erde liegen und zu einer blassen Erinnerung für uns alle werden. Aber er ist oft kurzsichtig.“ Race verschränkte die Arme vor seiner breiten Brust, und ich beobachtete, wie sein T-Shirt sich über seinen Muskeln spannte. Er war nicht so imposant gebaut wie Titus und Bax, aber ihn umgab eine harte Eleganz, die ebenso bedrohlich wirkte, als er mich jetzt einen langen Moment prüfend musterte. „Ich will wissen, was dein Plan ist, Reeve. Was passiert, wenn dieser Typ auftaucht? Titus mag ja glauben, dass er dich als Köder auswerfen und gleichzeitig sein Ziel im Auge behalten kann, aber ich kenne ihn. Ich weiß, dass er sich, sobald du in Gefahr bist, vor allem auf dich konzentrieren wird und nicht darauf, die Bedrohung aus dem Weg zu schaffen. Also, was ist der wahre Grund, warum du dich auf dieses Spiel einlässt? Denk dran, dass ich nicht besonders nett bin, wenn man meine Freunde oder meine Familie gefährdet. Wenn du nicht ehrlich zu mir bist, habe ich kein Problem damit, Bax anzurufen und ihm zu verraten, wo sein Bruder dich hingeschafft hat."

Seine Augen wurden diverse Schattierungen dunkler, und ich biss mir noch heftiger auf die Lippe. Ich antwortete ihm nicht und rührte mich nicht, als er einen Schritt näher kam. Er roch nicht nach Straße. Er roch gut, nach etwas Teurem und Edlem, das im Flur dieses heruntergekommenen Apartmenthauses im Herzen der Stadt dermaßen fehl am Platz war, dass es mich fast zum Taumeln brachte.

„Ich kenne den Kerl, der hinter dem Mord an deinem Vater steckt", sagte ich widerwillig. „Ich konnte es beweisen, also bin ich mit diesem Beweis zu Titus gegangen, weil ich helfen will, diesem Mann das Handwerk zu legen."

Die waldgrünen Augen verengten sich zu schmalen Schlitzen, und in Races Kiefer zuckte ein Muskel. „Wer?"

Ich verdrehte die Augen. Es würde nichts an den Spielregeln ändern, wenn ich Race diese Information gab. Conner würde nicht gefunden werden, bevor er dazu bereit war. „Sein Name ist Conner Roark. Der Federal Marshal, der für sämtliche Zeugen im Fall Novak zuständig war."

Ich konnte an seinem viel zu hübschen Gesicht ablesen, was in seinem Kopf vorging. Lord Hartman mochte ein Bastard ersten Ranges gewesen sein. Trotzdem war er Races Dad, und die Tatsache, dass Conner seine Hinrichtung organisiert hatte, stieß dem blonden Adonis bitter auf. „Man kann so jemanden nicht mit einer Dienstmarke und der Androhung einer Gefängnisstrafe stoppen. Die einzige Methode, eine solche Gefahr aus dem Weg zu schaffen, ist eine Kugel."

Wieder seufzte ich, denn ich konnte dem bloß zustimmen. Ich beobachtete Race, während sich die Rädchen in seinem Hirn in Gang setzten und er noch mehr Puzzleteile zusammensetzte.

Als er glaubte, alles im Blick zu haben, kam er einen weiteren Schritt auf mich zu und funkelte mich finster an. „Bist du zurückgekommen, um Titus dazu zu bringen, Roark für dich zu töten, Reeve? Spielst du schon wieder mit Menschenleben? Wenn dem so sein sollte, lass dir eins gesagt sein: Diesmal wird es sehr viel schlimmer für dich ausgehen."

Ich schluckte und starrte ihn an. Obwohl mir bei Races Worten der kalte Schweiß ausgebrochen war, würde ich mich nicht einschüchtern lassen. „Ich bin zurückgekommen, um zu helfen. Das ist alles. Es ist mir egal, ob Conner hinter Gittern verfault oder eine Kugel zwischen die Augen kriegt. Er ist wahnsinnig. Ich weiß, dass es noch gute Menschen in dieser Stadt gibt. Titus und Dovie zum Beispiel. Ich versuche, das Richtige zu tun."

„Und du glaubst, das reicht?"

Ich stieß mich vom Türrahmen ab und verschränkte meine Arme, seine Pose nachahmend. „Nein. Es wird niemals reichen, doch es ist zumindest ein Anfang."

Er hob eine Braue. „Na schön, wenn es Titus nicht gelingt, diesen Kerl außer Gefecht zu setzen, gibt es jede Menge Anwärter, die einspringen und die Aufgabe ohne Zögern zu Ende bringen. Ich frage mich bloß, ob du durchtrieben genug bist, das zu wissen." Erneut grinste er mich an, und jetzt sorgte das Grübchen dafür, dass mein Magen sich nervös zusammenzog. „Ich glaube schon. Ich glaube, dir ist klar, dass Roark wie ein Hund niedergestreckt werden muss und Titus zu moralisch ist, zu sehr darauf fixiert, das Gesetz zu achten, um diesen dreckigen Job zu übernehmen. Aber du weißt auch, dass er hier genug Leute hat, denen etwas an ihm liegt und die sich gern für ihn um dieses Problem kümmern, damit er sich nicht die Hände an dem Morast schmutzig machen muss, in dem wir anderen uns herumtreiben."

Mit einem tiefen Seufzen verlagerte ich mein Gewicht so, dass meine Mähne über eine Schulter fiel. Es war nicht direkt so, als hätte ich aufreizend mein Haar zurückgeworfen, aber nah dran.

„Denk, was du willst, Race. Conner muss ausgeschaltet werden, und ob es dir, Bax oder Titus nun gefällt oder nicht: Der Weg zu ihm führt über mich."

Er stieß ein bitteres Lachen aus und rieb sich das Kinn. Plötzlich erinnerte er mich an einen großen goldenen Löwen, der sich darauf vorbereitete, sich mit einem Satz auf seine Beute zu stürzen. Pech für ihn, dass ich nie auf jemandes Speisekarte gestanden hatte. Ich war die Jägerin, nicht die Gejagte.

„Du musst wirklich sagenhaft im Bett sein, Reeve", meinte er. „Du bringst einen guten Mann dazu, schlimme Dinge für dich zu tun, und ein schlechter Mann setzt Himmel und Hölle in Bewegung, um dir zu zeigen, wie unglaublich böse er sein kann."

Spöttisch musterte ich ihn. „Wie traurig für dich, dass du es nie herausfinden wirst, Hartman."

Ohne seine Antwort abzuwarten, schlug ich ihm die Tür vor der Nase zu und legte die Sicherheitskette vor. Ich hörte sein leises Lachen von draußen und marschierte in die Küche, um mir ein Glas Wasser einzugießen. Meine Hände zitterten, was mich wütend auf mich selbst machte. Ich musste dringend meine Emotionen in den Griff kriegen. Niemand war auf meiner Seite. Niemand traute mir oder meinen Gründen, hier zu sein – daran sollte ich mich allmählich gewöhnen. Ich gehörte nicht zum Team und musste damit aufhören, mir die ständigen Erinnerungen daran so zu Herzen zu nehmen. Wenn ich meine Gefühle zeigte, würde ich preisgeben, was ich wirklich plante, bevor es richtig zur Sache ging, und das durfte nicht passieren.

Die Wahrheit war, dass ich sehr wohl wusste, dass man Conner niederstrecken musste wie einen tollwütigen Hund. Einen anderen Weg gab es nicht. Und ich wusste ebenfalls, dass das nicht Titus' Art war. Ich zählte sogar darauf, dass seine starken moralischen Prinzipien ihn davon abhielten, diese Linie zu überschreiten. Nein, er sollte mich bloß so lange beschützen, bis ich Conner nah genug kam, um ihn selbst auszuschalten.

Soweit ich das beurteilen konnte, war das die einzige Möglichkeit, das karmische Gleichgewicht wiederherzustellen, das ich gestört hatte, als ich vor all diesen Jahren zu Novak gegangen war. Damals, als ich Rache gewollt hatte, als ich den Freund meiner Schwester dafür bezahlen lassen wollte, dass er ihr Leben zerstört hatte, hätte ich mutig und stark genug sein müssen, mich selbst darum zu kümmern und dann meine angemessene Strafe zu akzeptieren. Wer andere Leute seine schmutzige Arbeit erledigen ließ, war der ultimative Drückeberger. Ich würde niemals wieder so schwach sein oder jemandem diese Art von Gefallen schulden.

Wenn jetzt der Tag der Entscheidung kam, dann würden Conner und ich einander Auge in Auge gegenüberstehen, und er würde genau wissen, warum ich diejenige war, die den Abzug drückte. Ich war an der Reihe, den Irrsinn zu stoppen, damit Männer wie Titus eine Chance hatten, damit Race die zügellos grassierenden Laster und Ausschweifungen bändigen und in eine Art Käfig sperren konnte, damit Nassir die Bestie füttern konnte, die sich schon viel zu lange selbst verzehrte, und damit Typen wie Bax endlich mal eine Verschnaufpause einlegen konnten. Ich verstand Wiedergutmachung besser, als man es mir zugestehen wollte. Titus würde sich seine Hände auf keinen Fall schmutzig machen müssen. An meinen klebte ohnehin schon Blut, da kam es auf ein bisschen mehr nicht an.

Conner hatte mich ausgetrickst. Er hatte mir vorgegaukelt, einer der Guten, einer der Kämpfer für Recht und Gerechtigkeit zu sein. Sicher, ich hatte so sehr daran glauben wollen, dass ich lange sämtliche Anzeichen ignoriert hatte, die ziemlich unmissverständlich darauf hingedeutet hatten, dass etwas mit ihm nicht stimmte. Er hatte mir Sand in die Augen gestreut. Die einzige Phase in meinem Leben, in der ich mir wie eine ganz normale junge Frau von Anfang zwanzig ohne hässliche Vergangenheit und fragwürdige Moral vorgekommen war und mich sicher gefühlt hatte, war die Zeit mit Conner gewesen – und er hatte alles nur vorgetäuscht. Nichts davon war echt gewesen.

Ich zuckte zusammen, als das Telefon piepte, das Titus mir dagelassen hatte. Eine SMS. Ich schnappte mir das Handy und bedachte mich selbst mit ein paar ausgesuchten Schimpfwörtern, weil mein Puls sich schon beschleunigte, als ich seinen Namen unter der Nachricht sah.

Ich hole dich in zehn Minuten ab.

Typisch Titus. Der Mann machte nicht viele Worte.

Seufzend betrachtete ich die geborgten Kleider, die ich trug. Wer auch immer Titus' Nachbarin war: Sie war auf jeden Fall viel kleiner als ich und hatte eine Vorliebe für grelle Farben und Muster, während ich normalerweise eher neutrale Töne bevorzugte. Ich wand mich innerlich bei der Vorstellung, wie lächerlich ich in den knallpinken superkurzen Shorts und dem limettengrünen Tanktop aussehen musste. Seit meiner Rückkehr nach The Point hatte ich auch keinerlei Make-up zur Verfügung gehabt, abgesehen von dem, was sich in meiner Handtasche befand, und das Schmeichelhafteste, was ich unter diesen Umständen mit meinem Haar anfangen konnte, war ein Pferdeschwanz.

Ich war daran gewöhnt, gut auszusehen und dieses Aussehen dazu zu benutzen, andere Menschen zu entwaffnen oder unbequeme Fragen abzuwehren, die ich nicht beantworten wollte. Diesen Vorteil hatte ich bei Titus nicht einsetzen können, seit er bei mir im Motel aufgetaucht war. Er sah mich von meiner schlechtesten Seite, und das war mir gar nicht recht, da er ohnehin bereits eine miese Meinung von mir hatte. Ich wollte so gern irgendeine Art Oberwasser bekommen, doch damit war vorerst nicht zu rechnen. Also stellte ich mich schon mal darauf ein, sein stilles, missbilligendes Brüten zu ertragen, während er mich von A nach B schaffen würde. Ich musste dagegen gewappnet sein, wenn wir demnächst viel Zeit miteinander verbrachten – woran ja kein Weg vorbeiführte, sofern alles nach Titus' Plan lief.

Kurzerhand zog ich einen schwarzen Kapuzenpulli über, der ihm oder jemandem von seiner Größe gehören musste. Er bedeckte meine Fingerspitzen und reichte mir bis zur Mitte der Oberschenkel, womit er deutlich länger war als die Shorts. Der Look war zwar nicht viel besser als das grelle Outfit, das ich darunter trug, aber für die Fahrt würde es reichen.

Ich öffnete nach dem ersten Klopfen. Hastig wich ich zurück, um nicht seine Faust ins Gesicht zu kriegen, mit der er schon wieder ausholte, blieb dann wie angewurzelt stehen und atmete scharf ein, was er hoffentlich nicht hörte.

Titus musterte mich von Kopf bis Fuß. Das Blau seiner Augen war so hell und klar, als hätte sich eine Tür zum Himmel aufgetan. Als er meine nackten Beine musterte, senkten sich seine Mundwinkel, und seine Brauen schossen nach oben. „Hast du überhaupt eine Hose an?"

Seine Stimme klang noch rauer und schroffer als sonst, und ich musste schlucken, bevor ich antworten konnte. Ich hatte meinen Blick ebenfalls ein bisschen wandern lassen und brauchte eine Sekunde, um zu kapieren, dass er mit mir sprach. Statt seines üblichen Ensembles aus knittrigem Hemd und gebügelter Stoffhose trug er ein schwarzes T-Shirt, das sich über Muskeln spannte, die wie gemeißelt aussahen. Seine langen Beine steckten in abgetragenen Jeans, die ein Loch an der Hüfte und eins am Oberschenkel hatten. Die Haut, die durch den aufgerissenen Stoff schimmerte, war olivfarben und wirkte genauso hart wie der Rest von ihm. Es gab nichts Weiches an Titus King – selbst dann nicht, wenn er nicht im Dienst war. Er hatte dieselben Stiefel an wie im Einsatz, aber sein Haar war total zerzaust, als hätte er sich nicht die Mühe gemacht, es zu kämmen. Noch nie war mir die Ähnlichkeit zwischen ihm und seinem jüngeren Bruder so deutlich aufgefallen wie in diesem Moment. Er erschien so harsch und unberechenbar wie Bax und brachte gewisse Stellen meines Körpers auf eine Weise zum Beben, die ich dringend ignorieren musste, um nicht zu klingen wie eine atemlose Idiotin.

„Natürlich habe ich eine Hose an. Ich kann nichts dafür, dass deine Nachbarin eine Zwergin ist."

Ich ging von der Tür weg, und er folgte mir ins Zimmer, das dadurch um ein Vielfaches zu schrumpfen schien.

„Hatte ich Nachbarin gesagt? Ich meinte ihre Tochter", erklärte er. „Meine Nachbarin wiegt mehr als hundert Kilo. Ihre Teenager-Tochter hat allerdings ungefähr deine Kleidergröße, sie ist nur kleiner. Ich hätte Dovie oder Brysen gefragt, doch ich wollte zuerst einen sicheren Unterschlupf finden, bevor unsere Farce beginnt. Dovie hätte es ja sofort Bax erzählt, und der sitzt mir ohnehin deinetwegen im Nacken. Brysen hätte mitgespielt, aber ich habe schon jeden möglichen Gefallen bei Race eingefordert und wollte ihm nicht noch mehr schulden."

„Na ja, immerhin beruhigend, dass keine erwachsene Frau der Ansicht gewesen ist, dass knallpinke superknappe Shorts als echte Kleidungsstücke durchgehen." Ich hob den Saum des Pullis an, um ihm zu zeigen, dass ich wirklich eine Hose anhatte. Mir entging nicht, dass in der Mitte seiner Iris silberne Funken aufblitzten. „Trotzdem brauche ich in näherer Zukunft unbedingt etwas Richtiges zum Anziehen. Wenn wir planen, Conner unsere angebliche Affäre unter die Nase zu reiben, muss ich so aussehen wie sonst."

„Wie ist das?" Er riss seinen Blick von meinen Beinen los und schaute mir ins Gesicht.

„Wie ist was?"

„Wie siehst du normalerweise aus?" Er schob die Hände in die Hosentaschen.

Ich musste mir auf die Zunge beißen, weil durch diese Aktion seine Jeans gerade so weit nach unten rutschten, dass ein Streifen nackter Haut zwischen Hosenbund und T-Shirt-Saum aufblitzte. Perfekt definierte Bauchmuskeln und dieses V, das dazu geschaffen schien, Frauen in sabbernde Idiotinnen zu verwandeln, tanzten vor meinen Augen. Im Stillen zählte ich bis zehn, um mich davon abzuhalten, die Hand auszustrecken und diese von einem Hauch dunkler Härchen bedeckte Haut zu berühren. Natürlich würde die bei Titus nicht babyweich und supergepflegt sein wie bei so vielen Typen heutzutage. Er war zu viel Mann für so was. Auch in dieser Hinsicht war Conner ein kläglicher Ersatz für das gewesen, was ich wirklich wollte. Er war ja sogar noch geschniegelter als ich.

„Ich sehe normalerweise gut aus“, antwortete ich. „Ich sehe so aus, als ob ich wollte, dass ein Mann mich will. Ich sehe definitiv nicht so aus wie jetzt … nicht so, als ob ich mir keine Mühe gebe. Conner würde dir nie abkaufen, dass du plötzlich verrückt nach mir bist, wenn ich mich offensichtlich nicht mal anstrenge. Was glaubst du denn, wie ich so schnell seine Aufmerksamkeit geweckt habe?“

Titus machte dieses Männer-Ding mit den Augen: Er senkte die Lider ein wenig und ließ seinen Blick von meinem Scheitel bis zu meinen Zehen wandern – auf eine Weise, die ich beinahe fühlen konnte. Seine Brust hob und senkte sich dabei etwas schneller, und ich bemerkte das leichte Pochen der Schlagader an seinem Hals.

„Du siehst gut aus, so wie du bist. Besser als die meisten Frauen, wenn sie sich Mühe geben. Du hast es gar nicht nötig, dich aufzubrezeln“, sagte er. „Und wenn ein Typ dir das Gefühl vermittelt, dass du es tun solltest, dann ist er ein Vollpfosten. Pack zusammen, was du brauchst, und dann lass uns von hier verschwinden.“

Ich wäre umgefallen oder hätte mir die Kleider vom Leib gerissen und mich ihm in die Arme geworfen, wenn nur die geringste Chance bestanden hätte, dass er mich in einem dieser beiden Szenarios auffangen würde. Noch nie in meinem Leben hatte jemand etwas so Nettes zu mir gesagt. Sicher, ich kriegte oft zu hören, dass ich hübsch war, sogar mehr als hübsch. Doch das waren leere Worte, wenn sie aus Mündern kamen, die weitaus häufiger Lügen von sich gaben als Wahrheiten. Wenn Titus es sagte, dann meinte er es auch so. Es gab keine Hintergedanken, keine Tricks, und diese kunstlose Ehrlichkeit, dieser Mangel an List und Tücke hatte etwas unglaublich Machtvolles und Verführerisches.

Ich riss mich zusammen und sammelte die paar Sachen ein, die ich über das Apartment verteilt hatte. Anschließend folgte ich ihm in den Flur. Mein Blick fiel auf die Pistole, die er noch immer am Gürtel trug, die deutliche Erinnerung daran, dass er auch in Freizeitkluft und außer Dienst zu den Guten gehörte – und ich nicht. Wir konnten uns den ganzen Tag lang nacheinander sehnen, aber es gab keine Brücke, die stark genug oder lang genug war, um die fundamentale Kluft zu überwinden, die uns trennte.

Er war wachsam und angespannt, als wir vor das Gebäude traten. Obwohl ich hinter ihm ging, konnte ich die Intensität beinahe spüren, mit der er jeden Schatten und jedes potenzielle Versteck auf unserem Weg in Augenschein nahm.

Vor einem massiven, glänzenden blau-weißen Auto, das genauso groß und unnachgiebig wirkte wie er, blieb er stehen. Die Fenster waren dunkel getönt, und die Reifen sahen anders aus als alle, die ich je an einem Wagen gesehen hatte.

„Das sieht echt nicht nach einem Auto aus, das von einem Polizisten gefahren wird." Ich konnte mir den ungläubigen Ton nicht ganz verkneifen.

Titus öffnete mir die Tür. „Es wird nicht von *einem* Polizisten gefahren, sondern von *diesem* Polizisten. Als wir jünger waren, konnten Bax und ich es keine fünf Minuten im selben Raum aushalten, ohne einander umbringen zu wollen. Unsere Mom hatte eine Affäre mit dem Typen, dem die Werkstatt gehörte, die Bax heute betreibt. Gus hat jedem von uns einen Schraubenschlüssel in die Hand gedrückt und gesagt, dass wir zusehen sollen, wie wir mit unserem Scheiß klarkommen. Die einzigen Momente, in denen wir nicht gestritten haben, waren die, in denen wir mit den Köpfen unter irgendeiner Motorhaube steckten. Bax war darin zwar immer besser als ich, aber ich konnte auf keinen Fall zulassen, dass mein kleiner Bruder der Einzige war, der in einer irren Kiste herumfuhr. Den Pontiac GTO hier habe ich zusammengeschraubt, nachdem er ins Gefängnis gekommen war. Ich glaube, es war meine Art, damit klarzukommen, dass ich derjenige war, der ihn hinter Gitter gebracht hatte."

Mit offenem Mund starrte ich ihn an, während er um die

Motorhaube herumging und auf der Fahrerseite einstieg. Das Innere des Wagens war ebenso makellos wie das Äußere. Die Chromeinlagen schimmerten im Licht der Instrumente, sobald das mächtige Gefährt zum Leben erwachte und den gesamten Block erzittern ließ. Ich sah noch, wie ein Penner aus dem Schlaf hochschreckte, als Titus das Gaspedal durchtrat. In der nächsten Sekunde rasten wir mit röhrendem Motor davon.

„Du hattest Schuldgefühle, weil du Shane verhaftet hast?", fragte ich.

Er warf mir einen scharfen Seitenblick zu, und ich hielt mich instinktiv am Armaturenbrett fest, als er dieses Monster von einem Auto mit quietschenden Reifen um eine Ecke jagte.

„Nein", erwiderte er. „Ich hatte keine Schuldgefühle, weil ich ihn ins Gefängnis gebracht hatte. Er hatte das Gesetz gebrochen, immer wieder, und sich nicht mal Mühe gegeben, nicht erwischt zu werden, weil ihm alles egal war. Ich hatte Schuldgefühle, weil ich der Grund dafür war, dass ihm alles egal war. Ich hatte ein schlechtes Gewissen, weil ich der Grund dafür war, dass er überhaupt kriminell geworden ist. Ich hatte Bax mit einer betrunkenen Mutter und einem Gangster-Vater allein gelassen. Er hat nie eine Chance gehabt. Das wusste ich, und trotzdem bin ich gegangen. Ich glaube, die Tatsache, dass ich bei diesem einen Menschen versagt habe, den ich eigentlich hätte beschützen müssen, war ein entscheidender Faktor bei meinem Entschluss, zur Polizei zu gehen. Ich habe den GTO gebaut, um Bax zu zeigen, dass es wichtig war ... die Zeit, die wir miteinander verbracht haben, bevor er mich hasste, bevor ich ihn im Stich ließ. Bax ist ein Mann der Tat. Mit Worten kann man bei ihm nichts ausrichten. Ich dachte, das Auto würde es vielleicht schaffen."

„Hast du deshalb auch seine Miete bezahlt, während er im Knast war? Um ihm zu zeigen, dass er dir etwas bedeutet?"

Titus brummte zustimmend, dann konzentrierte er sich wieder auf die Straße. Ich lehnte mich in meinem Sitz zurück und beobachtete ihn. Er fuhr sehr viel schneller als erlaubt, und ich fragte mich, ob ihm überhaupt klar war, dass er damit eins der

Gesetze brach, die er so unerbittlich vertrat. Titus war eine komplexe Persönlichkeit mit mehr Ecken und Kanten, als ich anfangs vermutet hatte. Ich wusste, dass seine Beziehung zu Bax kompliziert war und dass die Brüder total gegensätzlich waren. Aber mir war nicht klar gewesen, dass Titus mit den Dämonen seiner Vergangenheit rang, mit der Art, wie er versucht hatte, The Point abzuschütteln, ohne sich wirklich aus den Klauen der Stadt befreien zu können. Es machte ihn irgendwie menschlicher, weniger unfehlbar. Und es führte dazu, dass ich ihn sogar noch mehr wollte als zuvor – was eigentlich ein Ding der Unmöglichkeit gewesen sein müsste.

„Wohin fahren wir eigentlich?", wollte ich wissen. Wir hatten The Point nicht verlassen. Im Gegenteil: Wir bewegten uns immer tiefer hinein, an The District vorbei und Richtung Hafen. Niemand fuhr je zum Hafen, es sei denn, er wollte eine Leiche verschwinden lassen oder irgendwas Illegales ein- oder ausführen.

„Race hat eine Wohnung am Hafen, die er in seine persönliche kleine Kommandozentrale verwandelt hat. Er hat seinen eigenen Bodyguard im Gebäude und sein eigenes Überwachungssystem installiert, weil seine Frau und ihre Schwester dort zusammen mit ihm leben. Es ist fast so gut wie Schutzhaft, aber immer noch in der Stadt und so exponiert, dass Conner, wenn er etwas unternehmen will, weiß, wo er uns findet."

Nervös rutschte ich auf meinem Sitz herum. „Am Hafen hat er doch auch das Mädchen zurückgelassen, das so aussah wie ich."

Titus seufzte. „Ich weiß. Trotzdem ist es die beste Option für das, was wir erreichen wollen. Du wirst dort geschützt sein, wenn ich arbeite, und das heißt, dass ich meine Aufmerksamkeit nicht zwischen meinem Job und deiner Sicherheit aufteilen muss."

Ein warmes Rinnsal wollte sich einen Weg in mein Herz bahnen, obwohl ich alles darangesetzt hatte, es ihm gegenüber einzufrieren. „Ich hätte nicht gedacht, dass du dir Gedanken über meine Sicherheit machst. Immerhin habe ich mir diese ganze Sauerei selbst eingebrockt."

Ich wandte mich ihm zu und bemerkte, dass dieses Zucken am Kiefer, das immer auftrat, wenn er seine Gefühle zu unterdrücken versuchte, wieder da war.

Seine großen Hände umklammerten das Steuerrad fester. „Wir können nicht immer kontrollieren, um was oder wen wir uns Gedanken machen. Hast du das nicht gerade auf die harte Tour mit Roark gelernt?"

Sofort schaute ich wieder auf die Straße, und das Eis schloss sich über der Stelle, an der die Wärme in mein Herz gekrochen war. „Stimmt. Ich brauche keine Lektion öfter als einmal zu lernen. Also, wie hast du Hartman dazu gebracht, sich auf deinen Plan einzulassen? Warum sollte er die böse Hexe durchs Tor lassen, nachdem er sich solche Mühe gegeben hat, ein Schloss für seine Königin und die Prinzessin zu bauen?"

Erneut betrachtete er mich scharf. „Weil er seine eigenen Pläne verfolgt und ich ihm jetzt einen Riesengefallen schulde. Race steckt bis zum Hals in Dingen, mit denen er eigentlich nichts zu tun haben sollte. Die Gelegenheit, bei Bedarf einen solchen Gefallen einzufordern, lässt sich ein kluger Kerl wie er nicht entgehen."

Ein schwerer Kloß aus Schuld und noch etwas Hässlicherem, Schmutzigerem bildete sich in meiner Kehle. „Also kompromittierst du dich für mich und für deinen Plan? Du würdest andernfalls niemals jemandem einen solchen Freibrief geben." Ich wollte nicht, dass Titus seine Prinzipien brach, um mich in Conners Nähe zu bringen. Ich wollte nicht, dass er sich veränderte. Ich liebte seine Art, so wie sie war … liebte es, wie heldenhaft und mutig er wirkte. Und ich wusste, dass ich ihn leicht von ganzem Herzen lieben könnte, wenn es mir nicht so aussichtslos, so unmöglich vorgekommen wäre.

Leise fluchend lenkte Titus das laute Muscle Car in eine Einfahrt, die in eine Tiefgarage zu führen schien. Er drehte sich zu mir, und seine Augen waren fast so hell wie die Scheinwerfer, die in die Dunkelheit vor uns leuchteten. Seine Stimme klang müde und resigniert. „Ich sehe keinen Unterschied mehr zwischen den bösen Jungs und den guten Jungs, die böse sind, weil sie keine andere Wahl haben. Ich kompromittiere mich nicht, ich passe mich an. Ist das nicht die oberste Überlebensregel?"

Das war sie, aber ich wollte nicht, dass er sich anpasste. Ich wollte, dass er genauso blieb, wie er war. Ich wollte lieber sterben, als der Anlass zu sein, der ihm das Gefühl gab, sich ändern zu müssen.

6. Kapitel

Titus

Das hier war eine spezielle Form der Hölle, und ich war nicht sicher, ob ich sie überleben würde.

Seit ich Reeve in dem Loft in Races Gebäude untergebracht hatte, war eine Woche vergangen. Eine Woche, in der ich mir bei der Arbeit den Arsch aufriss, um mehr darüber herauszufinden, warum genau Roark dieser Stadt den Krieg erklärt hatte. Ich rief die Marshals an, wurde aber abgewimmelt, weil sie nicht wollten, dass Außenstehende etwas von dem Nestbeschmutzer in ihren Reihen mitkriegten, daher ermittelte ich um sie herum statt mit ihnen. Jeden Abend kehrte ich in das möblierte Apartment zurück und tat so, als ob ich Reeve nicht beobachten würde, während sie in Klamotten herumlief, die zu eng und zu kurz für meinen Seelenfrieden oder meinen Verstand waren. Seit einer Woche bewegte ich mich in ihrer Gegenwart praktisch wie auf Eiern, denn das Loft war, wie die Bezeichnung ja auch nahelegt, total offen. Mangels Trennwänden gab es keine Rückzugsmöglichkeiten. Das „Schlafzimmer“ bestand bloß aus einem Podest, das sich über dem durchgängigen Koch- und Wohnbereich erhob; es gab also nicht mal eine Tür, die man schließen und hinter der man sich verstecken konnte. Ich hörte sie in der Dusche, ich sah, wie sie nachts ihre Decken wegstrampelte, ich hörte das Rascheln ihrer Kleider, wenn sie sich an- und auszog. Das leise Geräusch kratzte nervenaufreibend über meine Haut. Die Gesamtsituation brachte mein Inneres in Aufruhr und machte mich so nervös, dass ich bei jeder Gelegenheit ausrastete. Das Ganze war eine frustrierende Zeitverschwendung, die meinen Geduldsfaden überstrapazierte – ich war mit meiner Weisheit so gut wie am Ende.

Ich überließ ihr das Bett und schlief auf dem Sofa. Ich suchte förmlich nach Anlässen, mich anderswo herumzutreiben, um sie nicht ständig einatmen zu müssen, und gab vor, gar nicht darauf zu achten, wie mein Körper auf sie reagierte. Dabei rannte ich mit einer Dauer-Latte rum, und meine Entschlossenheit, die pulsierende sexuelle Spannung zwischen uns zu ignorieren, wurde von Reeve keineswegs geteilt. Immer wieder erwischte ich sie dabei, wie sie mich aus dem Augenwinkel betrachtete. Sie wartete, lauerte. Ich hatte keine Ahnung, was sie von mir erwartete, aber was es auch war, ich weigerte mich, ihrer Anziehungskraft oder meiner Versuchung nachzugeben.

Eigentlich hätten wir längst da draußen sein und eine Riesenschau abziehen sollen, um Conner aus der Reserve zu locken. Ich hatte jedoch noch keine Zeit gehabt, mir über die nächsten Schritte Gedanken zu machen, und war nicht sicher, ob ich das Ganze in meinem angespannten Zustand überhaupt durchziehen konnte. Mein Plan war, milde ausgedrückt, reichlich unausgegoren, und bis ich das Ziel besser und sicherer anvisieren konnte, würde ich weder ihr noch mein Leben riskieren. Das Apartment hatte raumhohe Fenster, die auf Knopfdruck zu dunklen, blickdichten Glaswänden wurden und die, wie Race mir versichert hatte, auch tagsüber, wenn man hindurchsehen konnte, keine Kugeln oder sonstige Geschosse durchließen. Er hatte sich hier eine buchstäblich uneinnehmbare Festung gebaut, und ich wollte nicht mal darüber nachdenken, woher die Kohle für diese Art von Sicherheitsmaßnahmen kam.

Jeden Abend, wenn ich schließlich doch in das Loft zurückkehrte, musste ich den Drang unterdrücken, Booker am Hals zu packen und aus der Wohnung oder gegen die Schrankwand zu werfen. Trotz der unübersehbaren Narbe, die eine Hälfte seines Gesichts zierte, war Noah Booker ein gut aussehender Kerl. Er hatte ungefähr meine Größe, aber eine wesentlich rauere Schale.

Dieser Typ würde garantiert nicht kampflos untergehen, aber sein lässiger, tiefenentspannter Umgang mit Reeve brachte mich auf total irrationale Weise zur Weißglut. Die beiden schienen mir viel zu vertraut mit dem Halbweltleben zu sein und sich darin viel zu wohl zu fühlen. Booker wusste, dass mich das bis aufs Blut reizte, also setzte er alles daran, es sich im Apartment und mit Reeve demonstrativ gemütlich zu machen. Jedes Mal, wenn ich mich zu ihm umdrehte, lag eine seiner massiven Pranken auf ihrer Schulter, oder er stieß sie vertraulich mit dem Ellbogen an, als wären sie schon seit hundert Jahren miteinander befreundet. Umgekehrt flirtete die schwarzhaarige Schönheit auf eine unangestrengte, spielerische Art mit ihm, die sie bei mir nie an den Tag legte. Am liebsten hätte ich meinen dämlichen Plan platzen lassen und diese ganze Angelegenheit vergessen. Das ging natürlich nicht; dennoch war ich schwer versucht, einfach alles stehen und liegen zu lassen.

Ich lag auf dem Sofa und bedeckte meine Augen mit dem rechten Unterarm. Es war bereits nach Mitternacht, und ich hatte den ganzen Tag an dem Fall der Toten im Hafen gearbeitet. Wie sich herausgestellt hatte, gab es niemanden, der sie vermisste. Sie war ein Kind des beschissenen Systems gewesen, ein weiteres armes Ding, das keiner gewollt hatte, das auf der Straße gelandet war und alles gemacht hatte, um irgendwie zu überleben. Ich war verblüfft, wie wütend Nassir deswegen reagiert hatte. Dabei war es ihm gar nicht darum gegangen, dass eins seiner Mädchen von demselben Feind ermordet worden war, der seinen Club niedergebrannt hatte; vielmehr war er so aufgebracht gewesen, weil niemand die sterblichen Überreste der Toten beansprucht hatte und um sie trauerte. Ich hatte ihn auf dem kleinen Dienstweg informiert, dass er die Leiche abholen lassen und sich um eine anständige Beerdigung kümmern sollte. Nassir war mir nie als sonderlich sentimental aufgefallen, daher war es eine angenehme Überraschung gewesen, zu entdecken, dass er irgendwo unter diesem Dreitausend-Dollar-Anzug tatsächlich ein Herz besaß. Seine Mädchen waren offenbar mehr für ihn als eine reine Einkommensquelle, und auch wenn ich seine Geschäftsidee nicht gutheißen konnte, wusste ich es doch zu schätzen, dass er es nicht ausschließlich aus unlauteren Motiven tat.

Ich war müde. Ich war mehr als müde. Ich war total leer, ausgebrannt, hatte keine Energiereserven mehr, von denen ich zehren konnte. Ich musste meine Batterie dringend wieder aufladen und diesen Plan voranbringen, Roark zum Handeln zu zwingen. Ich brauchte eine Idee, und zwar schleunigst. Sehr viel länger würde ich es nämlich nicht ertragen, hier mit Reeve eingesperrt zu sein und mit meinen Instinkten und Trieben zu ringen, während ich gleichzeitig versuchte, meinen Job effizient zu erledigen.

Ich hörte Decken rascheln und schlaftrunkenes Murmeln. Der Mond warf silbriges Licht und Schatten durch die abgedunkelten Fenster. Ich unterdrückte ein Stöhnen und wälzte mich unruhig auf dem Sofa hin und her. Zum Glück handelte es sich um eine große Ledercouch, die ausreichend Platz für meinen massigen Körper bot. Trotzdem war sie nicht so bequem wie mein eigenes Bett – oder so verlockend wie das breite Schlaflager auf dem Podest mit einer gewissen sexy Reeve darin.

„Bist du noch wach?" Ihre leise Stimme drang von irgendwo über mir an mein Ohr.

Diesmal stöhnte ich so laut, dass meine Brust vibrierte. Ich setzte mich auf und rieb mein Gesicht. „Ja."

„Wie war dein Arbeitstag?" In ihrem Ton schwang ein Anflug von trockenem Humor mit, woraufhin ich mich seufzend in die Kissen sinken ließ und die Hände hinter dem Kopf verschränkte.

„Ernsthaft? Was soll das denn jetzt?" Ich klang wie ein Arschloch, aber ich konnte nicht anders.

Jetzt war sie dran mit dem Seufzen. „Wir machen das hier seit einer Woche, Titus. Und du wirst von Tag zu Tag verspannter und gestresster. Das kann nicht so weitergehen. Wir sind angeblich so verliebt, dass wir die Finger nicht voneinander lassen können und dass wir Roark vor Eifersucht wahnsinnig machen.

Aber du tust nichts, als mir aus dem Weg zu gehen. Ich versuche bloß, einen Weg zu finden, um das Ganze leichter für dich zu machen."

Ich hörte ihre bloßen Füße über die Stufen tapsen und erwiderte: „Es gibt keinen leichten Weg. Ich ermittle in einem Mordfall, bei dem ich den Schuldigen sogar kenne – und trotzdem kann ich meinen Täter nicht mal finden, um ihn zu verhören. Es ist wieder genauso wie in all den Jahren, in denen ich Novak gejagt habe, während er immer mehr Löcher in diese Stadt gerissen hat, und ihn jedes Mal ungeschoren davonkommen lassen musste. Ich will nicht noch einmal verlieren."

Die Polster neben mir senkten sich unter Reeves Gewicht. Ich drehte den Kopf und musste mir auf die Zunge beißen, damit ich nicht wie ein notgeiler Teenager zu sabbern anfing. Selbst in dem schwachen Mondschein konnte ich nichts anderes mehr wahrnehmen als endlos lange nackte Beine und endlos lange schwarze Haare. Die Schlafshorts und das Tanktop enthüllten mehr, als sie verdeckten, und man brauchte keinen Röntgenblick, um zu erkennen, dass Reeve keinen BH trug. Verdammt, dieses Mädchen brachte mich noch ins Grab! In meinem Inneren begann sich etwas Wildes und Gewaltiges zu regen.

„Je eher wir Conner das hier unter die Nase reiben, desto schneller wird er reagieren. Hör auf, das Ganze hinauszuzögern, wenn es doch getan werden muss", sagte sie zu mir. Ich zuckte unwillkürlich zusammen, als sie mit einem Finger über die tiefen Sorgenfalten zwischen meinen zusammengezogenen Brauen fuhr. „Vielleicht kannst du dann tatsächlich mal wieder eine Nacht durchschlafen. Sie machen sich selbst fix und fertig, Detective."

Ich packte ihr Handgelenk und drückte es von meinem Gesicht weg. Mich zu berühren war keine gute Idee, weder für sie noch für mich. Das Grollen der Bestien, die ich so sorgfältig unter Verschluss hielt, verwandelte sich in hungriges Brüllen.

„Morgen gehen wir einkaufen, damit du ein paar Klamotten hast, die dir auch passen", erklärte ich. „Und dann lassen wir uns an ein paar besonders öffentlichen Orten in The Point blicken. Selbst wenn Roark uns dort nicht mit eigenen Augen entdeckt, sehen uns doch andere Leute und verbreiten die Geschichte."

Sie entwand sich meinem Griff und fuhr sich mit gespreizten Fingern durchs Haar. Bei dieser Bewegung hob sich ihre Brust ein Stück, und der Stoff, der sie ohnehin kaum bedeckte, spannte gefährlich. Ich ächzte leise, als ich bemerkte, wie ihre Nippel sich unter meinem Blick aufrichteten.

„Und welche öffentlichen Orte schweben dir da so vor?", erkundigte sie sich.

Ich brauchte viel zu lange, um eine zusammenhängende Antwort zustande zu bringen. Allein diese Frau atmen zu hören turnte mich mehr an als alles, was andere Frauen jemals für mich oder mit mir getan hatten. Durch sie wanderten mein Verstand und meine Widerstandskraft direkt in meinen Schwanz und mischten sich in das wahnsinnige Verlangen, das so machtvoll hinter meinem Reißverschluss pulsierte, dass es tatsächlich wehtat. Aber es waren nicht nur die lange verleugneten Teile von mir, die sich nach ihr verzehrten; ihre Sirenengesänge sprachen absolut alles in mir an, das sich nach ihr sehnen und sie begehren konnte.

Am liebsten wäre ich einige Zentimeter von ihr weggerutscht, denn ich konnte die Spannung, die sich zwischen unserer nackten Haut aufbaute, förmlich spüren. Im Nachhinein betrachtet hätte ich mein T-Shirt wohl besser angelassen, bevor ich mich hingelegt hatte. Wir trugen beide viel zu wenig Stoff am Leib, um die Hitze abzuwehren, die zwischen uns flirrte.

„Wir sollten am besten im Spanky's vorbeischauen", meinte ich dann. „Dort treiben sich genau die Leute rum, von denen wir gesehen werden wollen. Außerdem können wir Nassir auf diese Weise zu verstehen geben, dass du zu mir gehörst. Und falls Roark aus irgendeinem Grund zuschlagen sollte, wären wir nicht auf uns gestellt. Chuck wird dort sein, und Nassir hat immer bewaffnete Sicherheitsleute vor Ort. Selbst wenn Roark nicht allein, sondern mit Helfershelfern antritt, wäre es also kein ungleicher Kampf."

Reeve schlug die Beine übereinander, und ich schaute sie an, um herauszufinden, ob sie das absichtlich getan hatte. Hatte sie. Ihre dunkelblauen Augen reflektierten das Mondlicht, und ich erkannte, dass sie ähnlich heftig auf mich, meine körperliche Nähe und meinen halb nackten Zustand reagierte wie ich auf sie. Das hier würde gleich über uns beiden explodieren, und wenn der Rauch sich danach wieder gelegt hatte, würden wir ewig damit beschäftigt sein, die Granatsplitter aufzusammeln. Ich hatte das mulmige Gefühl, dass die Wunden, die wir einander unvermeidlich schlagen würden, von der Sorte wären, die nie wirklich verheilte.

„Früher, als Ernie noch den Laden für Novak geführt hat, habe ich vielen Mädchen vom Spanky's die Haare gemacht", gab Reeve zurück. „Die meisten waren supernett und niedlich – auch die, die mehr gemacht haben, als nur zu tanzen. Ich fand es furchtbar, dass es für sie keinen Weg zurück gab, wenn sie einmal in dem Job gelandet waren. Sie gehörten Novak, mit Haut und Haar."

Bei den letzten Worten kippte ihre Stimme ein bisschen. Während der langen Zeit, in der sie darauf gewartet hatte, dass er den riesigen Gefallen einforderte, den sie ihm schuldete, musste Reeve sich ähnlich gefühlt haben.

„Nassir kümmert sich besser um die Mädchen, die für ihn arbeiten. Er ist sehr wählerisch und sorgt für ihre Sicherheit und ihren Schutz. Er nimmt niemanden, der nicht loyal und verschwiegen ist, und dasselbe gilt für seine Kunden", entgegnete ich. „Mehr als einmal habe ich versucht, ihn wegen Anstiftung zur Prostitution dranzukriegen, aber nie hat sich irgendjemand als Zeuge gemeldet. Er übernimmt auch alle Formalitäten und Vorkehrungen für die Tote vom Hafen. Ich glaube, auf seine beängstigende, stille Weise liegt ihm tatsächlich etwas an den Mädchen."

Sie gab ein zustimmendes Geräusch von sich, ein Summen. Sofort zogen sich meine Eier zusammen, während ich mir unwillkürlich vorstellte, wie sich ihr Mund um meinen Schwanz herum anfühlen würde, wenn sie so einen Laut ausstieß.

„Sie sollten jemanden haben, der ihnen hilft, wenn sie aussteigen wollen." Sie klang nachdenklich. „Das ist das Schreckliche an dieser Stadt: Wenn du einmal drin bist, scheint es keinen Ausweg mehr zu geben. Sicher, eine Achtzehnjährige lässt sich leicht von dem Gedanken an die Kohle verführen, die sie verdient, wenn sie sich auf der Bühne auszieht. Aber was kommt danach? Plötzlich ist sie dreißig und hat nie was anderes gelernt, als ihren Körper zu verkaufen. Welche Chance hat sie noch im Leben?"

„Sprichst du aus Erfahrung?" Wenn sie sich jemals für Geld auszog, würden ganze Länder pleitegehen.

„Nein. Aber ich weiß, was sie mir erzählt haben, wenn ich sie vor mir im Friseurstuhl hatte. Und ich weiß, wie schnell meine Schwester da reingeraten ist. Wenn The Point dich einmal gepackt hat, gibt es kein Entkommen."

Sie legte den Kopf an die Sofalehne und schaute an die Decke. Kurz glaubte ich, einen feuchten Schimmer in ihren dunkelblauen Augen tanzen zu sehen, doch dann blinzelte sie, und er war verschwunden.

„Das ist große Scheiße", sagte ich, woraufhin sie mir das Gesicht zuwandte. „Was mit deiner Schwester passiert ist, meine ich. Beschissener geht's kaum. Aber du hast versucht, ihr zu helfen, du wolltest sie retten, und darauf solltest du dich fokussieren."

Reeve gab einen kehligen Laut von sich. Dann erhob sie sich und kreuzte die Arme vor der Brust. Der Blick, den sie mir zuwarf, war hart wie Stein. „Es hat nicht gereicht. Um welche Uhrzeit willst du morgen aufbrechen?"

Der abrupte Themenwechsel zwang mich, ebenfalls einen anderen Gang einzulegen. „Ich habe Frühdienst, also danach."

„Heißt das, dass du morgen tatsächlich direkt nach deiner Schicht herkommst?"

Meine Vermeidungsstrategie war ihr offenbar nicht entgangen. „Ja. Ich versuche, vor fünf hier zu sein. Du brauchst wirklich ein paar Sachen, die passen." Nach den ersten paar Tagen im Loft hatte Brysen einige Teile vorbeigebracht, die etwas besser funktionierten, aber augenscheinlich besaß kein anderes Mädchen auf der Welt so unglaublich lange Beine oder so auffallend scharfe Kurven wie Reeve. Brysens Klamotten bedeckten schon mehr als die meiner Teenager-Nachbarin, doch nicht genug, um zu verhindern, dass ich jedes Mal, wenn ich in ihre Richtung schaute, die tollsten Aussichten genießen konnte.

Sie verschränkte die Finger ineinander und reckte dann beide Arme hoch über den Kopf, wobei der Saum ihres Tanktops bis über ihren Bauchnabel hinaufrutschte und auch ihre winzigen Shorts viel Haut freigaben. Ganz automatisch malte ich mir aus, wie all ihre geheimen Stellen darunter aussahen, wie ihre weiche Haut sich anfühlte. Als ob ich noch mehr Anreiz brauchte, um ununterbrochen an sie und Sex zu denken, während ich mich doch mit ganz anderen Dingen beschäftigen sollte!

„Ich kann mich natürlich züchtig bedecken, aber das wird nichts daran ändern, dass du mich willst und wütend darüber bist." Damit wirbelte sie auf ihren nackten Sohlen herum und stolzierte die Stufen zu ihrem Bett hinauf. Wenn es in diesem Loft eine einzige Tür gegeben hätte, dann hätte sie sie jetzt hinter sich zugeknallt, um ihren Worten noch mehr Nachdruck zu verleihen.

Reeve hatte recht. Ich wollte sie. Ich hatte sie von dem Moment an gewollt, in dem sie in mein Revier gekommen war und gestanden hatte, dass sie bei Novak einen Mord in Auftrag gegeben hatte. Ich hatte sie gewollt, während sie mir unter Tränen von ihrem Anteil an Dovies Entführung erzählt hatte. Ich hatte sie gewollt, als die Marshals sie weggebracht hatten und ich nicht daran geglaubt hatte, sie jemals wiederzusehen. Und ja, ich wollte sie auch jetzt, inmitten dieser Farce, bei der es um Leben und Tod ging. Aber ich war nicht wütend darüber, dass ich sie begehrte. Sie war schön, clever, gewieft und mit allen Wassern gewaschen. Sie sah mich an, als ob sie verstand, wie ich tickte, und sich nicht darum scherte, dass ich den Großteil meiner Zeit damit verbrachte, mich allein gegen die ganze verfluchte Stadt zu stemmen. Jeden Tag kämpfte ich einen aussichtslosen Kampf, was mich genau genommen zu einem Riesenversager machte, doch das schien sie nicht so zu sehen. Es gab viele Gründe, sie zu wollen, sie attraktiv und letztlich unwiderstehlich zu finden.

Und es gab mehr als einen triftigen Grund, warum mich jedes Mal, wenn mein Blut vor Erregung zu kochen begann, eine Welle der Scham und des Schuldgefühls überrollte. Natürlich hatte ich Probleme damit, dass sie eine geständige Kriminelle war. Sie war einer der Menschen, vor denen ich die Stadt zu beschützen versuchte. Egal, wie nachvollziehbar ihre Motive waren, egal, ob sie im Grunde einfach nur einen bösen Buben benutzen wollte, um einen anderen loszuwerden: Sie hatte nicht mit legalen Mitteln gehandelt. Und dann war da noch die Tatsache, dass bereits Reeves Nähe die Monster meiner Vergangenheit erwachen ließ, die ich an einem so dunklen und tiefen Ort in meiner Seele vergraben hatte, dass ich immer wieder vergaß, dass sie überhaupt da waren. Ich konnte sie nicht länger ignorieren und schon gar nicht die Art, wie sie sich in meinem Inneren aufbäumten und machtvoll gegen die äußere Hülle des Mannes warfen, der zu sein ich mir solche verzweifelte Mühe gab.

Mich in eine Frau zu verlieben, die dafür bekannt war, das Recht in ihre eigenen Hände zu nehmen, wäre definitiv mein Untergang. Wenn ich meine Gefühle nicht gnadenlos unterdrückte und wegsperrte, würde nichts mehr von mir übrig bleiben, nichts, was ich der Bestie in mir entgegensetzen konnte; sie würde mich von innen heraus verschlingen, und dann wäre ich wie alle anderen Verlorenen und Einsamen hier, die bloß darauf warteten, von der Stadt vereinnahmt zu werden. Das durfte ich nicht zulassen.

Ich war nicht wütend, weil ich sie wollte. Ich hatte Angst.

Nun legte ich mich wieder hin und drückte eines der Zierkissen von der Couch auf mein Gesicht, um jedes schmutzige Wort, das ich kannte, hineinzuschreien. Es war ohnehin schon eine lange Nacht gewesen, und nun würde sie endlos werden.

„Willst du nichts davon anprobieren?" Ich hasste es, einkaufen zu gehen. Mit Inbrunst. Die meisten Männer, die ich kannte, betrachteten es als notwendiges Übel, sofern sie eine Frau in ihrem Leben hatten, die sie bei Laune halten wollten. Ich ging nur dann für mich selbst los, wenn ich keine Unterwäsche mehr hatte oder neue Schuhe oder irgendwas für den Job brauchte. Die meisten Jeans und T-Shirts, die ich in meiner Freizeit trug, besaß ich seit der Zeit auf der Polizeiakademie, und sie erfüllten ihren Zweck noch immer bestens. Reeve war eine Anomalie. Shoppingtouren verabscheute sie offenbar ebenso sehr wie ich.

Es gab keine Mall in The Point, und auch die meisten Einzelhändler hatten bereits vor Jahren ihre Zelte abgebrochen, nachdem ihnen die bewaffneten Überfälle, die praktisch auf der Tagesordnung standen, irgendwann zu viel geworden waren. Daher waren wir zum Outlet-Center am Stadtrand gefahren. Ich hatte mich für stundenlange Folter gewappnet, doch zu meiner Überraschung flitzte Reeve durch die Geschäfte, als wollte sie einen Geschwindigkeitsrekord aufstellen. Dabei schaute sie sich fortwährend um, als ob jeden Moment jemand hinter den Kleiderständern hervorspringen und sie packen könnte. Und nun marschierte sie mit einem Arm voller Klamotten zur Kasse, ohne irgendwas anprobiert zu haben.

Über die Schulter hinweg schaute sie mich an, während die Verkäuferin begann, die Etiketten einzuscannen. „Ich kenne meine Konfektionsgröße und habe nichts allzu Schickes genommen. Nur einige Paar Jeans und T-Shirts und zwei Röcke, die ein bisschen zu kurz sind, damit jeder, der uns sieht, kapiert, warum du mir nicht widerstehen kannst."

Ich knurrte zustimmend und reichte der Verkäuferin meine Kreditkarte. Reeve dankte uns beiden und sagte, dass sie sich mit dem Umziehen beeilen würde. Dann schnappte sie sich eine der neuen Hosen und rannte damit zur Umkleidekabine. Ich nahm die Tüten in Empfang und trat vor den Laden, um draußen auf sie zu warten. Dabei behielt ich sowohl den Parkplatz im Blick als auch die Leute, die zwischen den Boutiquen herumliefen.

Mein Handy klingelte. Ich sah den Namen meines Bruders und wies den Anruf ab. In den letzten Wochen hatte ich erstklassige Arbeit geleistet, wenn es darum ging, Bax zu ignorieren. Er wusste, dass ich zusammen mit Reeve in Races Gebäude gezogen war, aber eine Erklärung meinerseits stand noch aus. Es wunderte mich, dass er die Burg nicht längst gestürmt hatte, um Auskunft zu verlangen. Doch er hatte sich sehr verändert, seit Dovie auf der Bildfläche erschienen war, und reagierte längst nicht mehr so ungestüm wie früher.

„Jesus!" Ich zuckte unwillkürlich zusammen, als sich eine Hand leicht in mein Kreuz legte. Nachdem ich das Telefon wieder eingesteckt hatte, wandte ich mich Reeve zu. Sie hätte niemals unbemerkt so nah an mich herankommen dürfen. Ich richtete mich kerzengerade auf und umklammerte die Tüten fester.

Sie stellte sich auf die Zehenspitzen und drückte ihre Lippen auf meine Wange. Mir war klar, dass das bloß Theater war. Trotzdem musste ich bei der schlichten und süßen Geste die Zähne zusammenbeißen.

„Danke." Sie ergriff meinen Ellbogen und schaute unter ihren langen Wimpern zu mir hoch.

„Das war ja wohl dringend nötig." Ich lief über den Parkplatz, ohne mich darum zu kümmern, dass sie Mühe hatte, mit mir Schritt zu halten.

Auf einmal krallte sie die Nägel in die weiche Haut an meinem Unterarm und zwang mich so, sie anzuschauen. „Weißt du noch, diese Sache, bei der du so tun sollst, als ob du mich magst? Du bist ziemlich beschissen darin, und wir sind gerade mal seit einer Stunde in der Öffentlichkeit unterwegs."

Ich seufzte, ging etwas langsamer weiter, um mich ihren viel kürzeren Schritten anzupassen. Dann legte ich meine Hand auf ihre, wo sie sich an meinem Arm festhielt, und zwang mich zu einem Grinsen. „Tut mir leid. Hier draußen zu sein macht mich nervös, und ich habe dich vorhin nicht kommen hören, weil ich so in Gedanken war. Ich habe darüber nachgedacht, wie seltsam es ist, dass Bax noch nicht aufgetaucht ist, um zu erfahren, was Sache ist, oder um zu versuchen, mir eine runterzuhauen. Aber ich kann mir keine Ablenkung leisten, und du kannst es dir ebenso wenig leisten, dass ich abgelenkt bin."

„Du bist auch nur ein Mensch, Titus. Du kannst unmöglich alles im Alleingang machen und für alles die Verantwortung übernehmen."

Wir waren beim GTO angekommen, und ich öffnete ihr die Beifahrertür. „Ist das nicht genau das, was ich heute Nacht versucht habe, dir zu verklickern?"

Sie schob sich an mir vorbei, wobei sie auf vollen Körperkontakt ging. Ich atmete scharf ein, als sie vor mir stehen blieb. Unsere Nasenspitzen berührten einander fast.

„Du versucht, jeden zu retten", sagte sie. „Ich wollte bloß den einen Menschen retten, der mir etwas bedeutete. Das ist ein Unterschied."

Sie ließ sich auf den Sitz gleiten, und ich reichte ihr die vollen Tüten, die sie auf den Rücksitz warf. Da mir keine Antwort darauf einfiel, stieg ich schweigend ein und fuhr los, zurück in die Stadt, damit wir uns im Spanky's sehen lassen konnten.

„Was sollen wir eigentlich sagen, wenn jemand fragt, warum wir in einem Stripclub sind?", wollte sie nun wissen. „Du kommst mir nicht wie jemand vor, der Dollarnoten in einen Stringtanga stecken muss, um nackte Frauen zu sehen."

Die Wahrheit würde sie überraschen. Ich hatte schon sehr viel länger, als ich mir selbst gegenüber zugeben wollte, keine nackte Frau mehr gesehen, und ich machte definitiv nicht jedes Mal die Augen zu, wenn mein Job mich ins Spanky's führte. „Ich erzähle Chuck, dass ich mit Nassir über das Mädchen im Hafen reden muss. Er wird uns reinlassen, ohne zu viele Fragen zu stellen."

Chuck war Nassirs Sicherheitschef, ein Überbleibsel aus Novaks Tagen und ein Türsteher der alten Schule. Er würde sich nicht von einer Dienstmarke und einer Pistole einschüchtern lassen, aber zum Glück schien er mich zu mögen, und wir mussten normalerweise keine Revierkämpfe ausfechten. Ich wusste allerdings, dass das nicht der Fall gewesen wäre, wenn eine der Anzeigen, mit denen ich den Club im Laufe der Jahre überschüttet hatte, tatsächlich gefruchtet hätte. Chuck war absolut loyal, und Nassir achtete darauf, ihn angemessen zu entlohnen.

„Okay. Und was soll ich tun, während du mit Nassir redest? Du wirst es kaum glauben, aber ich war noch nie in einem Stripclub."

„Wir müssen da bloß reingehen und uns aufführen, als könnten wir gar nicht genug voneinander kriegen. Nassir und wer sonst noch da ist müssen denken, dass ich es nicht ertragen kann, auch nur Sekunden von dir getrennt zu sein. Halte meine Hand, mach weiter mit diesen kleinen Berührungen und so. Schau mich bewundernd an, aber so, dass es überzeugend rüberkommt. Ich wette, dass Roark überall seine Spione hat. Irgendjemand wird ihm die Neuigkeit schon überbringen."

Sie hob eine Braue und grinste spöttisch. „Bewundernd. Alles klar."

Ich musste ebenfalls grinsen und beobachtete sie aus dem Augenwinkel. „Die Mädchen, die da arbeiten, teilen nicht gerne. Sie werden nicht unbedingt begeistert sein, dass jemand, der so aussieht wie du, in ihr Hoheitsgebiet eindringt. Versuch es einfach zu ignorieren, wenn sie dich blöd anmachen."

Sie schnaubte leise. „Ich bin eine erwachsene Frau, Titus. Ich komme bestens klar. Außerdem kann mich ohnehin keiner schlechter machen, als ich das selbst jeden Tag tue."

Dass Reeve sich normalerweise überall behaupten konnte, bezweifelte ich nicht. Aber die Mädchen im Spanky's waren jahrelang nicht mehr gewesen als nacktes Fleisch für die hungrigsten Raubtiere von The Point, und das hatte sie komplett verändert. Sie konnten ohne Zögern ziemlich gemein und grausam werden. Es war ihre Art, sich selbst zu schützen.

„Vergiss nur nicht, warum wir hier sind."

Sie murmelte etwas Zustimmendes. Den Rest der Fahrt legten wir schweigend zurück. Ich bog auf den Parkplatz vor dem Stripclub und stellte den Wagen direkt neben Nassirs Bentley ab. Das war die einzige Stelle, an der meinem Baby garantiert nichts passieren würde. Nassir liebte sein unverschämt teures Auto, daher hatte er sehr wahrscheinlich Überwachungskameras installiert, die es genau im Blick behielten. Ich wollte nicht, dass den GTO dasselbe Schicksal ereilte wie Races Mustang. Nassir mochten mein Fahrzeug und meine Person scheißegal sein, aber ich hatte den GTO so dicht neben seinem Heiligtum geparkt, dass der Bentley im Falle eines Anschlags in Mitleidenschaft gezogen werden würde, und das würde der geschniegelte Bastard niemals zulassen.

Nachdem wir ausgestiegen waren, zog ich Reeve an mich und legte einen Arm um ihre Schultern. Sie schmiegte sich daraufhin eng an mich, umschlang meine Taille, und so gingen wir hinein. Ich brannte überall, wo sich unsere Körper berührten, und konnte hören, wie ihr Atem sich durch unsere Nähe zueinander beschleunigte. Ich machte die Tür auf und zog eine Grimasse, als laute Musik und überwältigende Mengen an Pink meine Sinne überfluteten. Nassir hatte zwar einen sehr viel besseren Geschmack als der frühere Besitzer des Clubs, doch er war noch nicht dazu gekommen, neu zu dekorieren. Seine Aufmerksamkeit galt momentan dem Brandanschlag auf seinen Box-Club und der Suche nach dem Schuldigen.

Chuck war ein riesiger Schwarzer und einer der wenigen Menschen, bei denen ich tatsächlich den Kopf in den Nacken legen musste, wenn ich ihnen ins Gesicht schauen wollte. Er begrüßte mich mit einem strahlend weißen Lächeln, in dem sein goldener Schneidezahn hervorblitzte. Ich drückte Reeve noch etwas fester und spürte, wie sie sich neben mir versteifte.

„Was gibt's, Chuck?“, fragte ich.

„Zweimal in einer Woche, Bulle. Das ist schlecht fürs Geschäft.“

„Mir ist noch eine Frage eingefallen, die ich deinem Boss gern stellen würde.“

Seine dunklen Augen tasteten mich förmlich ab, dann ließ er den Blick zu Reeve wandern. Er musterte sie von oben bis unten und schaute danach zu mir. „Bringst du dir jetzt deine Tanzmaus schon mit?“

Ich rang mir ein Lachen ab. Am Rand meines Gesichtsfeldes bemerkte ich, wie Reeve genervt mit den Augen rollte. „So was Ähnliches.“ Ich drückte sie an mich und applaudierte ihr im Geiste, als sie prompt eine Hand auf meine Brust legte. Sie klimperte Chuck mit ihren umwerfenden Wimpern an und schenkte ihm dieses spezielle Grinsen, das eigens dazu gemacht schien, jedes Wesen mit einem Y-Chromosom dazu zu bringen, das Denken mit dem Kopf sofort einzustellen.

„Eigentlich hatten wir heute ja was anderes vor. Wenn er Glück hat, erlaube ich ihm nachher, dieses Versäumnis wiedergutzumachen.“ Sie spielte die Verführerin so gut, dass ich mich echt zurückhalten musste, um sie nicht unsittlich zu berühren.

Als ich meine Finger zu ihrem Hintern hinabgleiten ließ, kicherte sie und errötete angemessen, während Chuck uns durchwinkte. Ich war wirklich kein Typ für öffentliche Zärtlichkeitsbekundungen, aber irgendwie fühlte es sich total selbstverständlich an, meine Hände auf ihre Kurven zu legen. Die Schauspielerei mit diesem Mädchen kam mir richtiger vor als alles, was ich mit den Frauen veranstaltet hatte, mit denen ich tatsächlich zusammen gewesen war. Das verhieß auf Dauer nichts Gutes für mich oder meine geistige Gesundheit …

„Lass uns hoch in die Bar gehen“, schlug ich vor. „Da besteht weniger Gefahr, dass dir die Mädchen ins Gesicht springen, weil du ihnen hier unten die Show stiehlst.“

Sie antwortete nicht, sondern schaute sich mit großen Augen um. Es gab eine Menge zu sehen. Die nackten Mädchen auf der Bühne. Buntes Licht, das die Farbe wechselte, während es über bloße, glitzernde Haut und sabbernde Kunden glitt. Die bulligen Aufpasser, die ständig patrouillierten und alles im Auge behielten. Die spärlich bekleideten Cocktail-Kellnerinnen, die auf gefährlich hohen Absätzen mit Tabletts voller Drinks zwischen den Gästen herumtrippelten. Es war laut und grell, doch unter der schillernden Oberfläche lauerten Traurigkeit und Hoffnungslosigkeit, die bis in die letzten Ecken des Clubs zu dringen schienen.

Ich setzte Reeve auf einen der mit schwarzem Leder bezogenen Barhocker und wartete, bis der Barkeeper ihr ein Glas reichte. Der Kerl war halb nackt und sah aus, als sollte er auf einer Reklametafel prangen und reichen Leuten sinnlose Dinge anpreisen.

Als ich bemerkte, wie die Tür zu Nassirs Büro aufschwang, beugte ich mich vor und drückte meine Lippen auf Reeves Hinterkopf. „Bleib hier. Ich bin gleich wieder da."

In der nächsten Sekunde drehte sie sich auf ihrem Hocker um und küsste mich auf den Mund. Ich erstarrte für einen Moment, bis mir einfiel, dass wir ja Publikum hatten. Es war nicht wirklich ein Kuss, nur eine Berührung unserer Münder. Dennoch reichte es, um meinen Puls in die Höhe zu jagen und meinen Schwanz zucken zu lassen.

„Beeil dich", sagte sie in einem melodischen und sehr amüsiert klingenden Tonfall.

Ich knurrte bloß und ging dann auf den dunkelhaarigen Clubbesitzer zu, der am Türrahmen seines Büros lehnte.

Nassir war etliche Zentimeter kleiner als ich und eher schmal gebaut, wovon ich mich jedoch nicht einen Augenblick lang zu der Annahme verleiten ließ, dass er keine Bedrohung darstellte. Seine Augen glühten in einem seltsamen Bronzeton, der fast unnatürlich wirkte, und er strahlte eine beinahe übersinnliche Kälte aus. Er war ebenso tödlich wie kultiviert, und ich konnte nie einschätzen, was in seinem Kopf vorging. Der Mann war ein eiskalter Verbrecher. Niemals würde ich mich von ihm einlullen lassen oder glauben, er stünde auf meiner Seite. Nassir scherte sich nur um einen Menschen: um Nassir. Er stand ganz oben auf seiner eigenen Geschäftsordnung, und das machte ihn zu einem mitleid- und gnadenlosen Unternehmer, der keinerlei Rücksichten kannte.

„Was hält Bax davon, dass du mit ihr rummachst?" Nassir redete nicht um den heißen Brei herum.

„Ich habe ihm noch keine Gelegenheit gegeben, seine Gefühle mit mir zu teilen."

„Sie hat Dovie verraten. Novak hatte sie in der Hand. Wie kommst du damit klar, Bulle?"

„Ich muss sie nicht mögen, um sie zu ficken." Die Worte hinterließen einen bitteren Geschmack in meinem Mund, weil sie der Wahrheit, die mich umtrieb, viel zu nahe kamen.

Nassirs Lachen kratzte wie eine Rasierklinge über meine Haut. „Doch, das musst du. Es gibt Gründe, warum du mit ihr zusammen bist und warum du sie hierhergeschleppt hast. Und ich bin ziemlich sicher, es gibt auch einen Grund dafür, dass eins meiner Mädchen aufgeschlitzt und im Hafen weggeworfen wurde wie Müll. Wenn ich was fürs Wetten übrighätte – was, wie wir beide wissen, der Fall ist –, dann würde ich ein Vermögen darauf setzen, dass dieser Grund etwas damit zu tun hat, dass sie deinem neuen Bumsschlitten verdammt ähnlich sah."

Meine Schultern versteiften sich, und ich starrte ihn verärgert an. „Warum war dein Mädchen in dieser Nacht überhaupt am Hafen? Hast du sie hingeschickt, damit sie einen Kunden trifft? Niemand betritt diesen Teil der Stadt einfach so."

Seine funkelnden Augen richteten sich auf mein Gesicht, und ich musste mich zwingen, diesem Blick standzuhalten. Nassir konnte wirklich ein furchterregender Wichser sein.

„Ich habe dir schon gesagt, dass sie diese Art Job nicht gemacht hat. Sie war noch ein Kind. Sie hat getanzt, mehr nicht", erwiderte er. „Chuck hat sie an dem Abend nach draußen begleitet, und er sagt, dass sie in ihr Auto gestiegen ist – allein. So wie immer. Du kannst so oft fragen, wie du willst, und du wirst immer dieselben Antworten kriegen. Aber was ist mir dir, Bulle? Warum kann ich mich des Gedankens nicht erwehren, dass hinter deiner Affäre mit diesem Mädchen mehr steckt, als du zugibst?"

„Meine Pläne mit dem kriminellen Untergrund zu teilen zählt nicht zu meinen Aufgaben, Nassir."

„O doch – jedenfalls, wenn du mir nicht dabei in die Quere

kommen willst, wie ich deinen Job für dich erledige. Wenn du den Kerl nicht findest, dann gehe ich jede Wette ein, dass ich ihn mithilfe deiner neuen Freundin aus seinem Hinterhalt locken kann.“

„Kommt gar nicht infrage“, schnauzte ich ihn an. Ich fixierte ihn scharf und ließ keinen Zweifel daran, dass es mir gegen den Strich ging, wenn er bloß daran dachte, Reeve in irgendeinen Scheiß reinzuziehen.

„Abwarten. So wie es aussieht, schafft dein Mädel es auch im Alleingang, sich in Schwierigkeiten zu bringen.“

Hastig wirbelte ich herum und sah, wie Reeve so heftig aufsprang, dass ihr Barhocker krachend nach hinten wegkippte. Sie hielt ihren Zeigefinger dem einzigen Mädchen unter die Nase, das meines Wissens ebenso hübsch war wie sie. Keelyn Foster, manchmal auch Key genannt, gehörte genauso selbstverständlich zu The Point und dem Spanky's wie mein Bruder. Sie tanzte seit vielen Jahren unter dem Künstlernamen Honor, und wer seinen Verstand nur einigermaßen beisammenhatte, vermied es, sich mit ihr anzulegen. Bislang hatte Reeve eigentlich sehr viel Klugheit und Menschenkenntnis bewiesen, daher hatte ich nicht den leisesten Schimmer, welcher Teufel sie gerade ritt.

Keelyn warf ihre kastanienbraune Mähne über eine Schulter, fletschte ihre Zähne in einem beängstigenden Lächeln und sagte etwas, das Reeve so rot anlaufen ließ, dass ich es von hier aus erkennen konnte. Ohne Vorwarnung stürzte sich die dunkelhaarige Schönheit auf den sexy Rotschopf, und beide gingen in einem Gewirr aus Armen und Beinen zu Boden. Reeve war bekleidet, Keelyn nicht. Auf jeden Fall war es eine ziemlich heiße Nummer, die die Aufmerksamkeit des Publikums auf sich zog.

Nassir lachte leise, als ich mich zum Gehen wandte, um den Catfight zu beenden.

„Was?“, blaffte ich ihn über die Schulter hinweg an.

Wieder lachte er. „Ich hätte einen höheren Eintritt verlangt, wenn ich gewusst hätte, dass du mir heute diese Art Show mitbringst, Bulle. Wenn sie mitkriegt, dass du sie bloß benutzt und dann abschießt, schick sie zu mir, falls sie einen Job braucht. Ich öle sie und Honor jeden Abend ein und setze sie aufeinander an. Damit verdiene ich so viel Schotter, dass ich diese jämmerliche Stadt hundertmal aufkaufen kann."

„Fick dich ins Knie, Gates."

Ich schob mich durch die jubelnde, winkende Menge, bis ich die Stelle erreichte, an der sich die Mädchen am Boden wälzten. Ich zog Reeve von der Stripperin runter, wofür ich einen Chor von enttäuschten Buhrufen erntete und ein paar fliegende Bierflaschen abbekam. Beide Frauen keuchten vor Anstrengung und bluteten aus diversen Kratzwunden.

„Was sollte das denn?", fragte ich und setzte Reeve ab, die sich daraufhin das lange Haar aus dem Gesicht strich. Seufzend packte ich ihre Hand und zog sie ans hintere Ende des Raums, wo die Toiletten waren, die nur die Mädchen benutzten, nicht die Gäste.

„Alles gut." Ihre Stimme zitterte.

Ich stieß sie in den Waschraum und knipste das Licht an. „Es ist nicht gut."

Ihr Lachen klang ein bisschen schrill, und im nächsten Moment warf sie sich so schwungvoll auf mich, dass ich beide Hände brauchte, um sie aufzufangen. „Du hast recht."

Ich wollte sie fragen, was um alles in der Welt sie sich dabei gedacht hatte, einen Zweikampf mit einer Stripperin loszutreten. Doch bevor mir die Worte über die Lippen kamen, presste sie ihren Mund auf meinen, und sämtliche Gedanken verflüchtigten sich aus meinem Gehirn. Plötzlich gab es für mich nichts als Hitze, den Geschmack von Blut und diese überwältigende Süße, die sich bei dieser Frau immer über jede Bitterkeit zu legen schien.

7. Kapitel

Reeve

Ich konnte vieles tolerieren. Hässliche Beschimpfungen perlten normalerweise an mir ab, und ich hatte eine sehr geringe Meinung von den Menschen, die damit so gedankenlos um sich warfen. Ich hatte mich daran gewöhnt, als Ratte bezeichnet zu werden. Und wenn ich an den Leuten vorbeiging, hörte ich oft, wie sie „falsche Schlange" murmelten. Ich war als Verräterin abgestempelt worden, aber noch schlimmer war die Enttäuschung, die immer dann in Titus' Augen aufblitzte, wenn ich ihm gerade so nahe war, dass ihm wieder bewusst werden musste, wer genau ihn da anfasste. Welche Sorte Frau seine Augen all ihrer Farbe beraubte, bis sie vor Hunger und Verlangen weiß glühten. Jedes Mal, wenn er mich so ansah, verlor ich ein weiteres Stück meiner ohnehin schwer ramponierten Würde, denn seine Enttäuschung richtete sich nicht gegen mich, sondern gegen sich selbst. Er rang mit der Art, wie er mich wollte, kämpfte gegen gewaltige, machtvolle Dinge, die sich in ihm aufbäumten, wenn wir einander berührten, und es verletzte mich, dass er ihnen nicht nachgab. Ich war nicht mal sicher, dass er wusste, dass sie da waren, aber ich konnte sie aus ihm hervorstrahlen sehen und hören, wie sie nach mir riefen, lauter und lauter, je mehr Titus sich bemühte, sie zum Verstummen zu bringen. In diesem Polizisten steckte mehr als seine Pflicht, zu dienen und zu beschützen, und ich wollte mich auf all das stürzten und es erforschen.

Offenbar beschäftigte auch Honor die Situation zwischen mir und dem attraktiven Detective. Ich hatte schon vor der Sache im Spanky's mit Keelyn Foster und ihrer schimmernden Stripperinnen-Haut zu tun gehabt. Als ich damals in The District als Friseurin gearbeitet hatte, war sie eine meiner Stammkundinnen gewesen. Sie war ein knallhartes Mädchen, das kein Blatt vor den Mund nahm. Wenn es so was wie eine amtierende Königin in The Point gab, dann war sie es. Sie war zäh und unglaublich schön. Außerdem war sie unverfroren ehrlich und hatte absolut kein Problem damit gehabt, mir ins Gesicht zu sagen, dass Titus ein guter Mann war, zu gut für meinesgleichen, und dass ich gefälligst meine blutverschmierten Pfoten von ihm lassen sollte. Eigentlich hätte es total lächerlich sein müssen. Die Worte waren banal und naheliegend gewesen, und die Frau, die sie geäußert hatte, war bis auf einen glitzernden Stringtanga und Plateau-Pumps, in denen sie fast so groß war wie ich, nackt gewesen. Aber die Wahrheit hatte in ihren frostigen grauen Augen gelegen. Sie dachte wirklich, dass Titus weit über mir stand, dass ich ihn auf irgendeine Weise in den Dreck zog, ihn auf das Niveau herabzwang, auf dem ich und sie uns bewegten, und das konnte sie absolut nicht gutheißen. Sie erwischte mich auf dem falschen Fuß. Vielleicht war es der wahre Kern in ihren Vorhaltungen, vielleicht lag es daran, dass ich ihr die Sorge, ich könnte Titus' Ruf gefährden, tatsächlich abnahm. Ich wollte ihm helfen, aber jedes Mal, wenn ich mich umdrehte, rieb mir irgendjemand unter die Nase, dass ich ihm auf jeden Fall schaden würde, ob das nun meine Absicht war oder nicht.

Ich sagte ihr, dass sie verschwinden sollte. Ich hielt ihr vor, dass Titus ein erwachsener Mann war, der selbst entscheiden konnte, mit wem er sich zusammentat. Key funkelte mich aus schmalen Augen skeptisch an und verschränkte die Arme vor ihren nackten Titten. Sie hätte lächerlich und billig wirken müssen … aber das war nicht der Fall. Sie sah wild und beschützend aus, wie eine Amazonen-Kriegerin aus der Antike, und das brachte mich noch mehr auf die Palme. Ich machte mir schließlich genauso viele Sorgen um Titus wie sie. Zum Teufel, ich war dämlich und hoffnungslos verknallt in den Typ, und meine Verliebtheit auf den ersten Blick war von Tag zu Tag gewachsen, entwickelte sich zu etwas viel Größerem, Tieferem, je mehr ich darüber erfuhr, was sich hinter seinem Drang verbarg, die Unschuldigen und Guten zu beschützen. Niemand hatte größere Bedenken als ich, was diese Farce mit ihm anrichten würde.

Aber sie war noch nicht damit fertig, mir ihre Meinung aufzudrängen: Sie wüsste genau, dass irgendwas nicht stimmte. Auf gar keinen Fall würde der gut aussehende Detective seinen Bruder absichtlich zur Weißglut bringen, indem er sich mit mir herumtrieb. Und er würde niemals so demonstrativ in der Öffentlichkeit seine Zuneigung zeigen, denn das wäre überhaupt nicht seine Art. Das war es, was am Ende das Fass zum Überlaufen brachte: dass Key sich anmaßte, Titus besser zu *kennen* als ich, und dass sie andeutete, über intimes Wissen darüber zu verfügen, wie er normalerweise tickte. Ohne eine Sekunde nachzudenken, stieß ich den Finger zwischen ihre nackten Brüste und zischte, dass er dann ja offenbar nur so anschmiegsam und zärtlich mit jemandem war, den er wirklich wollte. Ihre Miene wirkte plötzlich angriffslustig, und bevor ich mich zurückhalten konnte, reagierte ich bereits und warf sie zu Boden, ehe sie die Chance bekam, mich anzuspringen. Die wichtigste Spielregel in The Point lautete: Zeig niemals Schwäche. Daher attackierte ich, bevor man mich attackierte. So einfach war das Gesetz der Straße.

Wir zogen uns nicht gegenseitig an den Haaren. Es gab auch kein mädchenhaftes Gekreische. O nein, wir gingen mit geballten Fäusten und kräftigen Hieben aufeinander los. Sie traf mich sogar mit einem ihrer mörderischen Stilettos an der Innenseite des Oberschenkels, und aus der daraus entstandenen Wunde rann das Blut über mein Bein. Es tat wirklich weh, aber noch mehr schmerzten all ihre spitzen Bemerkungen. Und das war der Grund, warum ich mich Titus an den Hals warf, sobald die Toilettentür hinter ihm ins Schloss fiel.

Ich konnte nicht mehr geradeaus denken. Die sengende Hitze seiner Hände, als er mich von der Stripperin gezogen hatte, das glühende Silber in seinen Augen, als er in mein blutverschmiertes Gesicht gestarrt hatte … all das hatte Rührei aus meinen Gehirnzellen gemacht, die nur noch einen logischen Schluss ziehen konnten: nämlich, dass ich nur das Beste für ihn wollte und dass er, trotz aller Vorbehalte, mich wollte. Also schlang ich meine Arme um seinen Nacken, wo sein kurzes Haar meine Finger kitzelte, und presste meinen Mund auf seinen, sobald ich ihm zugestimmt hatte, dass es niemals gut sein würde.

Ich klammerte mich an ihn, weil ich damit rechnete, dass er mich abschütteln und mir zu verstehen geben würde, dass das ein bisschen übertrieben wäre und es keinen Grund gäbe, unsere Show hier drinnen abzuziehen. Ich rechnete damit, dass er zurückweichen würde, mit einem gequälten, leeren Ausdruck in seinen viel zu blauen Augen.

Und ich bekam, was ich von dem ernsten und bedächtigen Titus King nie erwartet hätte. Statt auf Distanz zu gehen, stieß er mich so heftig gegen den Waschtisch, dass die Kante sich tief in die Hinterseite meiner Schenkel drückte. Statt einer Leerstelle in meinen Armen bekam ich einen Mann, der meinen Kuss ebenso wild erwiderte, wie ich ihn gegeben hatte. Ich bekam einen steinharten Oberschenkel, der sich zwischen meine Beine schob und sie auseinanderdrückte. Seine Erektion, die selbst durch die Kleiderschichten hindurch unmöglich zu ignorieren war, presste sich gegen meine zartesten Stellen, die plötzlich sehr feucht und schmerzhaft empfänglich waren.

Titus legte eine Hand um meinen Nacken und schob die andere unter das schlichte T-Shirt, das er mir vorhin gekauft hatte. Die Bewegung war so ungestüm, dass er dabei mit dem Ellbogen den Tuchspender von der Wand riss. Ich zuckte unwillkürlich zusammen. Der Raum war winzig, was auf Titus nun wirklich nicht zutraf. Er hatte kaum Bewegungsfreiheit, schaffte es aber trotzdem, mich auf den Waschtisch zu setzen und mir das T-Shirt über den Kopf zu ziehen, ohne irgendwas zu zerbrechen oder irgendwen zu verletzen.

Meine Brust hob und senkte sich unter meinem keuchenden Atem, und ich war sicher, dass mein Blick wild war, während ich mich an Titus festhielt, als wäre er die letzte Rettungsleine, die ich je zu fassen kriegen würde und ohne die ich unweigerlich ertrinken müsste. Ich beugte mich vor und küsste ihn erneut, schmeckte das metallische Aroma von Blut und diese warme Sauberkeit, die irgendwie für Titus stand. Er schmeckte so, wie er aussah: stark, selbstsicher und mächtig. Er schmeckte nach Rechtschaffenheit und Ehre. Nach Erlösung und Reue. Er schmeckte nach Güte, und ich glaubte nicht, dass ich jemals genug davon bekommen konnte.

Ich ließ meine Zunge um seine kreisen. Ich saugte ihn auf und ließ zu, dass er mich ausfüllte. Meine Nägel gruben sich in seine Haut, als ich spürte, wie er ungeduldig an den Körbchen meines neuen BHs zerrte. Der schwarze Stoff bot seinen drängenden Fingern kaum Widerstand, und als sein Daumen über meinen Nippel strich, der sich ihm hart entgegendrängte, wäre ich vor Entzücken fast ohnmächtig geworden. Ich keuchte in seinen Mund, und er drückte mich noch fester an die Wölbung hinter seinem Reißverschluss. Als er den Kuss vertiefte, war es, als würde ich Sterne sehen.

Auch in der Vergangenheit war ich von Männern berührt worden, die gewusst hatten, was sie taten, und bei denen ich mir begehrt, schön und wichtig vorgekommen war. Doch bei keinem hatte ich mich so vereinnahmt und einverleibt gefühlt wie bei Titus. Es war die streichelnde Bewegung seines Daumens, es war der eiserne Griff seiner Finger in meinem Genick, es war der Druck, den seine Beine ausübten, während er mich näher und näher an sich heranzog. Er war überall, auch dort, wo wir uns nicht berührten, und ich hatte den Eindruck, dass ich niemals an ihm vorbeikommen würde, was bedeutete, dass ich in ihn hineinschlüpfen musste, um Platz zu finden.

Ich betete den ruppigen, viel zu ernsten Titus an, den ich täglich quälte. Aber der entfesselte, unkontrollierte Titus war noch viel unwiderstehlicher, wie er meine inzwischen nackte Brust grob umfasste und mich anknurrte, als ich eine Hand nach unten schob, um den harten Schaft zu streicheln, der zwischen uns pulsierte. Diese Wildheit in ihm, wenn er sie denn mal herausließ, war das Berauschendste, was ich je erlebt hatte, und ich war entschlossen, jede einzelne Sekunde davon auszukosten, solange ich die Gelegenheit dazu hatte. Denn mir war klar, dass Titus, sobald er wieder bei Sinnen war, außer sich vor Wut sein würde, weil er den Käfig geöffnet und seiner inneren Bestie erlaubt hatte, sich ein paar gestohlene Augenblicke lang im Waschraum eines Stripclubs auszutoben.

Ungeduldig zerrte ich an dem Jeansstoff, der ihn von mir trennte, und warf ruckartig den Kopf zurück, als sein Mund sich von meinem löste und mit atemberaubender Präzision den Nippel umschloss, den sein Daumen gerade noch mit festem Druck gemartert hatte. Flammen zuckten über sämtliche Nervenenden, und etwas Stärkeres als Leidenschaft rauschte in meinen Ohren.

Sein Mund war heißer als heiß, und er war gierig. Ich war maßlos verblüfft und unfassbar angeturnt, dass mein standhafter Detective offenbar nichts für sanfte Berührungen und zarte Liebkosungen übrighatte. Ich spürte nur kräftige Hände und starke Zähne. Titus war grob und stürmisch, und es war einfach unglaublich geil. Ich murmelte seinen Namen, wollte meine Hände unter den schweren Ledergürtel zu seinem Reißverschluss bewegen, doch dafür war nicht genug Platz. Wir waren einander viel zu nah, und er hielt mich praktisch gefangen, während er meinen hochempfindlichen Körper förmlich verschlang. Ich keuchte und wand mich, weil ich selbst ein paar Aktionen im Sinn hatte, aber er gab nicht nach. Im Gegenteil: Die kräftigen Finger krallten sich noch heftiger in mein Haar und zerrten fest genug daran, um mir das Wasser in die Augen zu treiben.

„Lass das." Er hatte meine Brust freigegeben, und sein Knurren vibrierte an meiner Kehle, bevor er seine Zähne in die zarte Haut meines Halses senkte, der unter seinen Lippen erzitterte.

„Ich will dich anfassen." Ich klang weinerlich und verzweifelt. Zwei Eigenschaften, die ich diesem Mann nie zuvor gezeigt hatte.

„Nein. Das machen wir jetzt nicht." Er küsste mich weiter und knabberte sich bis zu meinem Ohr hoch. Ich wollte fragen, was zum Teufel er meinte, da wir ja ganz offensichtlich *etwas* taten. Dann bewegte er sich jedoch schneller, als man einem Mann seiner Größe zutrauen würde, wich einen Schritt zurück und durchbohrte mich mit einem Blick aus geschmolzenem Silber. „Wir machen das nicht. Punkt. Und wir machen es schon gar nicht im Klo eines Stripclubs, nachdem du gerade einen Catfight angezettelt hast, und erst recht nicht ohne irgendeinen Schutz …" Seine Stimme erstarb, und er schüttelte den Kopf, als wären wir beide verrückt. „Ich habe ja ein paar fragwürdige Entscheidungen getroffen, seit du in die Stadt zurückgekehrt bist, Reeve. Trotz meines Verhaltens eben bin ich allerdings durchaus imstande, eine Grenze zu ziehen."

Sprachlos starrte ich ihn an. Ich keuchte heftig, was seine Aufmerksamkeit auf meine nackte Brust lenkte. Jede andere hätte sich jetzt bedeckt, um ihre Scham zu verbergen. Aber ich war nicht jede andere, ich war einfach ich. Und dieses Ich hatte die Nase voll von dem ewigen Wechselbad, mal heiß, mal kalt, das er mir zumutete. Ich kniff die Augen zusammen und sprang vom Waschtisch herunter, auf den er mich gesetzt hatte. Titus wich einen weiteren Schritt zurück, aber da war nicht viel Platz. Er stand mit dem Rücken zur Tür, während ich auf ihn zukam und dabei den BH ganz abstreifte. Argwöhnisch beobachtete er mich, bis ich direkt vor ihm stand. Trotz und Leidenschaft kämpften um die Vorherrschaft in seinem noch immer brennenden Blick.

In meinem Leben hatte ich bereits viele falsche Dinge für die falsche Sorte Mann getan. Das hier würde das erste Mal sein, dass ich etwas Falsches für den richtigen Mann tat. Dabei scherte es mich einen Scheißdreck, wo es passierte oder was sich daraus ergeben würde. Ich wollte den Teil von ihm, den er nur aus sich herausließ, um mit mir zu spielen. Sicher, der Ort ließ einiges zu wünschen übrig. Aber ich würde mir den Teil von Titus nehmen, der mir gehörte, und mich von ihm nicht daran hindern lassen – nicht, dass er das wirklich gewollt hätte. Und klar, wir würden das heute nicht komplett durchziehen. Er hatte recht: Sex ohne Schutz zu haben wäre für uns beide ein dummer Fehler. Doch er hatte nicht recht, wenn er behauptete, dass es *nie* so weit kommen würde, und das wusste er genau. Das entnahm ich der Röte, die seinen Teint noch dunkler wirken ließ, als ich an seine massige Gürtelschnalle griff und sie öffnete. Eigentlich hätte diese Geste sich schmutzig und schäbig anfühlen sollen. Stattdessen kam sie mir richtig und unvermeidlich vor.

Das zischende Geräusch, als ich den Gürtel mit einem Ruck aus den Schlaufen seiner Jeans zog, schien den winzigen gekachelten Raum zu erfüllen. „Das hier ist meine fragwürdige Entscheidung, nicht deine, und ich habe niemals auf Grenzen geachtet, Detective."

Der Ledergürtel fiel zu Boden, und als ich den bis zum Äußersten gespannten Reißverschluss aufzog, hörte es sich doppelt so laut an wie normalerweise. Ich war nicht überrascht, dass Titus mein Handgelenk packte. Ich war überrascht, dass er meine Hand nicht wegriss, sondern sie nur festhielt. Die Baumwolle seiner Boxershorts und die Hitze seiner Erektion brannten unter meinen Fingern.

„Warum? Es bedeutet nichts. Es ändert nichts an dem, was wir vorhaben. Es ändert nichts an dem Theater, das wir veranstalten, wenn wir diese Grenze überschreiten – ob du sie nun siehst oder nicht", sagte er mit rauer Stimme.

Typisch Bulle, immer im Verhörmodus, immer auf der Suche nach einem Motiv. Ich legte den Kopf schräg, sodass meine langen Haare über die vollen Rundungen meiner Brüste glitten, was Titus ein Stöhnen entlockte.

„Du kümmerst dich ständig um alle. Vielleicht will ich mich zur Abwechslung einfach mal um dich kümmern." Ich hob eine Braue und ließ meine Zungenspitze über die Unterlippe gleiten. „Das hier passiert *wirklich*, Titus. Du kannst dich wehren, so viel du willst, aber sag nicht, dass du es nicht schon meilenweit kommen siehst."

Wir starrten einander eine gefühlte Minute lang schweigend an, dann ließ er den Kopf krachend gegen die Tür fallen und gab gleichzeitig meine Hand frei. „Wenn ich Ärger kommen sehe, gehe ich ihm normalerweise aus dem Weg."

„Nicht dieser Art von Ärger."

Ich zog seinen Reißverschluss ganz auf, beglückt über meinen Sieg. Titus hatte nicht endgültig nachgegeben, aber immerhin für den Moment, und das genügte mir vorerst. Als ich seinen pulsierenden Schwanz auspackte, musste ich leise lachen. Der Mann war *überall* beeindruckend – was mich allerdings nicht wirklich überraschte. Er war der Beste der Besten, da war es nur logisch, dass sein Schaft ebenfalls in diese Kategorie fiel. Er zuckte in meiner Hand, während ich mit dem Daumen die glänzende Spitze rieb. Sein Geist mochte vielleicht Widerstand leisten. Doch hier war der Beweis, dass sein Körper das Kommando übernommen hatte, dass seine Wildheit aus ihm herausdrängte und nach mir rief.

Titus knurrte etwas Unverständliches, als ich vor ihm auf die Knie sank. Das war normalerweise nicht meine Lieblingsposition. Es hatte stets so einen Beigeschmack von Schwäche und Unterwerfung, aber jetzt fühlte es sich an wie Macht: Ich nahm mir, was mir gehörte. Und es war mir herzlich schnuppe, ob Ort und Timing angemessen waren. Alle äußeren Umstände verschwanden in einem Nebel, sobald er in meinen Mund eintauchte, ich ihn in mich hineinsaugte und mit ihm spielte. Titus' Lider waren halb geschlossen, dahinter wirbelte ein Sturm aus Silber. Er kämpfte noch immer, bewegte sich nicht mit mir, berührte mich nicht … doch nur so lange, bis ich mit meiner kreisenden Zungenspitze die Bestie in ihm geweckt hatte. Gerade hatte ich begonnen, meine Hände einzusetzen, und hielt das untere Ende seiner Latte umklammert, als er plötzlich seine Finger in mein Haar krallte und mir seine Hüften entgegenschob.

„Du bist verdammt gefährlich", sagte er heiser, während er langsam anfing, mir zu geben, was ich wollte. Ich brummte zustimmend und umfasste mit der freien Hand seinen unglaublich knackigen Hintern. „Warum kann ich dir nicht widerstehen?“

Er klang wütend, aber er hörte nicht auf, sich in mir zu bewegen. Ich musste mich wirklich auf das konzentrieren, was ich tat, denn auch jetzt war er weder sanft noch rücksichtsvoll, und ich hatte hier immerhin eine geballte Ladung Mann zu bewältigen. Gott, wie ich mich danach sehnte, ihn auf eine Million verschiedene Arten zu bewältigen! Ich hielt ihn noch fester und legte leicht den Kopf zurück, während er mich mit groben, fordernden Händen dirigierte.

Seine Augen waren mittlerweile weit geöffnet und versuchten, mich mit ihrem glühenden, intensiven Blick dahinschmelzen zu lassen. Ich sah, wie seine breite Brust sich schneller hob und senkte. Ich spürte, wie sein Schwanz unter meiner Zunge zuckte, als ich ihn so tief in mich aufnahm, wie es ging. Ich fühlte, wie sich der Muskel, den ich umklammerte, so heftig anspannte, dass er sich wie aus Stein anfühlte, und dann fluchte Titus, und nach einem heißen Schwall des Begehrens und noch ein paar schmutzigen Worten war alles vorüber.

Wir atmeten beide keuchend. Ich ließ mich zurückfallen und rappelte mich dann hoch. Wir beäugten einander wie Kämpfer, nicht wie zwei Leute, die gerade beinahe Sex gehabt hätten, und ich wandte mich wortlos ab, um das Blut von meinem Gesicht zu waschen und mich wieder anzuziehen. Diesen Mann zu mögen war riskant, und wenn Conner mich nicht vorher erledigte, konnten die Gefühle, die ich für Titus hegte, sehr wohl mein Ende bedeuten.

Ich strich mir das Haar zurück, nachdem ich mein Erscheinungsbild einigermaßen in Ordnung gebracht hatte, und betrachtete ihn im Spiegel. Er starrte mich unverwandt an, während er seine Hose schloss.

„Ich weiß nicht, Titus, aber wenn du mir nicht widerstehen kannst, solltest du vielleicht aufhören, es so verdammt verzweifelt zu versuchen. In dieser Stadt weiß man nie, welche Scheiße der nächste Tag für einen bereithält. Daher sollte man alles wertschätzen, was einem zumindest für einen Moment ein gutes Gefühl verschafft."

Titus fuhr sich durchs Haar und öffnete dann die Toilettentür. Es ließ sich nicht verbergen, was wir hier drinnen getan hatten. Er schwitzte es geradezu aus. Ich war überall auf ihm, und auch er hatte seine Spuren auf mir hinterlassen. Es gefiel mir.

„Aber das, was mir ein gutes Gefühl verschafft, solltest nicht du sein, Reeve."

Da hatte ich es. Die harte Wahrheit, wie es zwischen uns stand. Er war auf der einen Seite der Kluft und ich auf der anderen.

„Aber ich bin es nun mal, und dir bleibt nichts anderes übrig, als zu lernen, damit umzugehen." Ich rauschte an ihm vorbei in den Club und hoffte, dass er nicht mitkriegte, wie meine Knie zitterten. Ich warf mein Haar zurück und schob die Hände in die Hosentaschen, in der Annahme, dass er mich zum Ausgang führen würde. Wir hatten zweifellos heute Abend für Aufsehen gesorgt, und falls Conner hier Spione hatte, konnte ihnen nicht verborgen bleiben, dass wir aus derselben Toilette kamen, so zerzaust und erhitzt, dass jedem klar sein musste, was Sache war. Mission erfüllt – auch wenn Titus' letzte schroffe Bemerkung sowohl meinem Herzen als auch meinem Ego einen schweren Schlag versetzt hatte.

Ich war erstaunt und ein bisschen genervt, als er vor einer der Bühnen stehen blieb, auf der Nassir sich gerade mit Chuck unterhielt. Beide Männer musterten mich von oben bis unten und grinsten den dunkelhaarigen Polizisten anzüglich an. Dann erloschen plötzlich die Lichter. Ein bluesartiger Jazz-Song erklang aus den Lautsprechern, und ein grellweißer Scheinwerfer-Spot landete auf einem Mädchen, das in einem altmodischen, übersexualisierten Gangster-Outfit lasziv seine Kurven vorführte. Sie hatte den passenden Fedora-Hut. Sie hatte die Hosenträger. In ihrem Strapsgürtel steckte eine Pistole. Sie hatte sogar eine brennende Zigarre zwischen den Zähnen, während sie in ihren

Lackschuhen über die Bühne glitt. Ich versuchte, nicht gereizt zu reagieren, als alle drei Männer mitten im Gespräch innehielten, um zu beobachten, wie ihre weiße Bluse auf den Bühnenboden segelte, gefolgt von ihrem winzigen schwarzen Rock. Sie hatte einen super Körper und ließ ihr Publikum wirklich abgehen, doch selbst in der blendend hellen Beleuchtung sah es aus, als ob sie direkt in Titus' Richtung starrte.

Verärgert atmete ich aus und wollte mich gerade abwenden, als jemand dicht neben mir auftauchte. Key hatte sich inzwischen angezogen. Obwohl eins ihrer Augen ziemlich geschwollen war, sah sie um Längen besser aus, als irgendjemand es unter diesen Umständen sollte. Ich funkelte sie erbost an, und sie meinte grinsend: „Du schlägst zu wie ein Mädchen."

Ich schnaubte verächtlich. „Für diese Stilettos brauchst du einen Waffenschein."

„Was glaubst denn du, warum ich ständig welche trage?" Sie streckte ein Bein aus, und ich erkannte, dass sie zu ihren schlichten Jeans in der Tat Schuhe mit absurd hohen und spitzen Absätzen trug. Mit dem Kopf deutete sie zu den Männern, die völlig fasziniert von der erotischen Vorführung zu sein schienen. Am liebsten hätte ich Titus getreten. „Um ihn musst du dich nicht nur mit mir prügeln. Du musst mit Bax kämpfen, mit der Stadt … Zur Hölle, du musst wahrscheinlich sogar mit ihm in den Ring steigen, wenn du ihn wirklich haben willst."

Die Musik wurde schneller und lauter. Die Tänzerin war jetzt nackt bis auf den Stringtanga, und sie tanzte weniger, als dass sie sich auf der Bühne wand. Es sah aus, als ob sie Sex mit einem unsichtbaren Mann hätte.

„Ich habe jeden Tag meines verdammten Lebens kämpfen müssen. Manchmal glaube ich, dass das Kämpfen das Einzige ist, was mir geblieben ist." Und wenn etwas den Kampf lohnte, dann jede einzelne Sekunde, die ich mit Titus verbringen konnte, bevor alles um uns herum unvermeidlich in die Luft fliegen würde.

Sie lächelte mir zu. Es war ein echtes Lächeln, nicht das, das sie benutzte, um Männer um ihr Geld zu bringen oder die Leute glauben zu machen, dass sie bloß eine dämliche Stripperin war. Es machte eine völlig andere Person aus ihr. Die Sexgöttin verwandelte sich in eine ganz normale Frau, die nur zufällig unwahrscheinlich schön war. „Kämpfen ist das Einzige, was wir alle in- und auswendig kennen. Es ist zermürbend."

Ich murmelte zustimmend und erwog ernsthaft, Titus in den Arm zu kneifen, als die Tänzerin sich mit einer akrobatischen Bewegung aufrichtete und zum Bühnenrand schlich. Sie spuckte zur Begeisterung des Publikums den Zigarrenstummel aus, zog die Pistole aus dem Strumpfband und richtete sie auf die Menge. Ich dachte, es handelte sich um ein Spielzeug, vielleicht war die Pistole mit Wasser gefüllt oder mit diesen kleinen Plastikpatronen, die so niedliche Plopp-Geräusche machten.

Ich irrte mich.

Bevor sie den Abzug drückte, wurde ich von einem Lastwagen gerammt. Natürlich keinem echten Lastwagen, aber von Titus' Gewicht zu Boden geworfen zu werden fühlte sich verdammt ähnlich an. Schüsse hallten durch den Club, begleitet von Schmerzensschreien, die von Männern und Frauen ausgestoßen wurden, während die Waffe immer weiter Kugeln spuckte. Ich hörte, wie Titus Nassir etwas zurief, dann sprang er auf, die Hand schon an seiner eigenen Waffe. Ich wollte ihm hinterher, doch überall waren Menschen, die zum Ausgang rannten, um dem Gedränge zu entkommen. Ich drehte mich um, um nachzuschauen, wo Key abgeblieben war, und schnappte entsetzt nach Luft, als ich sie erblickte und den hellroten Blutfleck auf ihrer Brust sah.

Ich versuchte zu verdrängen, wie eklig der Fußboden war, und kroch auf Händen und Knien zu ihr. Ihre grauen Augen waren weit geöffnet, und sie rang nach Luft. Eben hatte sie noch auf mich eingeprügelt, und jetzt schien es, als würde sie vor meinen Augen sterben. Ich drückte meine Hand auf die Wunde. „Hey, du kannst dich jetzt nicht einfach verpissen", sagte ich. „Dieser

Ort braucht dich." Ich meinte die Stadt, nicht den schmuddeligen Stripclub, und hoffte, dass sie das wusste. „Hast du mich verstanden, Keelyn?"

Ihre Augen schlossen sich, und ich übte noch mehr Druck auf die Wunde aus.

Zwischen meinen Fingern quoll heiß und klebrig ihr Blut hervor. „Key?"

Keine Antwort.

Ich presste noch fester und brüllte: „Honor!"

In dem Moment flogen ihre Augen auf. „Nenn mich nicht so", blaffte sie.

Ich lachte leise und wurde dann von groben Händen zur Seite gestoßen. Ich schaute auf. Nassir sank neben uns auf die Knie, streifte wortlos sein teures Sakko ab und warf es auf den Boden, wo es sofort von flüchtenden Füßen niedergetrampelt wurde.

„Du darfst nicht sterben", befahl er schroff, zog sein makelloses weißes Hemd aus und ballte es zu einer behelfsmäßigen Bandage zusammen, die er auf die hässliche Wunde presste. Trotz der schrecklichen Situation gönnte ich mir eine Sekunde, um seinen glatten, bronzefarbenen Oberkörper zu bewundern. Nassir war bei Weitem nicht so kräftig wie Titus, doch er war zweifellos hübsch, und ich hatte bislang nicht geahnt, dass der mysteriöse Clubbesitzer ein riesiges Tattoo hatte, das seinen gesamten Rücken bedeckte. Die Tätowierung reichte von Schulter zu Schulter, zog sich an beiden Seiten seines Rückgrats entlang und verschwand unter dem Bund seiner maßgeschneiderten Hose. Ich konnte die Motive allerdings nicht erkennen, und dies war definitiv nicht der richtige Moment, um sich das Ganze genauer anzuschauen.

„Ich kann verdammt noch mal machen, was ich will, Gates", stieß Key röchelnd hervor. „Ich gehöre dir nicht."

„Das würdest du aber, wenn es nach mir geht", knurrte er.

Ich war froh, dass Key offenbar etwas von ihrem naturgegebenen Kampfgeist zurückbekommen hatte, und hätte mich, nachdem sich ein Teil des Chaos gelegt hatte, gern davon überzeugt, dass Titus okay war. Ich wusste nicht, was da zwischen Key und Nassir lief, aber es war intensiv und schnürte mir die Kehle zu.

Titus kniete neben Chuck, der ebenfalls stark zu bluten schien. Ich sah zur Bühne und zuckte zusammen, als ich die Tänzerin wie eine leblose Puppe zusammengesunken am Boden liegen sah. Die Frage, ob sie tot war, konnte ich mir sparen. Das stete Rinnsal Blut, das aus ihrer Schläfe sickerte, war ein unmissverständlicher Hinweis. Sie war zu jung, um auf diese Weise zu sterben. Mit einer Hand hielt sie noch immer die Pistole umklammert, um sie herum waren Banknoten verstreut, und über allem lag der Geruch von Schießpulver. Das Ganze wirkte wie eine Szene aus einem Tarantino-Film.

Ich ging zu Titus und atmete erleichtert auf, als er mir ins Gesicht schaute.

„Ich wusste, dass irgendwas mit ihr nicht stimmte", sagte er. „Aber ich konnte nicht genau ausmachen, was es war. Ich habe sie die ganze Zeit angestarrt, versucht, herauszufinden, ob ich sie kannte oder schon mal irgendwo gesehen hatte … Ich dachte, dass es vielleicht einen Haftbefehl gegen sie gab oder so was. Dabei war es die verfluchte Pistole. Ich hätte erkennen müssen, dass sie echt ist."

Chuck stöhnte und bat Titus, ihm aufzuhelfen. „Das ist mein Job, Mann. Ich hätte es merken müssen." Seine dunklen Augen richteten sich auf Nassir, der immer noch über Keelyn gebeugt war. „Sieh zu, dass möglichst schnell Hilfe für sie kommt. Wenn dieses Mädchen stirbt, dann verliert er komplett den Verstand."

„Ich habe schon den Rettungswagen gerufen." Titus stemmte die Hände in die Hüften und ließ den Blick über das Blutbad schweifen, das uns umgab. „Wer war sie?"

Chuck drückte an seiner Schulterwunde herum und fing leicht an zu schwanken. Ich streckte eine Hand aus, um ihn zu stützen, und zu dritt musterten wir nun die Bühne und die tote Tänzerin. Ich fragte mich, ob Titus auf sie geschossen hatte oder ob es einer der Sicherheitsleute gewesen war.

„Ehrlich gesagt habe ich keine Ahnung", erwiderte Chuck. „Nassir hat sie als Ersatz für das Mädchen angeheuert, das wir im Hafen verloren haben. Sie hat ihm erzählt, dass sie studieren würde und sich ein bisschen was dazuverdienen wolle. Du weißt ja, wie pingelig er mit seinen Sicherheitsvorkehrungen ist. Sie muss seinen Hintergrund-Check bestanden haben."

Titus griff hinter sich, um einen der umgefallenen Stühle aufzurichten, und schob ihn dem Türsteher zu. „Setz dich gefälligst auf deinen Hintern, bevor du noch umkippst." Er rieb sich das Gesicht und kniff die Augen zusammen. „Es könnte Roark sein."

Ich zappelte nervös und nickte kurz, um ihm zu signalisieren, dass ich seinem logischen Schluss zustimmte. „Die Frau, die er umgebracht hat, sah aus wie ich, und sie hat außerdem hier gearbeitet. Ihm ist klar, wie wichtig das Spanky's für The Point ist – ebenso wie für Nassir und Race, nachdem das Pit weg ist. Conner könnte die Tänzerin hier eingeschleust haben."

Titus antwortete nicht, doch ich konnte erkennen, dass er sich meine Worte sorgfältig durch den Kopf gehen ließ.

Also fügte ich hinzu: „Er sieht gut aus und ist charmant. Er weiß ganz genau, was er sagen muss, damit man glaubt, man sei die Einzige für ihn. Sie war jung und wahrscheinlich eine unschuldige College-Studentin. Er sucht sich seine Opfer sehr gezielt aus. Vielleicht sollte sie das Spanky's von innen heraus zerstören, und als er gehört hat, dass wir beide heute Abend hier sein würden, hat er beschlossen, seine Strategie zu ändern. Sie hat dich angestarrt, Titus. Dieser erste Schuss galt dir."

Dessen war ich sicher, und ich war ebenso davon überzeugt, dass Conner seine Finger im Spiel hatte. Titus' versteinerte Miene ließ darauf schließen, dass er mir recht gab. In diesem Moment wurde die Eingangstür zum Club aufgestoßen, und Rettungssanitäter mit Tragen eilten in den Saal. Außer Keelyn und Chuck waren noch andere im Kreuzfeuer verletzt worden, und alle Anwesenden beobachteten Nassir, als wäre der eine Bombe, die jeden Augenblick explodieren könnte.

Titus' Cop-Kollegen tauchten ebenfalls auf, und plötzlich war ich bloß noch das Mädchen, mit dem er auf dem Klo herumgemacht hatte, und nicht mehr die eine Hälfte des Teams, das versuchte, ein kriminelles Superhirn zur Strecke zu bringen. Ich stieß einen tiefen Seufzer aus und ging zur Bar, um mir einen Drink einzuschenken und mehr von dem Blut von meinen Händen zu waschen.

Es gab hier immer noch mehr Blut, noch mehr Gewalt, noch mehr Chaos. Mir stieß der Gedanke bitter auf, dass mein Entschluss, nach The Point zurückzukommen, diesen schrecklichen Zustand verschlimmert haben könnte.

Es war schön, wieder zu Hause zu sein. *Seufz …*

8. Kapitel

Titus

Die Schießerei im Spanky's lag bereits ein paar Tage zurück. Ich hatte mich inzwischen wieder in die Arbeit gestürzt und mied Reeve, als hätte sie die Pest.

Der Versuch, Zeugen aufzutreiben, hatte sich als hoffnungslos erwiesen. Leute, die ihre Freizeit in einem Stripclub verbrachten, legten keinen Wert darauf, dass irgendjemand erfuhr, wohin sie ihr hart verdientes Geld wirklich trugen. Als ich die Familie des Mädchens aufsuchte, das das Massaker ausgelöst hatte, stellte ich zu meiner Verblüffung fest, dass die Kleine tatsächlich eine ganz normale Studentin gewesen war, deren Mom und Dad in einem hübschen Haus in The Hill wohnten. Ihre Eltern hatten keine Ahnung gehabt, dass sie im Spanky's getanzt hatte, und waren aus allen Wolken gefallen, als ich ihnen mitgeteilt hatte, dass ihre Tochter den Laden zusammengeschossen und dabei nicht weniger als fünf Personen verletzt hatte. Ihre Angehörigen hatten mir versichert, dass so etwas absolut nicht ihrem Charakter entsprechen würde und dass sie ihres Wissens nie auch nur eine Pistole gesehen hatte. Sie hatten nicht fassen können, dass sie dazu fähig gewesen sein sollte, eine Waffe auf einen Raum voller Menschen zu richten. Also hatten die Eltern jetzt nicht nur die traurige Pflicht, ihre Tochter zu beerdigen; sie mussten auch noch damit klarkommen, dass sie offenbar nicht die leiseste Ahnung gehabt hatten, was im Bauch von The Point aus dem Mädchen geworden war und in was sie sich hatte reinziehen lassen.

Es sah ganz so aus, als hätte Reeves Theorie einiges für sich, dass Roark sich die Kleine gekrallt hatte. Im Namen der Liebe taten die Leute verrückte Dinge. Ich brachte es jedoch nicht über mich, ihr zu sagen, dass sie recht hatte. Wenn sich in meinem Kopf nicht alles gedreht hätte, wenn die Bestien in meinem Inneren nicht wild an ihren Ketten gezerrt hätten, um zu Reeve zu kommen und trotz aller Einwände des gesunden Menschenverstands in sie zu gelangen, dann wäre mir rechtzeitig aufgefallen, dass die Pistole echt gewesen war. Ich hatte leidenschaftslos zugeschaut, wie die Kleine sich ihrer Kleidung entledigt hatte. Kein nacktes Mädchen würde es jemals mit der Frau aufnehmen können, die ich fast auf dem Waschtisch im Klo vom Spanky's genagelt hätte, da biss die Maus keinen Faden ab. Aber irgendwas an der Tänzerin hatte mich gestört. Ich war nur deshalb nicht draufgekommen, was es gewesen war, weil die Lust mein Hirn aufgeweicht hatte und meine Nerven vor Verlangen noch vibriert hatten.

Eigentlich hätte ich die Kleinkaliberwaffe auch aus größter Entfernung sofort erkennen müssen, aber ich sah immer nur Reeve, wie sie vor mir gekniet hatte, wie meine Finger sich in ihre dunkle Mähne gekrallt hatten, während sie mit einer kreativen Zungenbewegung und dem perfekt dosierten Einsatz ihrer Zähne mein Innerstes nach außen gekehrt hatte. Sie wusste offenbar, wie sie mich zum Wahnsinn treiben und gleichzeitig so wundervoll befriedigen konnte.

Ich versuchte, sie am Leben zu erhalten, mich selbst am Leben zu erhalten und vielleicht, ganz vielleicht, uns beide ohne gebrochene Herzen aus dieser Situation herauszumanövrieren.

In diesem Punkt war sie nicht besonders hilfreich. Ich konnte es von ihrem Gesicht ablesen, wenn sie mich anschaute. Sie machte sich Sorgen. Ich hätte nie gedacht, dass eine Frau, die solche Entscheidungen traf wie sie, die vor allem auf sich selbst aufpassen musste, um zu überleben, so viel Empathie aufbringen könnte – aber sie verströmte sie förmlich, überschüttete mich damit. Sie machte sich große Sorgen. Um mich. Und ich war mir nicht sicher, wie ich damit umgehen sollte. *Ich* war derjenige, der sich stets Gedanken um alles und jeden machte. Ich hatte noch nie jemanden in meinem Leben gehabt, der sich um mich und mein Wohlbefinden sorgte. Diese Erkenntnis ließ meinen ohnehin recht schwächlichen Entschluss, mich von ihr fernzuhalten, noch mehr wanken. Und, verdammt, ich wollte so gerne wissen, was sie sonst noch alles mit diesem cleveren Mund anstellen konnte.

Ich hob ruckartig den Kopf, als meine Bürotür jetzt plötzlich aufgerissen wurde. Ein älterer Mann in kakifarbenen Hosen und weißem Polohemd schlenderte herein und machte es sich auf dem Stuhl vor meinem Schreibtisch bequem. Er hatte stahlgraues Haar und herbe Züge, die mich an Clint Eastwood in *Zwei glorreiche Halunken* erinnerten. Ihm fehlten bloß noch der schäbige Poncho und eine Zigarre.

Sogleich schloss ich die Akte, die ich gerade durchsah, und lehnte mich in meinem Stuhl zurück. Ich kannte den Typen nicht, doch alles an seiner Haltung und seinem Benehmen schrie „Cop". Wir konnten uns meist gegenseitig erkennen, ganz egal, welche Dienstmarke wir trugen oder zu welcher Einheit wir gehörten.

„Kann ich etwas für Sie tun?", fragte ich.

Der Fremde legte einen Knöchel über sein Knie und trommelte mit den Fingern auf sein Bein. „Das hoffe ich doch sehr. Andernfalls stecken wir bald alle bis zum Hals in einem Blutbad."

Er sprach gedehnt, nicht so melodisch wie die Leute aus den Südstaaten oder aus Texas, aber er schien aus einer ländlichen Gegend zu stammen. Ich tippte auf Virginia oder die Carolinas, hob eine Braue und wartete darauf, dass er sich ordentlich vorstellte.

Er musterte mich einen langen Moment schweigend, dann glitt ein Grinsen über sein Gesicht. „Deputy Chief Marshal Otis Packard. Man munkelt, Sie hätten eine meiner Zeuginnen in Schutzhaft genommen und nicht die Absicht, sie uns zurückzugeben."

Ich schnaubte. „Die Situation ist sehr viel komplizierter."

Er nickte und kniff leicht die Augen zusammen. „Wem sagen Sie das. Von den vier Zeugen, die wir entweder bereits untergebracht hatten oder verlegen wollten, bis der Novak-Fall vor den Richter kommt, ist sie die Einzige, die noch lebt. Hartman wurde als Erster ausgeschaltet, vorige Woche ist Ernie Diaz, der Clubbesitzer, verschwunden, und Benny Truman hat es nicht mal aus dem Gefängnis geschafft. Hartman war in irgendeinem Scheißnest in Texas versteckt, wo kein Mensch ihn hätte finden sollen, und Ernie hatte so viel Muffe vor Vergeltung, dass er mit keinem mehr geredet hat, der sich nicht mit Dienstmarke ausweisen konnte. Er muss also von irgendwem im Innern des Systems umgelegt worden sein."

Ich knurrte. „Sie wussten, dass jemand die Zeugen Ihres Falls eliminiert, und haben sie trotzdem ohne Schutz da draußen gelassen?"

„Sie ist abgehauen, als wir gerade anfingen, die Zusammenhänge zu begreifen. Sie war schneller als wir. Wir wollten sie eigentlich gleich holen, nachdem wir das von Hartman gehört hatten, aber sie war schon weg, ebenso wie der Marshal, der sie betreute."

„Sie haben von Anfang an Ihren Hühnerstall von einem Fuchs bewachen lassen."

Der andere Cop sah mich einen Moment nachdenklich an und nickte dann ernst. „Sieht ganz danach aus."

„Sie suchen Roark wegen der anderen Morde, stimmt's?"

Ein Muskel in Packards Wange zuckte. „Wir sind zu spät daraufgekommen. Conner hat einen glänzenden Ruf in unserer Abteilung. Er war bei der Marine und hat später beim Grenzschutz gearbeitet. Er war immer unser erster Ansprechpartner, bis diese Hölle mit Novak losbrach. Wir haben die Zusammenhänge erst verstanden, als es zu spät war. Vor einigen Jahren fing er an, sich für alle Geschehnisse in The Point zu interessieren, und hat sich konsequent für Fälle einteilen lassen, die etwas mit dieser Stadt zu tun hatten. Als Sie das FBI eingeschaltet haben, um Novak zur Strecke zu bringen, war er der Erste, der sich freiwillig gemeldet hat."

Niemand meldete sich freiwillig zu Einsätzen in The Point. Wir hier in der Gosse galten als hoffnungsloser Fall. Sämtliche Alarmglocken, die schon die ganze Zeit leise geschrillt hatten, läuteten jetzt lauter und deutlicher. Hinter Roarks Motiven schien also tatsächlich mehr zu stecken als der Wunsch, Race und Nassir zu demonstrieren, wie sehr er ihre Übernahme von Novaks Geschäften missbilligte. „Muss man kein amerikanischer Staatsbürger sein, um bei den Marshals mitzumischen?", fragte ich. „Roark ist Ire."

„Seine Mom ist Irin. Conner hat die doppelte Staatsbürgerschaft."

„Was ist mit seinem Dad? Gibt's da eine Geschichte?" Ich wusste aus eigener Erfahrung mit meinem Bruder, wie wichtig der Einfluss eines Vaters sein konnte. Vielleicht lohnte es sich ja, an dieser Stelle mit dem Graben anzufangen.

„Da bin ich mir nicht sicher. Er hat immer erzählt, sein Alter sei ein Soldat aus Colorado und hätte bloß eine kurze Affäre mit seiner Mom gehabt. Angeblich hat er jeden Sommer bei diesem Kerl verbracht, aber wer weiß, ob das stimmt. Wie sich herausgestellt hat, ist Conner ja ein bemerkenswert talentierter Lügner. Es sieht nämlich inzwischen so aus, dass er zwar nach seiner Militärzeit beim Grenzschutz war, dort aber Novak und seinen Leuten geholfen hat, Waffen und Drogen zu schmuggeln. Conner ist schon seit sehr langer Zeit nicht mehr astrein, und ich komme mir wie der letzte Trottel vor, weil ich ihn höchstpersönlich diesem Fall zugeteilt habe."

Ich runzelte die Stirn und bat Packard, mir den Namen des Mannes in Colorado zu geben. Er kritzelte etwas auf ein loses Blatt Papier, das auf meinem Schreibtisch lag, und schob es mir zu. „Was treibt einen ausgezeichneten Agenten dazu, plötzlich illegales Zeug für einen berüchtigten Kriminellen über die Grenze zu schaffen? Geld? Oder hat Novak ihn bedroht?"

Packard schüttelte den Kopf. „Wer weiß? Wenn wir Conner gefunden haben, können wir ihn fragen."

Dazu fehlte mir die Geduld. Ich übersah irgendetwas Wichtiges, eine Schlüsselinformation, die mir womöglich den entscheidenden Vorteil verschaffen und dabei helfen würde, Roark ausfindig zu machen. Ich musste nur herausfinden, was es war.

„Er hat das Pit niedergebrannt. Er hat eine Hure zusammengeschlagen, die schon sehr lange hier in der Gegend arbeitet", erklärte ich. „Zusätzlich zu seinen Morden nimmt er Rache an den Bewohnern von The Point, indem er sie dort trifft, wo es sie am meisten schmerzt. Reeve hat herausgefunden, dass er mit Hartmans Tod zu tun hatte, und ist weggelaufen."

„Warum ist sie zu Ihnen gekommen? Die Beweislage deutet darauf hin, dass sie und Conner einander ziemlich nahegekommen sind. Noch eine weitere Regel, die der Bastard gebrochen hat."

Ich seufzte. „Keine Ahnung. Sie vertraut mir. Sie weiß, dass ich kein korrupter Cop bin und nichts anderes will, als ihn auszuschalten, bevor noch mehr Menschen zu Schaden kommen. Er hat ein Mädchen umgebracht, nur um Reeve eine Botschaft zu schicken, und ein anderes dazu angestiftet, gestern Abend einen Stripclub zusammenzuschießen. Dieser Kerl zwingt The Point sehr effektiv in die Knie, und er schafft das, ohne sich dabei blicken zu lassen. Er ist wie eine Rauchwolke und genauso giftig."

„Er ist gut." In der Stimme des älteren Mannes schwang widerwilliger Respekt mit.

„Zu gut." Ich strich mir übers Haar und starrte auf den leeren Kaffeebecher auf meinem Tisch. Ich brauchte was zu essen. Ich brauchte Schlaf. Ich brauchte Sex. Und mehr als alles andere brauchte ich einen klaren Kopf. „Warum genau sind Sie hier?"

„Weil Novaks Fall den Bach runtergeht. Jeder, der irgendwelche Informationen hatte, ist aus dem Weg geräumt worden. Benny war drauf und dran, uns im Gegenzug für Straffreiheit und ein brandneues Leben im sonnigen Orlando die gesamte

Liste der Lieferanten und Verteiler zu geben. Aber wie gesagt, jemand hat ihn erwischt, bevor wir den Deal abschließen konnten. Wir müssen Roark aufhalten. Er ist gefährlich. Nicht nur, weil er zu allem fähig und psychisch unausgeglichen ist, sondern vor allem, weil er dazu ausgebildet ist, schweren Schaden anzurichten. Sie wissen ja bereits, dass er die Leute, die diesen Ort am Laufen halten, im Visier hat. Und Sie und das Mädchen sind ebenfalls in Gefahr. Conner wird es nicht auf die leichte Schulter nehmen, dass sie ihn verpfiffen hat."

„Darauf bin ich schon von allein gekommen." Ich deutete auf das Wort *Detective* an meiner Tür. „Gehört zu meinem Job."

„Na ja, jedenfalls ist unser Abkommen mit dem Mädchen gelaufen. Als Zeugin brauchen wir sie nicht mehr."

„Und nun? Wollen Sie sie den Wölfen vorwerfen und im Alleingang gegen Roark kämpfen lassen?"

„Nein. Ich glaube, Sie und ich haben da dieselbe Idee. Sie wissen, dass Conner ein Hühnchen mit ihr zu rupfen hat, und wir wissen das auch. Wir dachten, wir könnten ihn finden und der Abteilung die Demütigung ersparen, aber er setzt unsere eigenen Tricks gegen uns ein. Wir beide wollen dasselbe, King. Wir wollen, dass Conner weggesperrt wird."

„So sieht es aus." Ich seufzte. „Ich bin nur nicht sicher, wie ich das Ganze so angehen soll, dass Reeve überlebt. Ich bin nicht scharf darauf, sie Roark wie einen Köder hinzuhalten und einfach darauf zu hoffen, dass ich schneller abdrücken kann als er. Da muss es doch einen besseren Plan geben."

„Sie können es sich nicht leisten, zu verlieren, wenn Sie ihm gegenüberstehen, und als Ansporn sollten Sie sich vor Augen führen, dass Reeves Verständigungs-Deal platzt, wenn sie uns nicht von Nutzen ist. Dann wird sie wegen des Auftragsmords vor Gericht kommen, ganz zu schweigen von ihrer Komplizenschaft bei der Entführung des Pryce-Mädchens. Wir wollen Roark haben. Ob tot oder lebendig, bleibt Ihnen überlassen."

Ich fluchte und stand auf. Der andere Mann erhob sich ebenfalls, doch ich überragte ihn immer noch. „Sie haben sie praktisch dem sicheren Tod überlassen, Packard. Und jetzt wollen Sie sie ins Gefängnis werfen, wenn sie nicht willens ist, für Sie Kopf und Kragen zu riskieren? Scheiß drauf."

„Sie hat das Gesetz gebrochen."

„Das ist mir klar. Aber sie hat sich bereit erklärt, gegen Novaks Leute auszusagen, und als sie bemerkt hat, was Roark trieb, hat sie diese Information samt Beweismaterial weitergegeben. Sie sollte immer noch als geschützte Zeugin betrachtet werden."

„Wird sie auch. Solange sie nützlich ist. Machen Sie sie nützlich, Detective. Machen Sie weiter mit dem, was Sie, wie ich annehme, bereits getan haben: Zeigen Sie sie, führen Sie sie vor. Locken Sie Conner aus seinem Versteck. Sie werden da draußen nicht mehr allein sein: Wir stellen Sie und das Mädchen unter Beobachtung, sodass Sie Verstärkung haben, sobald er sich rührt. Hier ist meine Karte. Ich möchte über sämtliche Entwicklungen im Fall Roark auf dem Laufenden gehalten werden. Wenn ich zwanzig Jahre jünger und nicht so ein abgehalfterter Schreibtischhengst wäre, würde ich das Ganze selbst in die Hand nehmen. Sie erinnern mich sehr an mich selbst, King. Ich weiß, dass Sie tun werden, was getan werden muss, um diese Angelegenheit unter Dach und Fach zu bringen. Wie gesagt, wir haben dasselbe Ziel." Er drehte sich um und öffnete meine Bürotür.

Am liebsten hätte ich ihn erwürgt. „Ich würde allerdings kein Opfer erpressen, um meinen Plan durchzusetzen", knurrte ich.

„Das ist keine Erpressung. Sie haben Reeve Black doch selbst bereits als Köder eingesetzt. Sie wissen, dass Roark sich auf sie stürzen wird wie ein hungriger Hai, der Blut im Wasser wittert. Ich habe Ihnen nur freundlich ins Gedächtnis gerufen, was genau auf dem Spiel steht. Nur für den Fall, dass Gefühl und Pflicht mal kollidieren sollten."

„Sie klingen so, als ob sie austauschbar wäre." Reeve machte mich zwar wahnsinnig, und ich konnte die meisten Entscheidungen nicht billigen, die sie an den Punkt gebracht hatten, an dem sie jetzt war. Aber sie war immer noch ein Mensch. Sie war eine junge Frau, die eine Chance verdiente, einige ihrer Fehler wiedergutzumachen. Sie wollte helfen, wollte das Richtige tun, und das musste man anerkennen.

Der ältere Cop betrachtete mich scharf. „Wir alle sind austauschbar. Wir sind nur wichtig, solange wir etwas tun, um die Welt zu verändern und die Dinge hoffentlich zum Guten zu wenden. Die wichtigen Leute entscheiden sich leider viel zu oft für das Gegenteil und machen alles nur schlimmer. Viel Glück, Detective, Sie werden es brauchen."

Während er sich seinen Weg durch das überfüllte Revier bahnte, schaute ich ihm hinterher und ballte unwillkürlich die Fäuste. Ich brauchte kein Glück. Ich brauchte bloß eine Chance. Eine Chance, und ich würde Conner festsetzen und ausschalten. Doch es ging mir allmählich gewaltig gegen den Strich, dass der einzige Weg, das zu erreichen, darüber führte, dass Reeve ihren hübschen, eleganten Hals auf den Richtblock legte. Es kam mir falsch vor, auch wenn sie selbst es für richtig hielt, um dadurch für ihre vergangenen Sünden Buße zu tun. Falls Roark sich bei unserem Spiel am Ende doch als der Bessere erweisen sollte, schien mir ihr Leben ein schrecklich hoher Preis dafür zu sein, dass sie letztlich nur einen Missbrauchstäter und Mörder aus dem Verkehr gezogen hatte. Plötzlich kam es mir nicht mehr wie ein unverzeihliches Verbrechen vor, einen Bösewicht dazu zu benutzen, die Welt von einem anderen Bösewicht zu befreien. Ich hatte noch immer Probleme mit ihrem Verrat an Dovie und auch damit, dass ihre Aktionen zu einer der schlimmsten Nächte meines Lebens geführt hatten. Aber in The Point benutzte nun mal jeder jeden, daher sollte ihre Strafe nicht härter sein als das, was auf uns alle wartete.

Ich nahm den Zettel mit dem Namen des Mannes in Colorado, den der Agent mir gegeben hatte, und stöberte im Internet, bis ich jemanden gefunden hatte, auf den die Beschreibung passte. Ein paar Klicks und zwei Anrufe bei falschen Nummern später war ich mit einem gewissen Alby Jones verbunden. Er klang, als ob er zwanzig Schachteln Zigaretten am Tag rauchte, und wirkte gleichgültig, als ich ihm erklärte, dass ich ein Detective sei und Informationen über einen potenziellen Mordverdächtigen suche. Er wollte schon auflegen, doch dann erwähnte ich, dass ich von seiner Zeit in der Armee gehört hätte. Das war der Schlüssel, mit dem ich die Tür zu seinem Kommunikationszentrum aufbekam.

Daraufhin erzählte er mir lang und breit von seinen diversen Stationen im Staatsdienst, wollte mich offenbar mit seinen Heldentaten und Kriegsgeschichten beeindrucken. Geduldig hörte ich ihm zu, denn mir war klar, dass ich ihn schon in die richtige Richtung lotsen konnte, solange er nur weiterredete.

Als ich ihn fragte, ob er je verheiratet gewesen sei oder Kinder habe, schnaubte er verächtlich, was zu einem fünfminütigen Hustenanfall führte. Dann sagte er, dass er einmal von einer Frau reingelegt worden sei und seither dem anderen Geschlecht nicht mehr traue. Er erklärte, dass er ein schönes irisches Mädchen getroffen habe, während er in der Türkei stationiert gewesen war. Sie habe ihm nachgestellt, ihn verführt und dann ihn und seinen militärischen Status benutzt, um an Waffen zu kommen. Unter Verwendung seines Namens und Rangs habe sie sie über streng gesicherte Grenzen geschmuggelt und so seine weitere Karriere ruiniert. Er bezeichnete sie als Terroristin und erwähnte schließlich, nach gefühlten zwei Stunden, das Kind.

Ein paar Jahre, nachdem er aus der Army geflogen und entehrt und beschämt nach Hause geschickt worden war, hatte die Frau ihn kontaktiert, um ihn darüber zu informieren, dass er einen Sohn habe. Sie wollte Geld, und sie wollte seinen Namen, damit ihr kleiner Junge die doppelte Staatsbürgerschaft bekäme. Der entehrte Soldat stimmte zu, denn obwohl sie ihn so verarscht hatte, liebte er die schöne Irin immer noch und glaubte, dass er ihr Herz gewinnen könnte, indem er ihren gemeinsamen Sohn zu einem anständigen Kerl erzog.

Nur der Junge ließ sich bei ihm blicken, und der Mann ahnte von Anfang an, dass etwas mit ihm nicht stimmte. Er versuchte, ihn zu lieben, ihm Orientierungshilfen zu geben, aber mit jedem Sommer, den der Sohn bei ihm verbrachte, schien es schlimmer zu werden. Der Mann hätte es gern der Mutter in die Schuhe geschoben, immerhin war sie selbst eine Mörderin und ein schrecklicher Mensch, aber der Junge schien durch und durch verdorben. Er war wild. Er war respektlos. Er war grausam zu Tieren und auch zu den Leuten, die auf der Ranch des Mannes arbeiteten. Die Gewalt brach explosionsartig aus ihm heraus. Was dem Mann jedoch wirklich Sorgen machte, war die Leichtigkeit, mit der der Junge seine Brutalität an- und wieder ausknipsen konnte. Er hoffte kurz, dass sein Sohn noch die Kurve kriegen würde, als der zum Militär ging.

Doch zu seinem Entsetzen hatte er feststellen müssen, dass es einen bereits instabilen jungen Mann nur noch gewalttätiger und gefährlicher machte, wenn man ihm Waffen gab und ihm das Töten beibrachte. Er erzählte mir nun, dass sein letzter Kontakt mit dem Mann, den er immer für seinen Sohn gehalten hatte, vier Jahre zurücklag. Der Junge war über die Feiertage nach Hause gekommen, nachdem er von der Marine zum Grenzschutz gewechselt war. Der Mann hatte sich auf das Wiedersehen gefreut, aber was dann passiert war, hatte ihn fürs Leben gezeichnet und die beiden für immer entzweit.

Nach Aussage des Mannes war der Junge am Weihnachtstag kurz nach dem Abendessen plötzlich verschwunden. Zunächst nahm niemand Notiz davon, bis man bemerkte, dass eine der jungen Frauen, die bei der Hausarbeit halfen, ebenfalls fehlte. Sicher, es konnte sich einfach um zwei Frischverliebte handeln, die einen Moment allein sein wollten. Aber dem Mann schwante Übles, und so zog er los, um seinen gestörten Sohn zu suchen.

Der Junge drückte die Kleine auf den Boden der Scheune, hielt ihr ein Messer an die Kehle und war nur Sekunden davon entfernt, ihr Leben für alle Zeiten zu ruinieren. Der Mann zog den Jungen von dem Mädchen runter, sie rangen miteinander, und am Ende hatte der Mann das Messer im Bauch.

„Ich wusste immer, dass du zu schwach und jämmerlich bist, um mein Vater zu sein“, hatte der Junge gesagt und ihm zum Abschied noch einmal kräftig in die Rippen getreten. Damit war er verschwunden. Er hatte den armen Teufel, der ihn aufgezogen hatte, in seinem Blut liegen lassen. Doch der Mann war ein Kämpfer und hatte die Vernichtungsattacken von Mutter und Sohn überlebt. Und war nun ganz erpicht darauf, mir davon zu erzählen.

Während er sprach, kroch eine Gänsehaut über meinen ganzen Körper, und ein Muskel in meinem Kiefer fing heftig an zu zucken. Sämtliche Puzzleteile, die bisher gefehlt hatten, fielen mir gerade in den Schoß. Plötzlich sah ich im Geiste vor mir nichts mehr außer einem vertrauten Paar schwarzer Augen. Ich räusperte mich und fragte den Mann, ob er irgendeine Ahnung habe, wer der wahre Vater des Jungen sei, und er antwortete: „Jemand, der genauso dreckig, brutal und verkorkst ist wie er."

Ich bedankte mich für das Gespräch, lehnte mich im Stuhl zurück und trat so heftig gegen meinen Schreibtisch, dass der sich ein paar Zentimeter nach hinten bewegte.

„Hurensohn!" Ich konnte nicht glauben, dass mir diese Verbindung nicht früher aufgefallen war. So wie Novak versucht hatte, seine Krallen in Bax zu schlagen und ihn nach seinem Bilde zu formen, war er auch mit seinem anderen unehelichen Sprössling da draußen in der Welt verfahren.

Roark musste Novaks Sohn sein – und natürlich hatte der Verbrecherkönig nichts mit ihm zu tun haben wollen, bis der Junge alt genug gewesen war, um ihm nützlich zu sein. Als Roark dann beim Grenzschutz gewesen war, hatte er sich seinen bereits verdorbenen Nachwuchs geschnappt. Bei Bax war es dasselbe gewesen. Novak hatte meinen Bruder so lange ignoriert, bis er sich dessen Talent zum Autoknacken zunutze machen konnte. Alles fügte sich jetzt zu einem Gesamtbild, das mein Herz zum Rasen brachte.

Roark ging nicht aus irgendeiner wahnhaften Rechtschaffenheit gegen Race und Nassir vor, weil die Novaks Geschäfte übernommen hatten; er zahlte ihnen heim, dass sie seinen Vater getötet hatten. Den Vater, den er – daran konnte wohl kein

Zweifel mehr bestehen – mit meinem jüngeren Bruder gemeinsam hatte. Bax befand sich ohne Frage ebenfalls in Roarks Fadenkreuz, schließlich war er definitiv daran beteiligt gewesen, Novak auszuschalten. Die Angst legte sich wie ein eisernes Band um meinen Magen. Ich musste meinen Bruder sofort anrufen und warnen. Gerade tippte ich seine Nummer ein, als sein Gesicht auf dem Bildschirm meines Handys auftauchte. Mir war klar, dass er wegen der Sache mit Reeve stinksauer auf mich war, aber ich brauchte ihn auf meiner Seite. Außerdem musste er dringend wissen, dass er eins von Roarks anvisierten Opfern war und gar nicht vorsichtig genug sein konnte.

„Hey", sagte ich.

„Ah, du lebst also noch. Ich hab mir schon langsam Sorgen gemacht."

Bei seinem Tonfall verdrehte ich die Augen und konnte praktisch vor mir sehen, wie er durch den Zigarettenrauch blinzelte, als er hörbar ausatmete.

„War einiges los in letzter Zeit."

„Davon habe ich gehört", erwiderte er. „Nassir war ganz wild darauf, mir alles über die Schießerei im Club zu erzählen. Er hat auch nicht ausgelassen, dass du mit dieser Schlampe für unbestimmte Zeit auf der Toilette verschwunden bist. Ich wusste ja, dass du sie bei Race untergebracht hast, aber mir war nicht klar, dass du mit dem Feind schläfst."

Inzwischen war ich schon draußen und lief über den Parkplatz. „Komm in den Imbiss neben dem Revier. Ich muss was essen, und dabei bringe ich dich auf den neuesten Stand. Es gibt da ein paar Dinge, über die wir reden müssen."

„Also bist du damit durch, mir aus dem Weg zu gehen?" Ich malte mir aus, wie der schwarze Stern, den er sich neben ein Auge hatte tätowieren lassen, vor Verärgerung zuckte.

„Hör zu, ich habe nach all dem, was vor fünf Jahren passiert ist, gerade erst dein Vertrauen gewonnen. Ich will nicht, dass das durch dieses Mädchen und das, was ich mit ihm tun muss, wieder den Bach runtergeht. Ich hatte keine Ahnung, wie ich dir verklickern sollte, dass sie im Moment wichtig ist und du dich nicht einmischen sollst. Außerdem haben wir wirklich andere Probleme als die Frage, wohin ich meinen Schwanz stecke."

„Durch sie wäre mein Mädchen fast umgekommen."

Ich seufzte, weil in seiner Stimme mitschwang, wie sehr ihm das noch immer zu schaffen machte. „Das verstehe ich, Shane. Wirklich. Aber manchmal müssen wir Dinge tun, die uns gegen den Strich gehen, um Ziele zu erreichen, die größer und wichtiger sind als wir und die, die wir lieben. Kapierst du das?"

Wieder hörte ich ihn ausatmen, dann knallten mir ein paar ziemlich unfeine Ausdrücke um die Ohren. „Ich bin in zehn Minuten da", sagte er schließlich. „Bestell mir einen Burger."

Ich war erleichtert, dass er bereit war, mich wenigstens anzuhören. Bax und ich hatten uns während unserer Kindheit nicht besonders nahegestanden, aber jetzt, da wir erwachsen waren und beide im Schützengraben standen, wenn auch an entgegengesetzten Fronten, hatte ich das deutliche Gefühl, dass wir einander brauchten. Ich liebte meinen Bruder, doch ich hatte erst miterleben müssen, wie er sich vor meinen Augen beinahe eine Kugel in den Kopf gejagt hätte, um zu begreifen, wie leer mein Leben in den Jahren ohne ihn gewesen war. Ich brauchte einen Grund, um weiterzukämpfen, einen, der über die schlichte Formel „richtig gegen falsch" hinausging. Ich brauchte Bax, um mir ins Gedächtnis zu rufen, dass die bösen Jungs manchmal nicht deshalb böse waren, weil sie das unbedingt wollten, sondern, weil ihnen keine andere Wahl blieb. Bax hatte von Anfang an keine faire Chance gehabt – nicht mit einer Trinkerin als Mutter und einem sadistischen Mörder als Vater. Ganz zu schweigen davon, dass ich ihn im Stich gelassen hatte, als er mich am meisten gebraucht hatte. Es war schon ein Wunder, dass der Junge überhaupt noch so viel Menschlichkeit in sich hatte. Und es war mein Job, ihm Möglichkeiten zu geben, ihn daran zu erinnern, dass er mir etwas bedeutete, auch wenn wir nicht einer Meinung waren, und diesen Job würde ich bis zu meinem letzten Atemzug erledigen.

Der Imbiss wimmelte von Kollegen, und der einzige freie Tisch stand direkt neben der Tür. Der Platz war viel zu exponiert. Eigentlich wollte ich dort nicht sitzen, aber mein Magen knurrte, also gab ich nach und rutschte in die Sitznische. Die Kellnerin eilte herbei, und ich bestellte zwei Burger und Kaffee. Mein Nacken war inzwischen so verspannt, dass der Schmerz in beinahe betäubenden Wellen in meinen Hinterkopf schoss, als ich wenig später die dampfende Tasse entgegennahm, die sie mir reichte. In letzter Zeit hatte ich nur ein einziges Mal so etwas wie Frieden verspürt und kurz entspannen und abschalten können, und das war, als Reeve ihre Drohung wahr gemacht und sich um mich gekümmert hatte. Ich war nun wirklich nicht der Typ Mann, der in der Toilette eines Stripclubs zur Sache kam, aber dieser Moment war der erste in der jüngeren Vergangenheit gewesen, in dem ich fähig war, die Bürde, die ich tagein, tagaus mit mir herumschleppte, zumindest für kurze Zeit abzulegen und loszulassen. In diesem Augenblick gab es keinen Bax. Es gab kein The Point. Es gab keinen Roark. Es gab keinen Job, der mich langsam kaputt machte und in eine leere Hülle verwandelte. Es gab nur eine schöne Frau mit dunkelblauen Augen, in denen alles lag, was mein Leben und meinen Schwanz hart machte, und diese wundervollen Dinge, die sie mit mir anstellte. Ich wusste, dass ich sie nicht begehren sollte, doch ich tat es, und dieses Verlangen wurde immer gewaltiger und zwingender. Wenn das so weiterging, würde es bald größer sein als ich und alle meine Vorbehalte.

Ich unterhielt mich mit zwei Streifenpolizisten, die an meinem Tisch stehen blieben und sich nach der Schießerei im Club erkundigten. Besonders angeregt erkundigten sie sich danach, wie es Honor ging. Keelyn hatte einen Platz in den Herzen vieler alleinstehender und einsamer Männer in der Stadt, also beruhigte ich die beiden und erklärte ihnen, dass sie wieder in Ordnung kommen würde. Sie hatte eine Kugel in die Brust und eine in die Schulter abgekriegt, letztere war im Knochen stecken geblieben. Sie war übel zugerichtet worden, hatte viel zu viel Blut verloren und operiert werden müssen, aber jetzt war sie wach und stinksauer. Laut Nassir, der mich seitdem mit Anrufen bombardierte, um jede Information einzufordern, die ich über Roark hatte, wollte sie kündigen und The Point verlassen. Er schien zu denken, dass sie nur Dampf abließ, aber ich war mir da nicht so sicher. Keelyn hatte ihr bisheriges Leben in der Gosse verbracht. Ich würde ihr den Wunsch nach einem Tapetenwechsel nicht verübeln, zumal ich gesehen hatte, wie Nassir durchgedreht war, als sie blutend am Boden gelegen hatte. Bislang mochte sie sich seiner Avancen erwehrt haben, aber auf Dauer würde er sie mürbe machen, und dann säße sie hier fest, in dieser Stadt, bei diesem Mann, für immer. Das hatte ich an der Art erkannt, wie er sie anschaute. Er wollte sie besitzen.

In dem Moment, in dem die Kellnerin die Burger vor mir abstellte, hörte ich das Röhren von Bax' Hemi Barracuda, obwohl er noch mehrere Blocks entfernt war. Dieses Auto war eine Bestie. Es war lauter, schneller und fieser als meins. Ich empfand echt Motor-Neid. Mein kleiner Bruder war ein Zauberer, wenn es um alte Muscle Cars ging. Was er aus denen machen konnte, war wahre Kunst. Die Streifenpolizisten nickten anerkennend und kriegten glänzende, neidische Augen, als ich erwähnte, dass Bax' Kiste diesen Lärm veranstaltete. Es war nun mal in der männlichen DNA festgeschrieben, dass Kerle beim Klang eines Autos, das so geil und machtvoll klang wie der Hemi, ein Rohr kriegten. Mein GTO war erste Sahne, aber ich würde ihn nie gegen Bax' Schlitten ins Rennen schicken, weil mein Ego die Niederlage nicht verkraften könnte.

Ich ratterte Fakten über Pferdestärken und Drehmomentzahlen herunter, als einer der Männer das Gesicht verzog und aus dem Fenster deutete. Mir blieb fast das Herz stehen, denn beim letzten Mal, als jemand das in diesem Imbiss getan hatte, war Races Auto draußen auf dem Parkplatz in Flammen aufgegangen. Eine weitere von Roarks unvergesslichen Visitenkarten.

„Was ist?", fragte ich.

„Keine Ahnung. Gerade ist ein Müllwagen die Straße entlanggebrettert. Heute wird hier aber gar kein Müll abgeholt, außerdem sah es aus, als hätte der Fahrer es eilig …"

Den Rest des Satzes hörte ich nicht mehr. In meinen Ohren schrillte es, und ich schob mich hastig aus der Sitznische und an den beiden Uniformierten vorbei, die am Eingang standen. Ich war noch nicht ganz aus der Tür, als das Quietschen von Reifen auf Asphalt und das Kreischen von Metall auf Metall alle anderen Geräusche verschluckte. Ein paar andere Gäste waren mir nach draußen gefolgt, aber ich nahm nichts anderes wahr als das Auto meines Bruders, das unter dem vorderen Ende eines massiven Müllwagens zu einem nicht wiederzuerkennenden Haufen zusammengefaltet war.

Ich hörte Schreie und Hilferufe, merkte jedoch nicht, dass ich derjenige war, der sie ausstieß, bis ich Metall unter meinen Händen spürte. Ich riss an der eingedrückten Fahrertür, um zu Bax zu gelangen.

„Shane!" Ich zog und zog, doch die Tür rührte sich ebenso wenig wie Bax. Er war vornübergesunken, sein rasierter Kopf lag auf dem verdrehten Lenkrad. Blut strömte über sein Gesicht und aus dem Ohr, das mir zugewandt war. Es sah nicht so aus, als ob er atmete, und ich schlug bereits mit der Faust auf die nach wie vor intakte Windschutzscheibe ein, als Hände mich packten und mich wegzogen. Meine Handflächen waren praktisch gehäutet, und mein Blut hinterließ schmierige Spuren auf dem Blech, während ich weiter Bax' Namen brüllte, verzweifelt auf irgendeine Reaktion hoffend, irgendein Lebenszeichen.

Ich drehte mich um, und ohne eine Sekunde nachzudenken, holte ich zum Schlag gegen den Polizisten aus, der versuchte, mich von dem Wrack wegzuziehen. „Das ist mein Bruder da drin!"

Mein kleiner Bruder in einem Auto, das aussah wie eine zerquetschte Thunfischdose.

Mein kleiner Bruder, der viel zu viel blutete und sich nicht bewegte.

Mein kleiner Bruder, der jeden beschissenen Mist, den das Leben über ihm ausgeschüttet hatte, überstanden und endlich etwas Gutes für sich gefunden hatte.

Mein kleiner Bruder, der endlich kapiert hatte, dass es Menschen gab, denen etwas an ihm lag, und dass er deshalb auf sich aufpassen musste.

Ich würde den Müllwagen mit bloßen Händen wegschieben, wenn es sein musste.

„Detective, die Ersthelfer haben eine Rettungsschere. Wir müssen ihn da rausschneiden."

Ich schmetterte meine Faust durch das Fenster und rief wieder Bax' Namen. Er bewegte sich immer noch nicht. Ich ließ mich wegziehen, und die Feuerwehrleute umringten das Wrack. Während ich versucht hatte, mit bloßen Händen Metall zu biegen, waren Rettungssanitäter, meine Cop-Kollegen und ein ganzer Trupp Feuerwehrleute eingetroffen. Ich begann, Anordnungen zu blaffen, forderte jeden, der zuhörte, auf, nach dem Fahrer des Müllwagens zu fahnden. Ich wusste, dass Roark dahintersteckte. Ich hatte keine Ahnung, woher er wissen konnte, wo Bax sein würde, oder wie es ihm gelungen war, einen derart effektiven Rammbock wie den Müllwagen in die Finger zu kriegen, aber ich wusste hundertprozentig, dass er es war. Und ich würde ihn auslöschen, wenn ich ihn endlich erwischte.

Das Metall protestierte kreischend und krachend, während sie sich zu Bax vorarbeiteten. Ich versuchte immer wieder, mich zum Wrack zu drängen, und wurde immer wieder zurückgezerrt. Nach ein paar Augenblicken, die sich wie Jahrzehnte anfühlten, sprang die Tür plötzlich auf, und Bax' großer Körper sank nach draußen. Ohne die schützende Hülle des 'Cuda sah er noch schlimmer aus. Eins seiner Beine war total im Eimer, doch ich registrierte außerdem, dass seine Brust sich in der Tat bewegte, wenn auch langsam und mühsam. Ich rieb mir das Gesicht und versuchte, mich zusammenzureißen. Dass ich mit meinen zerschundenen Händen überall Blut verteilte, war mir egal.

„Ich muss seine Freundin anrufen."

Dovie würde durchdrehen. Völlig zu Recht. Bei all den gefährlichen und schmutzigen Dingen, mit denen Bax sich beschäftigte, war es ausgerechnet ein Autounfall, der ihn dazu zwang, um sein Leben zu kämpfen. Das war so verdammt unfair, dass ich fast daran erstickte. Ich kochte vor Wut, als die Sanitäter ihn auf der Trage festschnallten und zum Rettungswagen rollten. Noch nie hatte ich meinen Bruder so hilflos und zerbrechlich gesehen, nicht mal damals, als er ein kleiner Junge gewesen war und ich ihm erklärt hatte, dass ich ausziehen würde und er sich künftig also allein durchschlagen müsste, weil es keinen anderen Weg gab. Er wirkte total am Ende, und in mir brüllte der Wunsch, irgendwas zu tun, irgendeine Art von Vergeltung zu üben. Ich hatte mich selbst nie als besonders rachsüchtig eingeschätzt, dazu legte ich zu viel Wert auf Recht und Gesetz, aber im Moment wollte ich nichts anderes als Rache. Ich wollte Roark in einem Sarg aus Metall und Schmerzen begraben, so wie er es gerade mit Bax getan hatte.

„Sein Puls ist schwach, und er verliert eine Menge Blut. Wir bringen ihn ins City General. Hier geht es um jede Minute. In der Unfallchirurgie wartet bereits ein OP-Team."

Natürlich ging es um jede Minute. Er bewegte sich nicht, und er hatte überhaupt keine Farbe außer dem Schwarz des Sterns und dem Rot des Bluts, das sein Gesicht bedeckte und sein T-Shirt durchweichte. Er sah aus wie ein Toter.

„Wollen Sie mit uns fahren, Detective?"

Nein. Nein, ich wollte nicht in diesen Rettungswagen steigen und zusehen, wie sie um das Leben meines Bruders kämpften. Denn falls sie diesen Kampf verloren, würde ich explodieren, was keinem etwas bringen würde. Meine Wut und meine Trauer würden nur die Leute treffen, die zu helfen versuchten, und das wollte ich nicht. Ich arbeitete so hart daran, die Bestie im Käfig zu halten; sie jetzt rauszulassen würde weder mir noch sonst wem nützen. Seit Reeve das Monster geweckt hatte, wurde es ohnehin immer schwieriger, es wieder in den Schlaf zu lullen.

„Nein“, sagte ich. „Ich muss seine Freundin verständigen und danach herausfinden, ob irgendwer gesehen hat, wohin der Fahrer des Müllwagens verschwunden ist. Ich komme nach.“

Der Sanitäter schaute zu Bax, der gerade in den Rettungswagen geladen wurde, dann wieder zu mir. Ich hatte diesen Blick schon Hunderte Male gesehen. Ich selbst hatte ihn zahllosen Angehörigen und Opfern zugeworfen. Der Mann glaubte nicht, dass Bax es schaffen würde, und er wollte nicht, dass ich die vielleicht letzten Momente verpasste, die ich mit Bax teilen konnte.

„Los, fahren Sie“, stieß ich zwischen zusammengebissenen Zähnen hervor und trat einen Schritt zurück. Ich zog das Handy aus meiner Hosentasche und atmete einmal tief durch, bevor ich Dovies Nummer wählte. Sie begrüßte mich auf ihre übliche fröhliche Art, und ich konnte praktisch ihr Herz brechen hören, als ich ihr mitteilte, was passiert war. In ihrer typischen Dovie-Art schrie oder kreischte sie nicht; sie fing einfach nur an, schwer zu atmen und eine Million Fragen zu stellen. Ich nahm wahr, dass sie weinte, also erklärte ich nur, ich würde sie im Krankenhaus treffen, und legte auf. Danach rief ich sofort Race an, um ihm zu sagen, dass er sie abholen sollte. Sie musste auf das Schlimmste gefasst sein, und ich wollte auf keinen Fall, dass sie selbst fuhr. Race nahm die Nachricht in derselben Weise auf wie seine Schwester. Nachdem ich ihm das Wenige, was ich wusste, berichtet hatte, versicherte er mir jedoch, dass er gleich zu ihr gehen und mit ihr zur Klinik fahren würde.

Kaum hatte ich das Handy weggesteckt, kam einer der Streifenpolizisten zu mir, mit denen ich mich vor dem Unfall unterhalten hatte. Er meinte: „Der echte Fahrer hat ein paar Blocks weiter an der Tankstelle gehalten. Er ist reingegangen, um zu bezahlen, und als er zurückkam, war der Müllwagen weg.“

„Wie zum Teufel konnte er wissen, wo Bax sein würde?“, murmelte ich vor mich hin, während die Kollegen nun ausschwärmten und mit den routinemäßigen Unfallermittlungen begannen.

Eins war sonnenklar: Niemand, der etwas mit Novaks Ende zu tun gehabt hatte, war sicher. Selbst ein knallhartes Arschloch wie Shane Baxter konnte es in einem unerwarteten Moment erwischen, und keiner war unbesiegbar. Der Rachedurst eines Sohns, dessen Vater in seinen Augen schweres Unrecht zugefügt worden war, stellte ein machtvolles Motiv dar. Roark hatte Race und Nassir da getroffen, wo es ihnen finanziell und emotional wehtat. Aber Bax ... Bax wollte er beseitigen. Es war der Versuch des einen Bruders, den anderen auszulöschen. Wir bluteten alle gleich, und Roark ließ mich wissen, dass er die Straßen rot färben wollte – mit dem Blut derer, die er für seinen Verlust verantwortlich machte.

9. Kapitel

Reeve

Ich hatte Titus seit Tagen nicht mehr gesehen. Am liebsten wäre ich ins Krankenhaus gefahren, aber Booker ließ mich nicht aus dem Apartment, und ein Teil von mir wusste auch, dass er mich, obwohl ich so verzweifelt für ihn da sein wollte, dort nicht brauchte. Es stand nicht gut um Bax. Er war noch nicht aufgewacht und hatte seit seiner Einlieferung schon zwei Notoperationen hinter sich. Die zweite hätte er fast nicht überstanden, und nach dem, was ich hörte, war niemand sicher, wann oder ob er aufwachen würde ... Außerdem hatte er einen zertrümmerten Knöchel, ein gebrochenes Handgelenk, gebrochene Rippen auf beiden Seiten, eine ausgekugelte Schulter und einen gebrochenen Kiefer. In der Notaufnahme hatten die Ärzte alle Hände voll zu tun gehabt, seinen Leberriss zu operieren, bevor er verblutet wäre. Selbst wenn er aufwachen sollte, war er längst nicht über den Berg, aber wenn man berücksichtigte, dass er von einem Zwanzigtonner überrollt worden war, konnte allein die Tatsache, dass er überhaupt noch atmete, als Sieg betrachtet werden.

Die meisten Informationen bekam ich von Brysens kleiner Schwester, die sich in meinem Wohnzimmer häuslich eingerichtet zu haben schien, da Race und Brysen momentan den größten Teil ihrer Freizeit im Krankenhaus verbrachten. Dabei entging es mir keineswegs, dass die junge und umwerfend hübsche Blondine zwar vorgab, ihre Hausaufgaben zu erledigen oder sich den sozialen Medien zu widmen, tatsächlich aber jede von Bookers Bewegungen wachsam verfolgte – wie ein winziger, wild entschlossener Habicht. Die lockere Kameradschaft, die sich zwischen mir und dem grüblerischen Mann mit der Narbe entwickelt hatte, gefiel ihr definitiv nicht. Jedes Mal, wenn ich ihn zum Lachen brachte oder er mich berührte, zuckte sie zusammen und schaute mich an, als ob ich ihr Hündchen getreten hätte. Ich wollte ihr schon sagen, dass sie zu jung und hübsch war, um ihr Herz an einen Typen wie Booker zu verschwenden, doch dann dachte ich, dass mir das nicht zustand, und Lektionen dieser Art immer auf die harte Tour gelernt werden mussten. Jedenfalls die wichtigen.

Es war Freitagabend, und ich hatte Titus gerade mal wieder eine unbeantwortete SMS geschickt, um ihn zu fragen, ob alles okay war oder er irgendwas brauchte. Sein Schweigen überraschte mich nicht, aber es tat weh. Ich hatte noch immer nicht herausgefunden, wie ich das abstellen konnte. Während ich Käsetoast für Booker und Karsen, Brysens Schwester, machte, da wir drei offenbar einen weiteren Abend hier zusammen festsaßen, kam ich zu dem Schluss, dass genug Zeit ins Land gegangen war, um den düsteren, attraktiven Mann um einen Gefallen zu bitten, auf den ich hinarbeitete, seit ihm die Pflicht aufgebürdet worden war, mich im Auge zu behalten. Ich schaute verstohlen zu Karsen, die sich auf dem Flachbildschirm irgendeine alberne Realityshow reinzog und uns den Rücken zukehrte. Das Letzte, was ich gebrauchen konnte, war, dass sie uns belauschte und mich bei Race verpetzte. Der goldene Adonis würde mich zwar nicht aufhalten, doch ich wollte nicht, dass er noch mehr gegen mich in der Hand hatte. Er hielt ohnehin schon zu viele Karten in diesem verzwickten Spiel, das zwischen mir und Conner lief.

„Könntest du etwas für mich tun, Noah?"

Seine dunklen Brauen schossen hoch, wodurch sich die Narbe spannte, die sich über eine Seite seines Gesichts zog. Es ließ ihn bösartig und furchterregend wirken. Race hatte gut gewählt, als er Booker zu seiner rechten Hand gemacht hatte. Allein mit diesem Gesichtsausdruck konnte er jemanden in die Flucht treiben.

„Zumindest kannst du fragen."

Mit einem Seufzer drehte ich mich zum Herd, um die Sandwiches umzudrehen. „Ich brauche eine Waffe." Ich sprach leise, weil Karsen sehr viel aufmerksamer war, als ihm vermutlich klar war. „Conner hat uns gezeigt, dass er keine Scheu hat, Blut zu vergießen, und ich bin nicht sicher, wie lange Titus dieses Theater, das wir veranstalten, noch durchhält. Er kriegt das ohnehin schon kaum gebacken, und nach dem, was jetzt mit Bax passiert ist …" Ich schüttelte den Kopf und schaute ihn über die Schulter hinweg an. „… muss ich darauf vorbereitet sein, mich selbst zu schützen."

Die metallisch schimmernde Farbe seiner Augen changierte zwischen Grau und Blau, während er sich meine Bitte durch den Kopf gehen ließ. Er verzog grübelnd den Mund und lehnte sich an den Tresen. „Du weißt, wie man mit so einem Teil umgeht?"

Ich schnaubte verächtlich und nahm die Pfanne vom Herd. Dann warf ich mein Haar über die Schulter, wandte mich ihm zu und erwiderte seinen festen Blick. „Ich bin in The Point aufgewachsen. Titus darf nichts davon wissen, Race auch nicht." Ich zuckte mit den Schultern. „Sie wären nicht damit einverstanden, dass du den Feind bewaffnest."

Er stieß ebenfalls ein schnaubendes Geräusch aus und setzte sich. Ich holte Teller aus dem Schrank und verteilte darauf die Sandwiches und je eine Handvoll Kartoffelchips.

„Du magst ihre Feindin sein, aber mir hast du nie was getan, und ich kann deinen Wunsch verstehen", meinte Booker. „Ich wette, der Bulle hat inzwischen auch eine klarere Vorstellung davon, was für ein machtvolles Motiv Rache ist, nachdem er sich eine Woche anschauen musste, wie sein Bruder bewegungslos in diesem Krankenhausbett liegt. Niemand kennt den Pfad von Rache und Vergeltung, bevor er ihn selbst gehen muss."

Ich biss mir auf die Lippe und stellte den Teller vor ihm ab. „Also, kannst du mir helfen?" Er war meine sicherste Option. Ich musste bereit sein für Conner, und wenn Booker Nein sagte, musste ich riskieren, auf die Straße zu gehen und mir einen Waffendealer zu suchen. Das war das letzte Mittel, aber ich würde alles tun, was nötig war, um diesem Spiel ein Ende zu machen.

„Warum nennst du mich Noah? Für alle anderen bin ich immer Booker gewesen, nur nicht für dich, was ich seltsam finde. Und du nennst Bax auch Shane, was ebenfalls keiner sonst tut."

Er hatte so schnell das Thema gewechselt, dass ich ihn verwirrt anblinzelte. Dann rief ich: „Karsen, eins dieser Sandwiches ist für dich, also komm her, wenn du magst."

Sie drehte sich auf der Couch um und richtete ihre schokoladenbraunen Augen auf Booker, der sich zu mir vorbeugte, damit wir unsere Unterhaltung leise fortsetzen konnten. Sie runzelte finster die Stirn und wandte sich wieder dem Fernseher zu. „Später vielleicht. Im Moment habe ich keinen Hunger."

Erneut seufzte ich und betrachtete mein massiv gebautes Gegenüber. „Ich nenne dich Noah, weil du nett zu mir gewesen bist. Du hast mir Gesellschaft geleistet, und obwohl du eigentlich die anderen vor mir beschützen sollst, hast du gleichzeitig mich vor ihnen beschützt. Du bist mehr als ein Schläger und Exknacki, und das sehe ich. Ich muss es sehen, denn ich bin auch mehr als das, wofür sie mich halten. Also bist du mehr als nur Booker für mich und für sie." Über seine breite Schulter hinweg deutete ich zu dem Teenager, der offensichtlich schmollte, das jedoch wesentlich glamouröser und eleganter hinkriegte, als es mir je gelungen war und gelingen würde. „Dir ist klar, dass sie bis über beide Ohren in dich verknallt ist, oder? Wenn sie dich ansieht, dann liegt ihr ganzes Herz in ihrem Blick."

Er schaute in ihre Richtung, dann wieder zu mir und hob eine Braue, was ihn in Kombination mit der Narbe wie einen Comic-Bösewicht wirken ließ. Er schnaubte, nahm sein Sandwich und biss herzhaft ab. „Sie ist doch noch ein Baby. Ihr Herz ist noch nicht erwachsen genug, um irgendwas zu wissen."

Ich lachte kurz auf und holte mir eine Limo aus dem Kühlschrank. „Meine Schwester war ungefähr in ihrem Alter, als sie sich verliebt hat. Sie liebte diesen Mann so sehr, dass es sie umbrachte. Karsen mag jung sein, doch diese Gefühle fühlen sich alt und sehr erwachsen an. Du musst vorsichtig damit umgehen."

Er knurrte leise. „Ich habe Race gesagt, dass er das unterbinden muss. Ich habe ihm gesagt, dass sie in Schwierigkeiten gerät, wenn sie Männer auf diese Weise ansieht. Sie ist zu hübsch und zu weich, um sich das leisten zu können, wenn sie ein Teil von The Point wird. Das kann sie ebenso gut schon jetzt lernen."

Ich klaute mir einen Kartoffelchip von seinem Teller und trank einen Schluck aus meiner Dose. „Sie sieht nicht Männer so an, Killer. Sie sieht *dich* so an. Genau so, wie Brysen Race ansieht und Dovie Shane."

Als er mich angrinste, schien er plötzlich ein anderer Mensch zu sein. Booker war wirklich ein gut aussehender Typ, wenn man diese einschüchternde Ausstrahlung und den Schock des Makels, der sein halbes Gesicht bedeckte, erst mal überwunden hatte. Wenn er lächelte und seine eisigen Augen sich erwärmten, war er der geborene Herzensbrecher, keine Frage.

„Und so, wie du den Bullen ansiehst."

Anstatt darauf einzugehen, zuckte ich mit den Schultern und erklärte: „Ich weiß, wie es ist, wenn die Person, die du anschaust, nicht zurückschaut, deshalb bitte ich dich ja, achtsam zu sein. Sie ist ein süßes Mädchen, und wir wissen beide, dass das Leben ihr schon genug Arschtritte versetzen wird, auch ohne dass du dazu beiträgst. Abgesehen davon habe ich keine Lust, im Schlaf ermordet zu werden, und sie sieht aus, als ob sie jederzeit zu verzweifelten Maßnahmen greifen könnte."

Wieder lachte er und vertilgte den Rest seines Sandwiches. Es war diese rau klingende Heiterkeit, die den Teenager schließlich zu uns herüberlockte. Karsen setzte sich neben Booker und musterte uns abwechselnd mit leicht zusammengekniffenen Augen. Sie war wirklich eine zarte Schönheit und wirkte, als ob sie keinen Fuß auf die Straßen von The Point setzen konnte, ohne sich total schmutzig zu machen.

„Was ist so lustig?", wollte sie wissen.

Ich schob ihr den Teller zu, und sie nahm zögernd eine Hälfte des Sandwiches. „Booker hat sich darüber lustig gemacht, wie verknallt ich in Titus bin."

Karsen blinzelte überrascht und hob die hellen Brauen. „Echt? Aber seid ihr nicht zusammen? Warum solltest du nicht in ihn verknallt sein?"

Bei diesen Worten zuckte ich leicht zusammen. Verflixt, ich hatte vergessen, dass nicht jeder über die wahre Natur meiner Beziehung zu dem komplizierten Cop im Bilde war. „Klar sind wir zusammen, aber das bedeutet oft harte Arbeit und ist nicht immer ein Vergnügen. Deshalb ist es schon gut, wenn man immer noch in den Menschen, den man mag, verknallt ist."

Das Mädchen schaute kurz zur Seite, danach wieder zu mir. „Oh, das verstehe ich."

Darauf würde ich jede Wette eingehen. Karsen war verdammt klug für ihr Alter, und wenn sie mal volljährig war, würde sie ihre Mitmenschen ganz schön auf Trab halten. Ich hatte das deutliche Gefühl, dass sich, sobald sie alt genug war, um ihre eigenen Entscheidungen zu treffen, aus diesen sehnsüchtigen und verstohlenen Blicken etwas entwickeln würde, das Booker sich nur unter allergrößten Mühen vom Leib halten konnte.

„Titus ist nicht so nett, wie man annehmen sollte", fügte sie hinzu. „Ich meine, er ist Polizist, einer der guten Jungs und alles, aber er ist immer so schroff und irgendwie gemein. Er macht mir ein bisschen Angst."

Kindermund tut Wahrheit kund. Ich tauschte einen Blick mit Booker und musste mir das Lachen verkneifen. Diese Kleine war verliebt in einen Kerl, der eine deftige Haftstrafe abgesessen hatte und nun dafür bezahlt wurde, dass er für den Freund ihrer Schwester Genicke brach und Gesichter zu Brei schlug. Und trotzdem hielt sie Titus für gemein und furchterregend.

„Es ist eine ziemliche Herausforderung, ein guter Mann an einem schlechten Ort zu sein", erwiderte ich. „Er ist immer der Außenseiter, und das hat ihn hart gemacht."

Sie grinste. „Und er hat Bax zum Bruder, was jeden ein bisschen stinkig machen würde."

Plötzlich fiel offenbar uns allen wieder ein, warum der Rest der kleinen Truppe an diesem Freitagabend nicht hier war. Booker schob seinen Teller von sich weg und stieß Karsen mit der Schulter an. Sofort wurde sie knallrot, und das war so niedlich, dass ich sie am liebsten umarmt hätte. Ich verspürte einen Stich, als ich mich daran erinnerte, wie süß und unschuldig Rissa gewesen war, bevor die Stadt sie sich einverleibt hatte. Die Ungerechtigkeit des Ganzen brannte wie Feuer in meinem Inneren.

„Bax ist ein Kämpfer", meinte Booker. „Er lässt Dovie nicht allein zurück, auf gar keinen Fall. Er wird schon deshalb durchkommen, weil er nicht zulassen kann, dass ein beschissener Müllwagen der Grund für seinen Tod ist. Und wenn er aufwacht, dann kann dieses Arschloch Roark sich warm anziehen. Bax hatte den 'Cuda gerade so hingekriegt, wie er ihn haben wollte, und jetzt muss er noch mal von vorn anfangen, was ihn stinkwütend machen wird." Er klang sehr überzeugt, und das war seltsam tröstlich.

Trotzdem waren wir alle irgendwie ernüchtert, daher machte ich mich daran, die Küche aufzuräumen, und Booker sagte Karsen, dass er sie nach unten in ihre eigene Wohnung bringen würde. Während sie ihre Sachen zusammensuchte, schaute er mich aus diesen graublauen Augen an und sagte leise: „Ich besorge dir eine Waffe. Aber wenn der Bulle das rauskriegt, bist du auf dich allein gestellt."

Er hob die Hände und ging rückwärts zur Tür, wo Karsen bereits auf ihn wartete. Wie sie ihn ansah … Ich fragte mich, ob er jemals zuvor der Held für jemanden gewesen war.

Erst als die beiden draußen waren, flüsterte ich in das leere Apartment: „Ich bin immer auf mich allein gestellt."

Betrübt und mir nutzlos vorkommend, rollte ich mich auf dem Sofa zusammen und zappte durch die Fernsehsender. Ich wäre gern im Krankenhaus gewesen. Ich wollte für Titus da sein, und ich wollte eine gute Freundin für Dovie sein. Das verdiente sie. Und nachdem ich jetzt so klar erkannte, was das Richtige war, hatte ich das Gefühl, dass ich eine Chance verdiente, ihre Freundin zu sein und auch das, was Titus brauchte, was immer es war. Der Polizist mochte mich bloß als Köder benötigen, aber der Mann ... der Mann und die Dinge in seinem Inneren, die er so strikt unter Kontrolle hielt, brauchten so viel mehr. Ich könnte mich um den ganzen Menschen kümmern, wenn er es nur zuließ.

Ich schlief ein, während ich mir einen Film über eine Gruppe Jugendlicher anschaute, die in irgendeinem Zukunftsszenario um ihr Leben kämpfen mussten. Er gefiel mir, und ich mochte das Mädchen sehr, das die Hauptfigur war. Doch dann erinnerte mich das Ganze – alles tun, um zu überleben, fressen oder gefressen werden – zu sehr an mein eigenes Elend. In Gedanken schweifte ich ab und dämmerte kurz darauf weg, ohne zu wissen, wie die Geschichte ausging.

Ich wachte davon auf, dass die Tür geöffnet und geschlossen wurde, danach hörte ich schwere Stiefel über den Parkettboden stampfen. Zunächst war ich ein bisschen desorientiert, weil die ersten Strahlen der Morgensonne durch die Fensterscheiben fielen, die ich gestern Abend nicht mehr verdunkelt hatte. Ich hatte keine Ahnung, wie spät es war oder wie lange ich geschlafen hatte. Titus verströmte eine Aura der Rastlosigkeit, die mich sofort hellwach machte. Sämtliche Alarmglocken schrillten, als er seine Schlüssel achtlos auf den Tresen warf und anschließend, etwas vorsichtiger, seine Pistole ablegte.

Er wirkte schroff und abweisend. Den Status „verwahrlost und stoppelig“ hatte er hinter sich gelassen; was die untere Hälfte seines Gesichts bedeckte, war auf dem besten Weg zu einem Vollbart. Seine Augen waren zu hell und glühten so heiß, dass sie wie blaue Laser schimmerten. Sein Mund war zu einer harten Linie zusammengepresst, und die tiefen Furchen zwischen seinen Brauen sahen aus, als ob sie sich dort dauerhaft einrichten wollten. Sein Haar stand senkrecht von seinem Kopf ab, die weiße Stelle an seiner Schläfe schien doppelt so groß zu sein wie zuvor. Um eine Hand hatte er eine Elastikbinde gewickelt, auf der anderen klebte ein weißer Gazeverband. Er sah aus wie ein Schwergewichtsboxer, der gerade über neun Runden gegangen war, ohne dass ein Sieger gekürt werden konnte.

„Ist Shane aufgewacht?", fragte ich. „Ich habe dich nicht so bald zurückerwartet."

Er ging auf das Sofa zu, auf dem ich immer noch kauerte. Sein Zorn erfüllte den gesamten Raum. „Er ist gestern Nachmittag aufgewacht. Er kann nicht sprechen, weil sein Kiefer zusammengeschraubt ist, und es steht immer noch Hacke auf Spitze, weil er so viel Blut verloren und seinen Kopf bei dem Aufprall so hart angeschlagen hat. Aber er ist wach, und er hat mich und Dovie erkannt, daher haben die Ärzte mich rausgeworfen und uns gesagt, dass er Zeit braucht."

„Oh." Mein Herz zog sich schmerzhaft zusammen. Es wäre nett von ihm gewesen, mich wissen zu lassen, dass Bax die Augen geöffnet hatte. „Ich habe ein paarmal versucht, dich per SMS zu erreichen, um zu fragen, ob du irgendwas brauchst oder ob ich etwas für dich tun kann."

Er näherte sich mir, und als er mich eingehend betrachtete, konnte ich es fast körperlich spüren. Das hier war nicht der ruhige und beherrschte Cop, der für Sicherheit auf den Straßen sorgte. Das hier war der wilde Mann, der einen Deal mit einer Frau eingegangen war, der er nicht traute, deren Hände und Mund er aber an sich herangelassen hatte, weil er der Anziehungskraft nicht hatte widerstehen können. Dies war die Bestie, die sich danach verzehrte, die danach hungerte, gefüttert zu werden. Er vibrierte förmlich vor Emotionen, die sich in seinem brennenden Blick eine heiße Schlacht lieferten. Wut, Lust, Angst, Kummer, Reue, Schuldgefühl, Bedauern … alles war da und wetteiferte um die beste Ausgangsposition, während er näher und immer noch näher kam.

„Ich habe mein Handy am Unfallort weggeschmissen", sagte er. „Roark muss uns irgendwie ausspionieren, aber ich komme einfach nicht drauf, woher er wusste, wo Bax in exakt dem Moment sein würde. Er ist überall. Seither war ich praktisch nonstop im Krankenhaus, also hatte ich noch keine Gelegenheit, mir ein neues Telefon zu besorgen. Ich bin zwischendurch nur kurz in die Werkstatt gegangen, um zu duschen, oder aufs Revier, um zu hören, ob es Neuigkeiten über Roarks Aufenthaltsort gibt. Ich dachte, Race oder Brysen würden Karsen oder Booker auf dem Laufenden halten."

„Nein. Keiner hat erwähnt, dass er aufgewacht ist. Ich hätte es gern erfahren", gab ich schärfer als beabsichtigt zurück. Ich hatte zwar nicht besonders viel für Bax übrig, doch er bedeutete Titus etwas, und das hieß, dass er auch mir etwas bedeutete.

Titus stellte sich hinter die Couch und ließ seine Hände auf den Kissen ruhen. Er ragte über mir auf, und ich wusste, dass seine seltsame Laune mich eigentlich nervös machen sollte, aber das hier war Titus. Er würde mir nicht wehtun. Er würde niemandem wehtun, egal, wie frustriert oder wütend er war. Er war zu gut dafür.

„Ich glaube, alle waren so erleichtert, als er endlich die Augen geöffnet hat, dass sie an nichts anderes denken konnten", meinte er. „Brysen hat sich große Sorgen um Dovie gemacht, und Race war ein Nervenbündel. Er und Bax sind wie Brüder. Es war schwer für alle, ihn so daliegen zu sehen. So still und gebrochen. Das ist nicht Bax."

Jetzt konnte ich es nicht mehr ertragen. Ich musste ihn berühren. Ich musste versuchen, etwas von dieser Grobheit aus seinem förmlich vibrierenden Körper zu leiten. Nie zuvor hatte ein Mann eine zärtliche Berührung so dringend gebraucht wie dieser hier. Ich erhob mich auf die Knie, streckte die Hände nach ihm aus und legte sie in die Mitte seiner Brust, gleich über dem Herzen, das unter meinen Fingern so schwer und langsam schlug, als sei schon das eigentlich viel zu anstrengend.

„Shane wird es sicher bald besser gehen, Titus. Er und Race mögen ja wie Brüder sein, aber du *bist* sein Bruder. Du hast jedes

Recht der Welt, genauso besorgt und durchgedreht zu sein wie die anderen. Du musst dich nicht andauernd zusammenreißen. Du bist ein Mensch, keine Maschine. Du brauchst jemanden, der dir ab und zu mal sagt, dass alles gut wird."

Plötzlich war es, als würde sein Herz erwachen. Unter meinen Fingern klopfte es schneller, schien beinahe zu tanzen. Seine verbundenen Hände schlossen sich um meine Handgelenke. Ich schaute darauf, während sein Griff langsam fester wurde.

„Was ist mit deinen Händen passiert?", wollte ich wissen.

Titus atmete tief durch und schloss die Augen. Als seine langen schwarzen Wimpern sich wieder hoben, hatte die Farbe seiner bemerkenswerten Augen von Blau zu leuchtendem Silber gewechselt. Unwillkürlich überlief mich ein Prickeln.

„Ich habe versucht, Bax aus dem Wrack zu ziehen", erwiderte er, „und dabei habe ich mich an dem Metall und dem zerbrochenen Glas geschnitten."

Oh, mein Gott, er war so großartig und furchtlos. Wie konnte jemand sich um alles und jeden sorgen und dabei nicht erkennen, dass er sich damit kaputt machte? Er konnte nicht für die ganze Welt verantwortlich sein. Es würde ihn umbringen.

„Titus ..." Meine Stimme kippte unter dem Ansturm der Emotionen, die in mir aufstiegen.

Es war gar nicht nötig, dem etwas hinzuzufügen, denn er schüttelte einfach den Kopf und bat mich leise: „Sag mir, dass alles gut wird, Reeve."

Die Worte kamen mir ohne Zögern über die Lippen. „Alles wird gut."

Er beugte sich zu mir vor, und ich kam ihm auf halbem Weg entgegen. Die Umgebung war diesmal anders und sehr viel passender, aber das änderte nichts daran, wie er seinen Mund auf meinen presste, noch immer mit diesem rohen und brutalen Druck. Wieder kratzten seine Zähne hungrig über meine Haut, wieder umkreiste seine Zunge drängend meine. Seine Lippen waren hart und gierig, sein Atem ging stoßweise und unregelmäßig. Er ließ meine Handgelenke los und packte meine Taille.

Dann hob er mich in einem beeindruckenden Kraftakt aus meiner knienden Position auf die Rückenlehne des Sofas. Ich dachte, dass er mich in dieser Stellung halten wollte, nachdem ich meine Beine um seine Taille geschlungen hatte, aber er umfasste meinen Hintern und ging mit mir auf die deckenhohen Fenster zu. Er blieb erst stehen, als mein Rücken gegen das Glas gepresst wurde. Und die ganze Zeit küsste er mich, als wollte er mich verschlingen.

Als er mich sicher zwischen seinem starken Körper und der Fensterscheibe fixiert hatte, begann er an meiner Kleidung zu zerren. Die weiche Baumwolle meines T-Shirts und der zarte Satin meines BHs hatten keine Chance gegen seine ungeduldig forschenden Hände. In der Zeit zwischen dem ersten Keuchen, als meine aufgerichteten Nippel auf seine Brust trafen, und dem heiseren Aufschrei, als sein kräftiger Schenkel sich den Weg zu der Stelle zwischen meinen Beinen bahnte, die unter seinen Bemühungen feucht und heiß wurde, hatte er mich obenrum bereits entblößt. Nun machte er sich daran, meine Hose zu öffnen. Alles ging so schnell, zu schnell. Titus war in einer Art Rausch, was ich daran merkte, wie ziellos seine Lippen und Finger sich über mich bewegten. Es hatte sehr viel mit Geilheit und ziemlich wenig mit Notwendigkeit zu tun, jedenfalls was ihn betraf. Doch ich war selbst so gierig, so scharf auf diesen Mann, dass ich ihn einfach nehmen ließ, was er wollte … fürs Erste.

Der Knopf meiner Jeans bot ihm kein Hindernis. Ohne Vorwarnung waren seine äußerst geschickten Hände überall und fanden all die Stellen, die ihn willkommen hießen, obwohl mein Verstand mich anbrüllte, dass ich dem hier sofort ein Ende bereiten sollte. Der Verband um seine Handfläche strich rau über meine Haut, seine Finger fühlten sich sogar noch rauer an, als er damit in mich eintauchte. Ich stöhnte, und mein praktisch ans Fenster genagelter Körper zuckte an seinem. Erst jetzt gab sein Mund meinen frei, und wir rangen beide atemlos nach Luft. Sein Blick war wie Feuer, und ich konnte nichts anderes tun, als mit ihm zu glühen und seine Bewegungen zu erwidern, während er nun anfing, mich in festem, gleichmäßigem Rhythmus zu streicheln. Nichts an seinen Berührungen war andächtig, alles war wild und verzweifelt, und diese Dringlichkeit machte es noch erregender und heißer.

„Du bist so schön“, keuchte er. „Du fühlst dich noch viel besser an, als du aussiehst. Weißt du das?“

Viel Platz gab es da unten nicht, weil ich immer noch meine Jeans anhatte und seine Hände groß waren. Dennoch führten seine Worte dazu, dass ich mich anspannte und mich heftiger auf seinen kreisenden Fingern bewegte. Die Spannung und das Entzücken in meinem Inneren steigerten sich, füllten mich aus, bis ich sie nicht mehr zurückhalten konnte. Die Gefühle mussten heraus.

Ich krallte mich in seinen harten Nackenmuskeln fest und vergrub die andere Hand in seinem Haar. Es war überraschend weich. Vermutlich das Einzige an ihm, das weich war. Plötzlich landete sein Daumen mit unheimlicher Präzision auf meiner Klit, und ich warf den Kopf so heftig zurück, dass er gegen die Scheibe knallte. Jeder Nerv in mir war wie elektrisiert, das Blut rauschte in meinen Ohren, und lustvolle Sehnsucht drang aus jeder Pore.

„Titus …“, stieß ich hervor. Es war ein einziges Flehen, mir mehr zu geben oder weniger. Ich brauchte das eine oder das andere, wenn ich das hier überleben sollte.

Er schob sein Bein höher, direkt unter meinen Po, wodurch meine Titten enger an seine Brust gepresst wurden. Er hatte noch immer sein T-Shirt an, aber das Gefühl der Baumwolle an meinen schmerzhaft harten Nippeln reichte, um mich dazu zu bringen, erneut seinen Namen zu keuchen. Er grinste mich an, und zwar nicht besonders freundlich. Seine Augen glühten jetzt so heiß, dass sie eigentlich Brandwunden auf meiner Haut hinterlassen müssten. Ich dachte, dass ich gleich ohnmächtig werden würde, als er einen weiteren Finger in das erotische Spiel brachte, das er mit mir veranstaltete. Mein Körper reagierte automatisch, und meine Muskeln spannten sich an, während ich die neue Fülle in mich aufnahm. Sehr viel länger würde ich dieser sinnlichen Attacke nicht mehr standhalten können.

„Bist du fertig, Reeve? Ist das alles, was du wegstecken kannst? Ich will mehr“, flüsterte er. „Es gibt doch immer noch so viel mehr.“

Seine Stimme klang so rau wie Sandpapier. Er senkte den Kopf und biss mir in den Hals. Es war unwahrscheinlich geil, und das Kratzen seines Barts auf meiner Haut machte es nur besser. Ich wollte wissen, wie es sich weiter unten anfühlen würde, und ließ meine Hand von seinem Hinterkopf zu seiner Wange gleiten. Ich wartete, bis er mich anschaute. In diesem Moment drehte er sein Handgelenk, und die überwältigende Lust ließ mich fast zerbrechen. Ich war nicht ganz sicher, was für ein Kräftemessen hier gerade ablief, aber ich wusste, dass ich, wenn ich den Rest seiner Aufmerksamkeiten nicht durchstand, niemals den ganzen Titus King bekommen würde.

Also sagte ich ihm einfach, was er hören musste. „Es ist okay, Titus. Gib mir alles, was du hast. Ich will mehr.“

Mehr grünes Licht brauchte er nicht. Plötzlich war er überall. Er biss und leckte, saugte meinen pochenden Nippel in seinen Mund. Seine Finger waren fieberhaft damit beschäftigt, meine verbliebene Kleidung loszuwerden, ohne uns zu trennen. Ich konnte nicht umhin, die schiere Kraft zu bewundern, mit der er mich festhielt und mir zugleich die Klamotten vom Leib riss. Ich hörte, wie er seinen Gürtel öffnete, und hielt auf einmal eine schwere Brieftasche in der Hand. Verwirrt starrte ich ihn an, während er sich einhändig das Hemd über den Kopf zerrte. Sprechen ging nicht mehr.

„Kondom. Rausholen.“

„Was?“ Ich war von seinem Anblick wie gelähmt. Er war schön. Er war ein Krieger. Er war ein Mann, der zum Kämpfen und Siegen gemacht war. Er war groß und hart. Er war formvollendet und definiert. Er war so machtvoll und massiv, dass ich mich bei ihm unglaublich zierlich und weiblich fühlte. Er war alles, was ein Mann sein sollte, und mehr als das, und es würde für mich niemals wieder jemanden geben, der einem Vergleich mit ihm standhielt. Er war dabei, mich total zu ruinieren – auf die gute und auf die schlechte Art.

„Als ich das letzte Mal an der Tankstelle war, habe ich ein paar Gummis gekauft, weil du mir nicht aus meinem verdammten Kopf gehst, und ich bin gern auf alles vorbereitet. Hol eins raus."

Er klang wie ein Höhlenmensch, und das gefiel mir irgendwie. Noch mehr gefiel mir, wie seine Schamhaare mich kitzelten, als er sein Becken an meins presste. Sein langer, harter Schwanz reckte sich mir ungeduldig entgegen, und ich fand endlich das Kondom, riss die Verpackung mit den Zähnen auf und warf die Brieftasche auf den Boden.

„Schnell." Er hörte sich an, als ob er gleich so weit war, also umfasste ich seinen schweren Schaft und rollte das Gummi darüber. Er zuckte unter meiner Berührung zusammen. Wie berauscht beugte ich mich vor und verschloss Titus' Mund mit meinem. Er legte eine bandagierte Hand an meine Brust und drückte sie fest.

Erst als seine Spitze in mich hineinglitt, mich dehnte und sich einen aufreizenden Pfad bahnte, wurde mir bewusst, dass ich mit dem nackten Hintern an der Scheibe klebte und die Verdunkelung ausgeschaltet war. Jeder, der sich das Apartmentgebäude genauer ansah, hatte also beste Aussichten auf die Ausschweifungen, die gerade zwischen mir und dem heißen Cop stattfanden.

„Titus ..." Ich wollte ihn darauf aufmerksam machen, dass wir die Sache für eine Sekunde unterbrechen und uns einen anderen Platz suchen sollten.

Doch Titus grunzte bloß und bewegte seine Hüften so heftig vorwärts, dass er komplett in mir war und unsere Becken sich berührten. Es gab nicht mehr ihn und mich, es gab nur noch uns. Und wir waren so sehr im gleichen Rhythmus gefangen, waren so hungrig aufeinander, dass ich vergaß, was ich hatte sagen wollen.

Er griff unter meinen Po und hob meinen Körper an, um noch tiefer in mich eindringen zu können. Er barg sein Gesicht an meinem Hals, sodass jeder Seufzer, jedes Stöhnen, jedes Ächzen, jeder geflüsterte Fluch in mein Ohr drang wie ein Versprechen. Mit dem anderen Arm stützte er sich dann über meinem Kopf an der Scheibe ab und fuhr damit fort, mich ins Nirwana zu ficken.

Wir pressten, rieben, wanden uns aneinander. Schließlich spürte ich, wie er sich in mir anspannte, wie er zuckte, und mein Körper reagierte instinktiv darauf. Ich war erhitzt und verschwitzt. Ich war nass, und ich brannte. Wo wir einander berührten, war es, als wären wir miteinander verschmolzen, und ich wollte, dass es nie aufhörte. Mit einem Mal verschwand die Hand, mit der er meinen Hintern gehalten hatte, und tauchte zwischen meinen Beinen wieder auf. Woher er so genau wusste, wo er mich berühren und wie viel Druck er ausüben musste, würde ich wohl nie erfahren. Aber er bearbeitete mich wie ein Profi, und es fühlte sich so gut an, dass es zu sehr schmerzte, mich noch länger zurückzuhalten.

Ich zerbrach, zersprang wie Glas, und er beobachtete mich ununterbrochen. Als ich mich von seinem Körper gefangen und nach Luft schnappend wiederfand, ließ er seine Finger, die nass von meiner Lust waren, zwischen meinen Brüsten hindurchgleiten und legte sie leicht um meine Kehle. Ich riss die Augen auf, und er grinste mich an. Ich hatte ihm gesagt, dass ich alles wollte, aber er drückte nicht zu, verstärkte seinen Griff nicht. Er ließ seine Finger einfach dort ruhen, während er in mich hineinstieß, brünstig und wild wie die Bestie, die er freigelassen hatte.

Titus brauchte nur ein paar Minuten, um selbst zum Gipfel zu kommen, und der Moment seiner Erlösung war einfach überwältigend. Seine Muskeln erstarrten, sein Blick verbrannte alles, worauf er traf, und der Ausdruck der Entspannung, der sich schließlich über seine herben Züge legte, war wie ein Wunder. Ich wollte, dass er immer so für mich aussehen würde.

Er beugte den Kopf, um mein Schlüsselbein mit kleinen Küssen zu bedecken, während er sich aus mir zurückzog und mich auf die Füße stellte. Unsere Klamotten lagen in einem chaotischen Haufen auf dem Boden, und wir beide sahen definitiv aus wie zwei Leute, die einander gerade die Seele aus dem Leib gefickt hatten.

„Du hast mir keine Zeit gelassen, die Fenster zu verdunkeln", meinte ich. „Wir haben den Leuten im Haus gegenüber vermutlich eine Wahnsinnsshow geliefert." Es war zwar noch sehr früh am Morgen, aber trotzdem.

Titus streifte das Kondom ab, zog die Hose hoch und fuhr sich durchs Haar. Dann schaute er mich an. Seine Augen waren wieder so blau wie der Sommerhimmel. „Ich hätte dich die Verdunkelung auch nicht anwerfen lassen. Ich will, dass die Menschen, die uns beobachten, was zu sehen kriegen." Das sagte er in einem so sachlichen Ton, dass es mich umhaute. Er wusste ganz genau, was er tat. Er wollte, dass Conner live und in Farbe mitkriegte, was zwischen uns lief, wollte, dass mein Ex uns zusammen sah. Es war gar nicht um uns gegangen. Als er jetzt erklärte, dass er duschen gehen wollte, konnte ich ihn gar nicht richtig hören. Mein Herz machte zu viel Lärm, als es einmal mehr dieses Mannes wegen explodierte.

Ich würde es nie lernen. Oder erst so spät, dass mich die Lektion, wenn sie denn endlich fruchtete, zerschmettern würde.

10. Kapitel

Titus

Es kam mir vor, als ob ein Fremder sich meinen Körper angeeignet hätte. Er tat Dinge, die ich nie tun, sagte Dinge, die ich nie sagen, traf Entscheidungen, die ich nie treffen würde. Ich hätte es gern auf meine Müdigkeit geschoben, auf den Stress, fast meinen Bruder verloren zu haben, auf die Frustration, weil ich zu spät erkannt hatte, wer Roark war und warum er meiner Stadt den Krieg erklärt hatte. Aber die Wahrheit war, dass ich in diesen Straßen aufgewachsen war und meine eigenen Kämpfe ausgefochten hatte, um zu überleben und der Mann zu werden, der ich heute war. Von daher hatte ich genauso viel Dreck und Ruß unter den Fingernägeln wie alle anderen hier. Diese rauen, gemeinen Teile meiner Persönlichkeit und meiner Entwicklung hatte ich tief in mir begraben, unter meinem Ehrgefühl und meinem Drang, die Welt, in der ich lebte, zu einem besseren Ort für die Unschuldigen und Schutzlosen zu machen. Doch die Schichten, die die Finsternis und Brutalität bedeckten, wurden immer dünner. Das, was dadurch allmählich ans Licht kam, war der harte Kern des Mannes, der ich wirklich war.

Und die Seele dieses Mannes hatte absolut keine Skrupel, sich so tief wie nur irgend möglich auf Reeve einzulassen. Sie milderte die Schärfe der Kanten, an denen er sich täglich rieb. Diese dunkelblauen Augen brachten Ruhe, und dieser Mund und das, was sie damit anstellte, ließen das Schnarren und Sirren der bösen Dinge, die mich bis in den Schlaf verfolgten, zumindest für ein paar Minuten verklingen. Sie war wie eine Belladonna, die schwarze Tollkirsche: von außen hübsch und weich und delikat, aber sobald man sie intus hatte – alles von ihr, nicht nur die zarte

Hülle –, musste man erkennen, dass sie stark genug und tödlich genug war, um einem den Garaus zu machen. Sie war innerlich genauso gefährlich wie ich, und nach dieser Runde blindwütigem, animalischem Sex im Wohnzimmer war mir der Rest egal. Ich hatte nicht mehr das Bedürfnis, nach logischen Gründen zu suchen, die Finger von ihr zu lassen. Ich war gern mit ihr zusammen. Mir gefiel, dass sie dafür sorgen wollte, dass es mir gut ging. Mir gefiel, dass sie mich anschaute, als ob ich alles für sie war, und mich im nächsten Moment dazu herausforderte, aufs Ganze zu gehen und bloß nichts zurückzuhalten. Ich hatte die Nase voll davon, mir ständig ein schlechtes Gewissen einzureden, weil sie mich so unwiderstehlich anzog. Ich wollte diese Anziehung genießen!

Beim Sex war ich immer sehr vorsichtig, nicht nur, was den Schutz betraf. Mir war klar, dass ich dazu neigte, ziemlich heftig zu werden und zu vergessen, dass meine Partnerin diesen Fluchtweg in die Besinnungslosigkeit nicht so verzweifelt brauchte wie ich. Mehr als einmal war die Sache übel ausgegangen, weil mir die Leine entglitten und aus dem horizontalen Mambo mehr geworden war, als das Mädchen hatte einstecken können. Reeve hingegen machte das nichts aus. Im Gegenteil: Sie führte die Bestie, die in mir lauerte, nicht nur in Versuchung, sie stach mit einem Stock auf den ausgehungerten Bastard ein und forderte ihn auf, herauszukommen und mit ihr zu spielen. Sie reizte genau die Teile meiner Persönlichkeit, deren Existenz ich oft vergaß. Und sie forderte immer mehr.

Es war diese Bestie in mir, die verlangt hatte, dass ich Roark demonstrativ zeigte, was ihm fehlte. Ich hatte sie gewollt, und mir war klar gewesen, dass mein Zustand, nachdem Bax endlich aufgewacht war, nicht der stabilste gewesen war. Ich war emotional so entblößt, so dünnhäutig gewesen und hatte gewusst, dass ich sie beim ersten Anflug von Mitgefühl oder Freundlichkeit auf ihrem hübschen Gesicht anspringen würde wie ein Tier. Als Bonus war noch hinzugekommen, dass ich Roark diese Tatsache direkt unter die Nase reiben konnte. Es war grausam. Es war stillos, und sie und ich verdienten was Besseres, aber in dem Moment, in dem sie mir gesagt hatte, dass alles gut werden würde, war ich durchgedreht. Ich mochte es zu weit getrieben haben, weil mein Verstand von Hunger und Gier vernebelt gewesen war, aber das Resultat wäre in jedem Fall dasselbe gewesen. Ich hätte sie genommen. Es war meine Bestimmung, mich in ihr zu verlieren – ob Roark nun zuschaute oder nicht. Aber es war ein gutes Gefühl gewesen, gleichzeitig ein bisschen Rache nehmen zu können. Mein Plan war, ihr all das zu erklären. Ich würde klarstellen, wie es zu meinem Moment des Wahnsinns und der Lust gekommen war, sobald ich einige Stunden geschlafen hatte und mein Gehirn sich nicht mehr anfühlte wie Zuckerwatte.

Ich stellte jetzt die Dusche ab, trocknete mir die Haare mit einem Handtuch und wickelte ein zweites um meine Taille. Das Bett auf dem massiven Podest sah himmlisch aus, und ich konnte kaum noch die Augen offen halten, während ich darauf zutaumelte. Ich war so müde, dass ich erst mitkriegte, dass Reeve am Fußende saß, als ich mich auf die Matratze warf und sie dabei beinahe getreten hätte. Sie hatte sich umgezogen und trug nun eine hautenge schwarze Hose und einen Oversize-Pullover, dessen Ausschnitt über eine Schulter rutschte und für meinen Geschmack viel zu viel alabasterweiße Haut enthüllte. Ihr Haar war zu einem hohen Pferdeschwanz gebunden, und auf den ersten Blick wirkte sie wie eine ganz normale heiße Braut auf dem Weg zur Arbeit in einem trendigen Friseurladen. Doch nichts an dieser Frau war normal, und die Eigenschaften, die sie so kompliziert machten, waren zugleich auch die, die so verdammt reizvoll waren.

„Wohin willst du denn?“ Ich lallte praktisch vor Erschöpfung.

„Was erledigen. Booker begleitet mich. Ich muss mal ein paar Stunden raus.“

Sie war die ganze Zeit hier oben eingepfercht gewesen, während ich im Krankenhaus ausgeharrt hatte. Vermutlich fiel ihr langsam die Decke auf den Kopf. Sie war meinen Anordnungen gefolgt und hatte sich bedeckt gehalten. Ich war echt ein Arschloch, dass ich nicht daran gedacht hatte, mir ein Handy zu leihen oder den Festnetzanschluss in Bax' Zimmer zu benutzen, um sie auf dem Laufenden zu halten. Sie verdiente definitiv eine Pause und die Gelegenheit, mal rauszukommen, aber ich selbstsüchtiger Bastard wollte, dass sie bei mir blieb. Ich wollte, dass sie mir wieder und wieder sagte, dass alles gut werden würde, und ich wollte absolut nicht, dass sie nach dem, was eben da unten im Wohnzimmer abgegangen war, auch nur in Bookers Nähe kam. Wenn ich im Vollbesitz meiner geistigen Kräfte gewesen wäre, hätte ich womöglich all meine Gefühle und Bedenken in Worte fassen können, die sie verstand. Da mein Verstand jedoch momentan maximal mit halber Kraft arbeitete, verwandelte ich mich wieder in den Typen, der ich in ihrer Gegenwart immer zu sein schien – diesen verstörten Kerl, der nach ihr gierte und der blind vor Verlangen war. Der nahm, ohne zu fragen. Der vergaß, zivilisiert zu sein.

Ich rappelte mich hoch, packte sie an den Oberarmen und ließ mich mit ihr aufs Bett zurückfallen. Sie landete mehr oder weniger auf mir. Ich rollte mich so auf die Seite, dass sie mir den Rücken zukehrte, und zog sie fest an mich. Das Handtuch um meine Hüften hatte sich längst gelöst, aber ich war zu müde, um mir deshalb einen Kopf zu machen, zumal ihre stocksteife Haltung darauf schließen ließ, dass sie an meiner Nacktheit und Nähe gerade nicht interessiert war. Doch das war mir egal. Mein Herzschlag beruhigte sich, meine Glieder wurden schwer. Ich vergrub die Nase in ihrem Haar und atmete ihren blumigen, mädchenhaften Duft ein. Nichts in dieser Stadt roch so gut wie sie.

„Ich muss schlafen. Bleib eine Stunde hier bei mir liegen, dann fahre ich dich, wohin du willst. Ich muss sowieso wieder ins Krankenhaus." Ich klang schlaftrunken und war nicht sicher, ob ich das alles tatsächlich sagte oder nur dachte, während die Dunkelheit um mich herum zunahm.

Sie zappelte ein bisschen in meinen Armen, aber ich drückte

sie nur noch fester an mich und legte eine Hand auf ihren flachen Bauch, damit sie stillhielt. Jetzt war jeder Zentimeter von ihr gegen meinen nackten Körper gepresst – so fühlte sich der Himmel auf Erden an.

„Du schläfst bestimmt besser, wenn du das Bett für dich allein hast." Sie flüsterte die Worte, doch ich vernahm sie laut und deutlich.

„Nein, das werde ich nicht. Alles ist besser, wenn du in der Nähe bist. Gib mir eine Stunde, Reeve. Bitte." Ich inhalierte ihren Duft und wusste schon beim Ausatmen, dass ich keine Kraft mehr zum Streiten haben würde. Beinahe ständig schien ich sie um irgendwas zu bitten, was so überhaupt nicht meinem Charakter entsprach. Ich nahm nie etwas für mich selbst. Zumindest hatte ich das nicht getan, bevor sie in die Stadt zurückgekehrt war.

Ich konnte nicht länger wach bleiben, um herauszufinden, ob sie tatsächlich blieb, aber bald träumte ich von einer friedlichen Wiese unter einem Himmel, der sich allmählich mitternachtsblau färbte.

Als ich aufwachte, war das Loft dunkel, und es war bereits später Nachmittag. Ich hatte definitiv länger geschlafen als eine Stunde, wenn ich der Digitaluhr glauben konnte, die auf dem Nachttisch direkt neben meiner Brieftasche, meiner Dienstmarke und meiner Pistole stand. Ich war allein im Bett. Das war eigentlich keine Überraschung, nachdem ich wie ein Irrer über sie hergefallen war. Sie war hart im Nehmen, doch jede Frau wünschte sich ein bisschen Feingefühl, und so wie ich mit ihr umgesprungen war, hatte davon keine Rede sein können. Egal, was sie in der Vergangenheit getan haben mochte oder welche Entscheidungen ihrerseits dazu geführt hatten, dass wir jetzt auf unterschiedlichen Seiten des Gesetzes standen: Trotz allem verdiente sie dasselbe Maß an Zuwendung wie jedes andere Mädchen, das bereit war, sich hinzugeben. Und ich hatte ihr nichts gegeben, gar nichts. Dabei hätte sie doch alles bekommen müssen, dafür, dass sie sich um mein Wohlbefinden sorgte.

Ich verfluchte mich selbst, legte einen Arm über meine Augen und versuchte zu verdrängen, was ich im Zusammenhang mit Reeve bisher alles falsch gemacht hatte. Es fing schon mal damit an, dass ich sie Roark anvertraut hatte. Ich hätte mich nicht automatisch zu der Annahme verleiten lassen dürfen, dass er zu den guten Jungs gehörte, bloß weil er eine Dienstmarke besaß. Ich wusste es doch besser. Korrupte Cops hatten mich zusammengeschlagen und vor Novak gezerrt. Polizisten hatten bereits auf der Gehaltsliste des Mafiakönigs gestanden, lange bevor ich es zum Detective gebracht hatte. Die guten Jungs waren immer seltener zu finden, und dennoch hatte ich mich von meinem Abscheu über ihre Taten blenden lassen, von meiner Empörung, dass so ein hübsches Mädchen so hässliche und ungesetzliche Dinge verbrochen hatte. Ich hatte sie aus den Augen haben wollen und aus dem Sinn. Ich hatte gehofft, sobald ich sie dem Marshal übergeben hätte, würde das Verlangen endlich Ruhe geben, das jedes Mal, wenn ich sie ansah, durch meinen Körper peitschte und mit meinem Verstand kämpfte, der mich anbrüllte, dass sie nichts als Ärger bedeutete. Ich hatte mir gewünscht, dass sie nicht mehr mein Problem war, denn ich hatte mich dafür schuldig gefühlt, sie zu begehren. Mir war klar gewesen, dass sie Ärger bedeutete; trotzdem hatte ich sie für die kühne Ehrlichkeit bewundert, mit der sie sich zu ihren mehr als fragwürdigen Aktionen bekannt hatte. Meine widersprüchlichen Gefühle für die lästige Schönheit hatten mich dazu getrieben, sie möglichst schnell abzuschieben, um zu verhindern, dass ich mich zu so etwas Idiotischem hinreißen ließ, wie mit ihr zu schlafen oder mich in sie zu verlieben.

Jetzt hörte ich, wie die Tür zum Loft vorsichtig geöffnet wurde, danach vernahm ich Schritte auf dem Boden. Offenbar bemühte sie sich, leise zu sein, für den Fall, dass ich noch schlief. Also rief ich ihr zu: „Ich bin wach!“

Reeve antwortete nicht, aber ihre Schritte änderten die Richtung; sie kam die Stufen zum Podest hoch. „Ich wollte dich nicht wecken. Du sahst aus, als ob du die Ruhepause dringend nötig hättest.“ Ihr Kopf tauchte über dem Rand der Plattform auf. Kaum hatte sie mich gesehen, lief sie rot an.

Daraufhin schaute ich an mir herunter und musste grinsen. Ich lag noch immer auf der Bettdecke und war noch immer sehr nackt. Und allein die Tatsache, dass sie sich im selben Raum befand, bewog meinen Schwanz dazu, interessiert zu zucken. „Das kann man wohl sagen. Ich konnte nicht mal mehr geradeaus denken. Hast du erledigt, was du tun wolltest?“

Ich hätte schwören können, dass in Reeves dunklen Augen so etwas Ähnliches wie Schuldbewusstsein aufblitzte, doch dann richtete sich ihre Aufmerksamkeit auf das, was unter meinem Bauchnabel abging, und ihr Gesicht nahm einen völlig anderen Ausdruck an.

„Ja, habe ich“, antwortete sie. „Booker hat sich für mich darum gekümmert, und ich hatte auch noch Zeit, das hier für dich zu besorgen.“ Sie zog eine kleine Schachtel aus ihrer Handtasche und warf sie mir zu.

Mit einem dumpfen Schlag prallte die Box gegen meine Brust. Ein Handy. Ich nahm es und hob eine Braue. „Du hast mir ein Telefon gekauft?“

Sie zuckte mit den Achseln. Die Tasche rutschte von ihrer Schulter und landete unsanft auf dem Boden. Reeve zuckte leicht zusammen. Ich musterte sie stirnrunzelnd und setzte mich auf, sodass ich die Beine über die Bettkante schwingen konnte. Ich war es nicht gewohnt, dass andere Menschen sich um meine Bedürfnisse kümmerten, doch Reeve gelang es bei jeder Gelegenheit, etwas Sinnvolles und Freundliches für mich zu tun.

„Danke.“

„Na ja, du sagtest ja, du hättest keins mehr, und da dachte ich, du brauchst jetzt so ein Prepaid-Ding, da Roark vermutlich all deine Schritte verfolgt. Es ist jedenfalls nichts Besonderes.“ Sie biss sich auf die volle Unterlippe, und mein Schwanz wurde umgehend hart. Es hatte ohnehin keinen Sinn mehr, so zu tun, als ob ich nicht auf jede Kleinigkeit achtete, die sie tat. Ich war in mehr als einer Hinsicht völlig entblößt, und sie konnte alles sehen. „Willst du dich anziehen und zu Bax fahren? Ich komme mit, wenn es dir nichts ausmacht. Ich würde gern mal nach Key schauen."

Ich rieb über das Gestrüpp, das die untere Hälfte meines Gesichts erobert hatte, und ließ den Kopf kreisen. Das Knacken meiner Nackenmuskeln war so laut, dass sie es hören konnte, obwohl sie noch immer auf der obersten Stufe stand. „Key?"

„Keelyn ... Honor, wie immer du sie nennst. Sie ist früher regelmäßig in den Friseurladen gekommen, in dem ich davor gearbeitet habe ..." Ihre Stimme erstarb. Davor und danach schienen so wichtige Indikatoren für sie zu sein. „Egal. Jedenfalls hatte sie es nie leicht, und sie hat nicht viele Freunde, weil sie ein ziemliches Miststück ist, aber ich mochte sie schon immer. Vielleicht freut sie sich ja, ein freundliches Gesicht zu sehen."

„Freundlich? Vorige Woche habe ihr euch noch nach allen Regeln der Kunst geprügelt."

Erneut zuckte sie die Schultern. Sie kam ein Stück näher und befeuchtete ihre Lippen, während sie die Erektion zwischen meinen Beinen betrachtete. „In The Point liegen nur ein paar Schattierungen zwischen Freund und Feind. Manchmal kann derselbe Mensch beide Rollen spielen."

Spannung hing zwischen uns in der Luft, es knisterte und zischte, elektrische Ströme schossen zwischen uns hin und her.

„Komm her, Reeve." Meine Stimme klang tiefer als sonst, und in meinen Adern breitete sich eine zähflüssige Hitze wie Lava aus.

Sie legte den Kopf schräg, und ihre Augen verengten sich kaum merklich. „Ich glaube nicht. Ich habe dir deine Stunde gewährt, Titus. Momentan fühle ich mich nicht in der Lage, dir etwas anderes zu geben. Ich weiß, dass du Roark aus der Reserve locken willst. Ich weiß, dass du wütend bist, weil er Bax beinahe umgebracht hat, doch niemand gewinnt ein Spiel wie dieses, wenn jeder, der mitmacht, ein Bauernopfer ist."

Scheiße. Ich wusste, dass sie sauer wegen der Sache mit dem

Fenster war, und trotzdem war sie bei mir geblieben, während ich geschlafen hatte. Am liebsten hätte ich sie gepackt und nie mehr gehen lassen.

„Du bist kein Bauernopfer. Ich bin einfach ein Trottel. Sieh mal, als ich gestern herkam, hatte ich so viel Scheißdreck im Kopf …" Ich unterbrach mich und holte tief Luft. „Ich konnte es kaum ertragen, dieses Warten, ob Bax es schafft. Und dann öffnete er die Augen. Und ich musste allen Menschen, an denen mir etwas liegt, erklären, dass Novaks Erbe noch immer unser Leben vergiftet. Ich musste Bax erklären, dass er außer mir noch einen Halbbruder hat und dass dieser Halbbruder ihn tot sehen will." Ich sah sie an und schüttelte langsam den Kopf. „All das musste irgendwohin, und zwar zu dir. Ich wollte dich, Reeve. Ich bin hierhergekommen, zu dir, statt nach Hause zu fahren oder in das Apartment in der Stadt. Ja, ich hab's vermasselt, aber was zwischen uns passiert ist, hat nur mit dir und mir zu tun und überhaupt nichts mit ihm."

Sie zog die Nase kraus und schien zu überlegen, wie viel Glauben sie meinen Worten schenken sollte.

Ich streckte den Arm nach ihr aus. „Komm her, dann beweis ich's dir. Die Fenster sind verdunkelt. Außer dir und mir ist niemand in diesem Raum. Ich will dich – egal, ob wir Publikum haben oder nicht. Lass es mich dir zeigen. Komm her."

Sie schwankte. Ihre Augen verrieten mir, dass sie diese paar Schritte, die uns trennten, gern gehen würde. Aber ihre Haltung war steif, und ihre Hände waren zu kleinen, zornigen Fäusten geballt. Offenbar kaufte sie mir meine Beteuerung nicht ganz ab, dass unser frühmorgendliches Zwischenspiel allein auf Lust und überwältigender Leidenschaft basiert hatte und nicht auf Macho-Stolz und bitterer Rache. Ich kam mir wie ein vollendetes Arschloch vor. Jetzt, da ich nicht mehr unter Schlafmangel und tausend wild durcheinanderwirbelnden Emotionen litt, wusste ich ohne jeden Zweifel, dass ich mich in diesem Moment weit mehr nach ihr sehnte als nach Rache für das, was Roark meinem Bruder angetan hatte.

„Habe ich dir vor dem heutigen Morgen je Anlass gegeben, an mir zu zweifeln?", fragte ich leise.

Endlich entspannten sich ihre Finger ein wenig. Sie ging einen Schritt auf mich zu. „Nein. Allerdings kennen wir uns auch noch nicht besonders lange."

„Ich habe keine Hintergedanken oder verborgene Motive. Du weißt, dass ich dich will und dass es kompliziert ist, weil ich dich brauche, um an Roark ranzukommen. Ich gebe gern zu, dass keiner von uns wirklich geschauspielert hat, als wir so tun mussten, als würden wir uns zueinander hingezogen fühlen, und dass diese Spannung zwischen uns sich irgendwann entladen musste. Nun, da sie es getan hat, habe ich endgültig die Nase voll von meinen jämmerlichen Versuchen, das alles zu verdrängen. Wenn du mich willst, dann hast du mich."

Sie kam ein weiteres Stück näher und streckte die Hand aus, sodass ihre und meine Fingerspitzen sich berührten. „Das Wollen ist nicht das Problem, Titus, sondern alles, was darüber hinausgeht."

Das hatte natürlich was für sich, doch darüber konnte ich nicht nachdenken, bevor Roark endgültig ausgeschaltet war. Denn das, was sie andeutete, war eine ganz andere Schlacht, die geschlagen werden musste, und ich wusste nicht, in welcher Form die Krieger sein würden, wenn die Zeit reif war, zu kämpfen oder die weiße Flagge zu hissen. Da sie jetzt in Reichweite war, ergriff ich ihr Handgelenk und zog sie zu mir, sodass sie zwischen meinen gespreizten Beinen stand. Mein Schwanz sprang ihr förmlich entgegen. Ich umschlang ihre Hüften, beugte mich vor und legte den Kopf an ihre Brust. Sanft strich sie mir mit den Fingern durchs Haar. Nichts auf der Welt hatte sich je so gut angefühlt. Sie wollte mich beruhigen, und ich fragte mich, ob ihr klar war, dass ihr Versuch den absolut gegenteiligen Effekt hatte. Ihre Zärtlichkeiten schürten in mir den zwingenden Wunsch, sie aufzufressen, und genau das würde ich jetzt tun.

„Im Moment kann ich nicht mehr tun, Reeve, also ist das hier vorerst alles, was wir haben. Entweder das hier – oder gar nichts.“ Ich umfasste ihren Hintern und zog sie an mich, bis sie ganz dicht vor mir stand. Dann schob ich die Hände unter ihren dünnen, locker fallenden Pullover, unter dem sie nichts weiter anzuhaben schien. Jedenfalls war mir kein BH im Weg, als ich mich über die zarten Mulden ihres Rückgrats nach oben arbeitete, wobei der Pullover immer weiter hinaufrutschte.

Reeve ließ meinen Kopf los und strich über meine Schultern. Ich erzitterte unter ihrer Berührung, und sobald ich ihr Oberteil losgeworden war, umarmte ich sie und ließ mich rückwärts mit ihr aufs Bett fallen. Da ich sie ebenso nackt haben wollte, wie ich es war, rollte ich uns herum, sodass sie unter mir lag. Ich machte mich bereits an ihrer Hose zu schaffen, bevor Reeve mir grünes Licht gegeben hatte. Als ich den elastischen Stoff über ihre endlos langen Beine streifte, atmete sie so tief ein, dass ihr Bauch sich nach innen wölbte.

„Dann schätze ich mal, dass es das hier ist.“ Ihre Stimme klang heiser und rauchig. Ich zog ihr die Stiefel aus und schob mich dann über ihren ausgestreckten Körper, bis ich über ihr schwebte und meine Erektion sich verführerisch an ihrer weichen Haut rieb. Sie fühlte sich immer so gut an, sogar, wenn ich sie gar nicht richtig berührte.

Ich schaute auf sie herab und versprach ihr aus vollem Herzen: „Ich mache *das hier* lohnenswert. Ich sorge dafür, dass *das hier* genug ist, bis wir das Weitere in Angriff nehmen. *Das hier*, was immer es ist, bedeutet etwas, und im Moment ist *das hier* alles, okay?“

Für eine ganze Weile sah sie mich ernst an, so lange, dass mein Schwanz ungeduldig wurde und gegen sie stieß, als hätte er einen eigenen Willen. Sie hob eine dunkle Braue und schenkte mir dieses süße halbe Grinsen, das mein Inneres zum Wogen brachte. „Okay. *Das hier* mit dir ist sowieso mehr, als *mehr* mit jedem anderen gewesen ist.“

Sie würde mein Untergang sein, mein Verderben und mein Laster. Sie würde meine Sucht und mein Zwang sein, und trotzdem würde ich mich kopfüber in sie hineinstürzen, im vollen Bewusstsein, dass die Landung für uns beide hart sein würde.

Ich küsste sie hart auf den Mund, ein scharfer, beißender Kuss, aber ich dehnte ihn nicht aus. In diesen Küssen konnte ich mich verlieren, in der Art, wie sie sie Biss für Biss erwiderte und mich an ihr lecken und knabbern ließ, als sei sie eine köstliche Süßigkeit. Sie ließ mich küssen, bis keiner von uns mehr atmen konnte, bis es uns beiden wehtat, und ich liebte es. Ich liebte, dass sie mich einfach machen ließ, ohne Zögern, ohne Furcht, doch nun hatte ich etwas anderes vor. Sie war immer die Gebende, diesmal war ich an der Reihe. Nur ich und sie und alles, was ich ihr geben konnte. Alles, was ich ihr geben wollte.

Ich legte mich zwischen ihre Schenkel und arbeitete mich mit dem Mund langsam abwärts. Ich küsste ihren Hals und spürte ihren Pulsschlag. Ich küsste sie zwischen ihren Brüsten, beobachtete, wie sich bei dieser schlichten Berührung ihre samtigen Nippel aufrichteten, und widmete den beiden dann meine ganze Aufmerksamkeit. Ich saugte an jeder Spitze, liebkoste sie mit meinen Lippen und meiner Zunge, bis Reeve sich unter mir wand und ihre Nägel in meine Haut krallte. Dann ließ ich ihre Nippel nass und glänzend zurück und bewegte mich weiter südwärts, um über die flache Ebene ihres Bauchs zu lecken, der zitterte und lustvoll erbebte, als ich meinen Abstieg fortsetzte. Sie schnappte leise nach Luft, als ich mit der Zungenspitze ihren kleinen Bauchnabel erforschte, und flüsterte meinen Namen, als ich die Spitze ihrer bereits feuchten Mitte erreichte. Ihre Beine bewegten sich unruhig. Ich drückte sie weiter auseinander und rutschte dann auf den Boden, um mich zwischen ihre gespreizten Schenkel zu knien.

Glänzend. Hübsch. Geheim. Verboten. Verborgen. Mysteriös. Sie war alles, was mich dazu bewogen hatte, die Regeln zu brechen, denen ich seit Anbeginn der Zeiten gefolgt war, und sie lag vor mir ausgebreitet wie ein Bankett, nach dem die Götter sich die Finger geleckt hätten. Eigentlich ging es hier ja nur ums Geben, nicht ums Nehmen, aber als sie mich über ihre wogende Brust hinweg mit diesen mitternachtsblauen Augen ansah, ließ sich nicht länger leugnen, dass ich ebenso viel bekam, wie ich schenkte. Diese Gleichheit, diese Richtigkeit in dem, was hier gerade passierte, legte sich in einer merkwürdig tröstlichen Weise über mich. Es kam mir vor, als sei *dies hier* ganz genau so, wie es zwischen zwei Menschen sein sollte, und ich hatte nie zuvor etwas dergleichen erfahren.

Ich wollte sie berühren, doch noch viel mehr sehnte ich mich danach, sie zu schmecken. Ihr Glanz lockte mich an. Ich beugte mich zu ihr, rieb mit dem Daumen über ihre schimmernden Schamlippen und fand den winzigen Hügel, in dem sich die Nervenenden und ihr Begehren bündelten. Als ich das erste Mal mit der Zunge darüberstrich, bäumte sie sich ekstatisch auf. Beim zweiten Mal zerrte sie wild an mir und warf den Kopf hin und her. Ihre Lider waren fest zusammengekniffen, und sie keuchte wie nach einem Marathonlauf. Sie sah angeturnt und verdammt heiß aus, während sie sich im selben Rhythmus bewegte, in dem meine Zunge über ihre empfindlichsten Stellen glitt.

Ich setzte jetzt auch meine Zähne ein und rutschte ein Stück zur Seite, um einen oder zwei Finger mit ins Spiel zu bringen. Sie zog die Knie an, stellte die Füße rechts und links von meinem Kopf auf und bohrte ihre Fersen in die Matratze. Ihre Muskeln spannten sich an, schienen an mir zu ziehen, und meine eigene Erregung schlug in mir wilde Trommelwirbel. Ich konnte fühlen, wie sich ihre Lust steigerte, wie sie immer feuchter wurde, je länger ich sie bearbeitete. Am liebsten hätte ich mein Gesicht tagelang zwischen ihren Schenkeln vergraben, aber ich wollte, dass sie kam, wollte ihr dabei zuschauen. Ich hob meinen Kopf und stöhnte in sie hinein. Sie schrie meinen Namen.

Ihre Augen waren jetzt geöffnet, und sie schaute mir zu. Ein helles Rot breitete sich auf ihren Wangen und ihrer Brust aus. Sie hatte die Hände an ihren Titten und rieb mit den Fingern leicht über die aufgerichteten Nippel. O Scheiße, sie war perfekt, so perfekt. Ihre Iris war fast schwarz vor rauschhafter Leidenschaft, und ich konnte sehen, wie sie sich innerlich festklammerte, während ihr Orgasmus heranwogte. Sie war so schön, ebenso schön wie ihr Geschmack auf meiner Zunge und das Gefühl ihres Körpers unter meinen Fingern.

Ich erhöhte den Druck, nahm einen weiteren Finger hinzu, und dann war es um sie geschehen. Sie schien praktisch über meinem Mund zu schweben, und die Flut ihres Verlangens überrollte mich. Während sie um mich herum erzitterte und bebte, zog ich mich so weit zurück, dass ich die Innenseite ihres Schenkels küssen konnte. Ich hatte mich noch nicht rasiert, daher hinterließ ich eine feuchte Spur, wo immer mein Mund sie berührte. Ich fand es verdammt sexy.

Ich streckte den Arm aus, bis ich meine Brieftasche ertastete, und dankte dem Himmel dafür, dass ich auf meine innere Stimme gehört hatte, die mich gemahnt hatte, dass ich bei dieser Frau mehr als nur ein Kondom brauchen würde. Ungeduldig fummelte ich herum und reichte ihr das kleine Päckchen, während sie mich verträumt betrachtete. Ihr Gesicht war verschwitzt und gerötet. Reeve verschwendete keine Zeit, schnappte sich meine steinharte Erektion und rollte das Gummi über den Schaft. Mir sprangen fast die Augen aus den Höhlen, als sie die Hände zwischen meine Beine schob und spielerisch meinen empfindsamen und zum Bersten gespannten Sack drückte. Sie kannte keine Grenzen, und das mochte ich vermutlich am liebsten an ihr.

Ich umfasste ihren Kopf und bog ihn so weit zurück, wie ihre Position und das Bett es erlaubten. Danach beugte ich mich vor, um an ihrer nun frei dargebotenen Kehle zu knabbern, und schob ihre Beine aus dem Weg, damit ich in ihre einladende Hitze gleiten konnte, die mich selbst durch das Gummi hindurch versengte. So heiß. So nass. So gierig, dass ihre inneren Muskeln mich immer weiter hineinzogen. All meine Instinkte rissen an mir, brüllten mich an, endlich zuzustoßen, mich so tief wie möglich in ihr zu vergraben und dieses wahnsinnige Verlangen zu stillen, das gegen mein Inneres hämmerte. Doch diesmal ging es um sie. Es ging darum, ihr zu zeigen, dass *das hier* durchaus etwas war – vielleicht nicht unbedingt etwas mehr, als es war, aber doch etwas. Verdammt, ich besaß Feingefühl, und ich würde es einsetzen, selbst wenn es sich anfühlte, als müsste ich daran ersticken.

Ihre Hände glitten über meinen Rücken und umklammerten meine Schultern. Sie umschlang mich mit ihren langen Beinen, und ich spürte, wie ihre Fersen sich in meinen Arsch drückten, nach noch mehr Nähe drängend. Unwillkürlich senkte ich meine Zähne tiefer in ihre zarte Haut, und sie stöhnte lustvoll.

„Beweg dich, Titus!" Das war kein sinnlicher Seufzer oder süßes Liebesgesäusel, das war ein Befehl, und es war das verdammt Geilste, was ich je erlebt hatte.

Sie bäumte sich auf, ritt mich, wand sich unter meinen scharfen Zähnen. Ihre Nägel kratzten schmerzhaft über meine Rückseite, und das Brennen brachte mich dazu, die Zügel loszulassen. Ich ächzte und tat, was sie befohlen hatte. Ich bewegte mich.

Ich hob ihre Beine noch höher und stieß in sie hinein. Da war kein Feingefühl, keine Vorsicht. Keine Eleganz oder Romantik … Da waren nur ich, der sie nahm, und sie, die sich nehmen ließ, wieder und immer wieder.

Es war schweißtreibend. Es war aggressiv. Es war laut und beinahe brutal, so wie unsere Hände zupackten, wie unsere Körper kämpften, um einander noch näher zu kommen und sich noch mehr zu nehmen. Es war der beste Sex meines Lebens.

Ich vergaß, dass mein Gesicht mit Gestrüpp bedeckt war, dass ihre zarte Haut wund rieb, während ich immer wieder ihre Kehle verschlang und ihren Mund. Es gelang mir, eine Hand zwischen uns zu kriegen. Ich nahm einen ihrer Nippel zwischen Daumen und Zeigefinger und kniff zu, bis sie aufschrie, als Lust zu Schmerz wurde. Ich hätte mich entschuldigt, aber ich konnte fühlen, wie sehr sie es genoss; mein Schwanz badete in ihrem Vergnügen, während ich immer fieberhafter in sie eindrang und mich aus ihr zurückzog. Es war so gut. Alles an ihr, alles, was wir hier miteinander taten, war so unglaublich gut, und es würde mein Inneres nach außen kehren. Das bemerkte ich daran, wie die Spannung an meinem Rückgrat hinaufraste, wie sie in meinen Eiern brannte. Ich bemerkte es an meinem Schwanz, der mit jedem Stoß härter und tiefer in sie drang.

„Mehr“, keuchte sie. „Ich will mehr.“

Ihre Stimme brach, und damit war es um meine Selbstbeherrschung geschehen. Ich konnte ihr nicht das „Mehr“ geben, das sie wirklich wollte, aber ich konnte ihr *das hier* geben.

Ich hob ihre Hüften an und hämmerte mit solcher Macht in sie hinein, dass unsere Becken beinahe schmerzhaft zusammenprallten. Mehr brauchte es nicht, um sie ein zweites Mal auf den Gipfel zu bringen. Sie schrie meinen Namen in meinen Mund, und ich fühlte, wie ihr Körper vibrierte und sich dann zusammenkrampfte. Ich war selbst so nah dran, und sobald ihre dunkelblauen Augen sich, schimmernd vor Befriedigung, auf mich richteten, ließ ich los. Alles, was ich so mühsam zurückgehalten hatte, schoss aus mir heraus und in sie hinein, und sie nahm es hin, ohne sich zu beklagen – so wie sie alles von mir hingenommen hatte, seit sie in mein Leben zurückgekehrt war.

Heftig atmend sank ich auf ihr zusammen, bedeckt von Schweiß und Sex. Ich keuchte an ihrer Kehle, während sie meinen Rücken streichelte. Es kam mir vor, als hätte ich keine Knochen, kein Gewicht. Es kam mir vor, als ob es in diesem Moment nur mich und sie gab und nichts anderes zählte. Genau das war der Grund, weshalb ich ihr nicht mehr geben konnte. Sie hatte ja schon zu viel.

„Das müsste fürs Erste reichen“, meinte ich, konnte aber selbst hören, dass meinen Worten die nötige Überzeugungskraft fehlte.

„Fürs Erste. Lass uns jetzt duschen, damit du zu deinem Bruder fahren kannst.“

Ich murmelte zustimmend und rollte von ihr herunter, damit sie aufstehen konnte. Ich wollte ihr nicht sagen, dass dieser Augenblick möglicherweise alles war, was wir haben würden, sofern es mir nicht gelang, Roark auszuschalten, bevor er mich ausschaltete.

11. Kapitel

Reeve

Es hatte eine spürbare Veränderung zwischen uns gegeben, das zeigte sich, als wir in seiner knallharten Kiste durch die Stadt preschten. Es ging über Sex hinaus und darüber, etwas zu wollen, was man nicht wollen sollte. Da war plötzlich die stillschweigende Akzeptanz, dass es nicht mehr „ihn" und „mich" gab, sondern „uns", wobei es keine Rolle spielte, ob das nun gut oder schlecht war. Wir zogen endlich an einem Strang, egal, was dabei herauskommen mochte. Wir waren ein Team.

Der Motor dröhnte in meinen Ohren, genau wie die Tatsache, dass jeder legale Deal, den ich mit dem FBI abgeschlossen hatte, null und nichtig war, weil sie den Novak-Fall abschlossen und mich nicht länger brauchten. Titus hatte mir die Sachlage in nüchternen Worten erläutert, und mir war sonnenklar, dass ich damit rechnen musste, ins Gefängnis zu wandern, wenn ich es nicht schaffte, ihm dabei zu helfen, Conner zur Strecke zu bringen. Ich hatte meinen Zweck erfüllt und war nicht mehr nützlich – zumindest, was das FBI und Novaks Leute betraf. Die Marshals dachten dasselbe wie Titus: Conner würde mir folgen, und das war die einzige Chance, ihn zu schnappen. Aber ich hatte nicht die Absicht, Conner ohne Kugel im Kopf davonkommen zu lassen, was wiederum bedeutete, dass ich die letzte Chance, aus diesem ganzen Schlamassel rauszukommen, ohne das Innere einer Zelle zu sehen, generalstabsmäßig versauen würde.

Ich sagte nichts, während Titus versuchte, mir weiszumachen, dass sich alles schon regeln würde, sobald er Conner verhaftet hatte. Schließlich war ich diejenige, die Kopf und Kragen riskierte, und selbst die sittenstrengen FBI-Agenten würden kapieren, dass es hier um Geben und Nehmen ging. Ich murmelte irgendwas Unverbindliches und dachte an die Glock, die schwer und geladen in der Handtasche zu meinen Füßen steckte. Ja, es ging immer um Geben und Nehmen, und wenn ich mit dem Nehmen fertig war, wäre es höchste Zeit, auch mal etwas aufzugeben. Wenn es sich dabei um meine Freiheit handeln sollte, dann war es eben so. Dafür, dass ich im Namen der Gerechtigkeit einige Dinge zurechtrücken konnte, war ich bereit, auch diesen Preis zu zahlen.

Ich hatte gedacht, im Krankenhaus würden sich unsere Wege trennen, da Bax noch immer auf der Intensivstation lag und Keelyn auf der Normalstation, die sich in einem anderen Stockwerk befand. Doch zu meiner Überraschung wollte Titus, dass ich ihn zum Zimmer seines Bruders begleitete. Ich zögerte, weil ich wusste, dass Dovie und Race ebenfalls da waren, und ich keine Lust auf hässliche Auseinandersetzungen hatte. Bevor ich mit Titus geschlafen hatte, hatte ich ja mit Conner geschlafen, und wegen Conner wäre Bax fast gestorben. Wäre die Situation umgekehrt, hätte ich zu dem Thema garantiert so einiges zu sagen gehabt. Doch als Titus meine Hand ergriff und mich hinter sich herzog, fand ich nicht die richtigen Worte, um abzulehnen. Daher folgte ich ihm schweigend über den Linoleumboden, auf dem unsere Schuhe anstößig quietschende Geräusche machten.

Bax' Raum war leicht zu erkennen. Neben der Tür standen zwei bewaffnete Polizisten, vor denen eine zerzauste Rothaarige herumtigerte. Dovie sah verhärmt und erschöpft aus. Violette Schatten umrahmten ihre grünen Augen, und ihre normalerweise blasse Haut war mit roten Flecken übersät. Sie wirkte durcheinander und aufgewühlt, als wir auf sie zukamen. Ihre Augen suchten Titus' Blick. Wortlos ließ er meine Hand fallen und zog Dovie in eine enge Umarmung. Sie fing sofort an, heftig zu schluchzen. Titus murmelte beruhigende Worte und streichelte ihren Rücken. Mir schwoll das Herz. Er war immer da, um sich um jeden zu kümmern, wirklich immer. Er musste so oft die Bestie wegsperren und der Typ sein, der alles in Ordnung brachte. Kein Wunder, dass er keine Ahnung hatte, was er mit dem Monster anfangen sollte, wenn es sich doch mal losriss.

„Er kann noch nicht mal reden und hat mich doch weggeschickt. Er will mich hier nicht haben." Sie klang, als würde sie gleich sterben. Als hätte man ihr alles geraubt, was sie je geliebt hatte. Sie zitterte so heftig, dass es ein Wunder war, dass sie nicht zerbrach. „Ich habe ihm gesagt, wie lächerlich das ist. Ich bin dort, wo er ist, das gehört so, aber er sagt mir immer nur, dass ich weggehen soll. Wie können Worte so wehtun, wenn sie nicht mal laut ausgesprochen werden?"

Titus fluchte und schob sie dann ein Stück von sich weg, damit er ihr die Hände auf die Schultern legen konnte. „Du siehst schrecklich aus. Er kann sehen, wie sehr dich das alles mitnimmt, und er kann nichts dagegen tun. Es ist wie damals, als man ihn verhaftet hat, nachdem Novak niedergeschossen worden war, und er dich nicht sehen wollte. Er will verhindern, dass du mit ihm leidest. Lass dich von einem dieser Polizisten nach Hause bringen. Nimm eine Dusche. Iss was. Und dann komm wieder her und ignoriere die idiotischen Sachen, die er dir weismachen will. Er will dich hier haben. Er braucht dich hier, und das wisst ihr beide."

Sie blinzelte die Tränen aus ihren Augen und holte tief Luft. „Er ist fast gestorben, Titus. Und der Mensch, der ihn fast getötet hätte, ist sein Bruder!"

Wie zur Bestätigung senkte Titus den Kopf. „Ich weiß. Aber er ist nicht gestorben, und das ist alles, was zählt, nicht wahr? Was Roark betrifft – nur weil sie zur Hälfte vom selben Blut sind, macht sie das noch lange nicht zu Brüdern. Den Kerl kannst du mir überlassen."

Sie kniff die Lider zusammen und riss sich sichtlich am Riemen. Als sie die Augen wieder öffnete, waren sie trocken, und ihre Lippen zitterten nicht mehr. „Okay."

Daraufhin beugte Titus sich vor und drückte einen zarten Kuss auf ihre Stirn, was mich beinahe dahinschmelzen ließ. Er war so gut zu seinen Leuten. Sie konnten sich unglaublich glücklich schätzen, ihn zu haben. Er grinste sie noch einmal schief an und ging dann an ihr vorbei zur Zimmertür. Die Hand auf der Klinke meinte er: „Vielleicht ist er einfach nur grantig, schließlich kann er mit seinem zugeschraubten Kiefer nicht rauchen. Bax auf Nikotinentzug ist ein Albtraum."

Dovie hatte sich so weit gefangen, dass sie sein Lächeln erwidern konnte. „Vielleicht bringt ihn das ja dazu, endgültig aufzuhören."

Titus lachte leise. „Darauf würde ich nicht wetten", bemerkte er trocken und verschwand in dem verdunkelten Raum.

Sobald sich die Tür hinter dem großen Mann geschlossen hatte, wanderte Dovies Blick zu mir. Sie hatte jedes Recht der Welt, mich zu hassen. Sie hatte jedes Recht der Welt, mir zu misstrauen. Doch Dovie war nun mal Dovie, und so schaute sie mich nur mit nachdenklicher Miene an und kam einen Schritt näher. „Du musst gut zu ihm sein, Reeve. Ich weiß nicht, was da zwischen euch beiden läuft. Aber wenn du ihn verletzt oder auf irgendeine Weise betrügst, dann brauchst du dir wegen der Jungs keine Gedanken zu machen. Denn dann kriegst du es mit mir zu tun."

Mir lief es eiskalt den Rücken runter. Es war keine Drohung gewesen, sondern eine schlichte Feststellung. Sollte ich Titus bescheißen, würde Dovie es mir heimzahlen. Ich zweifelte nicht an ihrer Aussage. Man behielt keinen Typ wie Bax oder stand diese Art Leben durch, wenn man nicht wusste, wie man sich gegebenenfalls die Finger schmutzig machte.

Ich musste schlucken und trat unbehaglich von einem Fuß auf den anderen. „Er braucht jemanden, der sich um ihn kümmert. Er verausgabt sich jeden Tag für alle anderen."

Sie hob eine kupferfarbene Braue. „Bist du etwa dieser Jemand? Willst du dich um ihn kümmern? Hast du nicht den Kerl gevögelt, der meinen Dad umgebracht und gerade versucht hat, meinen Mann zu töten? Hast du dich um den auch gekümmert?"

Die Wahrheit machte mir keine Angst. „Ich dachte, Conner wäre anders. Und ja, um den Mann, für den ich ihn hielt, habe ich mich gekümmert", erklärte ich unverblümt.

Verächtlich schnaubte sie. „Für wen hast du ihn denn gehalten?"

Ich seufzte. Es fiel mir noch immer schwer, mir einzugestehen, wie sehr ich mich geirrt hatte, wie leichtgläubig ich mich von einer Fassade hatte täuschen lassen. „Ich dachte, er sei Titus so ähnlich, dass ich mich in ihn verlieben könnte und es funktionieren würde. Ich dachte, er sei ein guter Mann, aber das ist er nicht. Er ist großartig darin, dir vorzugaukeln, was du gerade brauchst, doch das ist alles gelogen. Und was diesen Jemand betrifft, der sich um Titus kümmert: Fürs Erste bin ich das." Weil er momentan über *mehr* nicht reden konnte und dies also reichen musste, bis er es konnte.

Sie seufzte ebenfalls und rieb sich ihr müdes Gesicht. „Niemand ist wie Titus. Niemand ist so stark, so sicher, so hart. Er ist sein eigenes Gesetz und seine eigene Armee. Bax wird dich nie in der Nähe seines Bruders dulden. Er wird dir niemals trauen."

„Das ist mir klar. Allerdings bin ich mir auch ziemlich sicher, dass es Race nicht gefallen hat, Shane in deiner Nähe zu wissen, und er hat sich dennoch damit abfinden müssen. Shane muss mir nicht trauen, solange sein Bruder es tut. Und im Moment brauchen Titus und ich einander. Wir sind ein Gesamtpaket, egal, was andere fühlen oder denken."

Schweigend ließ sie sich meine Worte durch den Kopf gehen und nickte dann knapp, wobei ihre zerzauste rote Mähne nach vorn fiel. „Ich habe alle Hände voll zu tun mit meinem eigenen sturen und gefährlichen Mann. Ich habe nicht die Kraft, mir noch um einen anderen Gedanken zu machen. Titus weiß, wozu du fähig bist. Wenn er also dazu bereit ist, sich mit dir bis zum Hals in den Sumpf zu stürzen – wer bin ich, das infrage zu stellen? Du solltest allerdings wissen, dass er, wenn du ihm querkommst, genauso übel und boshaft sein kann wie Bax. Er ist kein durch und durch guter Junge. Er kann es gut verbergen, doch es gibt auch Böses in ihm."

„Ich weiß." Ich ging um sie herum. „Er versucht gar nicht, dieses Böse vor mir zu verbergen. Vermutlich, weil ihm klar ist, dass ich deshalb niemals schlecht von ihm denken würde." Ich hatte selbst mehr als genug Böses in mir, das mich täglich befeuerte. Warum sollte ich da auch nur mit der Wimper zucken, weil Titus ebenfalls Anflüge davon hatte, die hin und wieder aufblitzten? Dovie nickte nur, und dann trennten sich unsere Wege.

Es dauerte eine Weile, bis ich Keelyns Zimmer fand. Ich war überrascht, sie vollständig bekleidet auf ihrem Bett sitzen zu sehen. Sie wirkte, als ob sie gleich aufbrechen wollte, um einzukaufen oder Besorgungen zu machen. Als ich ihren Namen sagte und sie sich zu mir umdrehte, erkannte ich, dass sie einen Arm in einer Schlinge trug. Außerdem ragte aus dem Kragen ihres locker sitzenden Oberteils ein dicker Verband heraus.

„Hey. Du bist schon wieder auf den Beinen?", fragte ich verblüfft.

Mit ihren großen grauen Augen blinzelte sie mich an und nickte langsam. „Ich erkläre mich selbst für ausreichend genesen, um das Krankenhaus zu verlassen. Dein Timing ist perfekt. Du kannst mir nach unten helfen, wo das Taxi wartet, das ich gerufen habe."

Ich runzelte die Stirn und stemmte die Hände in die Hüften. „Also bist du gar nicht offiziell entlassen worden?" Nun, da sie mich direkt anschaute, fiel mir auf, dass ein grauer Schimmer auf ihrer normalerweise makellosen Haut lag. Und so wie sie den Mund verzog, musste sie Schmerzen haben.

„Die Ärzte hätten mich gern noch ein paar Tage hierbehalten, aber ich muss einfach raus. Ich habe sie dazu überredet, mich zu entlassen."

„Du musst aus dem Krankenhaus raus? Warum? Warum so eilig?"

„Ich muss aus dieser Stadt verschwinden. Ich kann nicht mehr, Reeve. Schau mich doch an." Sie deutete auf ihre stillgelegte Schulter und ihre bandagierte Brust. „Ich habe zwanzig Stiche in der Brust und zehn im Rücken. Ich sehe aus wie eine Figur in einem Videospiel. Kein Mensch bezahlt Geld, um zu sehen, wie eine abgewrackte Stripperin mit jeder Menge Narben auf der Haut ihre Kleider ablegt. Das ist alles so ermüdend und so traurig. Ich bin erschöpft, und ich will das nicht mehr machen."

Ich zog die Tür hinter mir zu und stellte meine Handtasche auf den Boden. Sie landete dort dank der schweren Pistole mit einem dumpfen Knall, und ich zuckte leicht zusammen, wie vorhin im Loft. Ich sollte mich schleunigst daran gewöhnen, andernfalls würde Titus bald Verdacht schöpfen.

„Du bist schon so lange in The Point wie ich. Wohin willst du denn gehen?" Ich war in den Vororten gewesen, hatte geglaubt, mich dort einleben zu können, aber das hatte sich als schwerer Irrtum erwiesen. Ich fragte mich, ob Key je woanders gewesen war.

„Mir ist jeder Ort recht, an dem noch nie jemand den Namen Honor gehört hat. Die will ich nämlich begraben. Ich will nicht mehr sie sein. Ich will nicht ihr Leben. Ich will nicht das wollen, was sie will." Sie drehte sich seitwärts und benutzte ihre frei bewegliche Hand, um einen Teil ihrer dunkelroten Haare über die Schulter zu werfen. Nur Key konnte zusammengeschossen, zerzaust und ungeschminkt noch so perfekt aussehen. „Vor ein paar Jahren war da dieses Mädchen, das ungefähr sechs Monate lang im Spanky's getanzt hat. Die Kleine war eine Art Nomadin, blieb nie lange an einem Ort. Sie war jung, aber schlau und ehrgeizig. Ich glaube, sie ist schließlich in Denver gelandet. Sie ist wohl wieder mit einer alten Flamme zusammengekommen und erwartet jetzt ein Kind. Wir haben locker Kontakt gehalten, daher dachte ich, dass ich vielleicht in diese Richtung abdüse. Sie sagt, Colorado sei die schönste Gegend, in der sie je war. Ganz anders als The Point. Vielleicht ist frische Luft genau das, was ich brauche, um meinen Scheiß geregelt zu kriegen."

„So leicht ist das nicht“, gab ich leise zu bedenken.

„Was ist nicht so leicht?“

„Diesen Ort hinter sich zu lassen. Die Umgebung wechselt, die Leute sind anders, aber du bist doch immer noch du, und das bedeutet, dass du immer einen Teil der Stadt in dir haben wirst. Den kannst du nicht einfach so ablegen; du kannst natürlich versuchen, dir einzureden, dass du plötzlich was komplett anderes willst, doch das wird letzten Endes nicht funktionieren.“ Ich würde mich niemals wieder auf eine billige Kopie einlassen.

Sie rappelte sich hoch, was mich dazu zwang, aufzuspringen und sie zu stützen, denn sie schwankte ziemlich.

„Ich kann's zumindest versuchen. Also, hilfst du mir nun nach draußen oder nicht?“ Sie klang so mürrisch und verdrossen, dass ich kichern musste.

„Ja, ich helfe dir.“ Hatte ich eine andere Wahl? „Hast du vor, Nassir mitzuteilen, dass du gehst oder wohin es dich zieht?“

Ich legte eine Hand an ihre Taille, damit sie sich an mich lehnen konnte, und wir schlurften gemeinsam zur Tür. Ich zog sie auf, und Key ächzte, weil die Bewegung ihr wehtat.

„Das habe ich schon“, antwortete sie. „Er hat mir nicht geglaubt.“

Als wir in den Flur traten, schauten die Schwestern auf und funkelten Keelyn missbilligend an. Doch sie lächelte nur süß, und wir gingen langsam zum Fahrstuhl.

„Aus irgendeinem Grund mögen die mich nicht“, bemerkte sie und hob eine Braue.

Ich schnaubte belustigt und drückte den Aufzugknopf. „Weil du, nachdem du angeschossen und operiert wurdest, trotzdem immer noch aussiehst wie eine Göttin. Das ist total unfair.“ Wir betraten den Fahrstuhl.

Sie rollte mit den Augen. „Ich habe viel Geld dafür ausgegeben, so gut auszusehen.“

Darauf würde ich jede Wette eingehen. „Ich habe Nassir gesehen, als du am Boden lagst. Er war nicht glücklich. Überhaupt nicht glücklich. Da läuft irgendwas zwischen euch, stimmt's? Darum glaubt er nicht, dass du wirklich gehst."

Sie lehnte sich gegen die Wand der Fahrstuhlkabine und schloss die Augen. Offenbar hatte sie Schmerzen, und das lag nicht bloß an der Schusswunde in ihrer Brust.

„Nichts macht Nassir Gates glücklich. Er ist ein kaltherziger Bastard, dem nur eine einzige Person etwas bedeutet: Nassir. Was er will, nimmt er sich, und ich bin oft genug von Männern genommen worden, dass es für ein Leben reicht. Er würde mich zerstören." Bei den letzten Worten kippte ihre Stimme, und als sie die Augen wieder öffnete, entdeckte ich darin einen Ausdruck, der mir allzu vertraut war. Diese Sehnsucht, dieses brennende Verlangen nach einem Mann, den man nicht begehren sollte.

„Er ist sehr … anstrengend."

„Er ist ein Mörder", sagte sie. „Gut und Böse existieren für ihn nicht, anders als bei Bax und Race. Bei ihm ist da eine tiefe Leere. Er lebt komplett in seiner eigenen Welt und funktioniert nach seinen eigenen Regeln, und wer sich dem nicht fügt, geht den Bach runter – Kollateralschaden. Er ist völlig skrupellos, und für ihn gibt es nur eine einzige Seite, nämlich seine. Nichts anderes zählt. Und er ist ein Blender. Hinter seiner kultivierten, eleganten Fassade verbirgt sich ein Albtraum. Er ist der Teufel im Armani-Anzug."

„Verstehe."

„Wirklich? Verstehst du es wirklich, Reeve? Die meisten Leute, mit denen ich über ihn rede, haben nicht mehr als eine leise Ahnung, wie gefährlich er tatsächlich sein kann."

Etwas in ihrem Tonfall ließ darauf schließen, dass es zwischen ihr und dem exotischen Clubbesitzer um mehr ging, aber ich konnte nicht nachhaken, weil der Lift nun das Erdgeschoss erreicht hatte. Ich legte einen Arm um ihre Taille und trug sie halb zum Ausgang. Sie bewegte sich sehr langsam und hatte offenbar größere Schmerzen, als sie zugeben wollte. Ich drückte sie leicht an mich.

„Ich glaube, dass ich das sehr klar sehe, Key", erklärte ich sanft. „Du denkst, dass du weglaufen kannst. Du denkst, dass die Distanz, die Zeit und eventuell sogar ein anderer Mann ihn aus deinem Herzen verdrängen, weil er nicht der ist, den du begehren solltest. Du denkst, dass du vielleicht ein anderer Mensch werden und all den Scheißdreck und das ganze Chaos hier in The Point zurücklassen kannst. Du denkst, dass du ihn ersetzen, ihn vergessen kannst, aber ich kann dir aus eigener Erfahrung sagen: Das ist nicht so leicht, wie du glaubst. Denn er ist in dir, genau wie diese Stadt, und du wirst immer du bleiben, inklusive des Teils von dir, der sich nach ihm verzehrt, der nach ihm giert, obwohl du weißt, dass er dein Untergang sein kann."

Vor dem Eingang wartete ein zerbeultes gelbes Taxi. Ich öffnete die hintere Tür und half ihr auf den Rücksitz. Der Wagen roch widerlich und sah aus, als sei er schon mehrfach von Kugeln durchsiebt worden, doch das war relativ normal für ein Taxi in The Point.

Sie funkelte mich an. „Danke für die Hilfe, aber du bist immer noch ein Miststück."

Ich zuckte mit den Schultern. „Du auch. Viel Glück bei der Jagd nach einem neuen Leben."

Sie biss sich auf die Unterlippe. „Du musst mir was versprechen." Ich hob eine Braue und wartete. „Wenn du mich binnen der nächsten sechs Monate wieder hier in der Stadt siehst", fuhr sie fort, „dann versprich mir, nicht rumzutönen von wegen: ‚Ich hab's dir ja gesagt.' Denn dann würde ich ausrasten und dich womöglich wieder verprügeln."

Lächelnd legte ich eine Hand an den Türgriff. „Viel Glück, Key. Ich würde nicht mit dir tauschen wollen, wenn Nassir dich findet, aber ich verspreche, kein Salz in die Wunden zu streuen, wenn er dich hierher zurückschleift."

Der Taxifahrer trat aufs Gas, sobald ich die Tür zugeworfen hatte. Ich verschränkte die Arme und ging langsam wieder rein. Da ich nicht zu Bax' Zimmer hochfahren und die Zweisamkeit der Brüder stören wollte, holte ich mir in der Cafeteria eine

Flasche Wasser und setzte mich damit in den Wartebereich. Ich hatte echt keine Lust auf einen Bax, der noch mieser drauf war als sonst und mich zur Sau machte, weil ich mir seinen Bruder gekrallt hatte. Außerdem war er verletzt und musste sich darauf konzentrieren, gesund zu werden. Eine knappe Stunde lang blätterte ich mich durch alte Zeitschriften, bevor ich schließlich vor den Fahrstuhl trat, um zur Intensivstation zurückzukehren. Titus fragte sich mittlerweile bestimmt schon, wo ich abgeblieben war.

Als sich die Türen öffneten, lief ich direkt gegen eine breite Brust. Starke Arme legten sich um meine Taille und schoben mich rückwärts aus dem Lift. Titus' Miene war mehr als umwölkt. Er wirkte so wütend, als würde er gleich Feuer speien. Erstaunlich, wie viel emotionalen Schaden Bax anrichten konnte, während er ans Bett gefesselt und nicht mal der Sprache mächtig war.

„Alles klar?", fragte ich, und seine muskulösen Arme schlossen sich noch etwas fester um mich.

„Nein. Mein Bruder ist ein Volltrottel, und mit ihm zu argumentieren ist so, als ob man mit dem Kopf gegen die Wand rennt."

„Will er Dovie wirklich nicht hier haben?" Das war in mehr als einer Hinsicht traurig und total verkehrt.

„Oh, er will sie schon hier haben – aber erst, wenn er die bewaffneten Aufpasser vor der Tür los ist und sich um Roark gekümmert hat. Bax glaubt, dass Roark es noch mal versuchen wird, wenn er hört, dass er den Unfall überlebt hat. Er will, dass ich ihm eine Pistole besorge."

„O nein. Hat er das wirklich von dir verlangt? Ihm muss doch klar gewesen sein, dass du Nein sagen würdest." Ich zitterte innerlich, weil mich Bax' Überlegungen auf fast schon unheimliche Weise an meinen eigenen Plan erinnerten.

„Natürlich war ihm das klar. Es war nur seine nicht unbedingt subtile Art, mich wissen zu lassen, was er vorhat. Damit ich nicht allzu überrascht bin, wenn hier die Hölle losbricht.

Und weißt du, was richtig scheiße ist? Dass *ich* Bax selbstverständlich gesagt habe, dass er den Mist gefälligst lassen soll, Race das aber nicht tun wird. Wenn Bax ihn um Unterstützung bei seinem idiotischen Vorhaben bittet, dann wird Race mitmachen. Verdammt. Jeder, den ich liebe, scheint irgendwie lebensmüde zu sein."

Er zog mich an seine Seite, und ich legte einen Arm um seine schmale Taille. Es war so eine normale Pärchen-Geste, dass mein Herz einen glückseligen Trommelwirbel schlug, für den ich mich umgehend zur Ordnung rief. Denn so was fiel definitiv in die Kategorie *Mehr*, und so weit war Titus noch nicht. Und wenn er wüsste, was ich plante, wenn er wüsste, dass dieser Plan mich entweder umbringen oder hinter Gitter bringen würde, wäre *Mehr* nicht mal mehr eine Option. Warum konnte ich also nicht aufhören, mich danach zu sehnen, wann immer er mich berührte? Nur gut, dass er mich nicht mal ansatzweise liebte. Sonst müsste er sich um eine weitere Person Sorgen machen, weil sie das Schicksal zu einer gefährlichen Partie „Wer bremst, verliert" herausforderte.

„Hast du ihm erzählt, was bei uns läuft, Titus?"

Er brummte irgendwas Unverständliches. Inzwischen waren wir bei seinem blau glänzenden Auto angekommen. Zu meiner Verblüffung beugte er sich plötzlich zu mir runter und küsste mich so hart und hitzig, dass mich ein Prickeln überlief.

„Ich habe ihm mitgeteilt, dass wir was miteinander haben", erwiderte er dann. „Er müsse es nicht mögen, aber so sei es nun mal. Er hat es überraschend ruhig zur Kenntnis genommen, sehr viel ruhiger als andere Dinge. Er meinte bloß, ich solle mir nicht meinen Schwanz abschießen lassen."

Ich erschauderte und strich mit beiden Händen über seine Brust. Mir gefiel, dass sie sich so hart und solide anfühlte. Ich stellte mir gern vor, dass er unverwundbar war, kugelsicher, auch wenn es natürlich nicht stimmte. Nun umfasste ich seinen Nacken und zog sein Gesicht zu mir, um ihn zu küssen – sehr viel sanfter, als er mich geküsst hatte.

Ich reizte ihn mit meinem Mund, strich mit der Zunge über seine Lippen, bis er sie endlich öffnete und mich einließ. Er schmeckte nach Kaffee und einem Hauch Zahnpasta. Er schmeckte echt und sauber. Er schmeckte nach allem, was das Leben zu etwas machte, um das sich zu kämpfen lohnte.

Auf seine typische Titus-Art ließ er sich nur einen Moment auf meine süße, zärtliche Liebkosung ein, um dann zu übernehmen. Er packte meinen Hintern, riss mich förmlich an sich und senkte den Kopf noch weiter, um mich besser verschlingen zu können. Als er mich schließlich freigab, keuchten wir beide, und in unseren Blicken lagen schmutzige, sexy Dinge. Im Glanz seiner silberhellen Augen schien sich meine eigene aufgelöste, erwartungsvolle Miene zu spiegeln. Sie stand mir gut zu Gesicht. Und ihm noch besser.

Er hielt mir die Beifahrertür auf, und ich setzte mich – nicht ohne mit den Fingern über den vorderen Teil seiner Jeans und die harte Wölbung zu streichen.

Titus glitt hinters Steuer und warf mir aus den Augenwinkeln einen glühenden Blick zu. „Hast du Honor gesehen?"

„Keelyn", korrigierte ich ihn automatisch. „Ja, hab ich. Ihre Schusswunden machen ihr ziemlich zu schaffen, auch psychisch."

„Das würde jedem so gehen."

Ich nickte geistesabwesend. „Sie will einiges in ihrem Leben ändern."

„Nassir hat erwähnt, sie hätte ihm gesagt, dass sie die Stadt verlassen will. Ich habe das nicht für eine ernst gemeinte Drohung gehalten. Und ich habe schon gar nicht damit gerechnet, dass er sie gehen lassen würde. Er kann sich vor Frauen nicht retten, aber aus irgendeinem Grund ist sie die einzige, die er tatsächlich wie ein menschliches Wesen behandelt. Das ist ganz untypisch für ihn. Normalerweise gibt er den Leuten zu verstehen, dass sie superlästig und eine Riesenzeitverschwendung für ihn sind."

Gedankenverloren spielte ich mit meinem Haar, während die

mit Graffiti bedeckten Gebäude und aufgeplatzten Bürgersteige an uns vorbeiflogen. Wenn man die Augen im richtigen Winkel zusammenkniff, war es beinahe hübsch, wie abstrakte Kunst. Aber nur beinahe.

„Ich glaube nicht, dass er etwas von ihrer Abreise mitkriegt, bevor es zu spät ist", meinte ich. „Sie weiß, dass er sie nicht gehen lassen will und dass sie sich von ihm überreden lassen würde, zu bleiben. Sie muss mal erfahren, wie es da draußen in der Welt zugeht. Sie muss erkennen, dass es nirgends so ist wie in The Point – und dass das nicht immer eine gute Sache ist."

Er streckte die Hand aus und legte sie auf meinen linken Oberschenkel. Wieder so eine normale, eigentlich ganz schlichte Geste, die mich innerlich zerriss und meine Sehnsucht nach *mehr* befeuerte. Mit dem Zeigefinger zeichnete ich die Adern auf seinem Handrücken nach, die unter dem sauberen Verband hervorlugten, den ich ihm nach unserer Sex-Akrobatik am heutigen Morgen angelegt hatte. Er konnte von Glück sagen, dass die Nähte nicht aufgegangen waren, so wild und aggressiv, wie er zupackte, wenn er sich endlich mal gehen ließ.

„Hast du diese Erkenntnis im Zeugenschutzprogramm gewonnen? Dass die Kirschen in Nachbars Garten nicht unbedingt süßer schmecken?", fragte er.

Ich lachte bitter auf und rieb über seine geschundenen Knöchel. „Bevor ich in das Programm kam, hatte ich Nachbars Kirschen noch nie gesehen. Ich war nie eins der Mädchen, die den Jungs von The Hill nachgestiegen sind. Ich habe nie versucht, über meinem sozialen Status zu daten. Ich hatte keine Lust, zu diesem The-Point-Abschaum zu gehören, der doch nur benutzt und missbraucht wird. Ich war immer diejenige, die andere benutzt hat. Und ich habe kapiert, dass die Kirschen nur süß schmecken, wenn man sich Mühe gibt, und dass man viel Zeit und ein beträchtliches Einkommen investieren muss, um sie auch nur züchten zu wollen. Beides fehlt mir, daher nehme ich gern mit Asphalt und Beton vorlieb. Die beiden muss man nicht am Leben erhalten, nur abspritzen."

Er stieß einen leisen Pfiff aus und drehte sich zu mir. Seine Augen waren von diesem wunderhübschen Blau, das ich den ganzen Tag anstarren könnte. Keelyn mochte Denver brauchen, um endlich frische Luft zu atmen; ich schöpfte meine aus diesem eindringlichen Blick.

„Das ist aber eine ziemlich trostlose Einstellung zum Leben, Reeve."

Ich zuckte mit den Schultern. „So ist es nun mal. Wichtig ist nur, dass man das Beste aus dem macht, was man hat. Denn von einer Sekunde auf die andere kann alles vorbei sein, und dann bleibt einem bloß das Bedauern darüber, was man versäumt hat."

„Sprechen wir gerade über deine Schwester?" Sein Ton war sanft, doch seine Finger krampften sich um mein Bein.

„Kann sein, aber in Wahrheit könnten wir genauso gut über alles andere reden. Warum hast du Bax verlassen, als du jünger warst, Titus? Vielleicht, weil du mehr wolltest, anstatt das zu schätzen, was du bereits hattest? Und was hat es dir gebracht? Ein schlechtes Gewissen, weil dein Bruder sich die falschen Freunde gesucht hat? Schuldgefühle, weil du nicht für ihn da warst? Hast du deswegen dieses überwältigende Bedürfnis, alle Unschuldigen und Unbedarften zu beschützen – weil du das nicht für den Menschen tun konntest, der dir am meisten bedeutet? Ich werfe dir nichts vor, ich sage nur, dass es nicht gut ist, wenn man seine Herkunft nicht akzeptiert und verdrängt, wie sie einen formt."

Sofort vermisste ich seine Berührung, als er seine Hand zurückzog. Titus umklammerte das Lenkrad so fest, dass seine Fingerknöchel weiß hervortraten. Ich hatte einen Nerv getroffen, würde mich jedoch auf keinen Fall dafür entschuldigen. Ich hatte vor langer Zeit aufgehört, mich für irgendwas zu entschuldigen.

„Ich weiß genau, wo ich herkomme und was das damit zu tun hat, wie ich heute bin. Deshalb bin ich damals ja überhaupt weggegangen." Er stieß die Worte so hefig und scharf hervor, dass ich praktisch spüren konnte, wie sie über meine Haut kratzten.

„Und wo ist das? Wo kommst du her?“ Mir war klar, dass es um mehr ging als The Point oder The Hill, doch ich hatte keine Ahnung, ob er es wirklich mit mir teilen würde.

Vor Spannung hielt ich die Luft an und empfand eine bodenlose Enttäuschung, als er sich abwandte und murmelte: „Das fällt in die Kategorie *Mehr*, Reeve.“

Damit hatte er mich einmal mehr ohne großen Aufwand zum Schweigen gebracht. Ich wünschte nur, dass es sich nicht jedes Mal, wenn er mich auf diese Weise ausschloss, so anfühlen würde, als ob er in meine Brust griff und mein Herz mit seiner Faust zerquetschte.

„Das spielt keine Rolle für mich, weißt du?“, entgegnete ich. „Mir ist egal, woher du kommst. Mir ist wichtig, wer du heute bist. Aber ich kann es in dir sehen, Detective. Ich sehe die Teile deiner Persönlichkeit, die du wegsperrst und versteckst. Die Teile, die dich wild und grob machen. Ich sehe sie, und sie stören mich nicht, denn sie gehören zum Gesamtpaket.“

Nach so jemandem hatte ich gesucht, als ich Conner zum Opfer gefallen war. Nach jemandem, der alle Teile von mir sah, all die Dinge, die mich zu dem machten, was ich war, und mich trotzdem liebte.

„Du siehst zu viel“, gab er schroff zurück.

„Nur, weil ich genau hinschaue.“

Das Gespräch war in einer Sackgasse gelandet, und wir verbrachten den Rest der Fahrt in drückendem Schweigen. Ich rechnete damit, dass wir uns, sobald wir zu Hause ankamen, in entgegengesetzte Ecken des Lofts verkriechen und eine Auszeit nehmen würden. Die Stimmung zwischen uns war gereizt und angespannt, und ich hasste es.

Titus hasste es offenbar auch, denn noch bevor die Wohnungstür sich hinter uns geschlossen hatte, waren seine Hände überall auf mir. Seine Lippen trafen auf meine, während er uns beiden die Kleider vom Leib riss und zugleich das Bett ansteuerte. Es war nicht dasselbe, wie mit mir zu reden. Es war nicht dasselbe, wie sich mir zu öffnen. Es war nicht *mehr*. Aber es war etwas, und dieses Etwas fühlte sich so gut, so richtig an, dass ich Titus nicht mal hätte aufhalten können, wenn ich es gewollt hätte. Was absolut nicht der Fall war.

Nur eine Idiotin würde Nein zu diesen Augen aus geschmolzenem Silber sagen, zu diesem talentierten Mund, zu diesen ungeduldigen, groben Händen, diesem Körper, der dazu geschaffen war, zu strafen und zu beglücken. Und ich hatte ja einige Eigenschaften, von denen die meisten ziemlich unerfreulich waren, aber eine Idiotin war ich nicht.

12. Kapitel

Titus

Woher ich kam, war etwas, worüber ich auf keinen Fall reden wollte. Mit keinem, niemals. Es hatte nichts mit Reeve zu tun oder der Tatsache, dass es mich noch fester an sie binden würde, wenn ich sie in dieses tiefe schwarze Loch blicken ließ. Ich mochte heute ein Mann mit Zielen sein, aber davor war ich genauso ein Nichtsnutz wie jedes andere Kind, das sich auf den Straßen der Stadt herumtrieb, und ich hasste diese Erinnerungen. Man hatte mir keinen Ausweg gezeigt, ich hatte mir selbst einen gebahnt. Die Methode, die ich damals angewandt hatte, hinterließ noch all diese Jahre später einen bitteren Geschmack in meinem Mund. In meinen Adern zirkulierte ebenso viel böses Blut wie in Bax', letzten Endes vielleicht sogar noch mehr. Und es war dieser Teil von mir, den ich in jeder wachen Minute bekämpfte und unter Ehr- und Pflichtgefühl zu begraben versuchte. Dieses verdorbene Blut, diese hässliche Jugend verfolgte mich, peinigte mich, und deshalb gab es in meinem Leben auch keinen Platz für Grauschattierungen. Der Nebel der Vergangenheit war voller Monster, die von meiner Seele zehrten. Darum hatte ich sie so sorgfältig eingeschlossen, in der Dunkelheit, ganz tief in mir. Normalerweise suhlten sie sich dort, ausgehungert und wütend, doch seit Reeve sich ihren Weg durch meinen festungsartigen Schutzwall freigesprengt hatte, krochen sie immer wieder ans Tageslicht und verlangten Aufmerksamkeit.

Bislang schienen sie sich damit zufriedenzugeben, sich an Reeves Zuwendung und ihrem sinnlichen Körper zu laben. Sie saugten die Akzeptanz und das Verständnis, das in ihrem dunkelblauen Blick lag, förmlich in sich auf, doch mir war klar, dass das auf Dauer nicht reichen würde, um diese Bestien in Schach zu halten. Zu den Opfern der Katastrophe, die sie verursachen würden, sobald sie ihre Ketten abschüttelten, würde sehr wahrscheinlich auch meine sorgfältig konstruierte Existenz gehören. Deshalb kroch ich jeden Tag vor Anbruch der Dämmerung aus dem Bett, um zur Arbeit zu gehen, und ließ Reeve zurück, schlafend, nackt, gezeichnet von meinen Zähnen und Händen. Jede Nacht ließ sie sich klaglos von mir nehmen, und jeden Morgen erwachte ich mit dem Gedanken, dass sie etwas Besseres verdiente als das, was ich ihr gab. Auf diese Weise vergingen zwei Wochen, die mir wie eine Ewigkeit vorkamen, während ich sie wieder und wieder eroberte und sie tiefer und tiefer in mich eindringen ließ. Ihre hübsche Haut war wund von meinen Bartstoppeln. Und statt Scham zu empfinden, weil ich etwas so Schönes beschädigt und solche Perfektion besudelt hatte, hätte ich mir am liebsten an die stolzgeschwellte Brust getrommelt und mich zum Gewinner des größten Preises der Welt erklärt. Das war ein gefährlicher Gedanke, denn sie war kein Preis, keine Trophäe, und ich hatte nichts getan, um sie zu gewinnen, also ließ ich sie jeden verdammten Morgen dort liegen und ging auf die Jagd.

Ich durchkämmte alle finsteren Seitengassen, die ich finden konnte. Ich schaute in jeder zwielichtigen Bar vorbei und schüttelte die Besitzer durch, in der Hoffnung, sie zum Reden zu bringen. Ich wurde in jeder Junkie-Absteige vorstellig, die ich auf dem Radar hatte, und forderte Antworten ein. Überall, wo Novak einst seine Finger im Spiel gehabt hatte, tanzte ich an, um mich nach seinem missratenen Sohn zu erkundigen. Ich hielt sogar die Huren an den Straßenecken an, die Mädchen, die Nassirs Schutz nicht wollten und lieber auf eigene Faust anschafften, und befragte sie nach Roark. Und ich hörte von jedem Drecksack und jeder Schlampe, die ich ansprach, dieselbe Geschichte. Der schwer zu fassende Mann mit dem Akzent hatte seine Anwesenheit kundgetan. All die Kriminellen und Schurken in The Point wussten, dass Roark in der Stadt war und im

Schatten wartete, um sich an denen zu rächen, die er für den Tod seines Vaters verantwortlich machte. Keiner schien eine Ahnung zu haben, wo der Ire sich aufhielt, doch alle erzählten dasselbe: Er lag auf der Lauer, und sie hatten Angst vor ihm.

Ehrlich gesagt, mir ging es genauso.

Bax mit all diesen Verletzungen zu sehen oder Nassir, wie er sich über Keelyn gebeugt hatte, aus deren Brust das Blut geschossen war … das waren Einschläge, die mir ein bisschen zu nah kamen. Ich war es gewohnt, zu jonglieren, um das Gesetz und die Menschen, an denen mir etwas lag, irgendwie in Einklang zu bringen. Ich hatte ja meinen Bruder für fünf Jahre ins Kittchen gebracht und wartete bloß darauf, dass Race irgendetwas Dämliches tat, um auch ihm das Innere einer Zelle zu zeigen. Aber diese unverhohlen kriegerischen Attacken, die Roark gegen die Menschen richtete, die ich liebte, waren eine andere Nummer, und das Schlimmste war für mich, dass er ganz klar die Oberhand hatte. Wenn der Böse alle Tricks der Guten kannte, war es doppelt so schwer, ihn zu fangen.

Schon seit Stunden war ich nun unterwegs und fühlte mich entsprechend geschlagen und missmutig, als ich zu einem bewaffneten Überfall mit Todesopfer gerufen wurde. Der Angestellte des Spirituosenladens lag tot am Tatort, zwei Kunden, die dort Bier hatten kaufen wollen, waren angeschossen worden und auf dem Weg ins Krankenhaus. Alles nicht weiter ungewöhnlich in The Point. Doch als ich sah, dass der Junge, der in Handschellen auf dem Rücksitz des Streifenwagens kauerte, nicht älter als zwölf oder dreizehn war, wäre ich am liebsten gleich umgekehrt, in meine langweilige Dienstlimousine gestiegen und zum Revier gefahren, um meine Pistole und meine Polizeimarke abzugeben. Es war einfach zu viel, tagein, tagaus durch diesen Morast aus Gewalt und sinnloser Verschwendung von Menschenleben waten zu müssen.

Ich zog meinen Krawattenknoten fest und versuchte, beim Aussteigen meine zerknitterte Hose zu glätten. Der Streifenpolizist, der gerade mit einer Gruppe Schaulustiger sprach, die sich vor der Absperrung zusammengefunden hatten, bemerkte mich und kam auf mich zu. Der Junge im Streifenwagen schaute zu mir auf. Offenbar hatte er geweint. Scheiße. Er sollte mit seinen Freunden Fußball spielen, keine Verbrechen begehen.

„Hat jemand was gesehen?", fragte ich.

Der Cop nickte und deutete mit dem Stift, den er für seine Notizen benutzt hatte, auf den Jungen. „Der Mann an der Kasse war der Besitzer. Seine Frau war hinten im Laden, um Inventur zu machen, als die ersten Schüsse fielen. Sie hat gesehen, wie ihr Mann zusammensackte, und sagt, dass der Junge einfach weitergeschossen hat. Sie hat ihn zweifelsfrei identifiziert."

Das Team von der Gerichtsmedizin rollte eine Bahre aus dem Geschäft, auf der der Tote lag, verpackt in einen Leichensack aus dicker schwarzer Plastikfolie. Ich hörte, wie einige der Umstehenden bei dem Anblick entsetzt nach Luft schnappten, und seufzte.

„Wie kommt es, dass der Junge so schnell gefasst wurde?", erkundigte ich mich. „Sind seine Eltern informiert worden?" Er mochte ein Mörder sein, aber er war minderjährig. Wir mussten also streng nach Vorschrift vorgehen.

„Er ist zurück in die Schule gegangen. Wusste wohl nicht, was er tun sollte, als hier alles den Bach runterging. Eine Lehrerin hat beobachtet, wie er sich ins Gebäude geschlichen hat. Ihr ist gleich aufgefallen, dass irgendwas mit ihm nicht stimmte. Als sie ihn ansprach, hat sie die Blutspritzer auf seinen Kleidern und Schuhen gesehen. Sie hat ihn von einem ihrer Wachmänner festhalten lassen, und der Direktor hat uns gerufen. Wir haben den Jungen hergebracht und der Frau des Opfers gegenübergestellt. Die Waffe hat er unterwegs weggeworfen, wir suchen sie noch, und Eltern sind nicht vorhanden. Seine Mom sitzt im Knast, weil sie Crystal Meth hergestellt hat, einen Vater gibt es nicht. Der Junge wohnt nach eigener Aussage bei einem Onkel." Beim letzten Wort malte der Polizist Anführungszeichen in die Luft. „Der scheint allerdings ein richtiges Arschloch zu sein. Der Junge hat angegeben, dass er den Laden ausrauben wollte, um sich eine Busfahrkarte zu kaufen und aus der Stadt verschwinden zu können. Er hatte die Nase voll davon, von seinem Onkel geschlagen zu werden. Die Pistole gehört übrigens diesem sogenannten Onkel. Wir haben eine Streife hingeschickt, um ihn auch gleich einzukassieren."

„Jesus." Ich rieb mir das Gesicht. „Es hört nie auf, oder?" Es war ein endloser Teufelskreis aus Gewalt und Hilflosigkeit.

Der Streifenpolizist seufzte und sah zu dem Jungen. „Nein. Nein, das tut es nicht."

„Nehmen Sie die Zeugenaussagen von den anderen beiden Opfern auf, falls die durchkommen, und achten Sie darauf, dass jemand vom Sozialdienst dabei ist, wenn der Junge eingewiesen wird. Er hat ja keinen Erziehungsberechtigten, und wir wollen doch sichergehen, dass alles mit rechten Dingen zugeht. Ich wette, sie werden ihn nach dem Erwachsenenstrafrecht belangen."

„Das kann ich ihnen ehrlich gesagt nicht verübeln. Der Junge hat sich in eine ziemlich erwachsene Scheiße geritten."

Das stimmte, doch dieses Kind hatte nie eine Chance gehabt. Ich durfte gar nicht daran denken, wie leicht Bax eine ähnliche Dummheit hätte begehen können, als er in dem Alter des Jungen gewesen war. Damals hatte er sich auch allein durchschlagen müssen, weil sich niemand um ihn gekümmert hatte.

„Manchmal ist es so, dass die einzige Wahl, die jemand hat, auch die schlechteste Wahl ist", sagte ich. „Viel zu viele Kinder kommen heutzutage in solch eine Situation. Wir müssen einfach so gut wie möglich unseren Job machen, um die anderen Menschen vor diesen schlechten Entscheidungen und vor denen zu schützen, die gezwungen sind, sie zu treffen."

„Sprechen Sie aus eigener Erfahrung, Detective?"

Ich machte mir nicht die Mühe, etwas zu erwidern. Wenn man ein paar Jahre lang als Polizist in dieser Stadt – oder in jeder anderen – arbeitete, dann gab es nichts, was man nicht sah. Mordende Kinder. Drogensüchtige, die praktisch zu Zombies geworden waren. Frauen, die alles, wirklich alles taten, um sich und ihre Kinder zu ernähren. Familien, die auf der Straße hausten, weil eine illegale Pokerpartie wichtiger gewesen war, als die Miete zu zahlen. Männer, die sich das Gesetz zurechtbogen, weil irgendjemand ja der Böse sein musste und sie fanden, dass sie das genauso gut selbst übernehmen konnten. Wir wussten also alle aus eigener Erfahrung, warum solche Dinge wie das hier passierten. Ich brauchte keine rührseligen Geschichten über meine trunksüchtige Mutter, meinen Massenmörder-Vater oder meinen Bruder, den Autodieb, zu erzählen, um zu demonstrieren, dass ich nur allzu gut wusste, wie finster The Point sein konnte.

Ich schnappte mir die Überwachungsbänder, sprach kurz mit der untröstlichen Frau und notierte mir, was ich für den Bericht brauchen würde. Danach fuhr ich quer durch die Stadt zu der Grundschule, wo eine andere Streife die Pistole gefunden hatte; sie hatte in einer der Röhrenrutschen auf dem Spielplatz gesteckt. Die Mittelschule, auf die der Junge gegangen war, lag einen Block entfernt. Die Waffe war noch geladen und entsichert, und wir alle schickten ein stummes Dankgebet zu dem aktuell diensthabenden Gott, weil er dafür gesorgt hatte, dass das Teil nicht auch noch in kleine Hände gefallen war und eine weitere Tragödie ausgelöst hatte. Ich grübelte darüber nach, was für eine Riesenscheiße das alles war, und eine tiefe Traurigkeit stieg in mir auf. Die Vergeudung eines jungen Lebens traf mich bis ins Mark, und doch gab es nichts, was ich tun konnte. Genau das machte mich so fertig: diese Machtlosigkeit, die Unfähigkeit, das Leben des armen Jungen in Ordnung zu bringen oder grundsätzlich dafür zu sorgen, dass es gar nicht erst zu derartig verzweifelten Situationen kam. Kein menschliches Wesen sollte zu solchen Taten getrieben werden, und trotzdem passierte es hier jeden verdammten Tag.

Gerade wollte ich Schluss machen, als das Funkgerät eines Streifenpolizisten quäkte. Eine Bombendrohung an der privaten Highschool, einige Meilen von hier entfernt. Zwar gab es alle naselang falschen Alarm, weil die Jugendlichen sich eine Freistunde ergaunern wollten. Aber seit Nassirs Club in die Luft geflogen und niedergebrannt war, nahmen wir solche Anrufe ernster. Der Polizist antwortete, und wir stiegen in unsere jeweiligen Autos und fuhren zu der Schule. Es sah aus, als ob die meisten Schüler und Lehrer bereits evakuiert worden waren. Vor dem Gebäude und auf der Straße herrschte ein ziemliches Gedränge. Ich stieg aus und runzelte irritiert die Stirn, weil alle Schüler eine mir sehr bekannt vorkommende Uniform in Dunkelblau und Kaki trugen. Diese Farbkombination sah ich jedes Mal, wenn ich Karsen Carter auf dem Weg zum oder vom Unterricht begegnete.

Die Haare auf meinen Armen stellten sich auf, jeder Muskel in mir spannte sich an. Ich suchte die Menge nach dem vertrauten weißblonden Schopf ab, konnte Karsen aber nicht entdecken. Auch Race oder Brysen schienen nicht hier zu sein, und ich atmete erleichtert auf. Die Schule hätte Brysen anrufen müssen, damit sie ihre Schwester abholte, nachdem alle Schüler entlassen worden waren.

„Was ist der Stand der Dinge?" Ein anderer Detective kam auf mich zu.

„Keine Ahnung", erwiderte ich. „Das hier ist nicht mein Tatort. Ich war bei dem bewaffneten Überfall in der City, nur ein paar Meilen entfernt, deshalb bin ich hergekommen. Ich glaube, sie warten darauf, dass das Entschärfungskommando reingeht und hoffentlich Entwarnung gibt."

Der Mann brummte nur, und ich ging dorthin, wo die Schüler sich versammelt hatten, um auf ihre Eltern zu warten. Ich hoffte, jemanden zu finden, der Karsen gesehen hatte, als eine gehetzt wirkende Frau mit einem Handy in der Hand auf mich zustürzte. Ihre Augen waren riesengroß, und sie keuchte, als wäre sie gerade eine Meile gerannt. Sie drückte mir das Telefon in die Hand, beugte sich vor und stützte die Hände auf ihre Knie, während sie weiter nach Luft schnappte.

„Sind … Sie … Detective … King?", stieß sie hervor.

Mein Blick wanderte zwischen der zitternden, keuchenden Frau und dem Handy hin und her, und eine böse Vorahnung beschlich mich. „Ja. Wer sind Sie?"

„Debbie Granger. Die Direktorin. Der Mann am Telefon sagte, dass ich Sie suchen soll. Und dass ich Ihnen das Handy geben soll."

Ich runzelte die Stirn und hob das Handy ans Ohr. Es überraschte mich nicht, dass die Stimme, die mich begrüßte, einen Akzent hatte.

„Hallo, Detective."

Mein Herz fing an zu rasen, und ich knirschte mit den Zähnen. „Roark."

„Ich dachte, es ist langsam an der Zeit, Sie wissen zu lassen, dass ich mich sehr gut daran erinnere, welche Rolle Sie in der Nacht gespielt haben, als mein Vater ermordet wurde. Ich habe Sie dort gesehen, Detective."

Ich richtete mich kerzengerade auf und umklammerte das Telefon so fest, dass es wehtat. „Was plappern Sie da, Roark?"

„In der Nacht, als mein Vater getötet wurde … Sie waren da. Ich habe Sie gesehen, als wir die Razzia im Club machten. Besiegt und nutzlos. Sie haben nichts getan, um meinen Bruder daran zu hindern, unseren Vater umzubringen. Er hatte noch die rauchende Pistole in der Hand, als wir ins Gebäude eindrangen. Ich habe langsam, ganz langsam die eine Sache verdorben, die Ihnen am allermeisten bedeutet, Detective, und Sie haben nichts davon mitgekriegt. Und wenn Sie glauben, Sie könnten mir einfach so mir nichts, dir nichts mein Mädchen wegnehmen, dann irren Sie sich gewaltig. Ich werde weder Ihre Aktionen noch ihren Verrat durchgehen lassen."

Mit der freien Hand fuhr ich mir durchs Haar und unterdrückte einen Fluch. „Was meinen Sie damit: Sie haben das verdorben, was mir am meisten bedeutet? Bezieht sich das auf Race und Bax? Wollen Sie meiner Familie etwas antun?" In meinem Kopf drehte sich alles, und je mehr Zeit verging, ohne dass Karsen auftauchte, desto überzeugter war ich, dass sie im Gebäude war. Wahrscheinlich mit ihm. Wahrscheinlich auf einem Pulverfass sitzend, das jeden Moment hochgehen konnte.

Die irisch gefärbte Stimme gackerte, ein Laut, bei dem sich mir sämtliche Nackenhaare aufstellten. „Das finden Sie schon noch raus. Genau genommen sind Sie gerade dabei, es herauszufinden, während Sie tatenlos vor dieser Schule stehen und voller Unruhe darauf warten, zu erfahren, ob ich der hübschen kleinen Blondine was getan habe." Er schnalzte abfällig mit der Zunge, und seine Stimme wurde hart. „Wenn Sie auch nur einen Fuß in dieses Gebäude setzen, stirbt das Mädchen. Wenn ich einen einzigen Bullen auf den Eingang zulaufen sehe, töte ich sie, und sie wird nicht das einzige Opfer bleiben. Verstehen Sie, was ich Ihnen sage, Detective?"

„In Ihrem Fall ist der Apfel ist nicht weit vom verrückten Stamm gefallen, nicht wahr, Roark?", stieß ich hervor. Er hatte mich in der Hand, und es brachte mich schier um, dass er nah genug war, um zu verfolgen, wie sein Teufelswerk sich entfaltete, aber nicht so nah, dass ich ihn in die Finger kriegen konnte.

„Was der eine als Wahnsinn betrachtet, hält der andere für Brillanz. Wir sehen uns sehr bald. Grüßen Sie Reeve von mir. So wie es scheint, versüßt sie sich die kurze Zeit, die ihr auf Erden noch bleibt, damit, Ihnen das Hirn aus dem Leib zu ficken."

Ich zwang mich dazu, der Direktorin das Handy zurückzugeben, und starrte hilflos auf den Eingang der Schule. Es bestand kein Zweifel daran, dass Karsen irgendwo da drin gefangen war, und sämtliche Instinkte verlangten von mir, reinzugehen und sie zu retten. Das war schließlich mein Job: die Unschuldigen vor der Brutalität von The Point zu schützen. Aber dank Roark waren mir die Hände gebunden, und das machte mich wütend. Ich brüllte meinen Kollegen und allen, die es hören konnten, zu, dass sie nicht ins Gebäude gehen sollten. Ich war nicht sicher, mit welcher Art von Bedrohung Roark aufwarten würde, doch ich war nicht in der Position, ihn zu drängen. Die anderen Polizisten starrten mich an, als hätte ich den Verstand verloren, also fügte ich hinzu, dass wir zuerst auf das Entschärfungskommando warten mussten. Es war die simpelste Erklärung, die mir auf die Schnelle einfiel. Sie waren nicht begeistert, hielten sich jedoch zurück, während ich ruhelos auf und ab lief und den Eingang nicht aus den Augen ließ.

Sie war nur ein Kind, noch dazu ein wirklich gutes Kind. Sie hatte Besseres verdient, als in Roarks tödliche Spielchen hineingezogen zu werden. Ich ballte die Hände zu Fäusten. „Die Eltern trudeln langsam ein“, meinte der Polizist, der mich vorhin angesprochen hatte, und deutete in die Richtung, aus der jetzt immer mehr Autos und Menschen kamen. Die hysterischen Eltern sammelten ihre Sprösslinge ein; die Kinder guckten ziemlich gelangweilt. Ich grübelte, ob es eine Möglichkeit gab, unbemerkt ins Gebäude zu schleichen oder zumindest irgendeine Vorstellung von dem zu bekommen, was da drinnen abging, als eine schrille Stimme meinen Namen rief.

„Titus! Was geht hier vor?“ Mir rutschte das Herz in die Hose, als ich Brysen auf mich zusteuern sah. Ihre superblauen Augen waren vor Angst geweitet. Überraschenderweise hastete nicht Race neben ihr her, sondern Booker, der aussah, als ob er jeden, der ihm querkam, kurzerhand umbringen würde.

„Es gab eine Bombendrohung.“

„Ich war in der Uni und habe einen Anruf gekriegt, dass die Schule evakuiert wird und ich Karsen abholen soll. Wo ist sie, und warum bist du hier?“

„Die Schüler und Lehrer sind alle da hinten. Karsen habe ich allerdings noch nicht entdeckt.“ Ich hatte nicht die geringste Lust, ihr mitzuteilen, dass ihre kleine Schwester gegenwärtig eine Figur in einem sehr gefährlichen Spiel war und ich keine Ahnung hatte, wie ich ihr helfen konnte.

Booker musterte mich und hob eine Braue. Mit dieser Narbe, die sein Gesicht verzerrte, wirkte er regelrecht beängstigend. „Dann erklär mir mal, warum du nicht drinnen nach dem Mädchen suchst. Wir wissen doch beide, dass sie nicht da hinten bei den Lehrern ist.“

Ich atmete tief aus, rieb mir den Nacken und starrte beschämt auf meine Stiefel. „Roark hat mich gerade angerufen. Er hat gedroht, dass er Karsen tötet, wenn ich das Schulgebäude betrete. Er hat gefordert, dass ich auch die anderen Polizisten fernhalte, ansonsten gäbe es weitere Opfer. Ich versuche bloß, Zeit zu gewinnen, bis das Entschärfungskommando eintrifft. Dann haben wir wenigstens Augen da drinnen, und ich weiß, womit wir es zu tun haben."

Brysen drückte ihre zitternden Hände vor den Mund, und ihre Augen wurden groß wie Untertassen. „Du glaubst, dass sie mit ihm da drin ist?"

Ich wollte gar nichts glauben, aber wenn das hier eine weitere von Roarks Salven war, konnte alles Mögliche passieren. Ich öffnete schon den Mund, um die hübsche junge Frau mit den üblichen Phrasen abzuspeisen, als Booker sich an mir vorbeischob und einen Schritt auf den Eingang der Schule zu machte. Sofort streckte ich einen Arm aus, um ihn zu packen, und verlor fast das Gleichgewicht, als er abrupt stehen blieb. Dieser Typ war gebaut wie ein Berg, und es kam wahrlich nicht oft vor, dass mir jemand körperlich gewachsen war.

„Was fällt dir eigentlich ein? Ich sagte doch, dass keiner da reingeht, bevor das Gebäude nicht gesichert ist", meinte ich. „Wir dürfen das nicht riskieren."

Er schüttelte meine Hand ab, und sein Blick wurde leer und hart. Ich kannte diesen Ausdruck allzu gut. Genauso schaute Bax mich an, wenn er mir sagen wollte, ich solle mich ins Knie ficken, wann immer er etwas tun wollte, was mir nicht in den Kram passte.

„Ich bin kein Bulle, und Roark hat nur erklärt, dass die Bullen draußen bleiben sollen", erwiderte Booker. „Race bezahlt mich dafür, dass ich auf diese Mädchen aufpasse, also werde ich jetzt genau das tun."

Weitere Gegenargumente waren überflüssig. Der Typ würde ohnehin das tun, was ihm beliebte; höchstens ein Taser oder eine Kugel konnten ihn aufhalten. Und ganz ehrlich: Am liebsten wäre ich selbst derjenige gewesen, der die ganzen beschissenen Umstände zur Hölle wünschte und einfach in das Gebäude stürmte, um nach dem vermissten Teenager zu suchen. Booker schüttelte zwei weitere Cops ab, die ihn festhalten wollten, und stieß einen, der so blöd war, sich ihm in den Weg zu stellen, sogar zu Boden. Ich seufzte, denn nun hatte er hundertprozentig eine Klage wegen tätlichen Angriffs auf einen Vollstreckungsbeamten an der Backe – selbst wenn es ihm gelingen würde, allen juristischen Fallstricken auszuweichen, die ich gegen ihn auftreiben konnte, weil er eine direkte polizeiliche Anweisung missachtet hatte.

„Was ist, wenn sie verletzt ist oder Schlimmeres? Wie kann ich damit weiterleben? Es ist mein Job, sie zu beschützen." Brysen klang verzagt, hielt sich ansonsten aber erstaunlich gut. Sie weinte nicht, jedenfalls noch nicht, und sie lag natürlich völlig falsch. Für Karsens Sicherheit und die aller anderen Kinder zu sorgen, die noch nicht von dieser Stadt versaut worden waren, war eindeutig mein Job.

Die Erkenntnis traf mich mit der Wucht einer Tonne Ziegelsteine. So hart und schwer, dass ich fast in die Knie ging. Roark hatte von Anfang an die Sache attackiert, die mir am meisten bedeutete. Mir waren die Menschen wichtig, die noch eine Chance hatten, The Point zu entkommen. Ich kämpfte für die Unschuldigen und die Jungen, weil ich oft das Gefühl hatte, dass niemand sonst es tat. Jede einzelne Person, die Roark bei seinem irren Rachefeldzug verletzt, verdorben oder ausgelöscht hatte, war jemand, für dessen Sicherheit *ich* zuständig war. Ich hatte geschworen, diese Leute zu beschützen.

Alles hatte mit dem Jungen begonnen, dem er das Genick gebrochen und den er vor dem Pit abgelegt hatte. Der Typ war zwar eine hohlköpfige, dem Glücksspiel verfallene Sportskanone vom College gewesen, aber erst Anfang zwanzig, praktisch noch ein Kind. Er hatte ein solches Ende nicht verdient. Dem war der Club gefolgt. Vor dem Ausbrechen des Feuers war Nassir absichtlich weggelockt worden; alle Opfer waren Jugendliche gewesen, die einen wilden, aufregenden Abend erleben wollten. Sie hatten einfach Spaß haben wollen – so wie alle anderen Kids, überall im Land und an jedem verdammten Tag – und hatten dabei ihr Leben verloren. Und danach die Tote im Hafen und die bewaffnete Stripperin im Spanky's. Zwei Mädchen, die viel zu jung für diese Art Leben gewesen waren und viel zu jung zum Sterben. Zwei Mädchen, die ich hätte verteidigen müssen. Und schließlich mein Bruder. Okay, Bax war alles andere als unschuldig, doch er war die einzige Familie, die ich besaß, mein Blut. Und auch wenn ich ihn in der Vergangenheit hatte hängen lassen, nahm ich meine Aufgabe, ihn zu behüten und vor dem schlimmsten Ärger zu bewahren, heutzutage sehr ernst. Bax zu töten hätte für Roark sogar den doppelten Vorteil, dass er sich an dem Mann rächen konnte, den er für den Tod seines Vaters verantwortlich machte, und zugleich noch mehr Salz in meine Wunden reiben konnte, weil es mir nicht gelungen war, ihn zu beschützen.

Als mir aufging, wie heimtückisch, niederträchtig und verdammt brillant Roark seine bösen Machenschaften inszeniert hatte, war ich so erschüttert, dass ich Brysens nächste Worte fast überhörte. „Jemand muss ihn aufhalten", flüsterte sie. „Wir dürfen nicht zulassen, dass es noch mehr Opfer gibt."

Ich atmete tief aus und rang um Fassung. „Ich tue, was ich kann."

Ihre unglaublich blauen Augen verengten sich zu Schlitzen. „Streng dich mehr an!"

Kein Wunder, dass Race so auf sie flog. Sie sah aus wie eine Puppe, konnte aber zubeißen wie ein Barrakuda. In dieser Hinsicht passte sie perfekt zu ihm – von außen golden und glänzend, aber innerlich aus härterem, robusterem Material gemacht. Falls Roark sich wirklich Karsen gekrallt haben sollte, konnte ich bloß hoffen, dass das jüngere Carter-Mädchen ebenso tough war wie Brysen.

In dem Moment, in dem die Einsatzfahrzeuge mit dem SWAT-Team und dem Entschärfungskommando vorfuhren, öffneten sich scheppernd die metallenen Eingangstüren der

Schule, und Booker kam heraus, einen Arm um die offensichtlich verstörte und aufgewühlte Karsen gelegt. Das Mädchen wirkte neben dem gigantischen Kerl so winzig und zerbrechlich, dass die mörderische Wut nicht nur mein Herz heftig zum Klopfen brachte, sondern auch das Herz der Bestie, die in meiner Brust lauerte, hellwach und rasend vor Rachedurst.

Brysen stieß einen erstickten Laut aus und rannte auf die beiden zu. Ich hätte sie eigentlich aufhalten müssen, da das Gebäude noch immer nicht gesichert war und ich nach wie vor keine Ahnung hatte, wo Roark sich rumtrieb, aber ich brachte es nicht über mich, sie von ihrer Schwester fernzuhalten. Die beiden Blondinen umarmten einander und schrien dann unisono auf, als Booker von dem Polizisten, den er vorhin umgestoßen hatte, weggezerrt und in Handschellen gelegt wurde.

Karsen machte den Cop, der Booker abführte, lautstark zur Schnecke, doch Brysen schaffte es irgendwie, sie zu beruhigen, und die beiden stießen zu mir. Neugierig schaute ich zu, wie die Typen in schwarzer Militärkleidung einen Roboter ausluden, der aussah, als sei er aus *Star Wars* entsprungen, und ihn per Computersteuerung durch den Eingang der Schule lenkten. Ich war mehr als gespannt, ob sie irgendwas finden würden oder ob das Ganze eine aufwendige Kriegslist war, mit der Roark mir nur hatte zeigen wollen, dass er alle Fäden in der Hand hielt – und mich genau dort hatte, wo er mich haben wollte.

„Bist du okay?“, fragte ich Karsen. Über ihre Wangen rollten dicke Tränen, doch sie schien unverletzt zu sein.

Sie nickte, den Blick unverwandt auf die Polizisten und Booker gerichtet. „Warum wird er verhaftet? Er war der Einzige, der reingekommen ist und nach mir gesucht hat.“

Autsch. Der Vorwurf brannte so heiß auf meiner Haut wie ein Peitschenhieb. „Er hat einen Cop umgehauen. So was nehmen Polizisten gern persönlich. Warum warst du immer noch in dem Gebäude, Karsen? Was ist passiert?“ Ich wollte sie nicht zu sehr bedrängen, weil sie offensichtlich noch ziemlich durcheinander war, aber ich hatte auch keine Zeit zu verlieren.

Die Kleine setzte eine finstere Miene auf und lehnte den Kopf an Brysens Schulter.

Brysen streichelte ihr über das helle Haar. „Ja, warum warst du immer noch da drin?“ Sie klang verärgert.

Karsen schluckte schwer und schaute mit großen Augen zu ihrer Schwester hoch. „Sie haben über Lautsprecher verkündet, dass wir evakuiert werden. Wir haben dauernd Notfallübungen, daher war es keine große Sache. Die ganze Klasse stand auf und ging wie sonst auch zur Tür. Na ja, dann hat Mr. Kline, mein Mathelehrer, mich angehalten und gesagt, ich solle einen Moment warten. Das kam mir erst komisch vor, aber er erklärte, dass er einen Zeugen bräuchte, der später bestätigt, dass der Raum komplett leer gewesen ist, also bin ich geblieben.“ Sie blinzelte wie eine Eule und sah zwischen uns hin und her. „Aber ich wusste, dass irgendwas nicht stimmte. Ich wollte gerade zur Tür rennen, als er mich packte und hinter einen der Tische schob. Dabei hat er die ganze Zeit irgendwas gefaselt von wegen, er hätte eine Familie, und es täte ihm leid. Er hat mich in dem Klassenzimmer eingeschlossen. Ich konnte nicht raus.“

Brysen stieß jedes schmutzige Wort aus, das jemals erfunden worden war, und funkelte mich über den Kopf ihrer Schwester hinweg an. „Hast du vor, diesbezüglich irgendwas zu unternehmen?“

Ich nickte. „Karsen, ist der Lehrer noch hier?“

Kaum hatte ich die Frage ausgesprochen, brüllten die Leute vom Entschärfungskommando „Entwarnung!“ und stürmten ins Gebäude. Falscher Alarm also. Es hatte keine Bombe gegeben. Das Ganze war bloß ein Ablenkungsmanöver gewesen. Unsicherheit stieg in mir auf. Und noch etwas Stärkeres, Beängstigenderes. Mir liefen kalte Schauer über den Rücken.

Karsen warf einen prüfenden Blick auf die immer kleiner werdende Gruppe der Lehrer und Schüler und schüttelte den Kopf. „Nein. Ich sehe ihn nicht. Das hat was mit diesem Typen zu tun, stimmt’s? Mit dem, der Nassirs Club niedergebrannt und Races Auto abgefackelt und seinen Dad umgebracht hat, oder?“

Ich sah keinen Grund, sie anzulügen, aber noch bevor ich ihre Vermutung bestätigen konnte, tauchte plötzlich Race auf, als hätte sie ihn aus dem Nichts herbeigezaubert. Er wirkte mehr als wütend und bereit, es mit dem gesamten Polizeiapparat aufzunehmen und auch mit jedem anderen, der sich zwischen ihn und seine Mädchen stellte.

Race schlang seine Arme so fest um die beiden, dass sie ächzten, und starrte mich voller Zorn an. „Ist das dein Ernst, Titus? Jetzt wird auch noch ein Kind da mit reingezogen? Das muss aufhören, und zwar auf der Stelle."

Das hätte ich selbst nicht besser ausdrücken können. Mir war allerdings nicht ganz klar, was sie alle von mir erwarteten. Ich hielt Roark doch schon längst die Karotte unter die Nase. Er hatte bloß noch nicht zugebissen.

Karsen befreite sich aus Races erstickender Umarmung und betrachtete ihn flehend. „Booker ist als Einziger in die Schule gekommen, um nach mir zu suchen. Ich hörte, wie er meinen Namen rief und an alle Türen trommelte, bis er die richtige fand. Und jetzt haben sie ihn verhaftet. Du musst ihm helfen, Race."

In ihrer Stimme schwang mehr mit als die Sorge um einen Retter. Mannomann, ich beneidete Race und Brysen nicht darum, dass sie sich mit einer derartigen Vernarrtheit in einen Kerl wie Booker herumschlagen mussten. Da waren alle möglichen Arten von hässlichstem Herzschmerz praktisch vorprogrammiert.

Wieder warf Race mir einen scharfen Blick zu, doch ich zuckte nur mit den Schultern und sagte: „Das hier ist mein Job, Race. Booker hat beschlossen, die Anweisungen der Polizei zu missachten, und ist da reingegangen, obwohl es noch keine Entwarnung gab. Er hätte Karsen durch sein eigenmächtiges Handeln in noch größere Gefahr bringen können. Und er ist einem Cop gegenüber handgreiflich geworden, als der ihn aufhalten wollte, daher haben sie ihn abgeführt."

Seine grünen Augen wurden fast schwarz vor Wut, und er presste seine Lippen zu einem harten, dünnen Strich zusammen.

„Und wenn da wirklich eine Bombe gewesen wäre, Titus? Was, wenn sie da drin festgesessen und auf ihren Tod gewartet hätte, weil irgendein Irrer seinen Vaterkomplex austobt?“

Da ich darauf keine Antwort hatte und Race nicht weiter auf die Palme bringen wollte, entschied ich mich, das Gespräch abzubrechen, bevor es noch unangenehmer wurde. Ich fragte Karsen nach dem vollen Namen des Lehrers und versprach ihr, dass ich alles in meiner Macht Stehende tun würde, um Booker so schnell wie möglich freizubekommen. Das arme Kind hatte für einen Tag schon genug durchgemacht.

Ich besorgte mir bei der Zentrale die Adresse des Mathelehrers und versuchte danach, Reeve zu erreichen. Doch mein Anruf ging ins Leere, und mir stellten sich sämtliche Nackenhaare auf. Eigentlich sollte sie im Loft sein. Sie war zu klug, um auf eigene Faust in die Stadt zu gehen, denn sie wusste ja, dass Roark in diesem tödlichen Spiel momentan die besseren Karten hatte. Jedenfalls versuchte ich mir das einzureden, während das Telefon klingelte und klingelte. Sie würde sich nicht freiwillig in Gefahr begeben, sie kannte schließlich die Risiken. Außerdem rief ich mir in Erinnerung, dass die Marshals sie ja im Auge behielten, falls sie das Apartment wirklich verlassen haben sollte. Das war der Deal, damit sie nicht allein da draußen im Kriegsgebiet wäre.

Der Lehrer wohnte in diesem eigenartigen Zwitter-Viertel, in dem auch Bax sich ein Haus gekauft hatte. Es war anständig genug, um ohne Gitter an den Fenstern auszukommen, aber immer noch so nah an der City, dass man den Dreck und den Unrat unter den Füßen spürte. Das schlichte Gebäude im Ranch-Stil wirkte gepflegt und war so typisch für den unteren Mittelstand, wie nur irgendwas sein konnte. Nichts deutete darauf hin, dass der Lehrer in Roarks Angelegenheiten verwickelt war, doch mir war klar, dass der Schein trügen konnte. Ich schickte Reeve eine letzte SMS, in der ich sie aufforderte, mir mitzuteilen, wo sie war. Dann stieg ich aus und ging zum Eingang.

Ich klopfte und wäre fast ins Haus gestolpert, als die Tür sofort aufschwang. Drinnen war es dunkel. Noch bevor ich den ersten Schritt über die Schwelle gemacht hatte, stieg mir der unverkennbare metallische Geruch von Blut in die Nase.

Leise fluchend trat ich ein. Ich rechnete mit dem Schlimmsten. Meine Befürchtung erfüllte sich.

Der Lehrer, ein Mann mittleren Alters, und seine Frau saßen auf dem Sofa, jeder mit einem kreisrunden Einschussloch in der Stirn. Sie hielten immer noch Händchen.

Ein Junge, der nicht viel älter sein konnte als Karsen, lag ein paar Meter entfernt bäuchlings auf dem Teppich. Die hintere Hälfte seines Schädels fehlte. So wie es aussah, hatte er weglaufen wollen, war aber nicht weit gekommen. Ich nahm mein Handy, um die Morde zu melden, und entdeckte, dass Reeve mir eine Nachricht geschickt hatte, die ich vorerst jedoch ignorierte. Ich rief im Revier an und sagte, dass der dreifache Mord höchstwahrscheinlich in direkter Verbindung zu der Bombendrohung an der Schule stünde. Da ich nicht wusste, wie ich dem Kollegen in der Zentrale die Sache mit Roark erklären sollte, begnügte ich mich mit dem Hinweis, dass alles Teil einer laufenden Ermittlung war. Wieder lag ein Kind, das ich nicht hatte retten können, in einer Blutlache. Roark war wirklich dabei, das Fundament meiner Arbeit zu zersetzen – die Grundlage dessen, was ich tat und warum ich es tat.

Ich ging nach draußen, um die Nachbarn zu befragen. Vielleicht hatte ja jemand irgendwas mitgekriegt. Vor der Tür fiel mir Reeves SMS wieder ein. Ich rief sie auf, las die knappe Botschaft und runzelte irritiert die Stirn.

Ich musste nach Hause.

Was zum Teufel sollte das heißen? War sie im Loft? Hatte sie zu der Wohnung zurückkehren müssen, in der man sie damals im Zuge des Zeugenschutzprogramms untergebracht hatte? Oder zu dem Apartment in der City, in dem sie gelebt hatte, bevor alles den Bach runtergegangen war? Ich war nicht sicher, was sie als ihr Zuhause betrachtete, und das gefiel mir gar nicht. Ich schrieb zurück:

Was soll das heißen? Ruf mich SOFORT an! Hänge im Job fest. Dreifacher Mord, sehr wahrscheinlich Roark.

Ich glaubte, dass das ihre Aufmerksamkeit erregen und sie sich binnen Sekunden melden würde, aber sie reagierte nicht. Das gefiel mir ganz und gar nicht, aber ich hatte einen Job zu erledigen, also machte ich mich daran, an die Türen zu klopfen. Der erste Nachbar hatte nichts gesehen oder gehört. Natürlich nicht. Der zweite erzählte mir mit großem Vergnügen, was für ein Verbrecher der Sohn war. Offenbar hatte der Junge ein Drogenproblem gehabt und war bei Einbrüchen in der Nachbarschaft erwischt worden. Zwei Häuser weiter schwor eine alte Dame, die in ihren Achtzigern sein musste, dass sie beobachtet hätte, wie ein silberfarbener Pick-up, der niemandem hier im Viertel gehörte, vor dem Haus des Lehrers vorgefahren war. Allerdings glaubte sie auch, dass Bill Clinton noch immer Präsident der Vereinigten Staaten war, daher notierte ich ihren Hinweis ohne allzu große Hoffnung, dass er irgendwohin führen würde. Dann sprach ich mit dem jungen Paar von gegenüber und erfuhr endlich etwas, das womöglich tatsächlich hilfreich war.

Sie sagten, dass sie gesehen hätten, wie ein kahlköpfiger Typ mit Spitzbart mit dem Jungen geredet hatte. Der Kerl sei schon ein paarmal hier aufgetaucht, wenn die Eltern nicht zu Hause waren, und die beiden jungen Leute waren sich einig, dass er keinen positiven Eindruck auf sie gemacht hatte. Dass der Junge Drogen genommen hatte, war ein offenes Geheimnis im Viertel, daher hatten sie den Kerl für einen Dealer gehalten. Ich bedankte mich und ging zurück zum Tatort, wo gerade das Team von der Spurensicherung eintraf. So langsam hatte ich echt die Nase voll von diesen Leuten und auch von denen mit den Leichensäcken.

Roark hatte volles Haar und war glatt rasiert. Er sah so aus wie viele ehemalige Soldaten. Hart und abgekämpft, aber aus alter Gewohnheit noch immer geschniegelt und gebügelt. Ob der Glatzkopf mit dem Kinnbart womöglich der berüchtigte Zero war, der bei Reeve aufgekreuzt war, um nach Roark zu fragen? Jedenfalls hatte ich jetzt wohl eine Beschreibung des Mannes, den Roark vorschickte, um die Drecksarbeit zu erledigen, während er selbst in seinem sicheren Versteck die Fäden zog.

Vorerst konnte ich hier nichts mehr tun, also ließ ich Reeves Telefon heiß laufen und versuchte die Panik niederzukämpfen, die mich befiel, als sie immer noch nicht ranging. Ich wusste, dass sie clever war, doch bislang war Roark jedes Mal cleverer gewesen als wir alle. Ihr musste klar gewesen sein, dass ihre gesamten Schutztruppen dank Roarks sorgfältig arrangiertem Ablenkungsmanöver zur Charter-Schule abgezogen worden waren. Sie hätte das sichere Loft also höchstens verlassen, wenn sie das Gefühl gehabt hätte, keine andere Wahl zu haben. Ich musste herausfinden, was „nach Hause“ bedeutete, und zwar umgehend. Ich rief Otis an, den Marshal, der mich aufgesucht hatte, um mich zu erkundigen, ob seine Leute Reeve im Blick hatten und mich in die richtige Richtung schicken konnten.

Als er mir sagte, wo sie war, wurde mir das Herz schwer, und ich wusste, dass ich sofort zu ihr fahren musste. Seit sie nach The Point zurückgekehrt war, hatte sie sich um mich gekümmert. Jetzt war es an der Zeit, mich zu revanchieren.

13. Kapitel

Reeve

Nachdem Booker einen panischen Anruf von Brysen erhalten hatte und davongeeilt war, hatte ich mich schon damit abgefunden, den Rest des Tages herumzuhängen und gar nichts zu tun. Auch wenn es mir inzwischen tierisch auf die Nerven ging, nichts zu tun zu haben. Ich hatte nie zuvor die Gelegenheit gehabt, einfach müßig herumzusitzen, während jemand anders für mich sorgte, und ich konnte nicht behaupten, dass dieser Zustand mir gefiel. Zumal ich jeden Morgen einsam und verlassen aufwachte, wohl wissend, dass Titus seine Tage absichtlich möglichst weit von mir entfernt verbrachte. Wir mussten dringend einen Weg finden, wie ich mich öffentlich zeigen und so tun konnte, als sei ich solo unterwegs, ohne tatsächlich auf mich allein gestellt zu sein. Ich musste irgendwohin, wo Conner sich mir nähern konnte. Dieses Apartment war wie eine Festung; er konnte mich nicht in die Finger kriegen, wenn ich mich hinter diese undurchdringlichen Mauern zurückzog.

Vor lauter Langeweile probierte ich vor dem Badezimmerspiegel Frisuren aus, als das Handy klingelte, das Titus mir gegeben hatte. Nur zwei Menschen kannten diese Nummer: Titus und Booker. Daher erstarrte ich, als keiner der beiden Namen auf dem Display erschien. Ich glaubte zu wissen, wer der Anrufer war, und war sicher, dass ein tödlicher und melodischer irischer Akzent mich begrüßen würde, wenn ich ranging. Doch stattdessen hörte ich eine Stimme, die ich zuletzt vernommen hatte, als meine Familie noch intakt gewesen war. Vor Überraschung wurden mir buchstäblich die Knie weich, und ich musste mich setzen, um nicht hinzufallen.

Meine Mom klang am Telefon so sehr wie Rissa, dass ich das Gefühl hatte, mit einem Geist zu sprechen. Ich zitterte so heftig, dass ich das Handy nur mit Mühe festhalten konnte, und ihre Worte gingen fast im Blutstrom unter, der durch meinen Kopf rauschte.

Sie erzählte was von einem FBI-Agenten, der vorbeigekommen war, um sie und meinen Dad wissen zu lassen, dass es neue Informationen über Rissa und den Mord an ihrem Freund gebe. Sie schwärmte, der Agent sei so nett gewesen, so attraktiv und höflich. Sie sagte, er fand, dass sie mich anrufen sollte, weil diese neuen Informationen die gesamte Familie betreffen würden. Meine Mutter hatte nicht mehr so lebendig geklungen, seit man meine Schwester in ihr kaltes Grab gelegt hatte. Ihre Worte schnitten mir ins Herz wie schartige Glasscherben. Sie bat mich, nach Hause zu kommen. Ich war seit fast sechs Jahren nicht mehr bei meinen Eltern zu Hause gewesen. Uns trennte nicht nur diese viel zu lange Zeit, sondern auch ein riesiges Geheimnis, das mich davon abgehalten hatte, sie zu besuchen. Und jetzt sorgten Conners Manipulationen dafür, dass ich nicht anders konnte. Ich hatte keine Wahl.

Er wollte, dass ich ihnen meine Sünden beichtete. Er wusste, dass es meine größte Angst war, meinen Eltern gestehen zu müssen, was nach Rissas Tod passiert war. Er benutzte Dinge gegen mich, die ich ihm anvertraut hatte, als ich geglaubt hatte, in ihn verliebt zu sein. Er war durch und durch böse und unglaublich gerissen. Es entging meiner Aufmerksamkeit keineswegs, dass er mich aus der Sicherheit des Lofts manövrierte, während Titus und Booker andernorts beschäftigt waren. Ich fragte mich, ob er die Marshals nicht bemerkt hatte, die mich im Auge behalten sollten, oder ob sie ihm schlichtweg egal waren.

Ich versprach meiner Mom, dass ich versuchen würde, so bald wie möglich bei ihr vorbeizuschauen. Sie weinte, und als ich auflegte, war mir ohne jeden Zweifel klar, dass das Telefon gleich wieder klingeln würde. Ich hatte keine Ahnung, woher Conner die Nummer hatte, aber inzwischen war ich es leid, darüber zu spekulieren, wie er es immer wieder schaffte, mir einen Schritt voraus zu sein. Ich musste mich darauf konzentrieren, ihn in meine Nähe zu locken.

Ich würde nie verstehen, wie ein so schrecklicher Mann eine derart schöne Stimme haben konnte. Sie gehörte zweifellos zu seinen wirksamsten Waffen. Doch sein weicher Akzent lag nur wie ein Schatten unter dem harten Ton, in dem er mich begrüßte.

„Reeve. Hübsche, hübsche Reeve. Es ist eine Schande, dass es so enden muss. Ich hatte große Pläne für dich."

Ich starrte auf das Telefon, als könnte es mich beißen. Seine Worte wanden sich wie Schlangen eng und bedrohlich um meine Kehle.

„Weil du mich geliebt hast, Conner? Hattest du Pläne, weil du mich geliebt hast?" Ich klang bitter und enttäuscht, und in gewisser Weise war ich das auch. Ich hasste es, dass er mich so zum Narren gehalten hatte. Ich hasste es, dass er noch mehr Schlechtes in mein Leben gebracht hatte, obwohl ich mich so sehr nach dem Guten gesehnt hatte. Ich hasste es, dass ich ihn töten musste und dieses wundervolle Ding, das zwischen mir und Titus aufblühte, deshalb verwelken und sterben würde.

„Ich liebe dich ebenso sehr, wie du mich geliebt hast, Reeve. Ein Benutzer kann den anderen normalerweise über Meilen hinweg wittern. Ich dachte, das wäre es, was wir gemacht haben … uns gegenseitig benutzt."

Ich schnaubte höhnisch. „Und ich dachte, wir hätten eine Beziehung. Ich dachte, dass du etwas Besonderes bist."

„Damit sind wir schon mal zu zweit. Ich dachte, du würdest verstehen, warum ich tue, was ich tun muss. Ich dachte, wir sprechen dieselbe Sprache der Rache, wüssten beide, was es bedeutet, ein Unrecht wiedergutzumachen."

Als er „Rache" sagte, zuckte ich zusammen und musste daran denken, wie mächtig sie in den falschen Händen sein konnte. „Warum bist du zu meinen Eltern gegangen, Conner? Was versuchst du ihnen anzutun?"

Er lachte, und das Geräusch brachte meinen Magen zum Rotieren. Ich schlang den freien Arm um meine Taille und beugte mich vor. Es konnte sehr gut sein, dass ich gleich kotzen musste.

„Ich will, dass sie die Wahrheit erfahren“, erwiderte er. „Findest du nicht, dass sie wissen sollten, wie du den Mörder ihrer Tochter der Gerechtigkeit zugeführt hast? Glaubst du nicht, dass sie stolz auf dich sein werden, dass sie bewundern, welches Risiko du auf dich genommen hast?“ Wieder lachte er. „Ich helfe dir dabei, dich deinen Ängsten zu stellen, meine Liebe. Meinst du nicht, dass es höchste Zeit ist, reinen Tisch zu machen, sich von der Bürde der Lüge zu befreien? Du bist nach The Point zurückgekehrt, um mir das Handwerk zu legen, aber du hast vergessen, wie viele deiner Geheimnisse noch dort herumwabern. Es gibt viele Methoden, jemanden leiden zu lassen, Reeve, und ich finde, du solltest sie alle kennenlernen, bevor wir uns wiedersehen.“

Er wollte meinen Eltern nichts tun und auch nichts für sie tun. Es ging ihm einzig und allein um mich. Ich hatte mein Elternhaus verlassen, weil es mir falsch vorgekommen war, dortzubleiben. Es hatte sich falsch angefühlt, in dem Wissen, was ich getan hatte – und dass ich wegen dieser Entscheidung keinen Funken Reue empfand. Ich hatte nicht bleiben und meinen Eltern jeden Tag ins Gesicht lügen können, also war ich gegangen, und jetzt zwang er mich dazu, dorthin zurückzukehren. Er versuchte, meine Familie noch einmal zu sprengen, und diesmal benutzte er mich und meine Vergangenheit als Dynamit. Ich kniff die Augen zu. Er hatte recht: Es gab tatsächlich mehr als eine Methode, jemanden leiden zu lassen. Eine Welle des Schmerzes überrollte mich.

„Du erwartest von mir, dass ich ihnen erzähle, was ich getan habe. Du willst, dass ich ihnen sage, dass ich zu Novak gegangen bin.“

„Reeve, ich erwarte es nicht, ich weiß es. Denn wenn du es nicht tust, kommt der nächste Anruf von deinem neuen Freund, der dir mitteilt, dass er auf dem Weg zu ihren Leichen ist. Verstehst du mich?“

„Du wirst sie sowieso umbringen. Das ist nun mal deine Art." Und obwohl ich meinen Eltern nicht besonders nahestand, konnte ich natürlich nicht zulassen, dass er sie tötete. Sie waren völlig unschuldig an dieser ganzen Angelegenheit. Ihr einziges Verbrechen bestand darin, dass sie mit mir verwandt waren. Ihr Tod wäre meine Schuld, und ich war zwar stark, aber das Gewicht von noch mehr Schuld und noch mehr Leichen würde mich komplett niederschmettern.

„Ich habe niemanden umgebracht, der es nicht verdient hätte", erklärte er. Diese Stimme war so verführerisch; sie flehte mich geradezu an, ihr zu glauben.

„Ach ja? Und was ist mit dem Mädchen im Hafen? Ich soll dir ernsthaft abkaufen, dass du da nicht die Hände im Spiel hattest? Sie sah genauso aus wie ich."

Er lachte kurz auf. „Sie hatte auch deine große Klappe. Kann sein, dass ich das Ganze etwas zu persönlich genommen habe und ein bisschen übers Ziel hinausgeschossen bin, weil ich ihr zeigen wollte, was hübschen Mädchen mit großer Klappe passiert. Höchste Zeit, nach Hause zu gehen, Reeve. Geh allein. Falls der Bulle auftaucht, nimmt es für alle ein böses Ende."

Ich wimmerte leise. „Er wird wissen wollen, wo ich bin. Er wird nicht einfach hinnehmen, dass ich ohne ein Wort verschwinde." Titus würde stinksauer sein, wenn ich das Loft verließ. Wenn er dann noch den Grund herausfand, würde er mich nach allen Regeln der Kunst zur Sau machen, weil ich so idiotisch gewesen war, in eine von Roarks Fallen zu tappen.

„In dem Fall solltest du besser zusehen, dass du etwas Zeit gewinnst. Diese kleine Wiedervereinigung steht seit Langem an, und ich lasse mir von deinem neuen Freund nicht den Spaß verderben. So, jetzt muss ich einen weiteren Anruf erledigen, Reeve, aber wir sehen uns ganz bald." Es klang, als ob er mir einen Kuss durch die Leitung schickte, bevor er auflegte.

Wie gelähmt saß ich da und starrte auf das Telefon in meiner Hand. Ich konnte erst wieder einen klaren Gedanken fassen, als ich bemerkte, dass ich weinte und dicke Tränen auf das Display fielen. Es war dumm und riskant, zu meinen Eltern zu fahren. Selbst wenn ich ein Taxi zu ihrem Haus nehmen würde, um ihnen zu berichten, was ich getan hatte, konnte Conner immer noch Zero auf sie ansetzen. Aber wenn ich nicht fuhr, dann waren sie mit Sicherheit tot. Es gab keine Möglichkeit, bei diesem Szenario zu gewinnen, und am Ende würde ich, wie üblich, die Verliererin sein. Da mir im Grunde keine Wahl blieb und eine persönliche Aussprache mit den Leuten, die mich großgezogen hatten, ohnehin überfällig war, rief ich meine Mom an und sagte ihr, dass ich zum Abendessen vorbeikommen würde. Ich war überrascht, wie freudig erregt sie klang. Die Aussicht auf ein Wiedersehen mit mir und die Hoffnung auf neue Informationen, auf irgendeine Art Abschluss, der ihr vielleicht erlauben würde, nach dem Tod ihrer Tochter so etwas wie Frieden zu finden, machten sie geradezu euphorisch. Es zerriss mir das Herz.

Ich schminkte mich, eine Art Kriegsbemalung, um mich in Stimmung zu bringen, und bestellte mir danach ein Taxi. Titus probierte mehrmals, mich anzurufen, hinterließ aber keine Nachricht. Ich wusste, wenn ich versuchte, mit ihm zu reden und ihm zu erklären, was ich vorhatte und warum, würde er mich nicht allein gehen lassen. Zum Teufel, ein Teil von mir hoffte sogar, dass das Ganze bloß ein komplizierter Trick war, um mich aus der befestigten Burg zu locken, damit Conner mich schnappen konnte. Ich hatte die Glock in der Handtasche und war somit auf diese Art Konfrontation vorbereitet. Jedenfalls sehr viel mehr als auf die Begegnung mit meinen Eltern. Es war mir schon schwer genug gefallen, Titus von dem Auftragsmord zu erzählen, als ich mich damals gestellt hatte. Ich konnte mir nicht vorstellen, dass ich die richtigen Worte finden würde, um meine Handlungsweise vor meinen Eltern zu rechtfertigen.

Conner war nicht einfach nur böse, er war auch grausam und verdorben. Er wusste, wenn ich gestand, dass ich einen Mord organisiert und meine Seele an Novak verkauft hatte, würde das sehr effizient sämtliche Gefühle abtöten, die meine Mom und mein Dad noch für ihre überlebende Tochter aufbringen konnten. Es ging ihm gar nicht so sehr darum, mich zu verletzen. Vielmehr wollte er mich dazu zwingen, die Welt meiner Eltern einmal mehr zu zerstören, was mich im Endeffekt zu einem Menschen machen würde, der genauso schlecht war wie er. Er wollte mich daran erinnern, wie ähnlich wir uns waren, was gleichzeitig dazu dienen sollte, mir vor Augen zu führen, wie sehr ich mich von Titus unterschied. Es war eine schmutzige Wunde, die er mir damit zufügte. Sie brannte und eiterte in mir. Ich wollte nicht, dass es stimmte, doch es ließ sich auch nicht leugnen.

Ich beschloss, mein Telefon auszuschalten. Das würde Titus zwar nicht ewig fernhalten, aber wenigstens so lange, bis ich die Missetat vollbracht hatte. Wenn die Marshals mir immer noch folgten, um Conner zu finden, würden sie den Detective sicher über meinen Ausflug informieren. Ich schrieb ihm noch rasch eine SMS, dass ich nach Hause fuhr, in der Hoffnung, ihm damit zumindest eine vage Vorstellung von dem zu geben, was ich vorhatte. Mir war klar, dass er eine Million Fragen haben würde, sobald er mich erwischte, doch im Moment konnte ich nicht zulassen, dass er mit seiner Korrektheit den bitteren Geschmack der Unsicherheit und des Unbehagens verfälschte, der mich auf meiner Fahrt an den Stadtrand begleitete.

Meine Eltern wohnten noch immer in The Point. Sie besaßen ein Haus hinter einer kleinen Einkaufsmeile, die längst verlassen vor sich hin verrottete. Eine Hauswand war mit Graffiti bedeckt, vor allen Fenstern verliefen senkrechte Gitterstäbe. Weder meine Mom noch mein Dad hatten ein Drogenproblem, und keiner von beiden hatte auch nur einmal sein Glück beim Spiel versucht. Sie waren einfach zwei junge Leute gewesen, die sich hoffnungslos ineinander verliebt und viel zu früh ein Baby bekommen hatten. Im Job hatten sie es nie so weit gebracht, dass sie in ihre Zukunft hätten investieren können. Meine Eltern hatten ihr Leben lang zu den Geringverdienern gehört, und

The Point passte ihnen wie ein bequemer ausgelatschter Schuh. Mom arbeitete seit ihren Teenagerjahren als Kellnerin, Dad war gerade Hausmeister irgendeines großen Anwesens in The Hill. Er neigte dazu, öfter den Job zu wechseln, und auch wenn es während meiner Kindheit und Jugend nie irgendwelche Extras gegeben hatte, so war doch immer genug da gewesen.

Als ich den ausgeblichenen Farbanstrich der Haustür sah, wurden Erinnerungen wach. Ich konnte nichts anderes sehen als meine Schwester, nichts anderes fühlen als den Verlust und die Leere nach Rissas Tod. Ich schluckte die Tränen herunter und klopfte. Meine Mutter öffnete.

Ich hatte damit gerechnet, dass sie älter aussehen würde, verhärmt und gezeichnet von der Trauer. Doch das stimmte nicht. Sie sah wieder so aus wie die Frau, die sie vor Rissas Ermordung gewesen war, und unwillkürlich wich ich einen Schritt zurück. Doch die Distanz zwischen uns hatte nicht lange Bestand: Mom streckte die Arme aus und zog mich an sich. Ich war so schockiert über den plötzlichen Körperkontakt, dass ich die Umarmung nicht mal erwiderte. Der unerwartet warme Empfang lähmte mich förmlich und machte es umso schwerer, den Grund zu offenbaren, aus dem ich nach so langer Zeit hergekommen war.

„Wie hübsch du bist! Es ist so lange her." Sie führte mich durch den vertrauten Flur, der vollgestellt war mit Bildern aus meiner Kindheit. Fotos über Fotos, die mich und Rissa in verschiedenen Altersstufen zeigten. Die Erinnerungen warfen mich fast um, und ich musste mich kurz an der Wand abstützen. Meine Mutter musterte mich besorgt und nahm meinen Ellbogen, um mich weiter in das winzige, unaufgeräumte Wohnzimmer zu schieben. Dabei überschüttete sie mich mit Fragen, wo ich gewesen sei und was ich so getrieben hätte. Mein Vater saß in seinem Lehnsessel vor dem Fernseher. Er sah so normal aus, genau wie Mom. Die Rückseiten meiner Beine berührten auf einmal die Sofakante, und ich ließ mich praktisch fallen. Wie hatte das Leben bloß für sie weitergehen können? Wie hatten sie es geschafft, die Trauer und den Kummer niederzukämpfen – ohne dafür zu drastischen Maßnahmen zu greifen? Ich schaute schockstarr von einem zum anderen. Das war nicht die Familie, die ich zurückgelassen hatte. Dies war eine Familie, die geheilt und ohne mich weitergezogen war.

Ich schluckte, als meine Mom mir das Knie tätschelte.

„Es war so schön, heute deine Stimme zu hören, Reeve. Dein Vater und ich vermissen dich. Wir fragen uns jeden Tag, wie es dir wohl geht." Aus ihrem Gesicht strahlte mir so viel Liebe und Freundlichkeit entgegen, dass ich mich am liebsten gekrümmt und meinen Magen umklammert hätte, denn es kam mir vor, als hätte ich gerade einen Bauchtritt verpasst bekommen.

Mein Dad brummte nur zustimmend und drehte sich wieder zum Fernseher um.

Ich holte tief Luft und drückte mir die Fingernägel in die Handflächen. „Ich habe euch auch vermisst. Es war nur so hart, hier zu sein. Zu viele Erinnerungen." Ich würde meiner Mom erzählen müssen, dass ich fast daran erstickt war, und sie fragen, warum es ihr nicht so ergangen war.

„Na ja, die Erinnerungen sind alles, was uns geblieben ist", meinte meine Mutter. „Daher versuchen wir, möglichst lange daran festzuhalten."

Conner wusste genau, was er tat. Das hier machte mich gründlicher fertig als eine Kugel im Kopf oder ein Messer zwischen den Rippen. Er tötete meine Seele, ermordete meinen Geist, und das war diesem Bastard vollkommen klar. Denn nun musste ich das einzig Gute trüben, was meinen Eltern von mir und Rissa geblieben war. Diese kostbaren Erinnerungen würden für immer vergiftet sein, sobald ich ihnen erzählte, wie weit ich gegangen war, um mich an Rissas Mörder zu rächen.

„Wir waren so froh, als dieser gut aussehende Agent anklopfte und uns mitteilte, dass es neue Informationen gibt", erzählte Mom. „Wir wussten immer, dass Rissa gar nicht in all diese furchtbaren Dinge verwickelt war, wie sie nach ihrem Tod behauptet haben."

Mir brach der kalte Schweiß aus. Ich blinzelte langsam und zwang mich dazu, meine Lungen mit Sauerstoff zu versorgen. „Dieser Agent hat euch angelogen, Mom. Er weiß nichts Neues über Rissa. Sie ist gestorben, weil ihr Freund ein Drogendealer und Zuhälter war. Sie ist gestorben, weil sie sehr schlechte Entscheidungen für sich selbst getroffen hat, und sie war am Ende genauso verkorkst wie er."

Mom schnappte nach Luft und hob die Hände an den Mund. Dad warf mir einen scharfen Blick zu, erhob sich aber nicht aus seiner halb liegenden Position. Die Stunde der Wahrheit war gekommen.

Ich seufzte. „Der Federal Marshal kam zu euch, weil er meine Geheimnisse kennt. Hässliche, dunkle Geheimnisse, und er will, dass ich sie euch gestehe, damit ihr wisst, was für eine Art Mensch eure überlebende Tochter tatsächlich ist." Ich unterbrach mich, um tief durchzuatmen, denn der Ausdruck des Entsetzens, der sich auf dem Gesicht meiner Mutter ausbreitete, verschlug mir fast die Sprache. „Er will, dass ich euch sage, was ich getan habe, nachdem ich von Rissas Tod erfahren hatte. Ich soll euch gestehen, dass ich ein bisschen durchgedreht bin und mich so in meine Trauer und mein Bedürfnis nach Vergeltung hineingesteigert habe, dass ich ebenfalls schlechte Entscheidungen traf. Er ist nicht mal mehr ein Marshal; ich glaube, er war auch nie wirklich einer. Er hat eine Dienstmarke, aber die benutzt er nur für seine eigenen Zwecke, nicht, um den Menschen zu helfen. Er ist ein böser Mann, und er gibt sich große Mühe, sehr viele Menschen zu verletzen. Er hat mich dazu gezwungen, hierherzukommen und euch wehzutun."

Meine Mom sprang auf und begann hin- und herzulaufen. „Wovon sprichst du eigentlich, Reeve? Das ergibt doch alles keinen Sinn." Sie hatte noch immer Hoffnung, das konnte ich hören. Wenn ich nicht ohnehin schon geplant hätte, Conner zu töten, hätte ich mich in diesem Moment dazu entschlossen. Ich hasste es, diejenige zu sein, die ihr diese letzte Hoffnung raubte.

„Ich wusste, dass Rissas Freund sie umgebracht hat und dass er damit davonkommen würde. In The Point sterben zu viele Leute, als dass eine junge Frau ins Gewicht fallen würde – auch wenn sie schwanger war. Und das war einfach zu viel für mich. Zu viel Schmerz, zu viel Wut, zu viel Ungerechtigkeit. Ich entschied, dass er seine Lektion auf dieselbe Weise lernen sollte, wie er sie erteilt hatte. Deshalb bin ich zu Novak gegangen."

Meine Mutter schrie leise auf und wandte den Blick ab. Sie schaute meinen Dad mit großen Augen an, und er rappelte sich endlich auf, tapste zu ihr und legte einen Arm um ihre zitternden Schultern.

„Ich habe ihm alles versprochen. Ich hätte ihm meine Seele gegeben, meinen Körper, jeden Cent, den ich jemals verdiente, um die Wut und den Schmerz zu lindern, die in mir tobten. Er sicherte mir zu, dass er sich um den Freund kümmern würde, und das hat er auch getan." Ich senkte den Kopf, bis das Haar über mein Gesicht fiel, und meine Nägel bohrten sich so tief in meine Handflächen, dass es blutete. „Rissas Freund starb, weil ich das brauchte. Es war die einzige Möglichkeit für mich, weiterzuleben."

Ich hörte meine Mutter leise etwas murmeln, dann vernahm ich schlurfende Schritte, die den Raum verließen. Als ich wieder aufschaute, war ich mit meinem Vater allein, und er starrte mich an wie eine Fremde.

„Wir haben dich zu etwas Besserem erzogen. Jedes Leben hat einen Wert, und es steht dir nicht zu, darüber zu urteilen", sagte er. „Wir haben Rissa nicht den Rücken zugewandt, als sie drogensüchtig wurde. Wir haben nicht aufgehört, sie zu lieben, als sie für diesen Jungen auf den Strich ging. Wir wussten immer noch das Gute in ihr zu schätzen. Wir konntest du bloß so etwas tun, Reeve? Wie konntest du einen Deal mit einem Monster wie Novak eingehen? Wo ist das Gute in so einer Handlungsweise?"

„Ich hatte das Gefühl, es tun zu müssen. Rissa hatte etwas Besseres verdient als dieses Ende." Wie konnte er *nicht* wollen, dass der Mann, der ihr so übel mitgespielt hatte, dafür bezahlen musste? Warum war ich die Einzige, die so dachte?

„Und hast du dich besser gefühlt, als es erledigt war? Hat es dir Frieden gebracht?"

Ich konnte nur stumm den Kopf schütteln. Er klang so angewidert. Ich war nicht überrascht, dennoch traf es mich bis ins Mark. „Nein. Nichts hat mir Frieden gebracht."

„Weil es keine Kur gegen Trauer gibt. Alles, was man tun kann, ist abzuwarten und Tag für Tag, Schritt für Schritt damit klarzukommen. Aber was du getan hast …" Jetzt schüttelte er den Kopf. „Diese Art Fehler kann nicht mal die Zeit heilen. Du wirst immer an einen Mörder gebunden sein, Reeve, und wir hatten schon so viel Tod und Verlust in dieser Familie. Warum bist du hergekommen? Es ging uns gut. Warum hast du geglaubt, dass wir das wissen müssten?"

Ich schluckte schwer, damit seine Worte mich nicht trafen wie Faustschläge. „Ich hatte keine andere Wahl. Der Agent, der zu euch gekommen ist, befindet sich auf seinem eigenen Rachefeldzug gegen alle Leute, von denen er sich ungerecht behandelt fühlt, und zu denen gehöre auch ich. Er hat damit gedroht, dich und Mom zu verletzen, wenn ich euch nicht gestehe, was ich getan habe. Vielleicht geht er trotzdem noch auf euch los, ihr solltet also sehr vorsichtig sein. Rachsucht kann einen Menschen verrückt machen." Das hatte sie jedenfalls mit mir gemacht, und ich war von Haus aus nicht annähernd so wahnsinnig und geistesgestört wie Conner.

„Verletzen? Das ist nicht das richtige Wort für das, was du heute hier angerichtet hast, Reeve. Wir haben eine Tochter an ihre Laster und ihre Liebe zu dem falschen Mann verloren. Wir verlieren eine andere an ihre Selbstsucht und Impulsivität. Du hättest nicht herkommen sollen. Wenn es das ist, was du uns mitbringst, dann wäre es besser gewesen, du wärst weit, weit weg geblieben."

„Ich musste herkommen." Das stimmte. Und obwohl ich mit einer solchen Reaktion gerechnet hatte, zerriss es mir die Seele.

„So wie du einen Pakt mit einem grauenhaften Mann schließen musstest, um Vergeltung zu suchen. ‚Müssen' und ‚Wollen' sind zwei Paar Schuhe. Du solltest jetzt gehen."

„Es tut mir leid."

Ich stand auf und stolperte zur Tür.

„Das sollte es auch." Sein Ton war schroff, auch wenn seine Stimme die ganze Zeit zitterte. Meine Mutter hatte ich praktisch in Schockstarre versetzt, aber er hatte noch genug Kraft, mir zu sagen: „Komm nicht wieder, Reeve. Wir waren geheilt, haben ohne dich mit unserem Leben weitergemacht."

Sie waren geheilt, weil er recht hatte: Nur die Zeit und die Akzeptanz des Verlusts konnten diese Wunde schließen und ein Weiterleben ermöglichen. Ich hatte den Tod meiner Schwester noch nicht akzeptiert. Ich steckte noch immer in diesem Moment fest, als ich hatte zusehen müssen, wie die Erde auf Rissas Sarg gefallen war, und in meinem Inneren daraufhin Wut und Zorn hell aufgeglimmt waren. Ich würde niemals wieder komplett und heil sein.

Ich öffnete die Tür und lief die bröckelnden Zementstufen herunter, die von der Tür zur Straße führten. Ich stolperte über meine eigenen Füße, weil die Enttäuschung und die Ablehnung mich geschwächt hatten, doch harte Hände fingen mich auf. Er schien in letzter Zeit immer da zu sein und mich festzuhalten, wenn ich zu fallen drohte. Ich schaute nicht mal auf, schmiegte mich nur an seine Brust und begann zu weinen. Titus stellte keine Fragen. Er zog mich einfach in seine starke Umarmung und führte mich zu seinem Auto. Der GTO wirkte in dieser heruntergekommenen Straße wie ein Leuchtfeuer der Freiheit und Gerechtigkeit, und sobald ich darin saß, brach ich komplett zusammen. Schluchzer schüttelten meinen Körper, als Titus den Motor aufheulen ließ und den Wagen von meinem Elternhaus weglenkte. Es fühlte sich an, als würde ich meine ganze Vergangenheit hinter mir lassen.

„Stell nie wieder dein Telefon aus, Reeve."

Sein strenger Ton löste einen leichten Schluckauf bei mir

aus, und ich blinzelte ein paarmal, um besser sehen zu können, wohin wir fuhren. Die Stadt lag hinter uns, und wir rasten in Lichtgeschwindigkeit um The Hill herum in Richtung Berge. So weit oben war ich noch nie gewesen. Ich war ein waschechtes Stadtkind. Während meiner Zeit im Zeugenschutzprogramm war ich mal über den Vorstadtrasen gelaufen – näher war ich der Natur nie gekommen. Die Landschaft war dunkel und imposant und wunderschön.

„Mir blieb nichts anderes übrig", erwiderte ich. „Wenn ich mit dir gesprochen hätte, dann hättest du es mir ausreden wollen oder darauf bestanden, mitzukommen. Conner hat gedroht, sie zu töten, wenn ich nicht allein hinfahre. Außerdem brauchtest du dir wirklich nicht noch mal anzuhören, was ich verbrochen habe." Den Abscheu meines Vaters zu ertragen war schwer gewesen, aber denselben Ekel noch einmal auf Titus' attraktivem Gesicht zu sehen würde mich umbringen.

„Roark könnte ihnen trotzdem was antun."

„Das könnte er. Aber es ging ihm weniger um sie als vielmehr darum, mich fertigzumachen. Er hat vermutet, dass mein Dad mich anschauen würde, als ob er mich nie mehr sehen will, und er lag völlig richtig. Ich hatte ihm erzählt, dass es für mich das Allerschlimmste wäre, meinen Eltern zu beichten, was ich getan habe, und dass ich es nie so weit kommen lassen wollte. Die Vorstellung, es ihnen zu offenbaren, gehörte immer zu meinen größten Ängsten. Zu Recht, wie sich jetzt herausgestellt hat." Ich legte meine Stirn an das kühle Fensterglas. „Wie hast du mich gefunden?"

Er schnaubte halb belustigt, halb verärgert. Die Reifen drehten durch, als sie auf Sand trafen, und das Hinterteil des mächtigen Wagens rutschte zur Seite. „Ich habe die Marshals angerufen. Trotzdem ärgert es mich ein bisschen, dass ich nicht sofort darauf gekommen bin, was du mit ‚nach Hause' gemeint hast."

Ich summte zustimmend. „Wohin fahren wir?"

„Zum Gipfel des Bergs. Wir haben dort früher immer

Wettrennen den Abhang runter veranstaltet, um Geld oder Fahrzeugscheine. Bax hatte mit sechzehn eine unglaubliche Glückssträhne, sodass uns anderen irgendwann die Lust daran vergangen ist. Aber es ist immer noch ein netter Ort, um mal zur Ruhe zu kommen."

„Ich weiß nicht, ob Ruhe gerade das Richtige für mich ist." Mir war kalt, und ich fühlte mich wie betäubt. „Danke, dass du mit mir hierhergefahren bist."

Er fluchte, und das Auto geriet erneut ins Schlingern, was ihn jedoch nicht dazu bewog, das Tempo zu drosseln. Als er wieder sprach, klang seine Stimme rauchig und schwer. „Meine Mom ist eine Trinkerin. Sie hatte in der Sekunde nach meiner Geburt eine Flasche in der Hand und hat sie seither nie mehr abgestellt. Sie hat sich nie sonderlich für ihre Mutterrolle interessiert, aber sie war schön und hat eine unheimliche Anziehungskraft auf sehr gefährliche und mächtige Männer ausgeübt."

„Wie Novak."

Er nickte, und trotz der Dunkelheit sah ich, wie sein Kiefer sich verkrampfte. „Novak und mein Dad, Elias King."

Den schockierten Aufschrei, der mir entfuhr, konnte ich nicht ganz unterdrücken. Das Leben von Elias King war eine Horrorstory, die Eltern ihren Kindern erzählten, damit die sich abends nicht zu lange draußen rumtrieben und immer schön auf dem rechten Weg blieben. Sein Name wurde furchtsam geflüstert, wenn seine grausamen Verbrechen jungen Mädchen als Warnung dienen sollten. Elias King war ein Serienkiller. Ein irrer Mörder, der mehr Frauen vergewaltigt und umgebracht hatte, als ich an meinen Fingern und Zehen abzählen konnte. Ganz zu schweigen davon, dass der Typ, als man ihn endlich gefasst hatte, auf so viel Black-Tar-Heroin hockte, dass er damit sämtliche Junkies in den Vereinigten Staaten jahrelang hätte versorgen können.

„Nein." Es war gänzlich ausgeschlossen, dass dieser Mann, dieser wundervolle, großartige, gesetzestreue Mann von einem entsetzlichen Schuft wie Elias King abstammte. Titus hatte zwar seine internen Monster, aber ich konnte nicht glauben, dass ihn auch welche geboren hatten.

„Doch. Ich glaube, meine Mom wusste, was er trieb", erklärte Titus. „Damals fing sie überhaupt erst mit dem Trinken an. Aber sie hat ihre Lektion gelernt. Als sie mit Bax schwanger wurde, war sie clever genug, ihm nicht den Namen eines Killers aufzubürden. Ich hingegen habe einen Massenmörder an der Hacke, der mir mein Leben lang folgt, wohin ich auch gehe."

„Oh, mein Gott, Titus, ich hatte keine Ahnung."

„Nicht viele Leute wissen Bescheid. Es ist nichts, was ich an die große Glocke hänge, und King ist ein ziemlich verbreiteter Nachname, daher stellen die Leute nur selten die Verbindung her. Kurz nachdem er meine Mom geschwängert hatte, ging er weg. Ich habe ihn nie gesehen und weiß auch nicht mehr, als der Rest der Welt aus den Medien erfahren hat. Er sitzt in der Todeszelle, aber die Hinrichtung wird immer wieder verschoben."

„Trotzdem ..." Mehr fiel mir nicht ein. Ich war noch dabei, diese Hammerenthüllung zu verdauen.

„Als ich fünfzehn war, hatte ich einen Freund namens Jordan. Seine Mom brachte ihn zu Gus' Werkstatt, und wir schraubten dort an den Autos rum. Er war aus The Hill, aber ich dachte mir nie was dabei – bis seine Mutter ihm eines Tages verbot, mit mir zu reden. Nicht wegen meines Dads, sondern wegen meiner Herkunft. Im Ernst, ich habe Mörder-Gene, aber sie wollte nicht, dass wir Freunde waren, weil ich arm und aus The Point war? Das war total abgefuckt, doch es führte mir zumindest vor Augen, wie meine Zukunft sich gestalten würde. Es war schon schlimm genug, dass ich den Namen eines Mörders trug, aber ich kam außerdem aus der falschen Stadt, weshalb nie etwas Nützliches aus mir werden konnte."

Ich atmete heftig und konnte meinen eigenen Herzschlag hören. Ich konnte nicht glauben, dass er mir das wirklich alles anvertraute. Dass er mich in den Käfig ließ, in den er seine Monster sperrte.

Titus fuhr fort: „Na ja, und dann stellte sich heraus, dass Jordans Mom gar nicht so oft in der Werkstatt war, weil sie Probleme mit ihrem Wagen hatte. Sie kam vielmehr hin, weil sie mit Gus schlief. Ich sagte ihr, dass ich alles ihrem Mann erzählen würde – es sei denn, sie würde mich nach The Hill mitnehmen und mir den Besuch einer guten Highschool ermöglichen, damit ich aufs College gehen und etwas aus mir machen konnte. Gus, wie er nun mal war, willigte ein, mir zu helfen, falls sie nicht einlenken würde."

„Was hat er getan?", flüsterte ich, völlig fasziniert von dieser neuen Seite an ihm.

„Es gab ein Video. Gus gehörte nicht zu den schüchternen Typen. Sie ließ mich auf ihrem Anwesen wohnen, brachte mich in einer schicken Privatschule unter und ließ mich dort meinen Abschluss machen. Ich hatte mir den Weg in eine bessere Zukunft erpresst und dafür meinen kleinen Bruder zurückgelassen, der sich nun ganz allein durchschlagen musste. Ich wünschte, ich könnte dir erzählen, dass ich das alles nur getan habe, um später für Bax und meine Mom sorgen zu können. Aber in Wahrheit habe ich es getan, weil ich mehr sein wollte als ein armer Junge aus den Slums. Es ging mir nicht ums Geld, sondern darum, wie die Leute mich anschauten. Mit Uniform wurde ich respektiert – egal, ob ich in den feinen Straßen von The Hill unterwegs war oder in den Gossen von The Point. Es war nicht mehr wichtig, woher ich kam. *Ich* war wichtig. Während meines ersten Jahrs auf Streife wurde mir dann klar, dass ich tatsächlich etwas bewegen konnte. Ich konnte Kids wie Bax davor bewahren, in den kriminellen Untergrund abzudriften. Ich konnte jungen Mädchen helfen, andere Perspektiven zu finden, als an der nächsten Straßenecke anschaffen zu gehen. Ich konnte etwas bewirken und auf eine Weise wichtig sein, die wirklich zählte, und mich gleichzeitig als besseren Mann positionieren, so weit weg wie irgend möglich vom Erbe eines Elias King. Ich wollte den Unschuldigen eine Chance geben, denjenigen, die sich noch für das Richtige entscheiden konnten. Aber die Gründe, aus denen ich Polizist geworden bin, sind bei Weitem nicht so edel und selbstlos, wie die meisten Leute denken, und damit muss ich leben. Deshalb arbeite ich so hart, deshalb bedeutet mir jeder Mensch in meiner Stadt etwas, ob er nun gut ist oder böse. Jeder muss Entscheidungen treffen, Reeve, und es sind nicht immer die richtigen. Manchmal sind es auch einfach die notwendigen. Dass du schlechte Dinge tust, macht dich nicht automatisch zu einem schlechten Menschen. Es gibt zwischen Weiß und Schwarz einen grauen Bereich, auch wenn ich dazu neige, ihn zu ignorieren, weil ich nicht daran erinnert werden möchte, wie viel Zeit ich selbst darin verbracht habe. Doch das ist dir gegenüber nicht fair."

Endlich kam das Auto in einem Regen aus Staub und Schotter schlitternd zum Stehen. Die Scheinwerfer beleuchteten den steilen Abhang vor uns. Der Mond stand hoch am Himmel und zwängte sein silbernes Licht durch den Smog und die Wolken. Es hatte dieselbe Farbe wie Titus' Augen, wenn er erregt und tief in mir vergraben war.

„Ich hatte lange nichts mehr mit meinen Eltern zu tun", meinte ich. „Deshalb sollte es mir eigentlich nicht so vorkommen, als ob ich sie gerade verloren hätte. Tut es aber."

„Genauso habe ich mich gefühlt, als ich Bax eingesperrt habe. Ich wusste, dass er nicht verstehen würde, dass ich meinen Job machen musste, und als er wieder draußen war und mich das erste Mal sah, hat er mir ins Gesicht geschlagen. Er hasste mich." Titus stellte den Motor ab. Er wandte sich mir zu, strich mir übers Haar und wickelte eine Strähne um einen seiner Finger. „Lass Roark nicht gewinnen. Geh noch mal zu ihnen, wenn sich die Lage beruhigt hat, und rede mit ihnen. Bring sie dazu, dich zu verstehen."

Ich schaute ihn an. In dem schwachen Licht wirkte er so wild und stark. Er sah so aus, wie Helden aussehen sollten, ganz egal, welchen Weg er genommen hatte, um einer zu werden.

„Ich weiß ja nicht mal, ob *ich* es verstehe", entgegnete ich. „Damals kam es mir wie die einzig mögliche Wahl vor. Heute bin ich mir da nicht mehr so sicher.“ Ich strich mit den Fingerknöcheln über seine immer noch kratzige Wange. Er hatte jetzt beinahe Vollbart-Status erreicht, und der Bart stand ihm unglaublich gut. „In letzter Zeit bist du das Einzige, was ich verstehe, Titus.“

Fragend hob er eine dunkle Braue. „Und wie verstehst du mich, Reeve?“

„Als jemanden, der alles besser macht. Du richtest mich auf, und ich mag niemals gut genug für dich sein, aber du gibst mir das Gefühl, dass ich zumindest ziemlich nah rankommen könnte.“

Er umfasste mein Handgelenk, und im nächsten Moment wurde ich über die Mittelkonsole und die Handbremse gehoben. Ich landete rittlings auf seinem Schoß, mit dem Rücken zum Lenkrad. So hatte ich seit meiner Teenagerzeit nicht mehr mit einem Jungen im Auto gesessen. Aber irgendwie gefiel es mir. Mehr als irgendwie.

„Du machst auch alles besser, Reeve, und gut genug zu sein entfällt, denn *das hier* mit dir ist das Beste, was es je gegeben hat.“ Und dann war sein Mund auf meinem, und ich bekam keine Chance, ihm zu erklären, dass wir *das hier* hinter uns gelassen hatten und uns zügig Richtung *Mehr* vorwagten. Seit ich wusste, dass Titus nicht vollkommen war und auf der Reise zu dem Mann, der er heute war, einige fragwürdige Entscheidungen getroffen hatte, liebte ich ihn nur noch mehr. Seine Wurzeln waren sogar noch hässlicher als meine, und das fand ich wunderschön. Ebenso schön fand ich, wie er jetzt an meinen Kleidern zerrte und meinen Hals mit Küssen bedeckte.

Ich lehnte mich ein kleines Stück zurück, um in seine metallisch glänzenden Augen zu schauen. „Ich zähme andauernd deine Bestie, Titus. Ich glaube, nach der Szene mit meinen Eltern musst du dich ein bisschen um meine kümmern und sie besänftigen. Sie kann ein wenig Kuscheln und Streicheln gebrauchen.“ Ich wollte das mit ihm machen, was er immer mit mir machte, nur auf andere Weise. Ich wollte ihn mit Weichheit schlagen, mit

Zärtlichkeit quälen, ihn mit Liebkosungen traktieren, bis er sich atem- und haltlos unter meinen zarten Berührungen und federleichten Küssen wand. Ich wollte ihn mit Freundlichkeit zum Wahnsinn treiben. Davon hatten wir beide so wenig in unserem Alltag, dass wir uns daran berauschen und den Rest der Welt für eine Weile vergessen konnten.

Seine Brauen verschwanden fast in seinem Haaransatz, und er löste beide Hände von meinem Körper.

„Dann gib sie mir."

Sobald ich das tat, blieb ihm nichts anderes übrig, als sie zu behalten. Denn meine Bestie, geschaffen aus Sanftheit und Mitgefühl, passte perfekt an die Seite seines durch Härte und Kampf gestählten Monsters.

14. Kapitel

Titus

Ich konnte die Menschen, mit denen ich freiwillig über meinen Vater gesprochen hatte, an einer Hand abzählen, und zwei davon waren meine Blutsverwandten. Ich redete nie über meine Eltern, über meine Herkunft oder darüber, wie ich dorthin gelangt war, wo ich mich heute befand. Ich dachte auch nicht gern daran. Wann immer sich diese Erinnerungen meldeten, kam ich mir vor wie ein Betrüger, eine Fälschung, ein Scharlatan. Es spielte keine Rolle, wie sehr ich mich dem Gesetz verpflichtet fühlte, wie sehr ich mich darauf fokussierte, den Menschen hier zu helfen, oder wie viel Kraft ich investierte, um in dieser gottverlassenen Stadt etwas Segensreiches zu bewirken. Unter all dem war ich nicht anders als Bax oder Race. Zum Teufel, letztendlich war ich sogar genauso kalt und manipulativ wie Nassir. Ich hatte Leuten wehgetan, um zu kriegen, was ich wollte, und zwar ohne Reue, denn die Wahrheit war, dass ich es jederzeit wieder tun würde, wenn es keine andere Möglichkeit gab.

Reeve hatte von der Bestie in mir gesprochen, und sie hatte recht. In der Persönlichkeitsstruktur des Mannes, der ich heute war, steckte noch ziemlich viel von dem zornigen Teenager mit dem Mörder-Vater und der Trinker-Mutter. Und auch der kleine Junge war noch in mir, der immer hungrig war, weil es nie was zu essen gab, und verängstigt, weil er einen kleinen Bruder hatte, um den er sich niemals ordentlich würde kümmern können. Ich versuchte, das alles zu verstecken und wegzuschließen. Doch je länger ich auf den Straßen unterwegs war und je mehr Zeit ich mit dieser Frau verbrachte, die die Dunkelheit und Verzweiflung verstand, desto höher kletterten diese wütenden Erinnerungen in mir und kamen der Oberfläche allmählich näher.

Sie saß auf mir, eine Hand fest in mein Haar gekrallt, als sie mich näher zu ihrem Mund zog. Mit der anderen zerrte sie an meinem ohnehin schon gelockerten Krawattenknoten und den Knöpfen meines Hemds. Ich wusste gar nicht, dass Ungeduld einen dermaßen anturnen konnte.

Ich berührte sie nicht. Das hier war ihre Show. Sie war an der Reihe, sich zu nehmen, was sie brauchte, und ich würde es ihr mit großem Vergnügen geben. Auch wenn die Vordersitze des GTO nicht genug Platz für die Dinge boten, die ich wirklich gern mit ihr anstellen wollte. Bislang hatte sie nie Furcht gezeigt, mir nie Grenzen aufgezeigt, nicht mal eine Sekunde gezögert, wenn wir zusammen gewesen waren. Das hatte mich nur dazu angespornt, sie weiter und weiter zu treiben. Sex mit ihr hatte einen Suchtfaktor, den ich nie bei irgendeiner anderen Frau erlebt hatte. Zugegeben, ich war auch nie zuvor mit jemandem im Bett gewesen, der so wahnsinnig gut zu mir passte wie sie. Niemand hatte je alles hingenommen, was ich zu geben hatte, und nach mehr verlangt. Sie war wohl das einzige menschliche Wesen, das je mein wahres Ich gesehen hatte. Dieser Typ war nicht besonders attraktiv in all seiner gierigen, unersättlichen, unbeherrschten Herrlichkeit, aber sie hatte noch nie weggeschaut.

So wie sie auch jetzt nicht wegschaute, während sie mit beiden Händen mein Hemd packte und es aufriss. Kleine Plastikknöpfe sprangen munter durchs Auto und prallten von den Fenstern ab. Sie zerrte den Stoff aus dem Hosenbund und strich über meinen Bauch. Sämtliche Muskeln zogen sich zusammen, als sie mit den Nägeln ganz zart über meine Seiten kratzte.

„Ich mag es, wie stark du bist." Ihre Finger wanderten höher und tupften federleicht über meine Brust und mein Schlüsselbein. Ich schnappte nach Luft, als sie mit dem Zeigefinger über meine Brustwarze strich, und fragte mich, ob es sich so anfühlte, wenn ich das bei ihr machte. „Du kommst mir unzerstörbar vor."

Ich saß ganz still, während sie sich der anderen Seite widmete. Mein Blut fing an zu brodeln und rauschte dorthin, wo sie es sich gerade auf meinem Schoß gemütlich machte. Plötzlich schien es hier drinnen eine Million Grad heiß zu sein, und ich versank in den unendlichen Tiefen ihrer eigenartigen Augen. Sie beugte sich vor, und ihr Haar glitt wie dunkler Satin über die Haut, die sie eben entblößt hatte.

„Jeder hat einen Bruchpunkt." Ich klang ruppig und hatte Mühe, mich aufs Sprechen zu konzentrieren, denn jetzt spürte ich ihre Lippen direkt unter meinem Ohr.

Sie begann, daran zu knabbern, und ihre Zunge hinterließ eine feuchte Spur bis hinter die Ohrmuschel. „Ich würde so gern sehen, wie du deinen erreichst", hauchte sie.

Mit einer Hand umfasste sie meinen Nacken und rieb ihre Wange an meiner. Wenn ich mein Monster auf sie losließ, dann nahm es gewaltige Happen von ihr ins Maul, verschlang sie in gierigen Schlucken und versuchte, so schnell und heiß zu brennen, wie das Vergnügen es zuließ. Es war kein Witz gewesen, als sie gesagt hatte, dass ihre Bestie besänftigt werden musste. Jede ihrer Bewegungen war wohlüberlegt und erotisch. Wir berührten einander überall, und es war irgendwie intimer als all die Male, die ich während des letzten Monats in ihr gewesen war. Sie strich mit ihrer Brust über meine, und ich beschloss, dass das Spielfeld ruhig ein bisschen ausgeglichener sein durfte. Ich schob die Hände unter ihr T-Shirt und zog es ihr über den Kopf. Ihre Haare fielen um uns herum wie ein dunkler Vorhang, und ich umfasste ihr Gesicht, um sie zu küssen. Sie blinzelte mich mit großen Augen an und lächelte.

„Du bist die Einzige, die ihn zu sehen kriegt, wieder und wieder", gab ich zurück. „Du warst von Anfang an mein Bruchpunkt, von dem Moment an, in dem du durch meine Tür kamst, um mir zu gestehen, dass du Novak geholfen hast, Dovie zu entführen. Ich wollte abgestoßen sein, wollte dich hassen, aber das gelang mir nicht. Ich dachte, dass du schön bist und widerstandsfähig. Du schienst so fehlgeleitet und verloren, und doch wollte ich dir schon da die Kleider vom Leib reißen und dich auf meinem Schreibtisch ficken."

Langsam näherte sie sich mir und gab mir einen hauchzarten Kuss. Dann ließ sie eine Hand über meine Brust abwärtsgleiten, bis zu meiner Gürtelschnalle. Ich erwiderte die Aufmerksamkeit, indem ich ihren BH aufhakte und abstreifte.

„Du hättest es versuchen sollen. Ich hätte dich gelassen." Ihre Worte tanzten über meine Lippen, und irgendwo im Zentrum meiner Brust heulte ein Tier vor Entzücken auf. Das war es, was meinem Leben gefehlt hatte. Jemand, der die Opfer zu schätzen wusste und die schweren Entscheidungen, die ich treffen musste, um der Mann zu werden, der ich heute war – und der aber auch den abgefuckten Jungen mochte, der ich gewesen war.

Noch immer ließ ich sie das Tempo vorgeben. Während sie mich ruhig einatmete und sich an meiner Gürtelschnalle zu schaffen machte, ließ ich meine Hände über ihre Rippen, ihren Rücken und die Unterseite ihrer vollen Brüste gleiten. Ich wollte ihre harten Nippel zwischen den Fingern rollen und meine Zunge zwischen ihre Zähne stoßen. Ich wollte meinen pochenden Schwanz in ihre einladende Hitze bohren, die so nahe war. Ich wollte alles, was ich kriegen konnte, aber sie streichelte mich, spielte mit mir, verhielt sich so, als hätten wir alle Zeit der Welt, und es war die reinste Folter.

Endlich hatte sie meinen Gürtel geöffnet und ließ mich ein Stück nach oben rutschen, damit sie an den Reißverschluss kam. Auf dem beengten Raum fühlte sich alles wie verstärkt an, extrem erotisch und unfassbar sensibilisiert. Sie holte meinen Schwanz aus dem Schlitz, den sie gerade freigelegt hatte, schloss ihre Finger darum und bewegte sie auf und ab, bis ich sie fast abgeworfen hätte. Ich keuchte gegen ihren geschlossenen Mund, während wir einander beäugten wie Raubtiere, die überlegten, wer als ultimativer Sieger aus der Pattsituation hervorgehen würde. Sie ließ die Handfläche über meine Eichel gleiten und nahm die Flüssigkeit, die sich dort sammelte, auf ihrem Weg nach unten mit.

Mein Gesicht wurde ganz warm, mein Atem immer schneller und schwerer. Ich packte sie so fest bei den Hüften, dass ich mich nicht gewundert hätte, wenn meine Finger Spuren hinterlassen würden. „Eigentlich sollte ich doch deine Bestie besänftigen, Reeve. Das hier fühlt sich wie das Gegenteil an." Ich war kurz davor, in ihrer Hand zu kommen, und sie war noch immer überwiegend bekleidet und ungeküsst. „Du sollst dir nehmen, was du brauchst."

Sie lachte leise und gab mir einen sanften kleinen Kuss. „Das tue ich. Ich mag dich so. Du bist sonst niemals weich, niemals zärtlich, aber für mich bist du es jetzt. Das besänftigt etwas in mir. Es gefällt mir, dass ich diejenige bin, die dich dazu bringen kann, bei Fuß zu gehen. Die Leine ist eigentlich dauernd gespannt, immer wird daran gezerrt, doch in diesem Moment nicht." Das stimmte tatsächlich. Indem ich ihre innere Wildheit besänftigte, beruhigte sich meine eigene. Unter ihren federleichten Liebkosungen verbarg sich kein Bedürfnis mehr, zu markieren und zu zerstören. Es war anders mit ihr. Das war es immer.

„In ungefähr zwei Minuten werde ich wirklich weich sein, und dann guckst du in die Röhre, wenn du das da für irgendwas benutzen willst."

Ich deutete vielsagend auf meine Latte, die sie weiterhin mit Hingabe bearbeitete. Mein Schwanz sah in ihrer winzigen Faust wütend und massiv aus. Ihr Blick wanderte ebenfalls abwärts, und ihre dunklen Augen weiteten sich. Es war unglaublich sexy, sie dabei zu beobachten, wie sie sich anschaute, was sie mit mir machte. Ihre Zungenspitze glitt über ihre Unterlippe, und ihr Puls flatterte, als ich in ihrer Hand zuckte.

Mit einem Mal packte sie die Krawatte, die ich noch immer um den Hals trug, und zog mich an sich zu einem Kuss, wie ich ihn mir wünschte. Zähne stießen zusammen, Zungen umschlangen einander, Atem mischte sich, Luft blieb weg. Ihre nackte Brust rieb sich mutwillig an meiner, was ich als Hinweis verstand, ihr zu helfen, den Rest ihrer Kleider loszuwerden. Es gab keinen Platz, und sie hatte absurd lange Beine, daher sah das Ganze vermutlich aus wie eine lächerliche Partie Twister. Es fühlte sich nicht so an. Überall, wo Haut auf Haut traf, flogen die Funken. Überall, wo ihr Mund auf mir landete, saugte oder leckte, brannte es. Alles, was meine Hände berührten, war kostbar und unersetzlich.

Ich räumte ihre Hose aus dem Weg und beschloss, keine Zeit mit der Unterwäsche zu verschwenden. Dabei handelte es sich ohnehin um einen winzigen Fetzen aus Spitze, also schob ich ihn zur Seite und brachte Reeve über mir in Position. Mit dem Lenkrad im Rücken hatte sie keine Ausweichmöglichkeit, also ließ sie sich auf meinen Schwanz herabgleiten, und wir beide stöhnten, als sie mich bis zum Anschlag in sich aufnahm. Diesmal gab es keine Spur von dem fieberhaften Stoßen und Zerren, das normalerweise zu unserem Sex gehörte. Das hier war anders. Das hier war *mehr*.

Mit einer Hand umklammerte sie meinen Schlips, mit der anderen hielt sie sich an meiner Schulter fest. Ich hatte eine Hand unter ihrem Hintern, um ihr dabei zu helfen, mich zu reiten, und die andere besitzergreifend um eine ihrer Brüste gelegt. Jedes Mal, wenn ich den Daumen um ihren Nippel kreisen ließ, spürte ich, wie sie unwillkürlich ihre Muskeln anspannte. Ich ließ mich von ihr küssen. Sanft und süß, während wir höher und höher kletterten und dem Gipfel immer näher kamen. Das Kratzen der feinen Spitze, kombiniert mit dem Gefühl ihrer geschmeidigen Haut, während sie sich über mir hob und senkte, brachte mich fast um den Verstand. Nichts in meinem Leben hatte sich je so sicher angefühlt, war so absolut mein gewesen.

Als sie meinen Namen flüsterte, flüsterte ich ihren und ließ meinen Kopf an die Rücklehne des Sitzes fallen. Die Fenster beschlugen, und ich musste fast lachen bei dem Gedanken, wie klischeehaft das war, wie klischeehaft sie und ich waren. Der Bulle und die sexy Kriminelle mit dem Herzen aus Gold. Es war wirklich lächerlich, doch das hielt mich nicht davon ab, ihre verkrampften Finger von meiner Krawatte zu lösen und sie zwischen uns zu führen, damit sie sich selbst berühren konnte … und mich.

Als sie ihre geile kleine Klit fand, stöhnte sie lustvoll auf, und ich stöhnte ebenfalls, weil die Rückseiten ihrer Finger sich verführerisch an meinem Schwanz rieben, während wir uns im Einklang miteinander bewegten. Dank ihres sinnlichen Vorspiels und der doppelten Stimulation würde es keiner von uns beiden mehr lange aushalten. All meine Muskeln vibrierten, und ich spürte, wie ihre um mich herum locker und warm wurden. Ein Beben arbeitete sich aus dem Inneren ihres Körpers heraus, und als ich sie ein winziges Stück nach hinten schob, um ihren Nippel mit den Zähnen zu erreichen, war es um sie geschehen. Ich schleuderte sie in den Abgrund, und sie nahm mich mit sich.

Wir kamen zusammen, auf Augenhöhe, und unsere Herzen schlugen im selben Takt. Es war leichterer, trägerer Sex als der, den wir sonst hatten. Was merkwürdig war, wenn man bedachte, wie viel mehr dahintersteckte.

Reeve atmete tief aus und strich zärtlich über mein struppiges Gesicht. Sie sah mich an, ich sah sie an, und wir waren umgeben von Dunkelheit und Stille. Noch nie hatte ich einen so sanften und friedvollen Moment mit einem anderen Menschen geteilt, eine solche Erfahrung gemacht, die umso intensiver war, weil wir noch immer so eng verbunden waren, wie zwei Leute es nur sein konnten.

Sie grinste mich an und machte Anstalten, von meinem Schoß herunterzurutschen. Wir erstarrten beide, als zarte Haut über Haut rieb. Kein Wunder, dass alles sich auf einmal besser anfühlte, vollkommener, ewiger. Es war nichts mehr zwischen uns, buchstäblich und im übertragenen Sinne. Ich seufzte und ließ den Kopf an ihre Brust sinken.

Versonnen strich sie über das Haar an meinen Schläfen. Als sie den weißen Fleck erreichte, umkreiste sie ihn mit den Fingerspitzen. „Du weißt, dass ich nichts mitgenommen habe, als ich das Zeugenschutzprogramm verließ, oder? Das betrifft auch Verhütung."

Ich nickte. „Ich weiß." Wir hatten in letzter Zeit so oft miteinander geschlafen, da hatte es meiner Aufmerksamkeit kaum entgehen können, dass Gummis ein notwendiges Übel waren.

„Äh, okay. Wir können bei einer Apotheke vorbeifahren. Es gibt keinen Grund, auszuflippen." Sie klang so ruhig, so zufrieden mit allem und jedem, was ich mit ihr anstellte, dass die Erkenntnis mich mit voller Wucht tief in meinem Inneren traf. Vielleicht auch ins Herz, obwohl ich noch nicht so weit war, das zuzugeben. Ich ließ meine Hände noch einmal über ihre Rippen gleiten und lehnte mich dann ein Stück zurück, um ihr in die Augen schauen zu können. Sie waren schwarzblau wie die Mitternacht.

„*Das hier* hat sich gerade in *Mehr* verwandelt, und wir werden angemessen damit umgehen", sagte ich. „Wenn du irgendwo anhalten willst, wenn wir wieder in der Stadt sind, dann werden wir das tun. Doch wenn du das nicht willst, ist das für mich auch okay."

Sie wirkte gleichzeitig überrascht und zögernd. „Titus?"

Ich hörte mich an, als hätte ich den Verstand verloren. Wir waren so was von nicht richtig füreinander, und ich versuchte gerade, sie für immer an mich zu binden.

Ich zog sie an mich und gab ihr einen dieser sanften Küsse, die sie offenbar mochte. Dann hob ich sie hoch und setzte sie auf ihrem eigenen Sitz ab, damit sie sich wieder in ihre Klamotten winden konnte.

„Ich habe dir bereits gesagt, dass ich das tue, was getan werden muss. Immer."

Noch immer wirkte sie ein bisschen verloren. Sie schüttelte den Kopf und begann, ihre Hose anzuziehen. „Ich hatte nie vor, dein Leben zu ruinieren." Sie sprach so leise, dass ich sie bei laufendem Motor nicht verstanden hätte. „Ich will dir bloß helfen. Ich will das Richtige tun."

Ich packte mich wieder in meine Hose und streifte die Reste des zerstörten Hemds ab. Dann zupfte ich an einer Strähne ihres dunklen Haars und grinste schief. „Das Richtige für uns muss nicht das Richtige für andere Leute sein, und du hast nichts ruiniert. Im Gegenteil, du könntest gerade Teile von mir reparieren, von denen ich gar nicht wusste, dass sie kaputt gewesen sind. Also, willst du anhalten oder nicht?“

Ich sollte sie nicht drängen. Zum Teufel, ich war mir nicht mal sicher, warum es überhaupt eine Rolle spielte. Eigentlich sollte ich sogar darauf bestehen, dass sie die Pille danach nahm, aber das wollte ich nicht. Ich wollte es absolut nicht. Es kam mir falsch vor. Ich hatte das Gefühl, etwas aufbauen zu müssen mit diesem Mädchen, das mich verstand – und zwar alle Aspekte meiner Persönlichkeit – und sich vor keinem einzigen fürchtete. Ich glaubte nicht, dass ich jemals komplett gewesen war, bevor sie damit angefangen hatte, die Bestie hervorzulocken, um mit ihr zu spielen.

Ganz langsam schüttelte Reeve den Kopf, ohne mich anzuschauen. Sie starrte auf die Tasche zwischen ihren Füßen und war kreidebleich. Da ich die Antwort hatte, die ich wollte, bohrte ich nicht weiter. Ich dachte, dass wir beide verrückt waren, und hatte mich noch nicht entschieden, ob das gut oder schlecht war. Die Zukunft würde es zeigen.

15. Kapitel

Reeve

Ungefähr eine Stunde, nachdem Titus zur Arbeit gegangen war, klopfte ich bei Race und Brysen. Ich hatte darauf gewartet, dass Booker endlich auftauchen würde, und als das nicht geschah, wollte ich herausfinden, wo er war. Ich musste ihm die Pistole zurückgeben. Denn ich konnte es nicht tun. Konnte nicht wieder in diese Falle tappen: über Leben und Tod eines anderen Menschen zu entscheiden, weil ich mir anmaßte, die richtige Antwort zu kennen. Nicht nach den neuesten Entwicklungen zwischen mir und dem Cop.

Er hatte mich zurück ins Loft gebracht und war mit mir ins Bett gegangen. Seine Krawatte war mitten in der Nacht für sehr viel interessantere Tätigkeiten zu gebrauchen als tagsüber im Büro, und während er mich gefesselt, festgehalten und fertiggemacht hatte, wenngleich vorsichtiger als sonst, war mir klar geworden, dass ich ihn nicht weiter belügen und meinen geheimen Plan nicht mehr vor ihm verbergen durfte. Nicht, wenn ich dieser Sache zwischen uns die Chance geben wollte, zu etwas Echtem, Wirklichem zu werden. Er hatte mich geweckt, als er aufgestanden war, hatte mich mit in die Dusche genommen und mir danach, als er schon auf dem Weg zur Tür gewesen war, einen Abschiedskuss gegeben. Die schlichte Selbstverständlichkeit und das Gefühl, als ob dies eine richtige Beziehung war, hatte mich dazu getrieben, hastig meine Kleider überzuwerfen und unruhig herumzutigern, während ich auf Booker gewartet hatte. Nach einer guten Stunde war ich ungeduldig geworden und nach unten gegangen.

Jetzt öffnete Race die Tür. Er trug nichts außer tief sitzenden

Jeans und einem mürrischen Ausdruck in seinem zu hübschen Gesicht. Sein goldenes Haar war zerzaust, und seine grünen Augen sahen dunkel und müde aus. Er lehnte sich mit einer Schulter an den Türrahmen und verschränkte die Arme vor seiner glatten, perfekt definierten Brust. Jungs, die so aussahen wie er, sollten eigentlich nicht bedrohlich wirken. Das tat er jedoch, und mich überlief ein warnendes Prickeln.

„Hey“, begrüßte ich ihn. „Weißt du, wo Booker ist? Ich habe mir was von ihm geliehen und muss es dringend zurückgeben.“

Ich gab mir große Mühe, mich auf sein Gesicht zu konzentrieren, aber das war echt eine Menge nackte Haut, und, heiliger Bimbam, ich war nicht aus Stein gemacht.

Race hob eine dunkelgoldene Braue. „Er hat die Nacht im Knast verbracht. Es war supernervig, ihn da rauszuhauen, doch er müsste bald wieder da sein. Sie haben ihn heute früh entlassen.“

Ich runzelte die Stirn. „Normalerweise kommt er hoch, sobald Titus weg ist. Bis jetzt ist er allerdings noch nicht aufgetaucht.“

Er hob eine Hand und rieb sich damit sein Kinn. „Dann weiß ich auch nicht, wo er ist. Ich bin nicht sein Aufpasser. Nach dem, was gestern passiert ist, bleiben Bry und Karsen zu Hause, also hat er sich vielleicht gedacht, dass er einen freien Tag verdient.“

Booker kam mir nicht vor wie jemand, der einen freien Tag brauchte. Diese Ansicht behielt ich jetzt lieber für mich. Ich trat einen Schritt zurück. „Kannst du ihn hochschicken, falls er doch noch kommt? Tut mir leid, was Karsen gestern durchmachen musste. Conner kennt keine Grenzen.“

„Nein, offenbar nicht, und nun hat er eine überschritten, von der es kein Zurück gibt.“ Die Drohung war glasklar.

Ich musste schlucken. „Ganz deiner Meinung. Ich grübele dauernd darüber nach, ob es eine Möglichkeit gibt, mich öfter draußen blicken zu lassen, damit Conner seinen Schachzug machen kann, falls er das will. Du hast dieses Gebäude so erfolgreich abgesichert, dass hier keiner an mich rankommt.“

Er legte den Kopf schräg und musterte mich nachdenklich. Genau genommen guckte er mich an, als wäre ich ein Puzzleteil und er dabei, herauszufinden, an welcher Stelle es in das große Bild passte, an dem er gerade bastelte. „Bist du wirklich bereit, dafür dein Leben zu riskieren?“

Ich lachte bitter auf und reckte trotzig das Kinn. „Bin ich. Außerdem habe ich keine andere Wahl. Die FBI-Leute schließen den Fall Novak. Es wird keinen Prozess gegen seine Truppe geben, dafür hat Conner gesorgt. Sie brauchen mich also nicht mehr. Ich kann ihnen nur noch dadurch nützlich sein, dass ich helfe, Conner festzusetzen. Ich selbst habe es nicht direkt von ihnen gehört, aber sie haben Titus bereits mitgeteilt, dass mein Deal platzt, wenn ich nicht mitspiele. Von dieser Festung aus kann ich allerdings nichts unternehmen. Irgendjemand muss sich an Conner heranwagen, und wir sind uns ja wohl einig, dass es nicht egal ist, wer das tut.“

Er nickte langsam. „Und, wie sieht's aus? Willst du immer noch, dass jemand Roark für dich umlegt, oder hast du vor, Titus seinen Job machen zu lassen?“

Ich zuckte leicht zusammen und verschränkte die Arme vor der Brust. „Ich habe entschieden, dass es mir nicht zusteht, das zu entscheiden. Conner ist ein schrecklicher Mensch, der weiterhin schreckliche Dinge tun wird, also will ich vor allem, dass er am Ende kriegt, was er verdient. Ich will aber nicht, dass auf dem Weg dahin noch mehr Leute zu Schaden kommen.“

Race stieß sich vom Türrahmen ab und fuhr sich mit beiden Händen durchs Haar. Die goldschimmernde Mähne hatte den Status „zottelig“ verlassen und war mittlerweile recht lang. Überraschenderweise stand ihm das. Der neue Look machte ihn sogar noch hübscher. „Wenn dir egal ist, auf welche Weise Conner ausgeschaltet wird, kann ich dir bloß raten, zu Nassir zu gehen. Bitte ihn um einen Job im Spanky's. Sag ihm, was du vorhast. Lass ihn wissen, dass du Roark direkt vor seine Tür lockst, wenn er dafür dein Überleben garantiert. Nassir wird nicht zögern. Er wird allem zustimmen, um Roark in die Finger zu kriegen. Ob er sich dann allerdings an seinen Teil der Abmachung hält, steht in den Sternen. Es ist nicht klug, Nassir zu trauen." Er lachte leise und deutete mit dem Finger auf mich. „Aber Titus lässt dich das nie im Leben machen. Selbst wenn das FBI dich im Blick hat, wird ihm nicht gefallen, dass deine Abwehrlinie hauptsächlich aus einem Gangster und Zuhälter besteht."

Ich drückte die Arme enger an meinen Oberkörper. „Ihm wird nicht viel anderes übrig bleiben. Irgendwann setzt das FBI ihm die Pistole auf die Brust, und dann bin ich ohnehin auf mich allein gestellt. Ich glaube, da versuche ich mein Glück lieber bei Nassir. Da kann man sich wenigstens drauf verlassen, dass er erst schießt und sich das Verhör für später aufspart."

Race brummte zustimmend und schaute über seine Schulter, als eine weibliche Stimme seinen Namen rief. „Gib mir eine Stunde, dann gehe ich mit dir zum Club, da Booker ja offenbar verschollen ist", meinte er zu mir. „Nassir lässt sich nicht gerne vollquatschen, doch wenn ich dabei bin, gewährt er dir sicher fünf Minuten seiner kostbaren Zeit, um sich anzuhören, was du zu erzählen hast. Allerdings musst du Titus mitteilen, was du vorhast. Ich habe echt keinen Bock darauf, dass er mitten in der Nacht an meine Tür hämmert, um mir in den Arsch zu treten."

Widerstrebend ließ ich mich auf seine Bedingung ein und ging nach oben zurück. Ich blieb vor Bookers Apartment stehen und klopfte an die Tür, um sicherzugehen, dass er wirklich nicht da war. Ich musste dringend diese Pistole loswerden. Allein ihr Besitz sorgte dafür, dass ich mich schuldig und schmutzig fühlte.

Als Titus mir nach unserer leichtsinnigen, ungeschützten Runde Sex versichert hatte, dass ihm jedes Ergebnis recht sei, hatte ich zuerst geglaubt, ich hätte mich verhört. Ein Kind in diese Welt zu setzen, vor allem im Moment, wo alles so unsicher und unberechenbar war, konnte keine gute Idee sein. Es war idiotisch und absolut nichts, was ich vor der Zeit mit ihm auch nur in Erwägung gezogen hatte. Aber wenn er bereit war, sich ohne Kompromisse in diese Sache zu stürzen, dann war ich es ebenfalls. Und das hieß: keine Lügen mehr, keine Ausreden und keine Minderwertigkeitsgefühle. Kein Wunsch, mehr zu sein, als ich war. Ich würde nie perfekt sein und hatte Riesenscheiße gebaut, doch nachdem er mich in sein Inneres gelassen und mir gezeigt hatte, dass er ganz ähnliche Schwächen hatte wie ich, kam es mir nicht mehr so vor, als müsste ich eine bessere Version meiner selbst sein, um ihn zu verdienen.

Ich nagte nervös an meiner Unterlippe und wählte seine Nummer, insgeheim darauf hoffend, nur die Mailbox zu erwischen. Darauf würde ich eine weitschweifige, zusammenhanglose Nachricht hinterlassen, um meinen Plan zu erklären. Mein Glück ließ mich jedoch im Stich.

„Hallo?"

Beim Klang seiner tiefen Stimme verschlug es mir erst mal die Sprache, und ich musste mich räuspern, bevor ich loslegen konnte. Im Hintergrund waren Sirenen, Straßenverkehr und Stimmen zu vernehmen. „Hey, bist du gerade im Stress?" Natürlich war er das. Ich konnte ja hören, wie viel bei ihm los war, aber er rief irgendwas, und dann ebbten die Hintergrundgeräusche ab.

„Ja, aber ich kann eine Minute erübrigen", sagte er. „Was gibt's? Alles in Ordnung?"

Mein Lachen klang einen Tick hysterisch. Ich konnte nicht fassen, dass er sich einfach aus seinem Job ausgeklinkt hatte, wenn auch nur für einen Moment. Was er tat, war so ein wesentlicher Teil seiner Person, dass mir die Bedeutung dieser Geste nicht entgehen konnte.

„Alles okay", antwortete ich. „Aber ich muss dir was sagen, was dir nicht gefallen wird."

Er fluchte unterdrückt. „Was ist los, Reeve?"

Ich spielte mit einer Haarsträhne. „Ich will mit Nassir reden. Ich kann mich nicht länger in diesem Apartment verstecken. Conner muss in Zugzwang geraten, und das passiert nur, wenn er mich irgendwie erreichen kann. Deshalb frage ich Nassir, ob er mich im Spanky's arbeiten lässt. Race glaubt offenbar, dass er zu allem bereit ist – den Schutz meiner Person eingeschlossen –, wenn es dazu beiträgt, Conner aus seinem Unterschlupf zu locken."

Ich rechnete mit einem Riesenstreit. Ich dachte, dass er total ausrasten und mich für verrückt erklären würde. Ich erwartete, dass er sich erkundigen würde, ob ich lebensmüde sei. Stattdessen stieß er einen weiteren unterdrückten Fluch aus und fragte: „Wirst du im Spanky's strippen?"

Ich teilte ihm mit, dass ich mich direkt in die Schusslinie begeben wollte, und ihn beschäftigte vor allem, ob ich mich öffentlich ausziehen würde? Ich war so verdutzt, dass ich loslachte. „Nein. Ich habe kein Gefühl für Rhythmus und nicht die geringste Lust, mich von verschwitzten und betrunkenen Wildfremden begrapschen zu lassen. Außerdem verkriechen sich Stringtangas immer dorthin, wo kein Kleidungsstück je sein sollte. Ich wollte ihn bitten, mich im Barbereich oder so einzusetzen. Irgendwas findet sich schon. Du bist nicht sauer?"

Er seufzte. „Das Ganze gefällt mir nicht. Du stellst dich damit sehr offen zur Schau."

„Dir ist klar, dass sich Nassir, wenn er Conner denn zu fassen kriegt, nicht mit ihm auf einen Drink hinsetzt, um darauf zu warten, dass du vorbeikommst und seine Beute in ein Hochsicherheitsgefängnis bringst, oder?"

„Ich weiß genau, wie Nassir tickt, Reeve. Ich weiß, was geschieht, wenn er nahe genug an Roark herankommt, um Schaden anzurichten."

Ich atmete tief aus. „Okay."

Titus brummte, dann hörte es sich so an, als ob jemand an Glas klopfte. Offenbar hatte er sich zum Telefonieren ins Auto gesetzt. „Ich muss los", sagte er dann. „Ein Junkie hat versucht, eine Bank auszurauben. Er hatte ein Sturmgewehr. Die Sache ging nicht gut aus."

Guter Gott, was für ein entmutigender Job. Wie hielt er das Tag für Tag aus? Ich schob mir die Strähne, mit der ich gespielt hatte, hinters Ohr. „Pass auf dich auf, Detective. Oder noch besser: Komm heil nach Hause, damit ich mich um dich kümmern kann."

„Niemand hat sich je um mich kümmern wollen. Umso mehr

ein Grund, vorsichtig zu sein. Das gilt auch für dich. Pass auf dich auf."

Er beendete das Gespräch, und ich wurde von einer unglaublichen Welle der Erleichterung überrollt. Noch nie im Leben hatte ich so viel Ehrlichkeit erlebt. Ich schaute auf meine Tasche und dachte daran, wie sehr ich ihn getäuscht hatte, von jenem ersten Moment an, in dem er mich in sein Büro gezerrt hatte, weil ich längst heimlich vorgehabt hatte, direkt vor seiner Nase einen Mord zu begehen. Vielleicht sollte ich reinen Tisch machen, ihm gestehen, dass ich noch immer durstig nach Rache war und dass es mir nach wie vor sinnvoll schien, einen bösen Mann mit einer gut gezielten Kugel auszuschalten. Vielleicht musste er wissen, was ich von Anfang an geplant hatte, nun, da ich wusste, dass ich es nicht durchziehen konnte. Ich wollte keine Mörderin sein. Ich wollte jemand sein, den er lieben konnte. Ich seufzte und tippte mit der Kante des Handys gegen meine Stirn. Kaum hatte ich ergattert, was ich mir so verzweifelt wünschte, machte ich mich wieder bereit, es gründlich zu vermasseln – so was brachte vermutlich nur ich fertig.

Ich machte mich ein bisschen zurecht, während ich auf Race wartete. Ich hatte die Mädchen gesehen, die für Nassir arbeiteten: Sie waren alle nicht zu verachten. Sicher, die meisten hatten diesen harten Ausdruck im Gesicht, der sich automatisch einstellte, wenn man zu The Point gehörte, aber darunter waren sie allesamt atemberaubend, fast so wie Keelyn. Die mochte zwar künstliche Titten haben und ein Temperament, vor dem sich selbst eine tollwütige Hyäne fürchten würde, doch niemand konnte leugnen, dass sie eine umwerfende Schönheit und das meiste davon gottgegeben war. Ich dachte mir, dass es nicht schaden konnte, etwas Sex-Appeal zu verströmen, wenn ich Nassir darum bat, mein Leben zu schützen.

Nach genau einer Stunde klopfte Race an meine Tür. Er trug zu seiner Nadelstreifenhose einen schwarzen Pullover, dessen Ärmel er bis zu den Ellbogen hochgeschoben hatte. Seine schwarzen Stiefel sahen importiert und teuer aus. Das einzige störende Detail in diesem eleganten Gesamtbild war das weiße Muskelshirt, das unter seinem Kragen hervorlugte. Ansonsten wirkte er, als ob er gleich einen Job in einer Anwaltskanzlei oder einem Finanzunternehmen antreten würde, statt mitten am Tag ein Striplokal aufzusuchen. Race Hartman war ein eigenartiger Mensch, und ich wusste, dass es in meinem besten Interesse lag, ihn niemals zu unterschätzen.

Sein Blick wanderte von meinen gelockten Haaren über mein stark geschminktes Gesicht bis zu meinen Beinen, die unter dem schlichten Sommerkleid nackt waren. Vor der Zeit mit Titus hätte ich einen Minirock angezogen, der mehr zeigte, als er verbarg, und das am weitesten ausgeschnittene Oberteil, das ich hätte auftreiben können. Inzwischen war mir jedoch klar, dass subtile Erotik, wenn man sie richtig einsetzte, eine sehr effektive Waffe sein konnte.

Races Mund verzog sich zu einem Grinsen. Ich zog die Tür hinter mir zu und schritt den Flur entlang.

„Er wird dich fragen, ob du tanzen willst. Mit den Revuestelzen könntest du ein Vermögen machen“, meinte Race.

Ich rümpfte die Nase, obwohl er es nicht sehen konnte, weil er hinter mir ging. „Auf keinen Fall. Ich habe Titus versichert, dass ich das nicht mache. Er ist sowieso nur mäßig begeistert von unserem Plan. Da will ich ihm keinen Grund liefern, uns einen Strich durch die Rechnung zu machen, bevor wir überhaupt angefangen haben.“

„Was ist verkehrt daran, sich sein Brot mit Tanzen zu verdienen? Honor hat mit ihrer Stripperei mehr verdient als Bax in seinen Anfängen bei Novak.“

Ich schaute ihn über die Schulter hinweg an. „Keelyn. Sie mag ja jede Menge Kohle gescheffelt haben, doch dabei hat sie sich selbst verloren. Warum, glaubst du, ist sie weggegangen?“

Zwischen den Brauen über seinen tannengrünen Augen bildete sich ein tiefes V. „Ich dachte, sie ist gegangen, weil Nassir sie nicht in Ruhe lässt. Er ist schon seit Ewigkeiten hinter ihr her. Ich schätze, das ist einer der Gründe, warum er mich nicht mag. Sie und ich hatten früher mal was miteinander." Er grinste und folgte mir in den Aufzug zur Tiefgarage. „Zugegeben, ich hatte in meiner Blütezeit mit der halben Stadt was. Aber sie war immer eine meiner schönsten Erinnerungen."

Ich verdrehte die Augen und drückte den Knopf, der uns nach unten bringen sollte, etwas heftiger als nötig. „Eine deiner schönsten Erinnerungen, und du nennst sie nicht mal bei ihrem richtigen Namen? Was meinst du, wie sie sich dabei fühlt?" Ich warf mein Haar schwungvoll über eine Schulter. „Ich werde dir sagen, wie das für sie ist: als ob sie bloß ein Körper ist, ein Sexobjekt, gerade gut genug fürs Bumsen und Fantasieren, mehr nicht."

Sein Lächeln erstarb, und ich konnte förmlich sehen, wie die Rädchen in seinem brillanten Gehirn anfingen, sich zu drehen.

Er lehnte sich gegen die Wand der Aufzugkabine und runzelte die Stirn. „Sie hat nie was zu mir gesagt. Weder davor noch danach."

Sobald die Tür des Fahrstuhls sich öffnete, packte er meinen Ellbogen und hielt mich zurück, damit er vorangehen konnte. Er bewegte sich mit der angespannten Aufmerksamkeit, die allen Männern gemein war, die diesen Ort am Leben erhielten, und an die ich mich allmählich gewöhnte. Er war wachsam und schien zu wissen, was er tat, daher ließ ich mich willig führen.

„Warum hätte sie das tun sollen?", gab ich nun zurück. „Du hattest Sex mit ihr. Du hast sie bei ihrem Stripper-Namen genannt, und dann bist du weitergezogen. Als du angefangen hast, Geld zu verdienen und dir einen Namen zu machen und Novaks Geschäfte zu übernehmen – hast du sie da je gefragt, ob sie vielleicht mehr will oder etwas anderes? Dasselbe gilt für Nassir. Er hat den Club von Ernie übernommen und sie einfach weiter auf dieser Bühne tanzen lassen. Er hat ihr nie irgendwas Besseres angeboten. Hätte er das getan, wäre sie sofort auf seine Avancen eingegangen. Sie will einfach jemanden, der sie zu schätzen weiß."

Er brummelte irgendwas und entriegelte per Knopfdruck die Türen eines schnittigen modernen Sportwagens. Es war so anders als das klassische Muscle Car, in dem ich neuerdings herumkutschiert wurde, dass ich fast eine Grimasse zog. Doch ich wusste ja, dass Jungs ihr Spielzeug sehr ernst nahmen, deshalb hielt ich mich noch rechtzeitig zurück.

Grüne Augen starrten mich über das Dach des Autos hinweg an, und Races Stimme klang nachdenklich. „Woher weißt du denn, dass sie das will? Soweit ich weiß, mögt ihr beide euch nicht. Nassir hat erzählt, dass du dich mit ihr geprügelt hast, als Titus vor ein paar Wochen mit dir im Club war."

Ich atmete so heftig aus, dass sich ein paar Haarsträhnen in dem Luftzug hoben und dann wieder um mein Gesicht fielen. „Weil ich genauso bin wie sie. Wir kommen aus demselben Ort. Wir sind aus demselben Holz geschnitzt. Wir mussten dieselben Schlachten schlagen, und ich weiß, dass ich mich immer nach jemandem gesehnt habe, der mich zu schätzen weiß. Und zwar alles von mir."

„Titus." Das war keine Frage, sondern eine Feststellung.

Ich zuckte mit den Schultern. „Er kann einige Dinge nicht billigen, die ich in der Vergangenheit getan habe, aber es sind gerade diese Dinge, die es mir erlauben, all seine Facetten zu sehen, daher müssen wir einander akzeptieren. Außerdem habe ich durch meine Herkunft so viel Kampfgeist in mir, dass ich versuchen kann, ihn festzuhalten, wenn er sich losreißen will." Ich öffnete die Beifahrertür.

Race lachte trocken auf. „Ich wusste immer, dass mehr in meinem großen Bruder steckt, als die Leute ahnen. Bax war so wütend auf ihn, als er jünger war, dass er ein wahres Monster aus ihm gemacht hat. Ich habe Titus immer blind vertraut, aber mir war schon klar, dass unter der korrekten Oberfläche noch was anderes lauert. Niemand, der in dieser Stadt überlebt, kann sich den Luxus leisten, bloß eine Sache zu sein. Wir alle haben unsere Hände in verschiedenen Keksdosen und können letztendlich nur hoffen, dass uns keiner auf frischer Tat ertappt und auf die Finger klopft."

Der Wagen startete mit einem leisen Schnurren, sehr viel ruhiger und zivilisierter als der dröhnende Lärm, den Titus'

Pontiac GTO veranstaltete. Den Weg zum Club legten wir schweigend zurück. Als wir auf dem Parkplatz hielten, griff Race an mir vorbei, um eine Pistole aus dem Handschuhfach zu holen. Ich zuckte leicht zurück, weil ich immer noch nervös wegen der Glock in meiner Handtasche war. Ich musste das Teil wirklich schleunigst loswerden.

„Normalerweise trage ich nie eine Waffe bei mir", erklärte Race, „aber irgendwas sagt mir, dass ich eine gebrauchen kann, wenn ich mit dir unterwegs bin." Die Pistole verschwand unter seinem Pullover, bevor wir ausstiegen und das schreiend pinkfarbene Gebäude betraten. Tagsüber sah es hier viel schlimmer aus; der Ort roch förmlich nach Verkommenheit und Erniedrigung, und alles war so grell und hässlich, dass es in den Augen wehtat. Ich konnte nicht glauben, dass jemand, der so viel Stil und Klasse hatte wie Nassir, den Club nicht längst neu dekoriert hatte, und hielt mit meiner Meinung nicht hinter dem Berg.

Race brummte zustimmend, während er einen Sicherheitscode eintippte, der die schweren Metalltüren öffnete. „Nassir ist das Spanky's egal. Er hat hier bloß deshalb sein Hauptquartier, weil das Pit abgebrannt ist. Und er bleibt nur so lange, bis er seinen Boxclub wiederaufgebaut hat."

„Das ist doch dämlich. Er kümmert sich um diese Mädchen, er investiert in sie. Er sollte ihnen ein Lokal hinstellen, auf das sie stolz sein können. Das hier fühlt sich immer noch so an wie damals, als Novak es als Puff und Spielhölle benutzt hat. Nassir kann den Laden schon mit einem kleinen Teil des Geldes, das die Mädchen für ihn verdienen, auf Vordermann bringen." Klar, es würde immer ein Stripclub sein, aber ich sah keinen Grund, warum es nicht ein netter Stripclub sein konnte.

Race ging voraus zum Büro und hob bereits die Hand, um anzuklopfen. Dann zögerte er und warf mir einen harten Blick zu. „Denk dran, dass du ihm nicht trauen kannst. Nassir verfolgt bei allem, was er tut, seine eigenen Zwecke."

Ich hob eine Braue. „So wie du."

„Darauf kannst du Gift nehmen. Und so wie Bax. Und so

wie Booker. Wir alle haben unsere verborgenen Motive. Genau genommen gibt es hier nur einen Menschen, auf dessen Aufrichtigkeit du wirklich zählen kannst, nämlich Titus. Er ist der Einzige von uns, der vertrauenswürdig ist."

„Ich vertraue ihm." Und mehr als das. Was bedeutete, dass er mich ganz leicht zerbrechen konnte, wenn wir nicht vorsichtig waren.

Race nickte knapp, und ein paar blonde Strähnen fielen ihm in die Augen. „Ja, und er vertraut dir auch, was viel beängstigender ist. Enttäusche ihn bloß nicht. Titus' Vertrauen ist kein Geschenk, das er leichtfertig verteilt."

Oh, Mann. Dieses blöde, hübsche Genie. Es kam mir vor, als ob er direkt in meine Seele schauen konnte und das Schuldgefühl witterte, das dort waberte, weil ich noch immer die Pistole hatte und mich für meinen ursprünglichen verräterischen Plan schämte. Zum Glück musste ich nicht antworten, denn Chuck öffnete die Tür und winkte uns rein.

Nassir saß hinter einem klapprigen Metalltisch, der jede Sekunde zusammenzubrechen schien. Vor ihm stand ein MacBook, und auf seinem sündhaft attraktiven Gesicht lag ein finsterer Ausdruck. Nassir war normalerweise nicht leicht zu durchschauen, doch gerade gab er sich keine Mühe, seinen Frust und seine üble Laune zu verbergen. Chuck zwinkerte mir zu, ließ seinen Goldzahn aufblitzen und lehnte sich gegen die Tür, durch die wir eben hereingekommen waren. Es sollte beiläufig wirken, aber mir war klar, was es bedeutete: Um das Büro verlassen zu können, musste man an ihm vorbei. Ich kam mir auf einmal ein bisschen wie eine Maus in der Falle vor.

„Hast du Booker gesehen, seit er auf Kaution draußen ist?" Nassirs Stimme war glatt und rauchig. Bei allem, was er sagte, schwang ein rasiermesserscharfer Unterton mit.

Race schnaubte genervt und zuckte mit den Schultern. „Nein, und ich habe keine Ahnung, warum jeder glaubt, es sei mein Job, ihn ständig zu überwachen. Ich habe dem Typen keinen Suchsender verpasst. Er kann kommen und gehen, wie es ihm beliebt."

Nassirs karamellfarbener Blick wanderte zu mir. Es war schwierig, dieser Intensität standzuhalten. Der Mann war furchterregend, und ich hatte plötzlich das Bedürfnis, diesen hastig gefassten Plan noch einmal zu überdenken.

„Was willst du hier?“, fragte er genervt.

Ich räusperte mich, damit mir beim Reden nicht die Stimme wegkippte. Es war nie eine gute Idee, einem Raubtier gegenüber Angst zu zeigen. „Ich will, dass du mir irgendeinen Job hier im Klub verschaffst, damit Conner sich endlich blicken lässt. Diese ewige Warterei bringt uns nicht weiter, und er dreht immer mehr durch. Mir ist lieber, du gehst auf direkte Konfrontation mit ihm und nicht die Leute vom FBI, was die nächstbeste Option wäre. Sie haben meinen Deal platzen lassen.“

Einen langen Moment sagte Nassir nichts. Seine dunkelgelben Augen waren erst auf mich fixiert, dann auf Race. Schließlich hob er eine pechschwarze Braue. „War das deine Idee?“ Die Frage galt Race.

Der schüttelte den Kopf und deutete mit dem Daumen auf mich. „Alles auf ihrem Mist gewachsen. Sie hat das sogar mit dem Bullen abgeklärt.“

Die zweite Braue schoss hoch, um der anderen Gesellschaft zu leisten. „Der Bulle weiß genau, dass der Ire nicht lebend davonkommt, wenn er auch nur in meiner Nähe auftaucht. Er würde dem niemals zustimmen.“

„Verzweifelte Situationen erfordern verzweifelte Maßnahmen“, sagte ich. Ich konnte mir auch nicht erklären, warum Titus diesen neuen Plan abgenickt hatte, aber solange er ihn unterstützte, würde ich nicht das Schicksal versuchen, indem ich zu tief grub.

„Was genau willst du denn machen? Auftreten?“ Er musterte mich von oben bis unten und schenkte mir ein lüsternes weißes Grinsen. „Damit könnte ich leben.“

Ich verschränkte die Arme vor der Brust und kniff die Augen zusammen.

„Hab ich’s nicht gesagt?“, flüsterte Race mir aus dem Mundwinkel zu, aber ich verzichtete darauf, ihm einen Ellbogen in die Rippen zu rammen.

„Nein, ich will nicht tanzen. Ich habe Titus versprochen, dass das nicht Teil des Plans ist. Kannst du mich nicht hinter die Bar stellen oder so was Ähnliches?“ Cocktails zu servieren war keine Option, weil sogar diese Mädchen oben ohne arbeiten mussten. Ich war nicht schüchtern. Trotzdem war ich nicht damit einverstanden, meine Titten in Reichweite angetrunkener Trottel zu schwenken.

„Da ist kein Platz. Außerdem ist der Job heikler, als sich auf der Bühne auszuziehen. Der Bulle würde einen Anfall kriegen, wenn er erfährt, dass du mit schmutzigem Geld hantierst.“

Race und Nassir wirkten beide so adrett und weltgewandt. Man konnte leicht vergessen, dass sie mit ihren Unterweltgeschäften bergeweise illegalen Schotter machten, der irgendwie gewaschen werden musste. Das ging natürlich am einfachsten, indem man die Kohle durch die Bar des Stripclubs schleuste.

Race schloss sich Nassirs Meinung an und grinste mich an. „Du bist doch total darauf fokussiert, dir einen neuen Club zu bauen“, sagte er zu Nassir. „Und du beklagst dich ständig, dass du hier rumhängen musst. Weißt du was? Lass Reeve den Laden schmeißen. Sie findet das Spanky’s total hässlich und hat mir vorhin einen Vortrag darüber gehalten, dass hier mal dringend jemand ein bisschen Liebe reinstecken muss. Warum nicht eine Frau ranlassen? Den Tänzerinnen würde es wahrscheinlich gefallen, wenn das Ganze von etwas sanfterer Hand geführt würde. Sie glaubt, dass man den Mädchen etwas geben sollte, das sie wertschätzen, auf das sie stolz sein können. Sie ist der Meinung, dass Honor in dem Fall geblieben wäre.“

„Keelyn“, blafften Nassir und ich wie aus einem Mund, und die Verdrossenheit in seinen Augen wich einem spekulativen Ausdruck.

„Was meinst du damit – ihnen etwas geben, das sie wertschätzen?“, fragte Nassir.

Ich zuckte die Achseln. „Du heuerst die hübschesten Mädchen an, die du findest. Du gibst ihnen ein gewisses Maß an Sicherheit, das sie auf der Straße nicht haben, aber sie müssen sich immer noch für fremde Männer ausziehen, und das kann entwürdigend sein. Gib diesem Laden mehr Klasse. Sieh zu, dass du dieses grauenhafte Pink loswirst. Das sieht billig und kitschig aus. Lass das Ganze teuer, exklusiv und wertig erscheinen, dann werden die Mädchen hier nicht nur arbeiten, sondern sich mit dem Club identifizieren. Außerdem kannst du mehr Geld verlangen und eine bessere Sorte Verlierer als Kundschaft gewinnen. So wie das Spanky's jetzt ist, wirkt es wie ein Relikt aus härteren Zeiten, und nach der Schießerei …" Erneut zuckte ich mit den Schultern, denn er war nicht blöd und wusste genau, wovon ich sprach. „Du musst frischen Wind in den Laden bringen, so wie du es mit Novaks anderen alten Geschäftsmodellen ja auch versuchst."

Nassir murmelte etwas in einer Sprache, die ich nicht kannte, doch es hörte sich exotisch und sexy an. Kein Wunder, dass Key weggelaufen war. Diese glühende Intensität und die volle Ladung Sex-Appeal waren allein auf sie gerichtet gewesen. Wer sollte da auf Dauer widerstehen?

„Du glaubst wirklich, ein neuer Anstrich und eine andere Einrichtung hätten Key hier halten können?" Er klang skeptisch.

„Nein. Ich glaube, sie musste gehen, damit sie, wenn sie zurückkommt, das Wissen mitbringt, dass sie wahrscheinlich für den Rest ihres Lebens hier festsitzen wird. Das ist eine bittere Pille, die man erst mal schlucken muss. Aber wenn sie gewusst hätte, dass sie mehr darstellt als Arsch und Titten und eine hübsche Showeinlage, wärst du bei ihr bestimmt sehr viel weitergekommen."

Er knurrte und starrte auf irgendwas in seinem Computer. Dann schaute er über meine Schulter hinweg zu Chuck, der schweigend Wache stand. „Was meinst du? Ist das eine verrückte Idee?"

Der gigantische Afroamerikaner lachte bellend auf. „Absolut nicht. Das ist sogar verdammt brillant. Die Stammgäste haben es sich hier viel zu bequem gemacht, und du hast zu viel auf der Uhr, um hier durchzugreifen. Lass sie den Laden ruhig auseinandernehmen und auf Vordermann bringen, bis er genauso hübsch ist wie sie. Den Leuten wird Hören und Sehen vergehen."

Ich warf Race aus dem Augenwinkel einen scharfen Blick zu und trat nervös von einem Fuß auf den anderen. Damit hatte ich nun wirklich nicht gerechnet. „Äh ... Ich kann mich nicht mit Geldwäsche in Verbindung bringen. Das FBI hat mich eh schon auf dem Radar, und Titus bringt uns alle um, wenn er glaubt, dass hier irgendwas stinkt."

Nassir betrachtete Race, dann mich. Schließlich lehnte er sich in seinem Stuhl zurück und faltete die Hände. Er sah aus wie ein Teufel auf einem ramponierten Thron. „Das ist einer der Gründe, warum ich unbedingt meinen Club wieder auf die Beine stellen muss. Wir haben immer versucht, das Spanky's sauber zu halten. Momentan laufen die schmutzigen Geschäfte ausschließlich über die Bar; wir können das auslagern, während du hier bist, aber das geht nur, wenn du tatsächlich die Zügel in die Hand nimmst. Wenn du das nicht willst, ist die Bühne die einzige andere Option für dich. Haben wir uns verstanden? Und du musst den Job bis zum Ende durchziehen, nicht nur so lange, bis ich dem Iren eine Kugel verpasst habe."

Unruhig rang ich die Hände. Die Leute scherzten nicht, wenn sie Nassir als skrupellos bezeichneten. Er hatte eine Art, Menschen und Situationen so zurechtzubiegen, dass er haargenau das kriegte, was ihm vorgeschwebt hatte. Ich hatte den Eindruck, dass es null Spielraum für mich geben würde, wenn ich Ja sagte. Und das Ganze bedeutete sehr viel mehr Verantwortung, als ich erwartet hatte. Ich hatte keine Ahnung, wie man einen Stripclub managte oder wie man mit wilden Tänzerinnen umging, die in den Höllenfeuern dieser brutalen Stadt geformt worden waren. Ich wusste nicht, wie Titus darauf reagieren würde, dass ich für Nassir arbeitete. Er hatte keinen Hehl daraus gemacht, dass er nicht viel von Nassirs Geschäftspraktiken oder seiner Fähigkeit hielt, so lästige kleine Dinge wie Regeln und Gesetze zu umgehen. Andererseits hatte ich nicht besonders viele Alternativen in der Pipeline. Wenn ich schon nichts anderes tun konnte, als auf den Showdown mit Conner zu warten, dann konnte ich bis zum Tag der Entscheidung genauso gut ein paar anderen Frauen zu besseren Arbeitsbedingungen verhelfen.

„Wenn du die Angelegenheit legal halten kannst und *alles* ehrlich abläuft, damit Titus keinen Grund hat, an mir zu zweifeln", hörte ich mich sagen, „dann bin ich dabei."

Race lachte leise und schlug mir so fest auf den Rücken, dass ich fast umfiel.

Nassir musterte mich eindringlich. „Bedeutet dir die Meinung des Bullen so viel?"

Ich reckte das Kinn und vergewisserte mich, dass alle drei Männer mitkriegten, wie todernst es mir war. „Sie ist das Einzige, was zählt", erwiderte ich.

Hinter mir lachte Chuck laut auf. „Willkommen in der Familie, meine Hübsche. Das wird interessant."

Interessant war wahrscheinlich das Einfachste von allem, was es werden würde. Egal, was ich machte: Ich schien immer mehr in den Griff dieser Stadt zu geraten. Wenigstens war ich klug genug, zu erkennen, dass The Point nur fester zupacken würde, wenn ich mich dagegen zu sträuben versuchte. Wer hierher zurückkehrte, tat es in dem Wissen, dass er für immer bleiben würde. Diese Erfahrung dürfte auch Keelyn sehr bald machen. Doch diese Gewissheit brachte außerdem eine seltsame Art von Frieden mit sich. Entweder starb ich bei dem Versuch, meine Heimat zu schützen. Oder meine Heimat würde irgendwann mich umbringen. Das galt für uns alle gleichermaßen, was uns zu exakt dem machte, was Chuck gesagt hatte: zu einer Familie. Zwar handelte es sich um die gestörteste Familie aller Zeiten, aber wir waren trotzdem alle durch dasselbe Schicksal verbunden.

Wir Glücklichen.

16. Kapitel

Titus

Ich schreckte hoch, als die Faust, mit der ich meinen Kopf aufrecht hielt, unter meinem Kinn wegrutschte. Ich war in Bax' Krankenzimmer eingedöst, nachdem ich mir mit meinem Bruder ein hitziges SMS-Gefecht geliefert hatte. Durch die Nadeln und Drähte in seinem Kiefer konnte er mir ja immer noch nicht verbal zu verstehen geben, ich möge mich verpissen. Dovie war ihm seit dem Abend, als er sie weggeschickt hatte, nicht mehr von der Seite gewichen. Dass ich jetzt hier saß, lag daran, dass sie zu Hause ein bisschen aufräumen musste, weil Bax morgen entlassen werden sollte. Eigentlich hätte das schon vor zwei Wochen passieren sollen, doch dann hatte es einen Rückschlag gegeben: Eine der zahllosen Schrauben, die seinen zerschmetterten Knöchel zusammenhielten, war zerbrochen, und er hatte sich eine üble Staphylokokken-Infektion zugezogen. Am Ende hatte er noch mal operiert werden müssen, was den Klinikaufenthalt weiter verlängert hatte. Er hatte gewollt, dass Dovie die Nacht in einem richtigen Bett verbrachte und mal wieder zur Ruhe kam, aber sie hatte sich so lange gewehrt, bis er sich bereit erklärt hatte, mich zu bitten, über Nacht bei ihm zu bleiben. Es war irgendwie süß, was mein ultracooler knallharter Bruder aus Liebe zu diesem feurigen Rotschopf so alles über sich ergehen ließ. Dovie hatte nicht gewollt, dass er allein war, also hatte er mir eine Textnachricht geschickt, und ich war hergekommen, um ihm Gesellschaft zu leisten. Kaum war die Tür hinter Dovie ins Schloss gefallen, machte Bax mir bittere Vorhaltungen, weil ich ihm nicht geholfen hatte, sie von seinem Krankenbett fernzuhalten. Ich brauchte einen Moment, um zu kapieren, dass er tatsächlich wahnsinnige Angst um ihre Sicherheit hatte und sie möglichst weit weg von ihm und mir und dem ganzen Scheiß mit Roark wissen wollte. Er versuchte sie zu ihrem eigenen Besten von sich wegzustoßen, doch sie war zu clever und zu stur, um zu gehen.

Es ging eine Weile hin und her, bis Bax vor Erschöpfung in einen unruhigen Schlaf fiel. Ich betrachtete ihn eine Weile, verblüfft, wie anders er auf einmal aussah. Er war immer groß und kräftig gewesen, gebaut wie ein Bär. Jetzt schien er jedoch beinahe zerbrechlich. Sein Gesicht war sehr schmal geworden, und der schwarze Stern neben dem einen Auge wirkte auf seinen plötzlich scharfen, knochigen Zügen riesig und unheilvoll. Sein Schlüsselbein ragte unter dem dünnen Stoff des Klinikhemds deutlich hervor, und die massigen Muskeln an Schultern und Armen waren dramatisch dahingeschmolzen. Wenn das Tattoo in seinem Gesicht nicht gewesen wäre und das ewige spöttische Lächeln, das selbst im Schlaf seinen Mund verzerrte, hätte er genauso ausgesehen wie all diese ausgehungerten Straßenkids. Er war nicht mehr so sehr „Shane" statt „Bax" gewesen, seit er ein kleiner Junge war. Und mir wurde klar, dass er sich nicht einfach um Dovies Sicherheit sorgte, sondern panische Angst hatte, dass er in seinem derzeitigen Zustand nicht auf sie aufpassen konnte. Er fürchtete, sie im Stich zu lassen, also wollte er sie dazu bringen, wegzugehen. Gott sei Dank würde sie das niemals tun.

Ich setzte mich auf den Stuhl, der dem Bett am nächsten stand, und ließ mir das Ganze durch den Kopf gehen. Bax versuchte alles, um Dovie zu schützen, auch wenn sie das gar nicht wollte. Die Kehrseite dieser Medaille war das, was ich mit Reeve machte; wie ich sie Conner von Anfang an wie einen Köder unter die Nase gehalten hatte, damit er anbiss. Ich wand mich innerlich bei dem Gedanken, dass ich sie jeden Tag in der Höhle des Löwen aussetzte, mitten in The Point, wo sie sich allein durchschlagen musste. Ich fuhr sie zum Spanky's, sie küsste mich zum Abschied, schwang diese endlos langen Beine aus dem Auto und tänzelte so sorglos in den Stripclub, als hätte sie keine riesige unsichtbare Zielscheibe auf dem Rücken ... und ich ließ sie gewähren. Zu was für einer Art Mann machte mich das?

Ich wusste, dass sie mir etwas bedeutete. Mir war klar, dass das, was zwischen uns lief, kein sich rasant näherndes Verfallsdatum mehr hatte, sondern weiter Bestand haben würde, über den Showdown mit Roark hinaus. Sie war in mir. Ganz tief in mir, in demselben Käfig, in dem ich das Monster hielt, und sie schien dort glücklich zu sein. Wieso konnte ich dann trotzdem damit leben, dass ich sie wissentlich Kopf und Kragen riskieren ließ, und zwar Tag für Tag? Wie konnte aus meinem kleinen Bruder, der sich nie um irgendeinen anderen Menschen als sich selbst geschert hatte, ein ehrenhafter Mann werden, der alles probierte, um sich seiner Frau gegenüber anständig zu verhalten, während aus mir das exakte Gegenteil wurde? Wann war meine Welt derartig aus den Angeln gekippt, und warum hatte ich nichts dagegen unternommen?

Mir wurde ein bisschen übel. Reeve war zu gut für so was. Abgesehen von ihren schlechten Entscheidungen, zu denen die Trauer sie verleitet hatte, war sie eine erstaunlich gute Frau. Sie hatte ein hartes Herz mit einem weichen Kern und verdiente Besseres als das, was ich ihr bislang gegeben hatte. Sie verdiente jemanden, der willens war, genauso viel zu riskieren wie sie. Sie verdiente es, so verhätschelt zu werden, wie Bax Dovie verhätschelte, und so behütet zu werden, wie Race Brysen behütete, indem er ihr eine ganze Festung baute. Sie verdiente mehr als mich.

Ich nahm mein Handy und schickte ihr eine SMS, um zu fragen, wie ihr Abend so lief. Sie liebte diesen verdammten schmuddeligen Stripclub. Wie nicht anders zu erwarten, hatte sie etwas Unterdrücktes und Kaputtes genommen und es mit ihrem gesunden Straßenverstand und ihrer Cleverness völlig neu aufgestellt. Sie hatte einer Truppe verkorkster, abgekämpfter Tänzerinnen neue Ziele aufgezeigt. Seit einer Woche war sie mittlerweile dort am Wirbeln; ich war seither nicht wieder im Club gewesen, aber schon von außen sah er jetzt aus wie ein vollkommen anderes Lokal. Die Graffiti an den Mauern waren mit dem Hochdruckreiniger entfernt worden, die neonpinke Leuchtreklame mit der blinkenden Aufschrift *Girls, Girls, Girls* war längst verschwunden, der Parkplatz war illuminiert wie eine Signalstation, und von dem lächerlichen Schild, das den Laden als Spanky's deklariert hatte, fehlte jede Spur. Stattdessen schimmerte dort in sanften Farben ein antikes Schild, das an das Moulin Rouge erinnerte, und wies den Gästen den Weg zum frischgebackenen *Empire*. Es war schnittig, es war sexy, und es passte. Diese Mädchen hatten auf nackter Haut und kreisenden Hüften ein Imperium gebaut. Reeve gab ihnen ihr eigenes Königreich aus Sex und die Macht, es zu kontrollieren, und ich konnte ihr ansehen, wie selbstbewusst und selbstbestimmt sie sich fühlte, jedes Mal, wenn ich in ihre leuchtenden dunkelblauen Augen blickte. Sie war glücklich, dass sie Frauen helfen konnte, mit denen sie sich identifizierte. Es stellte für sie wohl auch eine Art Wiedergutmachung für ihre kleine Schwester dar, die von The Point verschlungen und wieder ausgespien worden war. Reeve wollte sicherstellen, dass kein anderes junges Mädchen dasselbe Schicksal erleiden musste.

Ich bin auf dem Heimweg. Bis gleich.

Stirnrunzelnd starrte ich auf ihre SMS. Booker hatte sich, seit er auf Kaution draußen war, nirgends blicken lassen, weshalb alle Welt sich fragte, wo er wohl sein mochte. Das bedeutete, dass Reeve, abgesehen von den Marshals und Nassir, niemanden hatte, der auf sie aufpasste, wenn ich nicht da war. Mir war die Vorstellung verhasst, dass sie allein da draußen unterwegs war. Als ihr Beschützer machte ich wirklich einen schlechten Job.

In der Sekunde kam eine weitere Nachricht von ihr. Es war, als ob sie meine Gedanken gelesen hätte.

Chuck bringt mich nach Hause. Mach dir keine Sorgen.

Ich fluchte laut und schrieb ihr zurück, dass ich erst am Morgen kommen würde, da ich Dovie versprochen hatte, die Nacht über bei Bax zu bleiben. Reeve schickte mir ein trauriges Smiley, und mein Herz machte einen Sprung. Sie wollte genauso wenig allein ins Bett gehen, wie ich sie allein ins Bett gehen lassen wollte. Ich musste bei meinen Bemühungen dringend noch eine Schippe drauflegen und ihr unmissverständlich klarmachen, wie sehr mir ihre Sicherheit am Herzen lag, in jeder einzelnen Sekunde, in der sie ihren Hals riskierte. Ich konnte mich nicht von Bax vorführen lassen. Das erlaubten weder meine wetteifernde Natur noch die Tatsache, dass ich wirklich tiefe und machtvolle Gefühle für Reeve hegte.

Ich schrieb ihr, dass sie beim Einschlafen an mich denken solle, und sie konterte, dass an Schlaf gar nicht zu denken wäre, wenn sie im Bett an mich dächte. Ich stöhnte in das stille Krankenzimmer hinein und schlug mir das Handy gegen die Stirn. Sie war so unglaublich perfekt, genau die richtige Mischung aus gut und schlecht, und ich konnte von beidem nicht genug kriegen.

Nachdem ich daraufhin versucht hatte, es mir in dem viel zu kleinen Stuhl bequem zu machen, hatte ich dankbar zugesehen, wie Bax' Brust sich gehoben und gesenkt hatte. Irgendwann war ich beim Geräusch seiner regelmäßigen Atemzüge selbst weggedämmert. Ich hatte mich nicht entspannt und auch nie wirklich tief geschlafen, daher war ich sofort hellwach, als mir das Kinn aus der Hand rutschte. Ich schüttelte den Kopf, um die letzten Nebelschwaden zu vertreiben, blinzelte in die Dunkelheit und überlegte, wie spät es wohl sein mochte. Danach stand ich auf und streckte mich, wobei jeder einzelne Rückenwirbel schmerzhaft knackte. Um auf einem Stuhl ein Nickerchen zu machen, war ich einfach zu groß. Ich fuhr mir durchs Haar, zog mein Telefon hervor und war noch dabei, durch meine E-Mails zu scrollen, als die Tür vorsichtig geöffnet wurde und sich ein vertrauter roter Schopf durch den Spalt schob.

Dovie schlich auf Zehenspitzen ins Zimmer, so leise wie eine Katze, bis sie bemerkte, dass ich wach war und sie beobachtete. Sie blinzelte und zuckte ohne jede Spur von schlechtem Gewissen mit den Schultern. „Ohne ihn gehe ich nicht ins Bett." Damit ging sie zu ihm und strich mit einem Finger über den Stern neben seinem Auge.

„Er macht sich Sorgen, dass er dich nicht beschützen kann."

Meine Worte waren kaum mehr als ein heiseres Flüstern, doch sie hörte sie und nickte.

Dann streifte sie ihre Tennisschuhe ab und setzte sich auf die Bettkante. „Das weiß ich, aber ich kann uns beide beschützen, bis es ihm wieder besser geht. Daran muss er sich einfach gewöhnen."

Bax murmelte im Schlaf und streckte instinktiv die Arme nach ihr aus. Sie legte sich behutsam neben ihn und berührte seine Brust, die eingefallen war und schmaler als je zuvor. „Wir passen aufeinander auf. Das ist es, was Liebe an einem Ort wie diesem bedeutet. Man gibt sich gegenseitig Rückendeckung."

Als Bax den Kopf drehte und seine Nase in ihrem wilden Haar vergrub, seufzte sie leise. Keiner von beiden war mir jemals so entrückt erschienen, der Dreck und das Chaos ihres Alltags waren in diesem Moment ganz weit weg. Sie sahen aus wie ein ganz normales junges Paar, vereint und verliebt. Tief in meinem Magen zog sich etwas zusammen, hart und schwer. Bax war durch die Hölle gegangen, um diesen Punkt zu erreichen. Es war ein schwer errungener Sieg.

„Dann haue ich jetzt mal ab", meinte ich. „Ruf mich an, wenn du Hilfe brauchst, ihn nach Hause zu bringen. Er könnte jetzt ziemlich anstrengend werden, nachdem er nicht mehr ans Krankenhausbett gefesselt ist."

Sie kicherte leise und winkte fröhlich ab. „Ich mag es, wenn er anstrengend ist. Es ist doch am schönsten, wenn man für sein Glück arbeiten muss."

„Ihr beide seid wirklich perfekt füreinander."

„Nein, das sind wir nicht. Aber wir passen nun mal zu niemandem sonst, daher müssen wir es wohl oder übel bis ans Ende aller Tage miteinander aushalten."

Bax stieß im Schlaf einen Laut aus und schob sein gebrochenes Handgelenk in ihre Richtung. Sie flüsterte beruhigend in sein Ohr und strich weiterhin über den schwarzen Stern. So sah die Liebe also in The Point aus, und ich hätte mich für die beiden nicht mehr freuen können.

Behutsam schloss ich die Tür hinter mir und zog mein Handy hervor, um Reeve mitzuteilen, dass ich früher ins Loft zurückkommen würde. Da sie nicht antwortete, vermutete ich, dass sie schon schlief. Immerhin war es mitten in der Nacht. Ich fuhr gerade vom Klinikparkplatz, als mein Telefon klingelte. Ich nahm an, dass es Reeve war, die mich wissen lassen wollte, dass sie wach war und bereit für ein paar nächtliche Spielrunden. Als ich die unnatürlich ruhige Stimme eines meiner Detective-Kollegen vernahm, gefror mir das Blut in den Adern.

„Detective King, wir sind soeben in diesen Apartmentkomplex am Hafen gerufen worden. Es gab Schüsse und einen Toten. Einer der Zeugen am Tatort bat darum, dass wir Sie informieren, da Sie hier wohnen."

Ich musste mich darauf konzentrieren, Luft zu holen. Meine Lungen waren völlig verkrampft, und das Herz war mir bis in die Schuhe gerutscht. „Ist der Tote ein Mann oder eine Frau?"

Ich hörte die für einen Tatort typischen Hintergrundgeräusche und trat das Gaspedal praktisch durch den Boden des GTO, während ich durch die Stadt raste.

„Ein Mann", erwiderte der Kollege. „Etliche Einschüsse in Kopf und Brust. Sieht aus wie ein Einbruch und versuchte sexuelle Nötigung. Das Opfer des Einbruchs und der Nötigung erklärte, dass es in Notwehr geschossen habe. Es sagte dem weiblichen Officer am Tatort, dass es Ihre Freundin sei, und bat uns, Sie sofort zu verständigen." Der Polizist hustete. „Hübsches Mädchen. Ist ziemlich übel zugerichtet worden, bevor es den Abzug gedrückt hat. Es will nicht mit den Rettungssanitätern fahren, bevor Sie hier sind."

Übel zugerichtet? Was sollte das heißen? In meinem Kopf überschlugen sich sämtliche Worst-Case-Szenarien, die mir einfielen. Ich konnte nicht glauben, dass Reeve jemanden erschossen hatte. Woher hatte sie überhaupt eine Waffe? Und wie hatte jemand an all den Hightech-Sicherheitsmaßnahmen vorbeikommen können, die Race in dem Gebäude installiert hatte? Nichts davon ergab irgendeinen Sinn, doch im Moment zählte nur, dass Reeve okay war und dass derjenige, der sie überfallen hatte, nicht mehr atmete.

Der Platz vor dem Apartmentkomplex erinnerte an einen schlechten Fernsehkrimi. Blaulicht, heruntergekommene Docks, gelangweilte Schaulustige, die darauf warteten, dass die Leichen zum Wagen der Gerichtsmedizin gebracht wurden, Streifenpolizisten und müde wirkende Detectives, die den Tatort sicherten, und selbstverständlich das bildhübsche Opfer, das praktisch unbekleidet im Rettungswagen kauerte, umringt von Sanitätern. Reeve war in eine kratzig aussehende Decke gewickelt. Ihr dunkles Haar war total zerzaust und stand in alle Richtungen ab, als hätte jemand damit den Boden gewischt. Sie redete mit einem Polizisten, und das flackernde rotblaue Licht warf harte Schatten auf ihr blasses Gesicht. Sie sah ruhig aus. Sie sah gefasst aus. Sie sah aus wie ein Wunder, und erst als sie mich bemerkte und in meine Richtung schaute, fielen mir die Verletzungen auf, von denen der Detective gesprochen hatte.

Über einer Braue klebten kleine weiße Wundverschlusspflaster, und um eins ihrer dunkelblauen Augen bildete sich bereits ein Veilchen. Ihr Kinn war aufgeplatzt und genäht worden, die schwarzen Nähte erinnerten an Spinnweben. Reeve stand auf und kam auf mich zu, und jetzt entdeckte ich auch die Kratzer und Blutergüsse, die sich über ihre zarte Haut zogen. An ihrer Kehle prangte ein hellroter Schnitt, bei dessen Anblick ich die Fäuste ballte. Sie trug ein Tanktop, das nur noch von einem Träger gehalten wurde; der andere hing zerrissen und nutzlos an ihrer Schulter herab. Außerdem hatte sie diese viel zu kurzen Shorts an, in denen sie gerne schlief. Ihre Knie waren wund und abgeschürft, als ob jemand sie über den Boden geschleift hätte.

Sie warf sich an meine Brust und legte den Kopf unter mein Kinn. Sobald meine Arme sich um sie schlossen, fing sie an zu weinen. Sie schluchzte und schluchzte und zitterte dabei am ganzen Körper, so heftig, dass ich beinahe fürchtete, sie würde sich vollkommen auflösen. Ich streichelte ihr wirres Haar und murmelte beruhigende Worte.

Der Detective, der mich angerufen hatte, stieß nun zu uns. Er betrachtete zuerst mich, dann Reeve und hob eine Braue. „Ich habe noch ein paar Fragen."

Aus zusammengekniffenen Augen funkelte ich ihn an. Reeve zitterte jetzt noch mehr. Ich war nicht daran gewöhnt, am anderen Ende dieser Konversation zu sein, und konnte nicht behaupten, dass es mir gefiel.

„Geben Sie uns eine Minute", bat ich den Mann.

„In Ordnung", gab er zurück. „Aber ich würde gern vor Sonnenaufgang noch ins Bett kommen, deshalb bleibt es bei einer Minute."

Am liebsten hätte ich dem Kerl ins Gesicht geschlagen, doch Reeve brauchte meine Aufmerksamkeit dringender, also beugte ich mich zu ihr herunter und legte meine Lippen an ihr Ohr. „Roark?" Ich musste wissen, ob Katze und Maus endlich die Rollen getauscht hatten.

Sie schüttelte den Kopf, und als ihre nasse Wange meinen Mund berührte, küsste ich sie sanft.

„Wer?", fragte ich weiter.

„Zero. Ich kam gerade aus der Dusche und machte mich bettfertig, und plötzlich war er da. Ich habe ihn sofort erkannt. Als ich im Zeugenschutzprogramm war, ist er ja einmal bei mir aufgetaucht und hat nach Conner gefragt. Er hatte ein Messer dabei." Sie lehnte sich ein Stück zurück und sah mich mit großen, angsterfüllten Augen an. „Er wollte mich töten."

Ich machte besänftigende Geräusche und drückte meine Lippen auf ihre. „Aber das hat er nicht. Woher kam die Pistole?"

Sie schaute weg und fing noch heftiger an zu zittern.

Stirnrunzelnd packte ich ihre Arme ein bisschen fester. „Reeve ... die Pistole?"

„Das würde ich auch gerne wissen, Ms. Black", meinte der Kollege. „Das ist eine nicht registrierte Schusswaffe ohne verfolgbare Seriennummer. Wo hatten Sie die her?"

Reeve fixierte mich, dann wandte sie rasch das Gesicht ab. Sie löste sich von mir und schlang die Arme um ihren Oberkörper.

Während sie auf den Boden starrte, flüsterte sie: „Er hatte sie dabei." Das war gelogen. Ich wusste es sofort, und meine Haut fühlte sich plötzlich zu eng an.

Ich öffnete bereits den Mund, um sie zu konfrontieren, doch schließlich fiel mir der andere Detective ein. Er beobachtete sie, und er beobachtete mich. Wenn ich jetzt etwas sagte, würde es nur zu weiteren Fragen führen, die nicht beantwortet werden konnten.

„Stellen Sie ihr Ihre Fragen", forderte ich den Polizisten auf. „In der Zwischenzeit werde ich Race aufwecken und ihn fragen, wie zum Teufel jemand sein Sicherheitssystem überlisten konnte. Ich bin gleich wieder da." Mir war klar, dass ich wütend klang und sehr viel weniger mitfühlend, als ich sollte, aber ich konnte einfach nicht anders. Reeve log und traf immer noch Entscheidungen, die uns beide in die Bredouille brachten. Sie bewegte sich nach wie vor in der Grauzone, und ich hasste es. Ich wollte sie durchschütteln, obwohl sie aussah, als ob sie dringend eine Umarmung bräuchte.

Wie sich herausstellte, brauchte ich Race nicht zu wecken. Brysen öffnete die Tür, starrte mich mit großen Augen an und sagte, dass er mit seinem Techniker im Überwachungszentrum des Gebäudes sei, um herauszufinden, wie Zero ins Innere der Festung gelangt war. Sie erklärte mir, wie ich in den Keller käme, und ich zog los, um mir Race und seinen sogenannten Sicherheitsexperten vorzuknöpfen. Die Tür stand offen, ich trat ein und stand vor einer ganzen Wand voller Überwachungsmonitore. Da waren die Vorderseite des Hochhauses, die Tiefgarage, die Flure auf jeder Etage, die Fahrstühle, das Dach, und alle Bilder zeigten, was dort in exakt dieser Sekunde ablief.

„Was zur Hölle ist hier heute Nacht passiert?", blaffte ich, doch keiner der beiden zuckte zusammen.

Der Sicherheits-Typ musterte mich über die Schulter hinweg und runzelte die Stirn über seiner schwarzen Hornbrille, Marke Buddy Holly. Eigentlich hätte er wie ein typischer Computer-Nerd aussehen müssen, so wie er auf die Tastatur einhämmerte und an den Knöpfen und Schaltern des Überwachungssystems herumfummelte, aber das tat er nicht. Er war so groß wie ich und fast so muskulös. Jeder sichtbare Quadratzentimeter seiner Haut war mit Tattoos bedeckt, und das harte Glitzern in seinen Augen verriet mir, dass er sich weder von meiner Größe noch von meiner Wut einschüchtern ließ.

„Passiert ist, dass jemand alles ausgeschaltet und dann diesem Arschloch die Tür aufgemacht hat", sagte der Kerl. „Er ist einfach reinspaziert."

„Was?"

Jetzt drehte Race sich zu mir um. Er schien genauso aufgebracht zu sein wie ich, und mir wurde klar, dass seine Mädchen nur ein paar Etagen unter Reeve wohnten. Daher war die Tatsache, dass ein Fremder ins Gebäude kommen konnte, für ihn ebenso wenig tolerabel wie für mich.

„Stark hat das System so eingerichtet, dass niemand damit Schindluder treiben kann", erläuterte Race. „Es nimmt ununterbrochen auf und schickt die Daten an den Server, sodass wir jederzeit von allem Aufzeichnungen haben. Jemand hat heute Nacht buchstäblich den Stecker gezogen und anschließend diesen Kerl reingelassen. Es gibt keine Bilder, wie er mit dem Aufzug zum Loft gefahren ist, nichts, gar nichts. Er hat die Tür eingetreten und Reeve attackiert, aber da Booker normalerweise der Einzige ist, der sich außerdem auf der Etage aufhält, hat keiner ihre Schreie gehört. Erst als Schüsse fielen, hat jemand die Cops gerufen, und plötzlich hat das System auch wieder aufgenommen – als ob jemand den Stecker wieder reingesteckt hätte."

„Dieses ganze tolle Equipment, und ein einziger Stecker sorgt für den Totalausfall?", fragte ich ungläubig.

„Es ist ein Computer. Computer brauchen Strom", entgegnete der tätowierte Typ, Stark, und wandte sich verärgert wieder seinem Laptop zu. „Es gibt eine Ausfallsicherung, die über einen externen Server weiter aufzeichnet, doch die braucht eine Weile, bis sie anspringt. Reichlich Zeit für jemanden, der Bescheid weiß, um den Blackout zu seinem Vorteil zu nutzen."

„Aber wer weiß denn überhaupt, dass es dieses Überwachungssystem gibt? Wer weiß, welchen Stecker man ziehen muss? Nicht Roark und auch nicht sein Gehilfe."

Race fuhr sich mit beiden Händen durch sein struppiges Haar und wechselte einen harten Blick mit dem Computer-Heini. „Wir durchforsten gerade ältere Aufnahmen, um das rauszufinden. Nur eine Handvoll Leute weiß, wo im Gebäude sich dieses System befindet, und noch weniger kennen den Zugangscode." Etwas in seiner Miene deutete darauf hin, dass er die Antwort bereits hatte und bloß noch auf die Bestätigung wartete.

Ich senkte die Stimme und fragte: „Wie ist Reeve an die Pistole gekommen?"

Seine grünen Augen verdunkelten sich. „Du bist ein Detective, Titus. Streng dich ein bisschen an."

Ich schnaubte wie ein wütender Stier, als mein Blick plötzlich auf ein vertrautes Gesicht fiel, das den Monitor schmückte, der den Eingang des Gebäudes überwachte. „Booker."

„Bingo!" Ich begriff, dass Race meine Frage nach der Waffe beantwortete und nicht sah, was ich auf dem Bildschirm entdeckt hatte.

„Nein, Booker ist am Eingang", meinte ich, „und ich reiße ihm den Arsch auf, wenn er ihr die Pistole besorgt hat. Er ist auf Kaution draußen; ich sorge dafür, dass er wieder hinter Gitter kommt."

Race drehte sich um, und ich bemerkte, wie sein ganzer Körper erstarrte. Booker ging durch die vorderen Türen des Apartmentkomplexes und schaute dabei ununterbrochen in die Kameras. Er betrat den Fahrstuhl, und Race zuckte zusammen, als er auf den Knopf für die Kelleretage drückte. „Scheiße."

„Ich dachte, er ist dein Junge", sagte Stark. Die Kameras folgten Booker direkt zu der Tür des Raums, in dem wir uns befanden. Er zögerte und schaute noch einmal in die Kamera, bevor er den Code eintippte. Die Tür öffnete sich, dann wurde alles schwarz.

Race fluchte.

Stark lehnte sich in seinem Stuhl zurück und pfiff durch die Zähne. „Du hast eine Laus im Pelz, Boss."

Race ballte die Fäuste und schaute zwischen mir und dem Computer-Heini hin und her. „Er mag Reeve. Warum sollte er ihr eine solche Falle stellen?"

„Schon komisch", erwiderte ich. „Vor allem, wie er die ganze Zeit die Kameras nicht aus den Augen gelassen hat. Er wusste, dass du ihn dabei beobachten würdest."

Race schüttelte den Kopf. „Ich kapier es nicht."

Ich knurrte. „Ich muss es nicht verstehen. Sobald ich ihn sehe, buchte ich ihn ein. Sie ist heute Nacht fast vergewaltigt und umgebracht worden."

Race hob eine goldene Braue. „Dann würde ich sagen, es ist eine glückliche Fügung, dass ihr irgendwer eine Waffe besorgt hat, mit der sie sich schützen konnte, oder? Diese Geschichte hätte ein sehr viel traurigeres Ende nehmen können, nicht wahr, Titus?"

Wir starrten einander an. Keiner von uns war bereit, auch nur einen Zentimeter nachzugeben.

Die Spannung wurde durch ein Räuspern von Stark gebrochen. „Hey, Leute, wir sind im selben Team. Vielleicht solltet ihr diese ganze Wut und das Testosteron-Getue auf den Kerl richten, der die bösen Jungs reinlässt."

Ich war der Erste, der den Blick abwandte. Ich betrachtete den Monitor, von dem Booker mich direkt anzusehen schien. „Wenn ich ihn finde, dann marschiert er zurück in den Knast."

Races Mund war nur noch ein schmaler Strich. „Wenn ich ihn zuerst finde, wird nichts mehr von ihm übrig sein, das ins Gefängnis kommen kann. Das hier ist der einzige sichere Platz in dieser Stadt, und er hat ihn mir weggenommen, mir und meiner Familie. Aus der Nummer kann er sich nicht rausreden, mit keiner Erklärung der Welt."

Früher hatte ich ihn jedes Mal ermahnt, solche Sachen nicht in meiner Hörweite von sich zu geben; schließlich war ich ja ein

Cop, würde es immer sein, und eine derartige Aussage erfüllte den Tatbestand des Vorsatzes. Jetzt sagte ich bloß: „Lass dich nicht erwischen." Und damit wandte ich mich um und ging zurück zu Reeve.

Sie saß auf dem Beifahrersitz des GTO. Jemand hatte ihr ein Sweatshirt gegeben, aber sogar von draußen konnte ich erkennen, dass sie noch immer zitterte wie Espenlaub. Ich fragte den verantwortlichen Detective, ob sie gehen könnte. Er schnaubte nur und sagte, dass sie echt Glück gehabt hätte.

Als ich mich hinters Lenkrad setzte, merkte ich, dass sie lautlos weinte. Dicke Tränen rollten über ihre Wangen.

„Bist du okay?" Ich war nach wie vor sauer, weil sie den Polizisten, weil sie mich angelogen hatte, doch es war offensichtlich, dass sie eine liebevollere Behandlung brauchte, als ich ihr angedeihen lassen wollte.

„Ja. Wohin fahren wir? Wir können nicht zurück ins Loft, bevor sie den Tatort freigeben."

„Zu mir." Das war zwar nicht so sicher wie das Apartment, aber so richtig viel hatte das ja nun auch nicht gebracht.

„Gut." Sie klang besiegt, kaputt, und ich konnte dem Drang nicht widerstehen, die Hand auf ihr Knie zu legen. Ich knirschte mit den Zähnen, als sie zusammenzuckte und zurückwich. Sie sah mich an, dann flossen weitere Tränen. „Tut mir leid."

Ich fluchte leise. „Du brauchst dich nicht zu entschuldigen. Es war eine harte Nacht. Wir können später darüber reden. Über alles."

„Was ist, wenn ich nicht über alles reden will?" In ihrem Ton war wieder etwas von dem stählernen Kampfgeist, der so viel von ihrer Persönlichkeit ausmachte, und ich empfand unwillkürlich Stolz. Mein Mädchen besaß genug Chuzpe, um auf sich selbst aufzupassen, und diese Erkenntnis sorgte dafür, dass ich mich nicht mehr ganz so sehr wie das letzte Arschloch fühlte, weil ich jeden Tag ihr Leben aufs Spiel setzte.

„Du hast keine Wahl. Das ist es nämlich, was *mehr* bedeutet, Reeve. Du und ich und alles. Aber das kann bis morgen warten."

Sie lehnte den Kopf ans Fenster. „Morgen ist zwar ein neuer Tag, aber ich werde immer noch dasselbe Mädchen sein, Titus. Es wird dir nicht gefallen, was ich dir zu sagen habe.“

„In der Geschichte kommt ein Mann vor, der dir wehtun wollte, und ich war nicht da, um ihn aufzuhalten. In der Geschichte musst du allein und verängstigt um dein Leben kämpfen. Du kannst darauf wetten, dass mir das nicht gefallen wird, Reeve. Was den Rest betrifft: Ich höre dir zu, und dann arbeiten wir uns da durch, denn du musst mir so sehr vertrauen, dass du mich nicht mehr belügst.“

„Ich habe dir immer vertraut. Dass du mir vertraust, daran muss ich mich erst gewöhnen.“

„Dann werden wir uns gemeinsam daran gewöhnen.“

Ich hoffte, dass das nicht leere Worte waren, mit denen ich sie nur beruhigen wollte. Ich wollte so gern glauben, dass wir zusammen tatsächlich etwas finden würden, das zwischen dem strengen Schwarz-Weiß lag, das mein Leben bestimmte, und dem nebelhaften Grau, aus dem ihres bestand. Noch einmal legte ich meine Hand auf ihr Knie, und diesmal zuckte sie nicht und wich auch nicht zurück. Stattdessen legte sie ihre Hand darauf und drückte meine Finger.

17. Kapitel

Reeve

Titus' Haus war ein bisschen so wie er selbst: von außen ein ordentliches kleines Haus im Craftsman-Stil mit perfekt gemähtem Rasen, aber drinnen ein bisschen chaotisch und unaufgeräumt. Die Einrichtung war typisch männlicher Single. Auf den wenigen Möbeln aus schwerem, dunklem Holz waren Kleidungsstücke, leere Bierdosen und Kartons vom Lieferservice verteilt. Titus war in seinen eigenen vier Wänden schlampig, was ich nie im Leben geglaubt hätte, wenn ich es nicht mit eigenen Augen gesehen hätte.

Ich war müde, und mir tat alles weh, also fragte ich ihn, ob ich sein Bad benutzen dürfte, um mich ein bisschen sauber zu machen, statt mich kopfüber in die Auseinandersetzung zu stürzen, die unweigerlich bevorstand, wie ich wusste. Er bat mich um einen Moment Geduld, und ich hörte, wie er hektisch und geräuschvoll etwas Ordnung schaffte, bevor ich noch tiefere Einblicke in das Wesen des Mannes hinter der Dienstmarke erhielt. Er brauchte ungefähr zwanzig Minuten, aber als er fertig war, führte er mich zu einer mit dampfendem Wasser gefüllten Badewanne und wartete, bis ich meinen wunden Körper in die einladende Hitze sinken ließ. Dann versprach er, mir etwas zum Anziehen zu besorgen, da das Zeug, das ich anhatte, entweder zerrissen oder geborgt war. Ich nickte und sah ihm nach, als er mit steifen Schritten aus dem Raum marschierte.

Titus war supersauer und versuchte es zu verbergen, während er sich gleichzeitig bemühte, freundlich zu mir zu sein. Er war wütend auf mich, weil ich ihn angelogen hatte, und wütend auf sich selbst, weil er nicht da gewesen war, als ich ihn gebraucht hatte, und ich war nicht sicher, was von beidem ihn mehr unter Strom setzte. Ich war auch nicht sicher, ob er mir noch in die Augen schauen konnte, wenn ich ihm gestand, warum ich die Pistole hatte und was ich ursprünglich damit tun wollte. Er hatte zwar gesagt, dass wir uns da irgendwie durcharbeiten würden, doch nun stand ihm erneut eine Enttäuschung bevor, und ich bezweifelte, dass sein angeborenes Moralempfinden es verkraften würde, wenn ich bekannte, dass ich schon wieder willentlich den Tod eines Menschen hatte herbeiführen wollen. Es wäre für jeden schwierig, sich da durchzuwinden, besonders für einen Mann mit einem derart strengen Code für das Richtige und das Falsche.

Die Nähte in meinem Kinn sollten nicht nass werden, daher tauchte ich nur bis über die Schultern ins Wasser und tat mein Bestes, die Schürfwunden an meinen Armen und Beinen sauber zu kriegen. Mein Haar umfloss mich wie eine dunkle Wolke, und ich musste mich schwer aufs Atmen konzentrieren, sonst hätte ich von Neuem angefangen zu zittern und zu schluchzen.

Es gab nicht viel, das mir Angst machte. Ich hatte viel gesehen, viel verloren, viel gelitten. Zero hatte mich jedoch aus heiterem Himmel überrascht, an einem Ort, an dem ich mich sicher gefühlt hatte, und nun kam es mir so vor, als ob ich nie wieder irgendwo in Sicherheit wäre. Er war einfach *da* gewesen, direkt vor mir und überall im Apartment, völlig lautlos, und mir war klar gewesen, dass er gekommen war, um mich auf Conners Befehl zu töten. In seinen Augen hatte ich lesen können, dass er mich zu seinem eigenen Vergnügen leiden lassen würde.

Zero war ein brutal aussehender Mann. Ich erkannte ihn sofort, mit seinem kahlen Schädel und dem sorgfältig gestutzten Spitzbart. Er lächelte mich an, als ich schrie; ich sah das Messer aufblitzen und hatte einen Schnitt quer über dem Oberarm, bevor ich überhaupt begriff, dass ich mich wehren musste. Aber ich war im Badezimmer, in meinen Schlafklamotten und völlig unbewaffnet. Ich war so hilflos wie nie zuvor in meinem Leben.

Es war alles andere als ein fairer Kampf, und die beste Aktion war wahrscheinlich, Lärm zu machen und wegzurennen, doch bis ich diesen Gedanken gefasst hatte, holte er mit der geballten Faust aus und schlug mir ins Gesicht, so fest, dass ich sofort in die Knie ging.

Er packte mein Haar, zerrte meinen Kopf an seinen Schritt und setzte mir die Messerspitze an die Wange. „Kein Wunder, dass Conner so verrückt nach dir ist. Aus der Nähe bist du sogar noch geiler."

Die brennend scharfe Klinge und die kruden Worte waren wie ein weiterer Schlag. Ich hatte keine Ahnung, wie er in die Wohnung gekommen war. Allerdings wusste ich, dass nur einer von uns sie lebend verlassen würde.

„Conner ist geistesgestört. Er zerstört Leben, weil er einen Soziopathen rächen will, der ihn erst anerkannt hat, als Conner ihm nützlich sein konnte!", rief ich. Ohne nachzudenken, rammte ich ihm meine Stirn so fest in den Schritt, dass die sensiblen Körperteile hinter dem Reißverschluss empfindlich getroffen wurden.

Er krümmte sich, was mir genug Raum verschaffte, mich an ihm vorbeizudrängen. Ich ließ einen beträchtlichen Teil meiner Haare in Zeros Faust zurück und krabbelte auf Händen und Knien aus dem Bad. Fluchend wollte er sich auf mich werfen, doch ich war schneller. Sobald ich durch die Türöffnung war, sprang ich auf und machte einen wilden Satz auf die Stufen zu.

Die Glock steckte nach wie vor in meiner Handtasche. Booker schien wie vom Erdboden verschluckt, sonst wollte ich niemanden wissen lassen, dass ich eine Waffe hatte, und in diesem Moment war ich heilfroh, dass sie noch da war.

Auf dem Weg nach unten wurde ich auf halber Höhe der Treppe so heftig in den Rücken gestoßen, dass ich den Halt verlor und über die restlichen Stufen hinweg zu Boden krachte; Zero landete mit seinem vollen Gewicht auf mir. Meine Zähne bohrten sich in meine Unterlippe, mein Kinn knallte so hart auf das Parkett, dass mir kurz schwarz vor Augen wurde, und meine Handflächen und Knie büßten ihre oberste Hautschicht ein, während ich verzweifelt nach irgendeiner Art Bodenhaftung suchte, um von der niederdrückenden Bürde auf meinem Rücken wegzukommen.

Zero fluchte, überschüttete mich mit den schmutzigsten Beleidigungen und drehte mich um, sodass er rittlings auf mir zu sitzen kam. Die Klinge glitt über meine Brust. Ich trommelte mit den Fäusten auf ihn ein und versuchte, ihn zu kratzen. Er lachte nur und benutzte das Messer, um einen Träger meines Tanktops durchzuschneiden. Ich schrie, während er mir all die abscheulichen Dinge aufzählte, die er mit mir machen würde, und das Messer tiefer in mein Fleisch drückte. Ich schrie, bis mir die Luft ausging, aber das schien ihn nur anzuspornen. Er beugte sich vor und biss in meine entblößte Brust, schlug meine Hände beiseite und packte mich an der Kehle. Hilflos strampelte ich unter seinem Würgegriff mit den Beinen, und er redete immer weiter. Er sagte, Conner hätte ihm erzählt, wie heiß ich im Bett wäre, und schilderte mir dann detailliert das obszöne, widerliche Zeug, das er während der vielen Wochen, in denen er mich schon beobachtete, mit sich selbst angestellt hatte. Es war ekelhaft und viel gewalttätiger und verletzender als das, was er mir in dieser Sekunde körperlich antat.

Schwarze Punkte tanzten vor meinen Augen. Ich brauchte dringend Luft, doch egal, wie heftig ich an den harten Fingern zerrte, die meine Kehle umklammerten, er lockerte sie nicht einen Millimeter. Ich hörte das Telefon in meiner Handtasche klingeln. Er lachte und strich mit seinen Lippen über meinen Mund, mit dem ich keuchend nach Sauerstoff schnappte wie ein Fisch auf dem Trockenen.

„Ist das der Bulle? Stell dir vor, was für ein Spaß es sein wird, wenn er dich so findet. Zerbrochen, aufgerissen. Bedeckt mit Blut, Dreck und einem anderen Mann. Ich wünschte nur, ich könnte hierbleiben und sein Gesicht sehen. Conner wird begeistert sein.“

Ich musste irgendwas tun, und da Gegenwehr offenbar nichts brachte, beschloss ich, damit aufzuhören. Also ließ ich meine Arme fallen und stellte jegliches Zappeln und Treten ein. Ich hielt ganz still und lag stocksteif unter ihm, als sei ich bereits tot.

In seinen Knopfaugen blitzte Triumph auf, und er presste seinen verzerrten Mund noch einmal auf meinen. „Es gefällt mir zwar besser, wenn du kämpfst, aber das hier funktioniert auch."

Ich zwang mich dazu, keinen Muskel zu bewegen, als er meinen Hals freigab und die Schneide des Messers über meine wild pochende Schlagader gleiten ließ. Bevor ich meine Meinung ändern oder die Risiken kalkulieren konnte, hob ich den Kopf vom Boden, nur ein wenig, so als wollte ich seinen Kuss erwidern, und schlug die Zähne in seine Lippen. Fleisch riss auf, Blut quoll hervor, und das reichte, um ihn erneut aus dem Gleichgewicht zu bringen, sodass ich mich unter ihm hervorwinden konnte. Dabei ritzte die Klinge über meine Haut. Ein brennender Schmerz durchfuhr mich, aber ich hatte keine Zeit, mich darum zu sorgen, wie tief der Schnitt sein mochte. Ich stürzte mich auf meine Tasche und hätte fast losgeheult, als meine Finger das kühle Metall der Waffe berührten.

Beinahe war er wieder über mir. Ich konnte ihn spüren. Also entsicherte ich die Pistole und drückte schon beim Herumwirbeln auf den Abzug, ohne zu zielen. Ich drückte wieder und wieder ab, jeder Schuss schien lauter zu sein als der davor. Ich feuerte, bis das Magazin leer war und meine Schulter sich von all den Rückstößen wie ausgerenkt anfühlte. Das ganze Apartment stank nach Blut und Schießpulver, und Zero lag zusammengesunken vor meinen Füßen. Nicht alle Kugeln hatten getroffen, doch es waren genügend gewesen, um sicherzustellen, dass er keine Bedrohung mehr darstellte. Das Messer lag nutzlos neben seinem schlaffen Körper, in einer roten Lache.

Ich wählte den Notruf und wurde darüber informiert, dass die Einsatzkräfte bereits unterwegs seien. Jemand hatte die Schüsse gemeldet. Ich sagte noch, dass es einen Toten gab, dann waren plötzlich Race und Brysen da, schoben mich aus dem Apartment und stellten eine Million Fragen. Niemand hatte mich schreien gehört, aber alle hatten mitgekriegt, dass geschossen worden war. Bevor ich überhaupt verstand, was sie wissen wollten, oder begriff, dass ich blutete und wahrscheinlich einen Schock hatte, stand der übellaunige Detective vor mir und stellte noch mehr Fragen, und ich brachte nichts anderes heraus, als dass sie Titus anrufen sollten, dass ich Titus wollte.

Ich wollte *meinen* Polizisten.

Apropos: Die Badezimmertür wurde plötzlich aufgerissen, und seine große Gestalt füllte die Öffnung praktisch komplett aus. „Alles in Ordnung hier drin?“

Ich hatte gar nicht gemerkt, dass das Wasser kalt geworden war, und auch nicht, dass ich wieder angefangen hatte zu weinen. Ich rieb mir die Wangen und machte Anstalten, mich aufzurappeln. „Ja. Ich brauchte nur einen Moment.“ Mein Leben lang hatte ich kämpfen müssen. Gegen jemanden, etwas oder mich selbst. Ich war es gewohnt, das Opfer zu sein, schwach zu sein und außer Kontrolle.

Bevor ich dazu kam, aufzustehen, spürte ich seine starken Arme auf mir und unter mir. Er hob mich hoch und drückte mich an seine Brust, wobei er sich selbst nass machte und das Bad überflutete. Ich beklagte mich nicht. Ich schlang die Arme um seinen kräftigen Nacken und ließ mich ins Bett tragen, noch immer tropfnass und tränenüberströmt.

Offensichtlich hatte er die Zeit genutzt, um sein Schlafzimmer aufzuräumen. Es lagen keine Hemden oder Socken herum, und das Bett war frisch bezogen. Ich schmiegte meine wunde Wange an seine Brust und seufzte in seinen Herzschlag hinein.

„Du bist echt unglaublich schlampig, Titus. Hätte ich nie gedacht.“

Er brummte und veränderte die Haltung, damit er die Decke zurückschlagen und mich auf die Matratze legen konnte. Dann starrte er mich einen langen Moment schweigend an und begann schließlich, sich auszuziehen. Für diese Show könnte ich von anderen Frauen horrende Eintrittspreise nehmen und Millionen damit verdienen. Zu dumm, dass ich so gierig war und den Tanz dieser harten Muskeln unter der olivfarbenen Haut ganz für mich allein haben wollte, für immer.

„Außer mir kriegt das sowieso niemand zu Gesicht, deshalb habe ich mir nie die Mühe gemacht, hier drinnen Ordnung zu halten. Ich bin nicht oft hier", sagte er.

Wieder schien mir das ein Sinnbild seiner Persönlichkeit zu sein. Der Einzige, der jemals in die Dunkelheit schaute, in der sein Herz wohnte, war Titus selbst. Die Bestie war einsam, und ich war die Einzige, die er je zu ihr in den Käfig gelassen hatte. Seine Bestie brauchte mich. Ich hoffte nur, dass er das immer noch so sah, wenn ich ihm das letzte meiner schmutzigen Geheimnisse offenbart hatte.

Sobald er ebenso nackt war wie ich, löschte er das Licht und streckte sich neben mir aus. Wir legten uns ins Bett, obwohl es schon früher Morgen war und der Rest der Welt gerade in den neuen Tag startete.

Er schlang einen Arm um meine Taille und zog mich an seine Brust. „Jetzt ist es morgen."

Ich wusste, dass er reden wollte, doch dazu war ich noch nicht bereit. „Es ist immer noch morgen, wenn wir aufwachen. Lass uns eine Weile schlafen." Ich brauchte es. Nie zuvor war mir Schlaf so verlockend erschienen.

Er küsste meinen Scheitel und strich vorsichtig über den aufgeschürften, mit Blutergüssen bedeckten Arm, den ich um ihn gelegt hatte. „Okay. Lass uns schlafen. Übrigens bin ich sehr stolz auf dich. Du bist eine unglaubliche Kämpferin, Reeve."

Ich konnte bloß beten, dass das so bleiben würde, wenn ich ihm meine Geschichte erzählt hatte. Doch jetzt, da ich nach diesem Albtraum, der mich emotional völlig ausgelaugt hatte, endlich wieder warm und sicher in seinen Armen lag, konnte ich meine Augen partout nicht mehr offen halten. Schlaf und eine kleine Gnadenfrist waren die einzigen Dinge, gegen die ich nicht kämpfen würde.

Ich hatte einen wundervollen Traum, voll tastender Hände und zärtlicher Küsse. Weiches Haar strich über meine Haut. Lippen, die ich liebte, flüsterten meinen Namen, und ich hatte mich noch nie so geborgen und glücklich gefühlt.

Doch plötzlich war alles anders. Ich wurde verfolgt und musste um mein Leben rennen. Mit einem erstickten Schrei in der Kehle und tränenüberströmtem Gesicht erwachte ich. Ich setzte mich auf und schaute auf Titus herunter. Hellblaue Augen beobachteten mich, Mitgefühl und Wut blitzten darin auf. Ich strich mir das Haar zurück und legte eine Hand auf mein wild schlagendes Herz. Titus streckte den Arm aus und streichelte mit den Fingerknöcheln meine feuchte Wange. Es war eine unglaublich zärtliche Geste und so untypisch für ihn, dass ich schon wieder anfing zu zittern. Titus hatte mich mit sehr unterschiedlichen Gefühlen angesehen, seit ich in sein Leben geplatzt war, doch ich wollte nicht, dass Mitleid dazugehörte. Ich kannte die Risiken … jedes einzelne … und das musste er begreifen.

Ich beugte mich zu ihm und küsste seine zornig zusammengepressten Lippen. „Es geht mir gut. Oder zumindest wird es das."

Sein Blick glitt über den Schnitt an meinem Hals zu meinem blauen Auge. „Es geht dir nicht gut." Er klang wie ein Polizist und nicht wie der sehr nackte und sehr sexy Mann, der meine schlimmen Erinnerungen ganz leicht durch schönere ersetzen könnte.

Es ergab vielleicht keinen Sinn, aber ich wollte seine Hände auf mir spüren. Ich wollte, dass mein Herz seinetwegen so sehr raste, dass es sich in meiner Brust zu überschlagen schien, und das nicht, weil ich verängstigt und erschüttert war. Titus würde all dem Bösen, Sinnlosen und Tragischen eine Bedeutung verleihen. Er war das Gute, und davon brauchte ich jetzt so viel in mir, wie ich kriegen konnte.

„Das wird es aber. Mach, dass es mir gut geht, Titus."

Er starrte mich im Dämmerlicht des frühen Morgens zwar missbilligend an, konnte aber nicht verhindern, dass sein Blick wanderte, und da wir beide nackt waren, war nicht zu übersehen, wie sein Körper reagierte. Wieder küsste ich ihn, und diesmal schob er mir eine Hand in den Nacken.

„Ich bin nicht sicher, ob das so eine tolle Idee ist, Reeve. Du hattest eine schlimme Nacht."

„Du und ich zusammen, das ist immer eine tolle Idee. Ich brauche das." Ich wusste, dass er mich nie abweisen würde, wenn ich ihm sagte, dass ich ihn brauchte. Er war zu großzügig, um Nein zu sagen.

Titus seufzte und küsste die zerbeulte Seite meines Gesichts. Dann glitten seine Lippen über die Stelle meines Halses, wo mein Puls einen Trommelwirbel aus Angst und Begehren schlug. Seine Bartstoppeln kratzten, als er eine Spur heißer Küsse auf meine empfindliche Haut hauchte und sich über meine Brüste und meinen bebenden Bauch nach unten arbeitete.

Sämtliche Nervenenden summten vor quälend süßer Erregung. Mein Herz legte einen Sprint hin, um sich dem Rhythmus anzupassen, in dem mein Körper sich unter seinem Gewicht bewegte, das mich in die weiche Matratze drückte. Ich war mitten in einer Wolke gefangen, schwebte auf einem Polster aus Liebe und Sex. Es war wirklich die beste Kur gegen jede Art von bösen Träumen oder schlimmen Erinnerungen, und als kalte Luft auf die überempfindliche Stelle zwischen meinen Beinen traf und die Decke unsere verschlungenen nackten Körper freigab, war ich mehr als bereit. Ja, ich verzehrte mich förmlich nach einem viel intimeren, tieferen Kuss.

„Titus ..." Allein seinen Namen auszusprechen sorgte schon dafür, dass ich mich besser und stärker fühlte.

Er lachte leise gegen meine sensibelste Körperpartie, und ich bog mich ihm entgegen und zog an seinem Haar, um anzudeuten, dass er sich in die richtige Richtung bewegte. Als Antwort drückte er meinen Hintern.

Sein Kopf verschwand zwischen meinen gespreizten Schenkeln, und ich konnte nur noch nach Luft schnappen, als seine geschickte, clevere Zunge ihr Werk begann. Seine Finger streiften kitzelnd meine Kniekehlen, während er seine volle Aufmerksamkeit dem begierigen, glatten, zarten Fleisch vor seinem Gesicht widmete. Er leckte. Er saugte. Er biss. Und er lachte wieder, je verzweifelter ich wurde und je heftiger ich meine Finger in sein Haar krallte. Er benutzte gleichzeitig Hände und Mund, bis ich nicht mehr geradeaus gucken konnte, und als ich schließlich als bebendes Bündel aus Entzücken, Ekstase und Befriedigung vor ihm lag, fing er noch mal von vorn an.

Nach dem zweiten Orgasmus war ich sicher, dass ich mich nie mehr bewegen würde. Titus legte meine Beine auf dem Bett ab und küsste jeden Kratzer, jeden Schnitt, jeden Bluterguss, jeden Makel, den der Kampf mit Conners Gefolgsmann auf meinem Körper hinterlassen hatte. Diese Geste war so zart, so süß, dass sich wieder ein Kloß in meinem Hals bildete. Als er sich schließlich über mir abstützte, den Bizeps bis zum Äußersten angespannt, um sein beträchtliches Gewicht in der Schwebe zu halten, konnte ich nicht anders, als meine Arme um ihn zu schlingen und ihn an mich zu ziehen, bis er mich bedeckte wie eine sexy Schmusedecke.

Er küsste mein Kinn und mein blaues Auge. Er küsste den grellroten Schnitt an meinem Hals. Er drückte seine Nasenspitze in mein Ohr und flüsterte: „Es tut mir so leid, dass ich nicht da war."

Ich konnte seine Reue und seinen Zorn förmlich spüren, an jedem verspannten Muskel seines massiven Körpers. Aber ich hatte ehrlich gesagt viel weniger Probleme damit, dass er nicht da gewesen war, um mich vor Zero zu schützen, als mit der Ungewissheit, ob er bleiben würde, wenn ich ihm gebeichtet hatte, was ich mit der Glock hatte machen wollen. Ich rieb meine Wange an seinen kratzigen Stoppeln und drückte ihn so fest an mich, dass unsere Herzen so wild klopften, als wollten sie einander berühren. „Ich kann auf mich selbst aufpassen", erklärte ich. „Und ich kann auf dich aufpassen, Titus. Niemand sollte mich unterschätzen."

Er seufzte in mein Ohr und drehte sich so, dass seine schmalen Hüften sich in die Kurve meiner eigenen schmiegten. Wir berührten einander so innig, wie zwei Personen sich nur berühren konnten. Nie zuvor hatte ich mich so sehr als Teil eines anderen Menschen gefühlt. Es kam mir vor, als müsste ich sterben, wenn er je von meiner Seite gerissen werden sollte, so viel von ihm war bereits in den Stoff eingewebt, der mich zu der Person machte, die ich war und die ich, wie ich nun wusste, zu sein verdiente.

Er hob die Hüften und senkte sie wieder. Dabei strich seine Erektion über meine geschwollene, empfindliche Mitte und reizte mich auf diese atemberaubend erotische Weise, bis ich meine Beine anzog und seinen Bewegungen mit meinem Becken entgegenkam.

„Ich habe dich nie unterschätzt“, sagte er. „Ich habe mich überschätzt. Ich dachte, ich könnte dieses Spiel spielen, dich alles riskieren lassen, um ans Ziel zu kommen, aber ich habe mich geirrt. Du bist mehr als *mehr* für mich Reeve. Du bist jetzt alles.“

Wenn seine sanften Liebkosungen und behutsamen Berührungen nicht schon gereicht hätten, um mich zu Tränen zu rühren, dann öffneten diese Worte nun alle Schleusen – und die Art, wie sie über die Lippen des Mannes und des Monsters kamen. Sie steckten beide ihr Revier ab, und nichts hätte mich glücklicher machen können.

„Es ist mir beinahe peinlich, zu gestehen, wie lange du schon alles für mich bist, Titus. Es war jedes Risiko wert, mich dorthin zu bringen, wo ich jetzt mit dir bin.“ Und ich hoffte inständig, dass wir noch auf diese Weise zusammen sein würden, wenn die Wahrheit ans Licht kam.

Wieder glitt er über meine Spalte, wobei er dafür sorgte, dass die Spitze seines Schwanzes bei jeder Vorwärts- und Rückwärtsbewegung auf meine Klit traf. Schon bald zerrte ich ungeduldig an ihm, damit er endlich zur Sache kam. Sex mit Titus war immer wie Sport mit Vollkontakt gewesen, und ich mochte zwar diese sanfte sexy Stimulation, doch ich war gierig, brauchte dieses Gefühl der Erfüllung und auch den Besitzanspruch, mit dem er meine mehr als einladende Hitze enterte. Er gab sich große Mühe, nett und rücksichtsvoll zu sein, weil ich so viel durchgemacht hatte, aber ich wollte nicht an den Horror der letzten Nacht erinnert werden. Ich wollte nicht, dass irgendwas davon jemals wieder zwischen uns stehen würde, also schlang ich meine Beine um sein Kreuz, bohrte meine Fersen in die steinharten Rundungen seines Hinterns und spießte mich auf seinen geschwollenen Schaft.

Die Kraft, mit der mein Körper ihn verschlang, ließ uns beide nach Luft schnappen. Ich krallte meine Fingernägel in seine Haut und warf den Kopf zurück, um ihn anschauen zu können. Seine Augen glänzten wie geschmolzenes Silber, und seine Wangen waren hochrot.

„Du hast schon alles besser gemacht und all meine Wehwehchen geküsst. Das war süß. Aber jetzt fick mich gefälligst so wie immer, bitte.“ Ich klimperte mit den Wimpern und stieß ihn noch einmal mit den Füßen an, in der Hoffnung, dass er den Wink mit dem Zaunpfahl kapierte.

Die Brauen über seinen glühenden Augen senkten sich, und er schenkte mir ein weiß blitzendes Grinsen. „Hast du mich eben gebeten, dich zu ficken?“

„Ja. Und nun beweg dich. Bitte.“ Ich wackelte ungeduldig mit den Hüften. Ich spürte, wie sein Schwanz in mir zuckte, und spannte meine Muskeln an, woraufhin Titus irgendwas Schmutziges murmelte.

„Na ja, wenn du mich so höflich bittest …“ Er drehte sein Bein so, dass er mein Becken damit leicht anhob, und begann dann, mich auf genau die Art zu reiten, um die ich ihn praktisch angefleht hatte. Unsere Hüften kreisten aneinander. Meine Brüste pressten sich an seine Brust. Unser Atem mischte sich, während wir einander nicht küssten, sondern inhalierten. Er zog an meinen Schultern, was nach meinem üblen Treppensturz garantiert später schmerzen würde, aber ich liebte es. Ich brauchte es. Ich hungerte nach diesem wilden, hemmungslosen Geben und Nehmen zwischen uns. Das gehörte nur mir. Ich war die Einzige, bei der er es herausließ, also konnte ich auf keinen Fall erlauben, dass er es mir vorenthielt.

Er knurrte, hob meine Beine noch höher. Dann schnappte er sich das Kissen, das neben meinem Kopf lag, und schob es mir unter den Po, sodass meine Hüften noch weiter über dem Bett schwebten. Titus erhob sich auf die Knie und stieß weiter, tiefer, fester in mich hinein. Er beobachtete mich von seiner erhöhten Position aus, sah mich unverwandt an, während er uns beide immer näher zum Gipfel trieb. Ich mochte es, wie er anfing zu schwitzen, zu schimmern wie eine polierte Statue, hart und stark. Es war unglaublich anturnend. Ich rieb mit den Händen über meine Nippel und spielte einen Moment mit ihnen, was seine Bewegungen schneller und seine Augen heller werden ließ. Seine Finger bohrten sich in meine Seiten, und ich wusste, dass er kurz vor dem Ziel war.

Da ich nach wie vor von den Geschenken zehrte, die er mir vorhin mit seinem Mund beschert hatte, war ich noch nicht ganz so weit. Ich ließ die Fingerspitzen träge über meinen Bauch gleiten, um meinen Nabel herum und weiter abwärts und genoss es, wie erregt Titus mir dabei zusah. Es fühlte sich gut an, mich selbst zu berühren, aber noch besser fühlte sich die Gewissheit an, ihn dadurch zum Wahnsinn zu treiben. Er keuchte jetzt wie bei einem Marathonlauf, und sein gleichmäßiger Rhythmus wurde hektischer und wirkte ein bisschen verzweifelt. Ich erreichte die Stelle, an der wir vereint waren, sodass er bei seinen Stößen auch meine Finger zu spüren bekam. Er stöhnte laut auf.

„Fass dich an“, keuchte er. „Lass mich zuschauen.“

Ich lächelte ihn an. Ich drehte mich leicht, um mein kleines Vergnügungszentrum erreichen zu können, und vergewisserte mich, dass er voll im Blick hatte, wie ich meine Klit umkreiste, sie antippte und im Takt seiner Bewegungen streichelte. Es fühlte sich so gut an, und sobald er meinen Namen hervorstieß und auf mir zusammensank, folgte ich ihm über den Rand des Abgrunds, landete aber sehr viel sanfter als er. Es war perfekt. Er war perfekt. Wir waren perfekt.

Ich massierte seinen Rücken, während er das Kissen unter mir wegzog. Titus küsste mich, legte einen Arm um mich und rollte mit mir herum, sodass ich auf ihm zu liegen kam. Mein Knie traf auf einen sehr nassen Fleck auf dem Laken, und für eine Sekunde stieg Panik in mir auf. Wir waren wieder nicht vorsichtig gewesen, und diesmal war ich mir nicht sicher, ob er für alle Konsequenzen offen sein würde, wenn er alles gehört hatte, was ich loswerden musste.

Nachdem ich tief Luft geholt hatte, setzte ich zu meiner Erklärung an. Ich sprach zu seinem Herzen, weil sich dort gerade mein Kopf befand. „Als ich nach The Point zurückgekommen bin, hatte ich vor, Conner umzubringen. Ich wusste, dass du mich schützen würdest, und ich musste lange genug am Leben bleiben, um ihm so nahe zu kommen, dass ich eine Chance hatte, mein Ziel zu erreichen. Er ist ein Monster, Titus, und er ist klug. Er wird niemals das Innere einer Zelle zu sehen bekommen, und das wissen wir beide. Ich hoffte, dass du meinem Plan zustimmen würdest und sich dadurch für mich eine Gelegenheit ergeben würde, den Abzug zu drücken. Mir war vollkommen klar, dass auf mich entweder das Gefängnis oder ein kaltes Grab warten würde, und ich dachte, dass der Knast eine faire Wiedergutmachung für all das Unrecht wäre, das ich begangen hatte. Ich wusste, dass du mein Vorhaben nie billigen würdest, also habe ich dir nicht erzählt, dass ich Booker um eine Waffe gebeten hatte oder was ich damit plante. Ich wollte nicht, dass du mit diesem neuen Verbrechen zu tun hast. Ich habe dich angelogen. Ich habe dich von Anfang an belogen, und es tut mir schrecklich leid. Aber nachdem du mir im Auto auf dem Berg gesagt hast, dass du dich ganz auf mich einlässt, da wusste ich, dass ich es nicht riskieren kann. Dass ich dich nicht riskieren kann. Dass ich besser sein musste als das. Ich hatte wirklich ganz ehrlich vor, Booker die Pistole zurückzugeben und Nassir oder sogar Race die Drecksarbeit zu überlassen. Bitte versuch wenigstens, zu verstehen, warum ich all diese fragwürdigen Entscheidungen getroffen habe.“

Ich wollte ihn anflehen, mich genauso zu lieben, wie ich ihn liebte. Ich wollte ihn anbetteln, mir zu verzeihen, dass ich aus

Verzweiflung so unüberlegt gehandelt hatte. Ich wollte, dass er mich als das sah, was ich immer sein würde: eine Frau, die ein gutes Herz hatte, aber oft die falschen Entscheidungen traf. Ich war ein Mensch. Mit Schwächen und Brüchen, genau wie die Stadt, in der wir beide zu Hause waren. Ich wollte, dass er begriff, wie gut wir als Paar auf diese verkommenen, gefährlichen Straßen passten.

Titus verspannte sich unter mir, und ich biss mir auf die ohnehin schon verletzte Lippe, weil ich damit rechnete, dass er mich zurückstoßen würde. Doch das tat er nicht.

Stattdessen strich er über mein wirres Haar und massierte meinen Nacken. „Das war mir alles in dem Moment klar, in dem du den Cop wegen der Waffe belogen hast. Und nur zur Information: Booker hat Zero ins Gebäude gelassen."

Ich erstarrte. „Was?"

Er seufzte und küsste mich auf die Stirn. „Booker hat den Kerl reingelassen und die Überwachungskameras ausgeschaltet, damit niemand sehen konnte, wie er zum Loft hochfuhr. Aber irgendwie ergibt das keinen Sinn."

Ich war wie vom Donner gerührt. Booker war ein Schläger und ein Exknacki; trotzdem hatte ich ihn für meinen Freund gehalten. Ich hatte gedacht, wir würden einander verstehen.

„Und was ist mit dem Rest, Titus?", fragte ich. „Ich hab's schon wieder versaut." Und ihm dadurch bewiesen, dass ich nie so gut sein würde wie er, obwohl er genau dieselben schmutzigen, trüben Wurzeln hatte.

Er atmete tief aus und legte einen Arm hinter seinen Kopf. „Wenn diese Beziehung funktionieren soll, darfst du dich nicht zum alleinigen Richter *und* Henker aufschwingen, Reeve. Du musst den Unterschied begreifen zwischen einer schlechten Entscheidung und einer Entscheidung, die nicht wiedergutzumachende Konsequenzen hat. Wenn Dovie gestorben wäre, wenn du Conner tatsächlich getötet hättest … wo wärst du dann heute? Begraben unter einem Berg aus Schuldgefühlen und Reue, so wie damals, nachdem du Novak gebeten hast, den

Freund deiner Schwester auszuschalten. Du musst mir zutrauen, meinen Job zu machen, und du musst meinen Methoden vertrauen. Ich weiß, dass Roark ein schmutziger Cop war, und ich weiß auch, dass es davon in dieser Stadt mehr gibt als gute, aber ich gehöre nicht dazu. Du musst mir die Möglichkeit geben, alles Notwendige zu tun."

Ich nickte langsam. „Das weiß ich."

„Aber?"

Jetzt war ich dran mit dem Seufzen. „Wir haben am Anfang kein geschlossenes Team gebildet, Detective. Ich war zunächst völlig außen vor. Ich habe versucht, das Beste für alle Beteiligten zu tun. Und nur damit du Bescheid weißt: Race dachte, dass ich es drauf anlegte, *dich* dazu zu bringen, Conner für mich umzulegen. Er hat meinen Beweggründen nie getraut."

Er grinste. „Race ist clever, doch alles weiß er auch nicht. Mir war sofort klar, dass du niemals erwarten würdest, dass ich zu unlauteren Mitteln greife – egal, wie schmutzig und brutal Roark kämpft. Du hast mir viel zu oft gesagt, wie sehr du meine Entschlossenheit bewunderst und es schätzt, dass ich stets das Richtige tun will. Ich hatte schon vermutet, dass du irgendeinen Plan hast. Ich bin bloß nicht darauf gekommen, wie er aussieht, bis du wegen der Pistole gelogen hast."

„Ich will nicht, dass du bereust, mit mir zusammen zu sein, Titus." In meiner Stimme schwang alles mit, was mein Herz für ihn empfand.

„Es gibt keine Reue, und es gib keine Wahl, Reeve. Du bist es für mich, egal, ob richtig oder falsch. Du verstehst mich, alle Aspekte von mir. Du gibst mir das Gefühl, einfach nur ich sein zu können, nicht der Polizist, nicht der große Bruder, nicht der Held, nicht der Retter … einfach ein Mann. Mit guten und schlechten Eigenschaften. Ich werde nie perfekt sein, doch bei dir werde ich immer echt sein, und du kannst bei mir stets ganz du selbst sein. Selbst wenn das ein Mädchen ist, das glaubt, alle Probleme mit einer Kugel lösen zu können. Ich muss diese Kleine eben ständig daran erinnern, dass es immer andere Optionen gibt und dass wir zu viel zu verlieren haben, wenn wir unbedacht handeln. Wir sind beide total verkorkst; vermutlich würde sich sowieso niemand sonst mit uns abgeben." Er küsste mich, um mir zu zeigen, dass er mich mit dem letzten Satz bloß necken wollte. „Ich wollte dich schon immer. Ich hätte von Anfang an wissen müssen, dass es letztlich darauf hinauslaufen würde."

Es war keine Liebeserklärung. Er fragte mich nicht mal, ob ich seine Freundin sein wollte. Dass er gesagt hatte, ich würde immer die Einzige sein, die alles von ihm bekommen würde, alles, was er wirklich war, kam mir jedoch genauso wichtig vor wie diese drei kleinen Worte.

Ich wollte ihm danken und ihn mit meiner Erleichterung und mehr Küssen und definitiv noch mehr Sex ersticken, aber plötzlich wurde sein Blick hart, er richtete sich ruckartig auf und raufte sich die Haare.

„Hurensohn!" Er entschuldigte sich nicht für die abrupte Unterbrechung unseres intimen Moments, sondern schwang seine langen Beine über die Bettkante und griff nach seiner Hose. Seine Schultern spannten sich an.

„Was ist los?" Ich setzte mich auf.

Er wirkte stinksauer und erschreckend wild, während er sich hastig anzog. „Es ist der Anfang. Das alles hat mit dem Anfang zu tun. Es ging mit Novak los."

„Ja, und?" Ich hatte keinen blassen Schimmer, wovon er redete, aber es machte mich nervös. Zum ersten Mal sah ich den Polizisten und die Bestie gleichzeitig. Es war beängstigend.

„Ich habe den Zusammenhang nicht erkannt, als Roark anfing, Nassir und Race dazwischenzufunken. Ich habe total versagt, was die Verbindung zwischen ihm und meinem Bruder betrifft. Es brauchte eine Bombendrohung und viel zu viele tote Kinder, bis ich begriff, dass er mich da treffen wollte, wo es am meisten wehtat. Aber jetzt sehe ich klar. Er setzt unsere Schwächen gegen uns ein, das ist seine Rache. Und er selbst hat bloß eine einzige Schwäche, und das ist diese bizarre Besessenheit mit seinem Alten. Ich habe überall in dieser verdammten Stadt nach ihm gesucht – außer an dem einen Ort, an dem er sich seinem Vater besonders nahe fühlen kann." Er stieß noch ein paar wüste Flüche aus und befestigte das Pistolenholster an seinem Gürtel.

Sein Gedankengang klang ziemlich unheilvoll, und ich hatte ein echt schlechtes Gefühl bei dem Ganzen. „Du glaubst, dass Conner sich in Novaks alter Lagerhalle versteckt?"

Er knurrte nur, holte eine Visitenkarte aus seiner Brieftasche und warf sie in meine Richtung. „Ich weiß nicht genau, ob er da ist, aber ich muss das checken."

Ich hob die Karte mit dem Logo der Marshals auf und umklammerte sie. „Geh nicht allein", flüsterte ich. Ich konnte die Vorstellung nicht ertragen, dass er sich in Gefahr begab, auch wenn das ja nun mal sein Beruf war.

Titus beugte sich zu mir runter und küsste mich hart auf den Mund. Er beschwor mich, ihm zu vertrauen und daran zu glauben, dass er seinen Job schon erledigen würde. Dann versprach er mir, dass er Verstärkung anfordern würde, und forderte mich auf, die Marshals anzurufen, wenn ich in einer Stunde nichts von ihm gehört hätte. Ich wusste genau, wo sich Novaks altes Quartier befand. Wenn Titus sich nicht binnen der nächsten Stunde meldete, würde ich ihn selbst suchen gehen; das sagte ich ihm allerdings natürlich nicht. Ich erwiderte seinen Kuss, legte all meine Gefühle hinein und versicherte, dass ich exakt das tun würde, worum er mich gebeten hatte. Als ich seinen breiten Rücken durch die Tür verschwinden sah, betete ich zu jedem höheren Wesen, das vielleicht zuhörte, den Mann, der diese Welt zusammenhielt, zu schützen. Ich wollte hier nicht ohne ihn leben.

18. Kapitel

Titus

Ich war überrascht, als der große Monstertruck neben dem GTO zum Stehen kam. Ich hatte auf einem Hügel geparkt, von dem ich die verfallene und längst verlassene Lagerhalle überblicken konnte, in der Novak und seine nun zerschlagene Gang ihre Geschäfte erledigt hatten. Bereits seit einer Weile war ich hier, wartete, beobachtete und trat mir innerlich selbst in den Arsch, weil ich die Zusammenhänge nicht früher erkannt hatte. Bei allem, was Roark betraf, war ich definitiv schwer von Begriff gewesen. Manchmal waren die bösen Jungs einfach besser als ich. Als der Fahrer aus seiner Monster-Maschine ausstieg, legte sich meine Überraschung relativ schnell. Ich hätte eigentlich wissen müssen, dass er nach der Attacke irgendwo hier herumhängen und seinen nächsten Schachzug vorbereiten würde. Schließlich hatte er extra auf so vielsagende Weise in die Kameras geschaut, damit uns auf keinen Fall entgehen konnte, dass er in Roarks Pläne verwickelt war … Bookers gesamtes Verhalten in dem Apartmentkomplex hatte darauf hingewiesen, dass irgendwas im Busch war, dass er Figuren auf einem Brett bewegte, das wir nicht sahen. Typisch Exknacki: erst eigene Regeln entwickeln und dann vergessen, die anderen Spieler einzuweihen.

Er schien nicht sonderlich schockiert, dass ich über ihm war, bevor seine Füße den Boden berührten. Am liebsten hätte ich ihm erst den Kopf abgerissen und dann in seine Kehle gespuckt, dafür, dass er Reeve einer derartigen Gefahr ausgesetzt hatte. Ich war froh, dass ich noch keine Verstärkung angefordert hatte. Vor Zeugen konnte ich seinen Arsch nicht quer durch The Point treten.

Er krachte gegen die Seite des Trucks, als ich mich auf ihn warf. Wir waren jedoch ebenbürtige Gegner, was Größe und Masse betraf. Es dauerte nicht lange, bis ich seine Fäuste in den Rippen hatte, und dann rollten wir beide auf dem Asphalt und prügelten uns nach Strich und Faden. Er erwischte mich ganz gut an der Wange, und ich war ziemlich sicher, dass ich ihm seine Nase brach, als ich ihm meine Stirn mitten ins Gesicht knallte. Er rammte mir einen Ellbogen ins Brustbein; ich revanchierte mich mit einem Nierenschlag, der ihn endlich dazu bewog, von mir abzulassen. Wir taumelten beide hoch und umkreisten einander wie zwei Kampfhunde.

„Sie hätte draufgehen können, du Arschloch." Ich spuckte ihm einen Mundvoll Blut vor die Füße.

Er wich fluchend einen Schritt zurück. „Sie hat eine Pistole und weiß, wie man sie benutzt. Es war die einzige Möglichkeit, an Roark ranzukommen. Jemand musste in seine inneren Kreise vordringen – aber das ging nur, wenn man ihm etwas gab, das er wollte."

„Reeves Leiche?" Allein die Worte brachten mein Blut noch mehr zum Kochen, und ich machte einen drohenden Schritt auf Booker zu.

Abwehrend hob er die Hände und schüttelte langsam den Kopf. „Nein. Er will dich. Doch um ihm zu beweisen, dass ich vertrauenswürdig bin, musste ich ihm zeigen, wie weit ich gehen würde. Warum, glaubst du, habe ich mich von den Kameras erwischen lassen? Ich kenne jeden verdammten toten Winkel in dem Gebäude. Ich wollte, dass ihr mich seht. Race ist klug, und dein verdammter Job ist es, Dinge herauszufinden. Ich wollte, dass ihr wisst, dass etwas nicht stimmt."

„Der Bastard hat sie geschnitten und beinahe vergewaltigt. Das Risiko war viel zu hoch. Du hattest kein Recht, so mit ihrem Leben zu spielen."

„Wir haben keine Wahl. Opfer müssen gebracht werden, denn bislang ist Roark auf der Siegerspur, während wir alle an seinen Fäden hängen und wie ein Haufen Trottel darauf warten, wen er als Nächstes aufs Korn nimmt. Ich dachte, dass Reeve auf sich aufpassen kann, und es hat uns exakt dahin gebracht, wo wir hinmüssen. Ich bin dir gefolgt, als du losgefahren bist, weil ich mit dir reden wollte, auch wenn mir klar war, dass du erst mal Dampf ablassen würdest. Roark wird sich nicht selbst zeigen, aber er wird zulassen, dass ich dich zu ihm bringe, nachdem ich ihm nun meine Loyalität bewiesen habe. Er wird glauben, dass ich dich geschnappt habe, so wie er geglaubt hat, dass ich Zero ins Gebäude lassen wollte. Das ist unsere einzige Chance, Titus. Er ist zu clever. Er kennt das System von innen und weiß aus erster Hand, wie dieser ganze Scheiß funktioniert. Er ist einfach besser als wir. Und das heißt, dass noch mehr Menschen, an denen uns liegt, zu Schaden kommen werden. Aber wir können dem Ganzen ein Ende setzen, wenn du mir vertraust."

Ich verschränkte die Arme vor der Brust, als er mich losließ. „Warum will er mich?"

Booker atmete tief durch und wischte etwas von dem Blut weg, das ihm noch immer aus der Nase sickerte. Meine Seite schmerzte, und mein Kiefer pochte. Wir hatten uns gegenseitig nichts geschenkt.

„Weil das Mädchen dich liebt", sagte er nun. „Das kann keinem entgehen, der euch zusammen sieht. Er will nicht, dass sie stirbt; er will, dass sie leidet. Auf seine kranke und gestörte Weise mochte er sie wirklich. Er dachte, er und sie wären wie füreinander geschaffen, als sie ihm erzählte, wie sie Novak auf den Freund ihrer Schwester angesetzt hat. Er dachte, sie wäre so grausam und gewalttätig wie er. Er glaubte, dass der Durst nach Rache sie für ewig aneinander binden würde. Ich schätze, sie hat ihn enttäuscht, weil sie gezeigt hat, dass sie doch ein Herz besitzt und ihr etwas an anderen Menschen liegt. Und dafür soll sie nun bezahlen."

„Zero hat versucht, sie umzubringen, Booker."

Er schüttelte den Kopf und versprühte dabei einen Schauer von Blutstropfen, was ihn schmerzlich zusammenzucken ließ.

„Roark ist bösartig und hinterhältig, Titus. Zero wusste nicht, dass sie bewaffnet ist, Roark schon. Ihm war klar, dass sie sich wehren würde. Dass sie abdrücken würde. Was glaubst du wohl, warum der Typ nur ein Messer bei sich hatte? Roark will, dass sie so wird wie er. Er will, dass sie eine Mörderin wird. Er hat seinen Mann dort reingeschickt, damit er durch ihre Hand stirbt."

„Die Pistole befand sich unten. Zero hätte sie in der Sekunde erstechen können, in der sie aus der Dusche kam. Er hat sie überrascht, und sie musste sich verteidigen. Sie hat hart um ihr Leben gekämpft. In diesem Szenario stecken zu viele Unwägbarkeiten."

„Für Roark war das eine Win-win-Situation. Entweder bringt sie den Kerl um, und er fühlt sich in seiner Meinung bestätigt, dass sie genau das ist, wofür er sie hält. Oder sie stirbt und ist aus dem Weg, während er den Rest von uns quält. Wie gesagt, in diesen Dingen ist er besser als wir, deshalb können wir ihn bloß von innen erledigen. Ich habe ihm erzählt, dass ich dir ein Treffen anbieten werde und du garantiert kommst, weil du mir wegen der Sache mit Zero den Arsch aufreißen willst. Ich habe ihm gesagt, dass du dir die Gelegenheit, mich wegen Missachtung meiner Kautionsauflagen hinter Gitter zu bringen, mit Sicherheit nicht entgehen lässt. Ich habe ihm versprochen, dich niederzuschlagen und zu ihm zu bringen. Er hat mir geglaubt ... aber erst, *nachdem* ich Zero in das Gebäude gelassen hatte."

„Wie hat er überhaupt mit dir Kontakt aufgenommen?"

Booker wischte sich über das Gesicht, verschmierte dabei noch mehr Blut und funkelte mich finster an, während er an seiner geschwollenen Nase herumdrückte. „Zero hat auf mich gewartet, als ich aus dem Gefängnis kam. Wortwörtlich direkt vor der Polizeiwache. Er fragte, ob er mich zum Apartmentkomplex fahren solle, und ließ keinen Zweifel daran, dass die einzig mögliche Antwort Ja sei. Er erkundigte sich nach Karsen. Er wusste, dass ich sie aus der Schule geholt hatte. Sie ist noch ein Kind, verdammt. Sie sollte nichts mit dem ganzen Dreck, der hier abgeht, zu tun haben. Sie hat noch die Chance auf ein normales Leben. Ich sagte ihm, er solle sie in Ruhe lassen, und er erwähnte, dass Roark immer auf der Suche nach guten Leuten sei, nach dem Motto: ‚Komm auf die dunkle Seite der Macht.' Er tat so, als ob sie das Kind in Frieden lassen würden, wenn ich machte, was sie wollten. Also erklärte ich ihm, dass alle Dinge ihren Preis hätten, und dann rückte er damit raus, dass er in den Apartmentkomplex wollte, um sich dein Mädchen zu greifen."

Ich stieß einen knurrenden Laut aus, weil ich mich nicht beherrschen konnte, und meine Faust landete wie aus eigenem Antrieb in seinem Gesicht. Sein Kopf flog zur Seite, und er kam auf mich zu, vibrierend vor Wut, während ich meine pochenden Knöchel schüttelte und fragte: „Und weiter?"

Er schob seinen Kiefer hin und her und betastete seine rote, geschwollene Wange. „Sobald Zero im Gebäude war, erhielt ich einen Anruf, die Nummer war unterdrückt. Die Stimme hatte einen Akzent, daher wusste ich, dass es Roark war. Er sagte, dass er einen guten Job immer gut bezahlen würde. Er bot mir dreihunderttausend dafür, dass ich Zero reingelassen hatte, und weitere zehntausend, wenn ich dich zu ihm locke. Ich bin auf den Deal eingegangen."

„Solltest du mich hierherbringen?" Meine Gedanken überschlugen sich. Ich brauchte Verstärkung. Ich brauchte mehr Schlagkraft. Vor allem musste ich mich beruhigen, weil ich einen Job zu erledigen hatte, auch wenn ich am liebsten losballern wollte. Ich konnte kaum glauben, dass Roark endlich so nahe war, dass man ihn greifen konnte, und ich hatte wirklich große Lust, weiter auf Booker einzuschlagen.

„Das hat er nicht gesagt. Er hat mir eine Nummer gegeben, die ich anrufen soll, sobald das Paket zur Auslieferung bereit ist." Er hob eine Braue. „Das Paket bist du, Bulle."

Ich schnaubte geringschätzig. „So weit konnte ich dir folgen. Und wie stellst du dir das jetzt vor? Wir schlagen uns gegenseitig zu Brei, dann wirfst du mich auf den Rücksitz deines Trucks und bringst mich an irgendeinen geheimen Ort? Was sollte Roark davon abhalten, uns beide abzuknallen, sobald wir dort ankommen? Das würde ich an seiner Stelle tun."

Erneut schüttelte Booker den Kopf. „Ich sagte doch, er hat da ein wirklich gestörtes und krankes Ding mit deinem Mädchen am Laufen. Er will, dass du leidest, und er will, dass sie weiß, dass du leidest, und zwar *ihretwegen*. Was mich betrifft ... das ist ein Risiko, das ich auf mich nehmen muss."

„Ein dämliches Risiko. Wenn er dich umbringt, bist du keine Bedrohung mehr, und er muss dich nicht bezahlen. Du bist ein toter Mann."

„Dann ist es eben so. Es ist die einzige Möglichkeit, diesen Irrsinn zu beenden."

„Ich muss Verstärkung anfordern. Wir können ihn nicht im Alleingang ausheben." Ich bereute, dass ich die Polizeistation nicht angerufen hatte, sobald ich das Haus verlassen hatte. Aber ein Teil von mir wollte diesmal sichergehen, dass ich wirklich alle Puzzleteile hatte, um das Bild zu vervollständigen. Ich hatte die Nase voll davon, eine Schachfigur zu sein, die man nach Belieben hin- und herschieben konnte. Es war höchste Zeit, der König zu sein.

„Keine Cops. Wenn er mitkriegt, dass es mehr sind als nur wir beide, taucht er einfach ab, und wir kriegen nie wieder die Chance, ihn zu stellen. Denk dran, Roark war selbst ein Cop. Er spielt nicht nach den Regeln, also weiß er, womit er zu rechnen hat. Er hat das komplette Revier verkabelt. Er beobachtet, wie ihr euch abstrampelt, um ihn zu finden, und lacht sich kaputt. Video, Tonaufnahme ... er kennt jede eurer Bewegungen. Er ist verdammt noch mal überall. Wir können alle von Glück sagen, dass Novak ihn nicht unter sich hatte ... Roark hätte ihn wahrscheinlich umgebracht, um selbst die Nummer eins zu sein. Er ist vollkommen wahnsinnig."

„Also stürmen wir da einfach rein wie Butch Cassidy und Sundance Kid? Du weißt schon, dass die beiden am Ende des

Films sterben, oder? Das ist ein ganz schlechter Plan, Booker. Glaubst du im Ernst, dass du zum Schuss kommst, bevor er schießt?“

„Nun ja, es ist der einzige Plan, den ich habe, und ich brauche nur einen Schuss, der trifft. Allerdings müsste ich dir dazu noch ein bisschen mehr den Arsch versohlen, dich in Handschellen legen und in den Truck werfen. Dein Telefon muss weg, weil man dich damit orten könnte. Ich soll meins auch wegwerfen, sobald er mir den Ort genannt hat. Ich sage dir, der Kerl denkt an alle Eventualitäten. Er hat mir sogar aufgetragen, die Diebstahlsicherung in deinem GTO zu deaktivieren.“

Ich fluchte vor mich hin, wobei ich jedes schmutzige Wort benutzte, das ich kannte, und versuchte fieberhaft, eine Art Plan zusammenzuschustern. Allerdings wollte mir nichts einfallen. Booker hatte recht: Roark war zu gut in diesem Spiel. Ich raufte mir die Haare. Von Anfang an hatte ich Reeve zugemutet, sich als Köder zur Verfügung zu stellen. Jetzt war ich an der Reihe, mich da draußen wie ein Wurm am Angelhaken zu präsentieren. Wenn sie stark genug war, das zu machen, und mutig genug, wieder und wieder Kopf und Kragen zu riskieren, dann konnte ich das auch. Ich konnte es für sie tun, um zu beweisen, dass ich ihrer Tapferkeit und Stärke würdig war.

„Na schön, Booker. Dann gehen wir eben, um uns erschießen zu lassen. Aber ich muss Reeve anrufen und ihr alles erklären. Wenn wir nicht zurückkommen …“ Meine Stimme erstarb. Wenn ich von diesem Einsatz nicht zurückkehrte, würde sie nach Blut und Vergeltung dürsten. Sie würde in ihr altes Muster zurückfallen und zu der Person werden, die sie gewesen war, bevor sie zu mir gekommen war. Sie würde es für ihre heilige Pflicht halten, Roark zu töten, um mich zu rächen. Das konnte ich nicht zulassen. Sie hatte gerade erst ihre Seele wiedergefunden, die endlich dort war, wo sie hingehörte. Ich durfte nicht der Grund sein, dass sie sie wieder verlor.

Reeve antwortete nach dem ersten Klingeln, atemlos und verängstigt.

„Hey, ich bin's." Ich ließ sie gar nicht zu Wort kommen, sondern erklärte ihr sofort, was ich vorhatte und welche Rolle Booker dabei spielte. Als ich fertig war, weinte sie.

„Das ist ein ganz blöder Plan", sagte sie heiser.

„Ich weiß. Aber was bleibt mir anderes übrig?"

Sie schwieg einen Moment. „Du kannst ihn mir überlassen."

Ich lachte freudlos auf. „Nein. Das kann ich nicht." Sie war verrückt, wenn sie das immer noch für eine Option hielt – nach allem, was wir durchgestanden hatten, um *mehr* zu bekommen.

„Du musst da heil herauskommen, Titus. Ich kann nicht hier sein, ich kann nicht gut sein ohne dich." Ihr Geständnis machte mir das Herz so schwer, als ob es tausend Pfund wöge.

„Dann sei nicht gut. Sei einfach du selbst, Reeve. Und mach dir keine Sorgen, denn wie heißt es so schön: Ein guter Kerl lässt sich nicht unterkriegen." Als sie daraufhin noch heftiger weinte, konnte ich ihre Tränen fast durchs Telefon schmecken. „Es muss ein Ende haben, das weißt du."

Sie schniefte. „Ich sollte diejenige sein, die es beendet. Ich bin diejenige, die er wirklich treffen will. Ich sollte auf dich aufpassen, Titus."

„Das hast du schon. Viel besser, als jeder andere das jemals hingekriegt hat." Vielleicht sollte ich ihr sagen, dass ich sie liebte, aber es fühlte sich falsch an, billig. Sie musste diese Worte von mir hören, wenn nicht die fast zwingende Wahrscheinlichkeit bestand, dass ich sie nur ein einziges Mal sagen konnte. „Vertrau mir. Und meine Anordnung von vorhin gilt immer noch: Wenn du binnen einer Stunde nichts von mir hörst, rufst du die Marshals an und sagst ihnen, was ich vorhabe."

Ich beendete das Gespräch, während sie meinen Namen schluchzte. Dann reichte ich das Handy an Booker weiter, der es auf den Boden warf und zertrat. Ich übergab ihm auch meine Pistole. Er deutete auf meinen Knöchel und schaute zu, wie ich mich bückte und meine Zweitwaffe ablegte. Danach zog ich meine Dienstmarke vom Gürtel und steckte sie in die Hosentasche.

„Lass mich noch kurz die Wegfahrsperre ausschalten und die Handschellen aus dem Handschuhfach holen“, sagte ich.

Ich wollte nicht, dass irgendjemand mein Baby in die Finger kriegte, und hoffte, dass der Wagen, was immer auch geschah, irgendwie heil zu Bax gelangte. Er hatte es nicht verdient, hier in dieser Einöde zu verrotten.

Kurz darauf gab ich Booker die Handschellen.

Er warf sie in die Luft und fing sie grinsend auf. „Ich war noch nie am anderen Ende dieser kleinen Scheißer.“ Er hob eine Braue, und seine Narbe verzerrte sich. „Denk dran: Es muss echt aussehen.“

Ich wollte gerade fragen, was zum Teufel das heißen sollte, als der erste Schlag auf meinem Wangenknochen landete. Ich schüttelte den Kopf, um das Klingeln aus meinen Ohren zu kriegen, als der nächste Schlag auf der anderen Wange landete. Instinktiv hob ich die Hände, um mich zu verteidigen. Trotzdem gelang es Booker, einen Aufwärtshaken unter mein Kinn zu setzen, bei dem ich mir schmerzhaft auf die Zunge biss. Ich knurrte ihn an, doch das brachte mir bloß einen weiteren Hieb mit der Hand ein, die die Handschellen hielt. Ich konnte mich kaum mehr auf den Beinen halten, und vor meinen Augen tanzten schwarze Punkte.

„Hey, Bulle?“

„Was?“, keuchte ich durch meine rapide anschwellenden Lippen.

„Tut mir echt leid.“

Ich hatte keine Chance, zu fragen, was er meinte. In der nächsten Sekunde krachte seine Stirn gegen meine, und ich fiel auf die Knie. Ich war halb bewusstlos und ziemlich sicher, dass ich eine Gehirnerschütterung hatte. Etwas Stinkendes, Kratziges wurde mir über den Kopf gestülpt, was mir das Atmen erschwerte und das Sehen gänzlich unmöglich machte. Ich wehrte mich automatisch, aber vergeblich, als Booker mich packte und grob zum Truck schleifte.

„Nimm mir das Ding ab!“ Ich wollte den Sack abstreifen,

doch meine Arme wurden nach hinten gerissen und mit meinen eigenen Handschellen gefesselt.

„Geht nicht. Das war Teil der Anordnungen des großen Bösewichts. Ich glaube fast, er hat ein bisschen Angst vor dir. Die Handschellen und der Sack waren Vorschrift." Ich spürte, wie er etwas in meine hintere Hosentasche schob. „Das ist der Schlüssel, falls du wie durch ein Wunder lebend aus der Sache rauskommst."

Ich hörte Booker tief durchatmen, dann seine Seite des Telefonats mit Roark.

„Ich habe den Bullen. Ja, er ist unbewaffnet und gefesselt … Ja, er atmet noch, aber der Scheißkerl hat mir die Nase gebrochen." Ein gezwungenes Lachen, dann: „Wohin soll ich ihn bringen?"

Ein Schlag gegen die Wand des Trucks. „Natürlich komme ich allein. Bax kann sich kaum bewegen. Race will mich umbringen, und der Bulle ist eingeschnürt wie ein Rollbraten."

Eine Reihe wüster Schimpfwörter. „Ja, ich werfe mein Telefon weg. Ich habe doch schon gesagt, dass ich das mache. Hör zu, ich will einfach nur, dass du das Mädchen in Ruhe lässt. Wir haben das bereits besprochen. Der Rest von denen ist mir scheißegal."

Ich drehte mich hin und her, um herauszufinden, ob ich irgendwas durch den dicken Stoff sehen konnte. Vergeblich. Ich war praktisch hilflos und dabei, mich in den Bauch der Bestie verfrachten zu lassen. Es war das Dämlichste und Tapferste, was ich je getan hatte. Ich hätte mir in den Arsch beißen können, weil mir partout kein anderer, weniger hoffnungsloser und verzweifelter Lösungsansatz eingefallen war.

Booker schnaubte halb belustigt. „Willst du mich verarschen? Okay, ich bin gleich da."

„Er ist in Novaks Lagerhalle, stimmt's?", fragte ich erstickt und undeutlich hinter dem Sacktuch.

Wieder schlug Booker gegen die Seite des Trucks. „Ja. Er sagte, dass das ein passender letzter Ort für dich sei, nachdem du so viel Zeit darauf verwendet hast, seinen Vater auszuschalten. Niemand ist dort aufgekreuzt, seit das FBI die Halle hochgenommen hat. Das Teil ist Regierungsbesitz, was ihm natürlich bekannt ist, da er ja Marshal war und an dem Fall gearbeitet hat."

Ich stöhnte auf. „Ich wusste es!"

„Showtime, Bulle." Ich hörte, wie ein zweites Telefon auf dem Asphalt zerbarst, dann das Klappern von Metall auf Metall. Das konnten eigentlich nur meine Waffen sein, die neben mir auf der Ladefläche landeten.

Der Motor des Trucks sprang an, und wir ratterten durch die Stadt. Ich versuchte mir die Panik und Angst vom Leib zu halten und rief mir in Erinnerung, dass ich es schon mit wirklich bösen Männern zu tun gehabt hatte und jedes Mal auf der Siegerseite gestanden war. Und ich sagte mir wieder und wieder, dass zu viel auf dem Spiel stand, um jetzt mit dem Verlieren anzufangen.

Die Fahrt dauerte vielleicht zehn Minuten, gefühlt waren es jedoch nur fünf Sekunden. Gleich würde ich Auge in Auge dem Mann gegenüberstehen, der meiner Stadt den Krieg erklärt, meinen Bruder verwundet, meine Frau schikaniert und alles attackiert hatte, wofür ich stand. Auf keinen Fall konnte der Titus, der die Dienstmarke trug, das hier überleben. Es war an der Zeit, Monster auf Monster treffen zu lassen, und meins war so lange unterdrückt und verleugnet worden, dass es viel hungriger war, als seins je sein konnte.

Der Truck hielt an, und ich hörte, wie die Tür geöffnet wurde und Booker ausstieg.

Danach erklang eine Stimme. „Du hast ein Geschenk für mich?" Dieser melodische irische Akzent. Wie ich ihn hasste.

„Ja", erwiderte Booker. „Du hast Geld für mich?"

„Oh, Booker. Glaubst du, ich weiß nicht, dass du diese niedliche Ruger in deinem Bund stecken hast? Glaubst du, ich weiß nicht, dass du eine Schwäche in Form eines hübschen kleinen Mädchens hast? Männer, denen etwas so Zerbrechliches am

Herzen liegt, sind berechenbar. Wie Detective King. Ich wusste, dass er auf jeden Fall mit dir kommen würde, egal, unter welchen Umständen. Ihn schön eingewickelt mit Schleife zu bekommen, ist aber eine nette Geste. Vielen Dank."

Ich vernahm einen Schuss, gefolgt von einem zweiten. Jemand ächzte, danach das Geräusch eines leblosen Körpers, der zu Boden fiel. Der metallische Geruch von Blut stieg mir in die Nase. Im nächsten Moment wurde ich von der Ladefläche gezerrt. Ich wollte mich wehren, aber es hatte keinen Zweck. Es waren zu viele, und mit gefesselten Händen und einem Sack über dem Kopf konnte ich nicht kämpfen. Harte Hände packten mich unter den Achseln und schleiften mich über Schotter und Gott weiß was sonst noch.

Mir war klar, dass wir in der Lagerhalle waren, als die Geräusche meines Widerstands von Zement- und Stahlwänden widerhallten.

„Zu dumm für Mr. Booker, dass ein trainierter Mann immer schneller am Drücker sein wird als ein gewöhnlicher Gangster. Aber er war nah dran, überraschend nah. Er wusste, dass er sterben würde, und er hat's trotzdem riskiert. Und da heißt es immer, Verbrecher haben keine Ehre."

Meine Arme wurden über meinen Kopf gerissen, und ich spürte etwas Hartes an meinen Handgelenken. Meine Füße berührten kaum mehr den Boden. Ich war ausgestreckt wie eine halbe Rinderhälfte im Kühlhaus. Das war definitiv nicht gut. Booker hatte auf die Chance gesetzt, zum Schuss zu kommen, und jetzt war er tot, und ich hing unter der Decke wie irgendein beklopptes Schlachtopfer. An genau dieser Stelle scheiterte mein Plan. Ab sofort würde ich mich Butch Cassidy nennen.

Der Sack wurde mir vom Kopf gerissen, und ich schaute dem Mann ins Gesicht, der meine Welt auf den Kopf gestellt hatte.

Conner Roark sah noch so aus wie damals, als er Reeve für das Zeugenschutzprogramm abgeholt hatte. Groß, gut aussehend und mit immerhin so viel Ähnlichkeit zu Bax, dass es ein ganz klein bisschen schwerer war, ihn zu hassen. Böses Vergnügen glitzerte in seinen schwarzen Augen, während er vor mir auf und ab lief.

„Darf ich Ihnen eine lustige Geschichte erzählen, Detective?" Diese Stimme, so beruhigend, so trügerisch in ihrem melodischen Singsang.

Ich stemmte mich gegen die Handschellen, ohne Erfolg. „Du darfst dich ins Knie ficken."

Er hob eine Braue. „Wie ungehobelt. Aber dann sind wir jetzt wohl offiziell per Du. Glaub mir, King, diese Geschichte willst du hören. Denn darin kommt eine Frau vor, von der wir uns offenbar beide nicht fernhalten können."

Ich wollte nicht, dass er Reeves Namen aussprach, rüttelte erneut an meinen Fesseln, spannte alle Muskeln bis zum Zerreißen an.

Er beobachtete mich, als sei ich ein Tier im Zoo. „Als ich sie zum ersten Mal gesehen habe, an dem Tag, nachdem sie sich gestellt hatte, wusste ich sofort, dass ich sie haben muss. Schön, sanft, aber mit harten Kanten. Sie war perfekt für mich. Vergeltung, das Bedürfnis, andere dafür bezahlen zu lassen, dass sie ihr unrecht getan hatten. Das war Musik in meinen Ohren. Sie war alles, was ich je wollte, und ich glaubte, dass sie diesen Ort hasst und alles, was er ihr angetan hat. Ich dachte, sie würde bei mir bleiben und The Point brennen sehen wollen, weil sie alles begriff."

„Sie hält dich für einen Soziopathen. Sie hat dich durchschaut, Roark. Darin ist sie gut. Sie hat den Röntgenblick."

Ich hörte, wie hinter mir etwas zu Boden fiel. Unter Roarks Männern machte sich eine leichte Ungeduld breit. Sie konnten nicht erwarten, mich fertigzumachen. Ich sagte mir, dass ich eine Stunde durchhalten musste. Ich konnte eine Stunde überstehen, bis die Kavallerie eintraf. Vorausgesetzt, Reeve tat, worum ich sie gebeten hatte, und versuchte nicht irgendwas Dummes wie etwa, die Dinge selbst in die Hand zu nehmen. Da mir inzwischen klar geworden war, dass es nichts brachte, an den Handschellen zu zerren, entspannte ich mich. Mit den Händen umklammerte ich die Ketten und ließ mich einfach hängen.

Roark kam ein paar Schritte näher. „Kann sein, aber sie hat nie den Mann durchschaut, der mich gezeugt hat. Glaubst du wirklich, dass Novak so selbstlos oder auch nur ansatzweise so menschenfreundlich war, einen Mann umzulegen, der seine Nuttenfreundin getötet hat? Glaubst du wirklich, dass Novak sich um irgendwen genug geschert hat, um an seinen miesen kleinen Dramen Anteil zu nehmen? Die Antwort lautet Nein. Er war ein Geschäftsmann, und Reeve war ein hübsches Mädchen. Der Freund schuldete ihm Geld für eine Ladung, die er sich lieber selbst durch die Nase gezogen hat. Er zahlte nicht, also kümmerte man sich um ihn. Es war reiner Zufall, dass Reeve auftauchte und um Vergeltung bettelte. Der Typ war schon ein toter Mann, bevor seine Freundin unter der Erde war. Novak war clever. Er erkannte, dass Reeve ihm irgendwann mal nützlich werden konnte, also ließ er sie jahrelang in dem Glauben, dass sie den Mord in Auftrag gegeben hätte … dass sie zu einem Mord fähig wäre. Er hielt ihre Fäden in der Hand – wie bei einer Marionette. Das war so schön. Ich dachte, sie könnte auch meine Puppe sein."

Er beugte sich vor, und ich sah meine Chance. Ich nutzte die Handschellen als Hebel und schleuderte meinen ganzen Unterkörper nach vorn, so hoch, dass ich meine Beine um den Hals des selbstgefälligen Iren schlingen und zudrücken konnte. Er schlug auf mich ein, wehrte sich, doch ich presste meine Schenkel noch fester zusammen. Ich würde ihm das Leben aus dem Leib quetschen, und es war mir egal, ob ich dafür eine Kugel in den Rücken kriegte.

„Menschen sind keine Spielsachen", stieß ich hervor. Roark lief dunkelrot an, aber gerade als er in die Knie zu gehen schien, traf mich etwas mit solcher Wucht am Hinterkopf, dass ich sofort schlaff wurde. Mein Kopf fiel nach vorn, und ich spürte, wie mir das Blut wie ein ungezähmter Fluss über den Nacken strömte.

Etwas tropfte. Etwas landete platschend auf dem Boden. Etwas klapperte. Ich hörte ein Scheppern und ein Zischen, dann wie aus weiter Ferne einen Aufprall. Ich konnte nur innerlich fluchen und leise stöhnen, während mein Hirn heiß und schwer in meinem Schädel pochte. Die Schläger hatten ihre Arbeit aufgenommen.

„Fick dich", keuchte ich. „Du kriegst mich nicht klein. Eher bringst du mich um."

„Und all das wegen eines Mädchens und wegen einer Stadt, die dir dein Blut und dein Opfer niemals vergelten wird. Ehrlich gesagt hatte ich angenommen, dass du eine größere Herausforderung darstellen würdest, mein lieber Detective King. Aber sie hat dich weich gemacht. Sie hat dich schwach werden lassen. Alle Männer dieser Stadt lassen sich von ihren zuckenden Schwänzen ablenken und vergessen dabei, dass wir uns mitten im Krieg befinden. Keine Frau ist es wert, für sie zu sterben."

Ich hustete und spuckte noch mehr Blut. Danach ließ ich meinen Kopf nach vorn fallen und stieß ein keuchendes, pfeifendes Lachen aus. „Du kannst mich töten. Du kannst diese gottverdammte Stadt niederbrennen. Du kannst jedem, der es wagt, diesen Ort sein Zuhause zu nennen, das Leben zur Hölle machen. Doch selbst wenn du alles in Schutt und Asche legst, kriegst du nicht das, was du willst … eine Frau, die es wert *ist*, für sie zu sterben. Denn sie wird dich vorher umbringen." Ich hoffte, dass es dazu nicht kommen würde, aber ich wusste, sie würde es tun, wenn er sie dazu trieb. „Egal, was du mir oder dieser Stadt antust: Es ändert nichts daran, dass sie mich und The Point dir vorgezogen hat. Du bist genauso verkorkst und verdorben wie dein Vater, und du warst verdammt noch mal niemals gut genug für mein Mädchen."

„*Dein* Mädchen?" Seine Stimme klang hart und wütend, und mir war klar, dass ich einen Nerv getroffen hatte.

„Meins."

„Sie hat die falsche Wahl getroffen. Ich hätte ihr diese Stadt zu Füßen gelegt." Er hörte sich beinahe wie ein liebeskranker Knabe an, nicht wie das mörderische Arschloch, das er wirklich war.

„Wenn sie gewollt hätte, dass diese Stadt ihr zu Füßen liegt, hätte sie sie selbst dorthin befördert. Genau deshalb hast du sie nie verdient, du Arschloch. Du hast nie kapiert, dass sie dich in Sachen Rachedurst und unangemessene Wut locker abhängen könnte. Doch sie war klug genug, um zu erkennen, dass das Leben mehr zu bieten hat als das. Und dieses *Mehr*, das bin ich für sie. Du warst nur ein Mittel zum Zweck." Ich hätte besser die Klappe gehalten, denn meine hitzigen Worte bewogen ihn dazu, mir den Pistolenlauf in den Mund zu rammen, und das Metall klickte warnend gegen meine Schneidezähne.

Roark schaute mich kühl an, Sieg und Wahnsinn schimmerten in seinen dunklen Augen, und ich sah, wie sein Finger sich um den Abzug krümmte. Es war Zeit, dies alles zu beenden.

Ich schloss die Augen.

Die Welt explodierte …

PENG!

Ich riss die Lider wieder auf und sah Roark krampfhaft zucken, als die Kugeln durch die riesige Halle pfiffen. Sein Blick war unverwandt auf mich gerichtet, während er langsam in die Knie ging. Die Pistole rutschte ihm aus der schlaffen Hand und fiel sang- und klanglos zu Boden. Roarks Leute stoben auseinander, und der Raum füllte sich plötzlich mit Männern, die Kampfkleidung oder schwarze Jacken trugen, auf deren Rückseite *US Marshals* stand. Ich duckte mich hilflos weg, als eine Kugel von dem Rohr über meinem Kopf abprallte, und beobachtete das um mich herum ausbrechende Chaos. Ein bekanntes Gesicht tauchte vor mir auf; ein Mann in Polohemd und schusssicherer Weste, der sich über Conners Körper beugte, seinen Puls fühlte und die Stirn runzelte.

Dann hob er den Kopf und betrachtete das Rohr, an dem ich baumelte. „Haben Sie einen Schlüssel für diese Dinger, King? Sie sehen übrigens ziemlich scheiße aus."

„In meiner Hosentasche", erwiderte ich, und er begann, mich abzutasten. „Das war echt gutes Timing, Packard." Ich konnte nicht behaupten, dass ich nicht froh war, ihn zu sehen. Immerhin war ich drauf und dran gewesen, eine Kugel zu schlucken.

Sobald meine Hände frei waren, sackte ich auf dem Boden zusammen. Ich wusste nicht, ob meine Kniescheibe gebrochen war. Sie fühlte sich allerdings an, als sei sie aus Wackelpudding, daher war klar, dass ich hier nicht auf eigenen Füßen rauslaufen würde.

Roarks ehemaliger Boss hob seine grauen Brauen. „Ich bekam einen völlig verzweifelten Anruf von Reeve Black. Sie sagte, dass ein Mann namens Noah Booker Sie entführt hätte und zu Roark bringen würde. Sie meinte, wir sollten uns beeilen. Sie sagte, Sie hätten ihr aufgetragen, eine Stunde zu warten, aber das sei viel zu lang. Offenbar rief sie uns in der Sekunde an, in der Sie aufgelegt hatten. Ich habe meine Jungs sofort von ihr abgezogen und hierhergeschickt. Und ich muss zugeben, das war ein ganz enges Höschen. Der Typ auf dem Parkplatz wäre fast verblutet. Die Sanitäter glauben jedoch, dass er es schaffen kann, wenn er schnell operiert wird und eine Bluttransfusion kriegt. Er war noch bei Bewusstsein, als wir angekommen sind, was sie für ein gutes Zeichen halten. Die Kugel hat keine lebenswichtigen Organe getroffen. Ein echter Glückspilz. Bei Ihnen wäre wohl nicht mehr viel zu machen gewesen, wenn wir bloß eine Minute später eingetroffen wären."

Ich war mir nicht sicher, ob Booker sich als Glückspilz bezeichnet hätte. Das war das zweite Mal in weniger als sechs Monaten, dass er sich eine Kugel in der Brust eingefangen hatte. Selbst wenn er so viele Leben haben sollte wie eine Katze, gingen sie ihm langsam aus.

„Ich bin froh, dass sie mich ignoriert und Sie angerufen hat." Zum Teufel, ich war bass erstaunt, dass sie nicht selbst losgezogen war, um mich zu retten.

„Ja. Sie hat irgendwem gesagt, wer sie ist, und etwas von ‚der Rechtsordnung vertrauen' und ‚das Richtige tun' geschrien.

Und sie hat ziemlich deutlich darauf hingewiesen, dass sie, wenn ich Ihnen nicht sofort Leute hinterherschicke, auf weniger legale Verstärkung zurückgreift. Mir war gar nicht klar, dass Sie da dermaßen involviert sind, Detective. Können Sie laufen?"

Ich schüttelte den Kopf, also hievte er mich hoch und legte einen Arm um meinen Rücken. Wir schauten beide auf Roarks leblosen Körper. Er hatte ein Einschussloch mitten auf der Stirn.

„Das Ende kommt mir irgendwie ein bisschen schlicht vor, nach allem, was er Ihnen und den Menschen in dieser Stadt angetan hat", sagte Packard.

Da war ich anderer Meinung, aber ich hatte die letzten nebelhaften Momente ja auch damit verbracht, mich mit Rohren und Fäusten malträtieren zu lassen. „Er starb auf den Trümmern des Reichs, das wir Novak abgenommen haben. Kommt mir auf seltsame Art angemessen vor."

Packard schnaubte zustimmend, und wir humpelten auf den Ausgang zu. „Ich bin bloß froh, dass es vorbei ist. Und auch wenn ich es offiziell niemals zugeben würde: Ich bin auch froh, dass ich derjenige war, der auf ihn geschossen hat. Ich hab's versaut mit Roark. Aber jetzt ist die Waagschale wieder ein Stück in meine Richtung gekippt."

Ich seufzte. Das hier war The Point. Die Konflikte endeten nie, und unsere Waagschalen befanden sich nie im Gleichgewicht. Sie kippten immer zur falschen Seite. Mit Packards Hilfe schlurfte, hüpfte und stolperte ich aus der Lagerhalle und auf die heulenden Sirenen zu. Wir näherten uns einem Rettungswagen mit geöffneter Tür, als ich meinen Namen hörte. Ich sah ihren dunklen Kopf in der Menge und fauchte Packard an, als einer seiner Männer sie packte, um sie vom Tatort und dem ganzen Chaos fernzuhalten.

Sogleich befahl er dem Beamten, sie durchzulassen, und Reeve rannte zu mir, als sei der Teufel hinter ihr her. Sie warf sich so schwungvoll an meine Brust, dass wir beinahe alle drei zu Boden gegangen wären. Ich war mit Blut bedeckt, nicht alles davon meins, doch das schien sie nicht zu stören. Stürmisch küsste sie mein Gesicht und half Packard, mich zum Rettungswagen zu führen. Dabei redete sie ununterbrochen, ihre Augen waren groß und glänzten vor Erleichterung und ungeweinter Tränen. Ich ließ mich ein bisschen zusammensacken und legte meine Hände an ihre Wangen. Dann küsste ich sie, damit sie endlich den Mund hielt und weil ich das zwingende Bedürfnis danach hatte. Ich war am Leben. Sie war am Leben. Die Guten waren angeschlagen, aber siegreich.

„Du hast nicht abgewartet, Reeve."

Sie schlang die Arme um meinen Nacken und drückte ihre Nase in meine Halsbeuge. „Ich habe seit Ewigkeiten auf etwas Gutes und Richtiges in meinem Leben gewartet, Titus. Ich wollte nicht eine weitere Stunde drauf warten. Das konnte ich nicht riskieren. Ich konnte dich nicht riskieren."

„Danke. Ich bin so stolz auf dich, weil du wusstest, was zu tun war. Weil du auf mich aufgepasst hast."

Sie nickte, das Gesicht immer noch an meinem Hals. „Ich wollte das Richtige tun. Ich wollte dir zeigen, dass ich dir vertraue, dir und der Rechtsordnung. Ich wollte dir *mehr* zeigen. Ich wollte richtig auf dich aufpassen, ich meine, auf die richtige Art."

Ich drückte sie und zuckte zusammen, als sie mein Knie streifte. Das Mistding war ziemlich hinüber, dick wie ein Basketball und so dunkelblau wie ihre Augen. „Jede Art, wie du auf mich aufpasst, ist die richtige, Reeve. Ich liebe dich."

Sie klang, als ob sie plötzlich einen Schluckauf hätte, und ihre Tränen rannen über meinen Hals. „Ich liebe dich auch."

Vorsichtig schob ich eine Hand unter ihre schwere Mähne und drückte leicht ihren Nacken. „Ich muss dir was sagen", flüsterte ich ihr ins Ohr, während ein Rettungssanitäter auf uns zukam.

„Du kannst mir alles sagen."

„Du hattest nichts mit dem Mord am Freund deiner Schwester zu tun. Er hat Novak Geld für Drogen geschuldet und stand längst auf der Abschussliste. Novak hat dich manipuliert und benutzt wie jeden hier in The Point. Du warst niemals eine Mörderin, Reeve. Du bist kein schlechter Mensch. Du kannst zu deinen Eltern gehen und dich mit ihnen versöhnen, und du kannst einen Teil der schrecklichen Verantwortung abwerfen, die dich so bedrückt und dein Leben bestimmt hat."

Sie wich ein Stück zurück, starrte mich wie betäubt an und ignorierte den Sanitäter, der sie bat, sich zu entfernen, damit er sich um mein verletztes Bein kümmern konnte.

Langsam schüttelte sie den Kopf und ergriff meine Hand. „Nein. Ich bin auch jetzt noch dieselbe, Titus. Egal, ob ich nun der Auslöser war oder nicht. Ich bin froh, dass Rissas Mörder tot ist, und ich hätte Conner getötet und würde es am liebsten immer noch tun, nachdem er dich so zugerichtet hat. Aber ich würde heute nicht mehr so eine Entscheidung treffen. Ich weiß, dass das nicht geht, wenn ich dich behalten will. Doch der Wunsch ist nach wie vor da. Ich glaube nicht, dass mich das zu einem schlechten Menschen macht. Ich glaube, es macht mich bloß zu einem Menschen, der überleben will. Wenn es heißt, ich oder jemand, den ich liebe, gegen den bösen Jungen, dann muss der böse Junge dran glauben, so einfach ist das. Und ich fühle mich nicht mehr schuldig deswegen."

Ich küsste sie. „Du bist eine Löwenbändigerin." Furchtlos und jederzeit bereit, mit den Monstern und anderen Tieren, die es auf sie abgesehen hatten, in der Dunkelheit zu tanzen. Kein Wunder, dass meine Bestie sie liebte.

Sie rümpfte die Nase. „Kann es nicht ‚Die Schöne und das Biest' sein? Das würde mir besser gefallen."

Ich wollte lachen, aber es wurde ein Stöhnen daraus, als der Sanitäter mir sagte, dass er mich auf eine Trage bugsieren müsse. Es tat scheißweh, doch ich konnte alles ertragen, solange mein Mädchen da war, um auf mich aufzupassen.

Und das würde Reeve immer tun. Ich mochte für alle anderen bluten. Bis zum bitteren Ende für diese Stadt kämpfen und für die Menschen hier, die mir etwas bedeuteten, aber diese Frau … sie würde für mich bluten und niemals nach einer Gegenleistung fragen. Mehr als das konnte es nicht geben. So sah meine Liebe in The Point aus: eine Frau, die auf sich selbst aufpassen konnte und auf diejenigen, an denen ihr etwas lag … und wehe jedem, der ihr dabei in die Quere kam.

19. Kapitel

Reeve

In der Werkstatt herrschte geschäftiges Treiben. Es war laut und roch nach Öl und Benzin. Ich erntete ein paar neugierige Blicke von verschiedenen Typen, die ihre Köpfe unter geöffneten Motorhauben hatten oder sich anderen Auto-Regionen widmeten, achtete aber nicht weiter darauf. Sie wussten alle, dass ich mit Bax' Bruder zusammen war und sie ihre Meinungen und Hände besser bei sich behielten, wenn sie Wert auf ein Leben in Freiheit legten – oder überhaupt ein Leben.

Ich wusste, dass Bax hier irgendwo auf dem riesigen Gelände rumhängen musste. Ich hatte Dovie vorhin angerufen und gefragt, wo ich ihn finden könne. Sie hatte gesagt, dass ihm zu Hause die Decke auf den Kopf falle und er, nachdem die Konstruktion, die seinen Kiefer zusammengehalten hatte, mittlerweile entfernt worden war, wieder zur Arbeit gehe. Sie hatte frustriert geklungen, und das konnte ich ihr sehr gut nachempfinden. Auch wenn Titus' Verletzungen insgesamt nicht so schlimm waren wie die von Bax, lag er doch mit einem gebrochenen Knie und diversen kaputten Rippen darnieder. Der Detective war ein schauderhafter Patient und trieb mich mit seiner schlechten Laune und mürrischen Miene zur Weißglut, wenn er mit seinem Gips durchs Haus stampfte. Heimlich war ich der Ansicht, dass ihm die Pause guttat. Er verdiente eine Auszeit, nach allem, was er durchgemacht hatte, doch Titus gehörte nicht zu den Menschen, die runterkommen konnten. Er blieb angespannt, hörte den Polizeifunk ab und telefonierte ständig mit seinen Kollegen wegen der Arbeit und ungelöster Fälle. Selbst ramponiert und gehbehindert war der Typ ein Machtfaktor, mit dem man rechnen musste, und dasselbe konnte man von seinem Bruder behaupten.

Der saß in seinem Büro, hinter einem riesigen metallenen Schreibtisch. Sein Handgelenk war nach wie vor eingegipst, und sein gebrochener Knöchel, den er auf einer Ecke der Tischplatte abgelegt hatte, steckte in einem großen schwarzen Gipsschuh. Bax war immer noch zu dünn, und sein scharf geschnittenes, schmales Gesicht machte die finstere Miene, mit der er mich bedachte, nur noch einschüchternder. Ein knallhartes Arschloch vom Scheitel bis zur Sohle, auch wenn er aussah, als ob er bei seinem letzten Kampf den Kürzeren gezogen hätte. Ich ließ mich, ohne um Erlaubnis zu fragen, ihm gegenüber auf einen Stuhl fallen.

Dovie hatte mir den Code gegeben, mit dem ich überhaupt erst durch die massiven Metalltore aufs Werkstattgelände gekommen war. Auf eine Einladung zu warten wäre sinnlos gewesen; ich war hier nicht willkommen, daran ließ Bax' Gesichtsausdruck nicht den leisesten Zweifel.

„Was willst du hier?" Er klopfte ungeduldig mit den Fingern auf das Knie seines hochgelegten Beins, während ich mich im Büro umschaute. Irgendetwas war anders an ihm, aber ich kam nicht drauf, was es war. Dann stieg mir der Geruch nach abgestandenem Zigarettenrauch in die Nase.

Ich hob eine Braue. „Du hast keine Zigarette in der Hand."

Die Ader neben dem Stern-Tattoo pochte genervt. „Es gibt schon genug Scheiß, der jeden Tag versucht, mich umzubringen. Ich dachte, ich muss dem Ganzen nicht noch Vorschub leisten. Außerdem war es die Hölle, zu versuchen, durch all die Drähte und den Mist hindurch zu rauchen, der mein Gesicht bis vor ein paar Tagen zusammengehalten hat. Was willst du hier, Reeve?"

Ich schob mir einen Teil meiner langen Mähne über die Schulter und räusperte mich. „Ich weiß, dass du mich nicht magst und mir nicht traust und es lieber hättest, wenn dein Bruder mit einer anderen zusammen wäre."

Er nickte kaum merklich. „Nichts davon ist ein Geheimnis."

Ich verschränkte die Hände im Schoß und zwang mich, seinem dunklen Blick und der Feindseligkeit darin standzuhalten. „Hör zu, ich weiß, dass ich damals mit Dovie Mist gebaut habe und sie deswegen verletzt wurde. Aber ich habe Titus' Leben gerettet, das immerhin musst du mir zugutehalten. Ich habe vor, zu bleiben, und du weißt, dass du nichts dagegen tun kannst, ohne deinem Bruder wehzutun. Ich will eine Art Waffenstillstand, Shane. Ob es dir nun gefällt oder nicht: Wir gehören jetzt zur selben Familie."

Er sagte nichts, lehnte sich in seinem Stuhl zurück und musterte mich eindringlich. Ich musste meine ganze Selbstbeherrschung aufbieten, um unter diesem bleischweren Blick nicht zu zappeln oder auf meinem Sitz herumzurutschen. Es fühlte sich an, als ob mir der komplette Nachthimmel auf den Kopf fiele.

„Was hast du denn auf lange Sicht mit Titus vor, Reeve? Er wird immer ein Bulle sein, und du wirst immer ein Mädchen bleiben, das mit einem Fuß auf der falschen Seite des Gesetzes steht. Willst du ihn dazu bringen, sich zwischen dir und dem, was er ist und immer war, zu entscheiden?"

Ich schüttelte langsam den Kopf. „Ich habe vor, ihn zu lieben und auf ihn aufzupassen, ganz so, wie er es immer für dich getan hat, Shane. Er braucht jemanden, der sich um ihn kümmert, und ich verspreche, dass ich ihn niemals kompromittieren werde. Das habe ich auch Nassir gesagt, als ich mich bereit erklärte, den Club zu managen. Alles ist ehrlich und legal und bleibt auch so, oder ich bin weg. Vielleicht ist das nicht der allerfeinste Job für die Frau eines Polizisten, aber er wird gut bezahlt, und es gefällt mir, etwas für die Mädchen tun zu können. Die meisten Stripperinnen sind gute Frauen, die einfach versuchen, in dieser Stadt zu überleben. Und das verstehe ich besser, als Nassir oder Race es je könnten. Außerdem bist du ja wohl kaum in der Position, die Nase über mich zu rümpfen. Ich weiß genau, wofür diese ganzen Autos da draußen gedacht sind. Von uns beiden bist du derjenige, der ihn ständig dazu zwingt, an seine moralischen Grenzen zu gehen. Nicht ich." Ich stand auf, stützte die Hände auf die Tischplatte und beugte mich vor, um Bax nun meinerseits eindringlich ins Visier zu nehmen. „Und er war nicht immer ein Polizist. Er war ein Junge, der hier festsaß, genau wie du. Er musste sich zu harten Entscheidungen durchringen, genau wie du. Zwing ihn nicht dazu, eine weitere treffen zu müssen, Shane. Finde einen Weg, dich mit der Tatsache zu versöhnen, dass ich hier bin, um zu bleiben."

Ich würde ihn nicht anflehen, das ließ mein Stolz nicht zu, doch ich würde mit ihm streiten, wenn es sein musste. Titus brauchte uns beide in seinem Leben, und ich wollte verhindern, dass Bax wieder den Graben öffnete, der die beiden so lange getrennt hatte. Ich stieß mich vom Tisch ab und wandte mich zum Gehen. Meine Hand lag bereits auf der Türklinke, als Bax' harsche Stimme mich aufhielt.

„Wenn du vom Bleiben sprichst, meinst du damit Babys und einen Ring? Traditionellen Scheiß, der in dieser Stadt überhaupt keinen Sinn ergibt?" Er klang verdutzt, als ob dieses Modell ihn verwirrte.

Ich zuckte nur mit den Schultern. Was als Nächstes passieren würde, hatten wir noch nicht direkt thematisiert. Titus schien allerdings nicht übermäßig besorgt, dass Verhütung irgendwie auf der Strecke geblieben war, seit das FBI meinen Fall offiziell ad acta gelegt hatte und die Drohung einer möglichen Gefängnisstrafe damit ein für alle Mal vom Tisch war. The Point und Babys passten nicht so richtig zusammen, aber wenn eine Mutter bereit war, alles in ihrer Macht Stehende zu tun – wirklich *alles* –, um ihre Kinder glücklich und behütet aufwachsen zu lassen, dann konnte man wohl riskieren, ein neues Leben in diese beschissene Welt zu setzen. Zumindest glaubte ich, dass Titus und ich willens waren, uns auf dieses Risiko einzulassen. Und so ernsthaft und traditionell wie der Mann nun mal in Familiendingen tickte, stand für mich auch außer Frage, dass er das *Mehr* zwischen uns irgendwann amtlich machen wollte.

„Ich bleibe für alles. Das ganze Programm", erwiderte ich. „Was immer es sein mag."

Er schwang den riesigen Gipsschuh vom Tisch, stand auf und verschränkte die Arme vor der Brust. Wir starrten einander einen langen Moment an.

Als ihm klar wurde, dass ich den Blick nicht als Erste abwenden würde, nickte er knapp, und sein Mund verzog sich zu einem spöttischen Grinsen. „Dann ist vorerst alles okay zwischen uns, Reeve. Aber ich warne dich: Wenn du jemals wieder einen Menschen verletzt, der mir etwas bedeutet, dann finde ich dich – und wenn du bis ans Ende der Welt rennst, um dich vor mir zu verstecken."

„Uns bedeuten dieselben Menschen etwas, Shane. Ich werde nie mehr solche Fehler machen."

Ehe er etwas hinzufügen konnte, verließ ich das Büro. Es war bestenfalls ein wackeliger Waffenstillstand, doch fürs Erste sollte es reichen. Bax würde nie mein größter Fan werden. Solange er mich tolerierte und kapierte, dass ich nie zulassen würde, dass irgendwer oder irgendwas Titus Schaden zufügte, war ich jedoch ein glückliches Mädchen.

Ich musste noch rasch eine Sache erledigen, bevor ich zu meinem mürrischen Cop zurückkehren konnte. So schön und modern das Loft auch gewesen war, es hatte sich nicht wie ein Zuhause angefühlt. Ich wollte nicht in einer Festung eingeschlossen sein, hoch über den Straßen, die meine Heimat waren, und ich mochte Titus' unordentliches kleines Haus. Nachdem ich dort gründlich durchgeputzt und ein paar Dinge angeschafft hatte, die es tatsächlich bewohnt wirken ließen, kam es mir ganz automatisch wie ein Zuhause vor, das wir gemeinsam aufgebaut hatten. Er hatte mich nicht mal gefragt, ob ich bei ihm einziehen wollte. Ich hatte es einfach getan, sobald er aus dem Krankenhaus entlassen worden war. Mir war klar gewesen, dass er Hilfe brauchen würde, weil er nach wie vor kaum laufen konnte und ihm auch noch eine rekonstruktive Operation bevorstand. Er hatte sich nicht dazu geäußert, als er bemerkt hatte, dass sein Kleiderschrank von meinen Klamotten überquoll und ich auch die Ablage im Badezimmer mit meinen Kosmetikartikeln gekapert hatte. Da seither nie eine Beschwerde gekommen war, vermutete ich, dass er mit der Situation zufrieden war. Auch wenn ich ständig herumnörgelte, dass er gefälligst hinter sich aufräumen sollte. Ich hatte noch nie jemanden getroffen, der so ein Durcheinander hinterließ, egal, was er machte. Er konnte sich glücklich schätzen, dass ich ihn liebte, denn der Mann war ein echter Chaot.

Im Krankenhaus fand ich schnell das Zimmer, das ich suchte. Ich hatte schon früher kommen wollen, aber Booker war dieser Tage ein gefragter Typ, da nicht nur die Polizei an ihm interessiert war, sondern auch das FBI. Ganz zu schweigen davon, dass er dreimal hatte operiert werden müssen, um sein Leben zu retten und die Kugel aus seiner Brust zu holen, und er erst seit Kurzem wach und klar genug war, um Besuch zu empfangen.

Ich öffnete die Tür und war nicht im Geringsten überrascht, als ich sah, dass er nicht allein war. Große braune Augen schauten schuldbewusst zu mir auf. Karsen trat hastig einen Schritt vom Bett zurück, wurde rot und biss sich auf die Unterlippe.

„Hallo, Reeve."

„Hey, Schätzchen. Weiß deine Schwester oder Race, dass du hier bist?"

Sie errötete noch mehr, und ich war mir nun sicher, dass die Antwort Nein lautete.

Ich seufzte. „Dann solltest du wohl besser wieder gehen. Du willst doch nicht, dass er noch mehr Ärger mit Race kriegt, oder?"

Sie nickte, verabschiedete sich flüsternd von Booker und huschte zur Tür hinaus. Ich drückte diese hinter ihr ins Schloss und nahm den Platz ein, den sie gerade freigegeben hatte. Bookers blaugraue Augen wirkten matt, und aus seinem Körper kamen jede Menge Schläuche und Kabel.

„Du musst wirklich lebensmüde sein, wenn du glaubst, dass Race dich an dieses Mädchen ranlässt, mein Freund", sagte ich.

Er röchelte etwas, das wohl ein Lachen sein sollte. „Bist du auch noch sauer auf mich?"

Nachdem Titus mir die Motive hinter Bookers Betrug erklärt hatte, war ich mir so benutzt vorgekommen. Ich hatte mich so verletzt gefühlt, dass ich sicher gewesen war, den Mann nie wiedersehen zu wollen. Aber schließlich war ich ja selbst eine Meisterin darin, im Teufelskreis aus Verzweiflung und Frust drastische Entscheidungen zu fällen, daher konnte ich ihm, nachdem ich mich wieder beruhigt hatte, nicht länger böse sein. Booker hatte die einzige Karte gespielt, die ihm zugeteilt worden war, genau wie wir alle das immer wieder taten. Wir forderten das Schicksal Tag für Tag zu einer neuen Partie Risiko heraus, da war eigentlich klar, dass wir ab und zu verlieren mussten.

Deswegen war ich heute hier. Ich wusste, wie es war, wenn man alles gründlich in den Sand gesetzt hatte und sich total allein fühlte und glaubte, dass niemand einem je verzeihen würde. Ich wollte Booker spüren lassen, dass ich seine Beweggründe nachvollziehen konnte, obwohl seine Aktionen total daneben und dämlich gewesen waren und mich tief getroffen hatten. Wir beide waren uns so verdammt ähnlich, und es war in dieser Stadt nicht einfach, Leute zu finden, die man nicht nur mochte, sondern mit denen man auch auf einer Wellenlänge war. Ich würde ihn nicht aus meinem Leben verstoßen, und das sollte er wissen.

Race war nicht so schnell bereit, zu vergeben und zu vergessen. Seine uneinnehmbare Festung war von innen erstürmt worden, und nun fürchtete er, seine Mädchen nicht mehr adäquat beschützen zu können. Ich war nicht sicher, wie das Arbeitsverhältnis zwischen ihm und Booker sich künftig gestalten würde, hatte aber das deutliche Gefühl, dass die Probleme für Booker jetzt erst richtig anfingen – vor allem, wenn man berücksichtigte, dass Karsen immer noch um den viel älteren, viel härteren Mann herumscharwenzelte.

„Nein, ich bin nicht mehr sauer, Booker. Ich verstehe, warum du es getan hast, allerdings auch nur, weil ich schon in derselben Situation gewesen bin. Die Jungs hingegen …“ Ich machte eine vage Handbewegung. „Sie sehen bloß, dass du ihre Frauen in Gefahr gebracht hast, also sind alle ihre Höhlenmenschen-Instinkte geweckt. Gib ihnen Zeit. Race wird schon irgendwann die tieferen Zusammenhänge erkennen."

„Was ist mit dem Bullen?"

Ich zuckte mit den Schultern. „Er ist nicht begeistert, dass ich zusammengeschlagen wurde, und er ist nicht begeistert, dass du mir die Pistole besorgt hast, aber er ist stolz darauf, dass ich auf mich aufpassen kann. Ich glaube, er hat kapiert, dass du verzweifelt warst und nach Strohhalmen gegriffen hast. Irgendjemand musste was tun, und vielleicht war es nicht unbedingt das Richtige, doch letztendlich haben deine Aktionen Conner zur Strecke gebracht, und das ist das Einzige, was zählt."

Wieder röchelte er belustigt. „Er hat dich die Waffe behalten lassen?"

„Nein. Aber er hat mir eine andere besorgt. Eine registrierte." Ich war immer noch ich und lebte mein Leben, wie ich es wollte, nur eben in klarer definierten Grenzen als früher. Irgendwie machte es sogar Spaß, einen eigenen sexy Cop zu haben, der darauf achtete, dass man die Regeln einhielt.

„Gut. Ich will nicht, dass du deine Ecken und Kanten verlierst." Seine Lider wurden langsam schwer. Ich griff nach seiner Hand und drückte sie leicht. Trotz allem war Bookers Herz am rechten Platz gewesen, auch wenn er alles total vermasselt hatte. Auch etwas, das mir schmerzlich vertraut war.

„Diese Ecken und Kanten werden ganz von allein glatter, wenn man sie an dem Menschen reibt, der für einen der Fels in der Brandung ist, mein Freund."

Er schloss die Augen. „Ich brauche keinen Felsen", murmelte er. „Ich bin selbst hart genug."

Darauf erwiderte ich nichts, musste jedoch an das rehäugige junge Mädchen denken, das sich hier reingeschlichen hatte, um ihn zu sehen. Manchmal waren Felsen nur winzige Kieselsteine, die vom Sturm immer wieder gegen einen viel größeren Brocken geschleudert wurden und langsam, still und leise dessen Oberfläche aufbrachen.

Ich schlüpfte aus dem Zimmer und fuhr mit dem Lift zum Parkplatz und zum GTO runter, um zu Titus zu fahren. Der warf nicht gerade mit dem L-Wort um sich … Genau genommen hatte er mir erst zweimal gesagt, dass er mich liebte. Einmal vor dem Rettungswagen, das zweite Mal, als er endlich aus dem Krankenhaus gekommen und noch total benebelt von den Schmerzmitteln gewesen war. Aber diese verbale Zurückhaltung störte mich nicht weiter, denn schon am nächsten Tag hatte er mir den Schlüssel zu seinem blauen Muscle Car überreicht und mir gesagt, ich könnte den Wagen benutzen, solange er den Gips tragen musste. Wenn das kein überragender Beweis seiner Liebe und Hingabe war, dann wusste ich auch nicht. Die Schlüssel zum GTO waren besser als jeder Diamantring.

Ich parkte in der Straße hinter dem Haus und benutzte daher den Hintereingang. In der Küche herrschte ein heilloses Durcheinander, weil Titus offenbar versucht hatte, sich ein Mittagessen zu kochen. Leise seufzend warf ich meine Handtasche auf den Tisch. Es kostete mich fünfzehn Minuten, die Sachen zurück in den Kühlschrank zu räumen, das Geschirr zu spülen und den Tresen abzuwischen, und ich war entsprechend verärgert, als ich auf die Suche nach ihm ging. Ich war nicht seine Haushälterin, verdammt noch mal.

Er war im Wohnzimmer und wahrlich nicht zu übersehen. Irgendwie hatte er es geschafft, alle Möbel an die Wände zu schieben. Jetzt lag er mitten im Raum auf dem Boden und machte Rumpfbeugen. Sein Oberkörper war nackt, bis auf den Verband um seine angeknacksten Rippen. Sein einziges Kleidungsstück, wenn man es denn so nennen wollte, war eine schwarze Unterhose, da es viel zu nervig, beschwerlich und zeitraubend war, eine lange Hose über den Gips zu ziehen. Er musste schon eine ganze Weile trainieren, denn seine Muskeln waren straff gespannt, und auf seiner Haut glänzte ein Schweißfilm. Ich ging zu ihm, doch er atmete so schwer, dass er meine Schritte zunächst überhörte. Als er mich bemerkte, wandte er mir den Kopf zu, machte aber weiter mit seinen Übungen, bis ich mich rittlings auf ihn setzte. Er ließ sich ächzend auf den Rücken fallen und legte seine Hände um meine Taille. Zum Glück trug ich heute einen Rock, sodass ich seine erhitzte, verschwitzte Nacktheit direkt an meinen bloßen Schenkeln spürte. Wie immer fühlte er sich wie das Beste an, was mir im Leben hatte passieren können.

Ich streichelte über die weiße Stelle in seinem Haar. Sie schien sich nicht mehr weiter auszubreiten und hatte jetzt die Größe eines Oreo-Kekses. Der Fleck bildete einen brillanten Kontrast zu seinem ansonsten rabenschwarzen Schopf und war eins der Dinge, die ich am meisten an ihm mochte. Ein anderes erwachte gerade unter meinem Hintern zum Leben, während ich mich vorbeugte und Titus einen innigen Kuss gab.

„Wie hast du all diese Möbel verschoben?“, fragte ich. „Du sollst dich schonen.“

Er erwiderte meinen Kuss so kraftvoll und heftig wie immer, während seine Finger zu meinen Hüften wanderten und dabei den dünnen Stoff meines Rocks hochzogen.

„Schonen ist langweilig“, meinte er dann. „Sobald dieser dämliche Gips abkommt, gehe ich wieder arbeiten. Das bedeutet, dass ich größer und stärker werden muss als die Jungs, die die Verbrechen begehen.“

Ich strich über seine steinharte Brust und bohrte meine Nägel in die unnachgiebigen Muskeln. „Ein paar Wochen vor dem Fernseher abzuhängen verwandelt dich nicht gleich in einen fetten Kloß, Titus. Du hast dir ein bisschen Entspannung verdient.“

Er hob die Brauen und schob seine Finger unter den Saum meines Höschens. „Ich entspanne mich doch.“ Unter dem Stoff bewegte er sich immer weiter auf meine bereits feuchte und willige Mitte zu.

„Wann?“ Ich klang atemlos und beugte mich nun weiter vor, um ihm besseren Zugang zu den Stellen zu gewähren, die sich nach seiner Berührung sehnten. Mein Haar fiel um uns herum wie ein Vorhang und sperrte das Licht des Nachmittags aus.

„Wenn ich in dir bin“, sagte er mit rauer Stimme, und ich schnappte nach Luft, als seine Finger den perfekten Punkt fanden.

Ich kniff die Augen zusammen und legte eine Hand an seine Wange. „Ich verweigere dir jegliche Form von Sex, wenn du nicht damit aufhörst, hinter dir alles stehen und liegen zu lassen. Im Ernst, es kann doch nicht so schwer sein, einen Teller in die Spüle zu stellen.“ Meine Drohung hätte vermutlich mehr Gewicht gehabt, wenn ich nicht gleichzeitig seine Finger geritten hätte, als er sie in mich hineinschob.

„Du kannst mir nicht widerstehen, Reeve. Du willst die Bestie genauso sehr, wie sie dich will.“ Er küsste mich, und ich wimmerte leise, als er seine Hand zurückzog. Ich wollte schon schmollen, als er mich aufforderte: „Zieh dieses Ding aus und dreh dich um. Wir können uns gegenseitig entspannen.“ Er wackelte triumphierend mit den Brauen, als ich ohne Widerrede tat, was er verlangte, und ihm damit recht gab. Ich würde ihm niemals widerstehen können.

Sobald ich nackt war, setzte ich mich wieder auf seine muskulöse Brust, wobei ich ihm den Rücken zuwandte. Über die Schulter hinweg schaute ich ihn an und klimperte mit den Wimpern. „Was nun, Detective?“

Sein leises Lachen vibrierte durch meinen ganzen Körper. „Jetzt kümmern wir uns umeinander.“

Seine großen Hände packten meine Hüften und zogen sie hoch, sodass ich nun auf Händen und Knien über ihm kauerte und ihm all meine geheimen Stellen offen auslieferte. Ich wollte gerade fragen, was er vorhatte, als seine Zunge hervorschoss und über meine Spalte fuhr, von oben bis unten. Die brennende Hitze breitete sich so unvermittelt in mir aus, dass ich schockiert aufschrie, und als ich unter mich schaute, erkannte ich, dass ich direkt über seiner mit Baumwolle bedeckten Erektion schwebte. Ach ja, wir wollten uns ja umeinander kümmern. Ich stützte mich mit einer Hand auf dem Boden direkt neben seinem Gips ab, mit der anderen befreite ich seinen pochenden Schwanz.

Dann beugte ich mich vor und umschloss die samtweiche Spitze mit meinen Lippen. Er sagte meinen Namen, und sein Atem kitzelte meine Klit. Ich wollte mich auf das konzentrieren, was ich tat, doch das, was er im selben Moment mit seinem Mund anstellte, machte es mir schwer, bei der Sache zu bleiben.

Ich nahm ihn so tief auf, wie ich konnte, und zog mich dann wieder zurück. Dabei versuchte ich, meine Bewegungen mit dem geschickten Schnipsen seiner Zunge und den wundervollen Stößen seiner Finger zu koordinieren, aber das war unmöglich. Sein Rhythmus war schnell und hart, also quälte ich ihn lieber mit langsamen, sanften Liebkosungen. Er wollte mich zur Raserei bringen, bis ich in Stücke ging; ich wollte ihn bremsen und ihm so viel Vergnügen bereiten, bis er überfloss. Es war der erotischste Krieg, der je ausgefochten wurde.

Er nahm einen weiteren Finger hinzu und leckte und fickte mich nach allen Regeln der Kunst. Ich umklammerte das untere Ende seiner Erektion mit einer Faust und drückte leicht zu, während ich weiterhin an ihm saugte und mit ihm spielte. Die Kombination aus meiner und seiner Erregung machte mich ganz schwindelig, und als er seine Finger zwischen uns schob und meine schmerzend harten Nippel zu fassen bekam, wusste ich, dass ich nicht mehr lange durchhalten würde. Ich summte um seinen steinharten Schwanz herum und griff mit einer Hand zwischen seine Schenkel, um seine straffen Hoden zu reiben. Er bäumte sich unter mir auf.

„Lass mich rein, Reeve."

Es gefiel mir irgendwie, wenn er mir solche Befehle erteilte, also gab ich ihn nach einem letzten Zungenschlag frei und kniete mich wieder über ihn. Ich drehte mich nicht um, das wäre nur Zeitverschwendung gewesen, sondern rutschte bis zu seiner Taille herunter und hob das Becken, sodass er sich selbst vor meiner mehr als bereiten Öffnung positionieren konnte. Sobald ich seine Spitze an meiner feuchten Mitte spürte, ließ ich mich auf seinen Schaft herabsinken. Wir seufzten beide auf, während er bis zum Anschlag in mich hineinglitt. Er legte eine Hand an meine Seite und spreizte meine Schenkel mit seinem gesunden Bein noch ein Stück weiter, wodurch ich ihn noch intensiver in mir fühlen konnte, während ich mich in stetem Rhythmus auf und ab bewegte.

Ich schaute über meine Schulter zu ihm, um sicherzugehen, dass er all das empfand, was ich empfand, doch er sah mir gar nicht ins Gesicht. Sein von einem silbernen Feuer erhitzter Blick war auf die Stelle gerichtet, an der wir miteinander verschmolzen waren. Dabei leckte er sich die Lippen, und sein Griff wurde immer fester, je öfter ich ihn in meinen Körper aufnahm. Es war ein besitzergreifender Blick, in dem die primitiven, ursprünglichen Dinge, die er im Verborgenen hielt, an die Oberfläche kamen und Anspruch darauf anmeldeten, was ihnen gehörte. Es war der Blick der Liebe und des Kampfs, der nötig war, um diese Liebe zu behalten. Es war ein Blick, der mich vor Lust explodieren und auf ihm in Stücke gehen ließ.

Seufzend ließ ich mich nach vorn fallen und schmiegte meine Wange an sein intaktes Knie. Er hob noch ein paarmal seine Hüften und pumpte in mich hinein, dann fand auch er seine Erlösung. Ich hätte fast geschnurrt, als er mit seiner rauen Handfläche über meinen Rücken strich.

„Siehst du. Nett und entspannt“, sagte er.

Ich hätte mit den Augen gerollt, aber dafür reichte meine Energie nicht mehr.

„Das macht es trotzdem nicht wieder gut, dass du so einen Saustall in der Küche hinterlassen hast“, gab ich zurück. Er packte meine Haare und zog mich daran zurück, bis ich ganz auf ihm lag und wir beide an die Decke starrten. „Ich werde mich bis in alle Ewigkeit um dich kümmern, Titus, aber ich räume dir nicht hinterher wie eine Putzfrau.“

Er lachte in mein Ohr und schlang einen Arm um meine Brust. Bequem konnte das nicht für ihn sein, mit dem harten Boden unter seinem Rücken und mir auf ihm drauf. Doch wenn er sich nicht beklagte, hatte ich es auch nicht eilig, aufzustehen.

„Tut mir leid“, meinte er. „Ich versuche mich zu bessern.“

Ich konnte nur seufzen, denn das versprach er ständig. „Und ich habe die Möbel nicht verschoben, das war Nassir. Er kam vorbei, um mich um einen Gefallen zu bitten. Da er schon mal hier war, habe ich ihn gebeten, die Teile für mich aus dem Weg zu schaffen."

Unwillkürlich versteifte ich mich. Um was für einen Gefallen konnte mein aalglatter, rücksichtsloser Boss meinen Mann schon bitten? Bestimmt nichts, was mir gefiel. „Was wollte Nassir denn von dir?"

Titus streichelte meinen Bauch, und ich fragte mich, ob er wohl darüber nachdachte, was unvermeidlich passieren würde, wenn wir weiterhin hemmungslos ungeschützten Sex hatten. Dann merkte ich, dass er unsichtbare Herzen auf meine Haut zeichnete, und zitterte ein wenig vor Glück. „Er hat mich gefragt, ob ich jemanden für ihn suchen kann."

Ich legte meine Hand auf seine und flüsterte: „Keelyn?"

Titus brummte bestätigend. „Ja. Ich habe abgelehnt."

Eine unglaubliche Welle der Erleichterung überrollte mich. „Warum?"

„Weil er sie mit oder ohne meine Hilfe finden wird, und dann kommt sie ohnehin wieder, das wissen wir doch beide. Sie ist deine Freundin ... oder so was Ähnliches jedenfalls. Daher wollte ich keinen Anteil daran haben, sie nach The Point zurückzubringen, wenn sie die Chance hat, es irgendwo anders zu schaffen. Nassir hat das kapiert, aber ist dann schnurstracks zu Stark gefahren. Der Typ findet binnen zwei Minuten raus, wo sie ist. Vor allem, da wir ja bereits wissen, dass sie sich irgendwo in Denver aufhält."

Ich seufzte. „Nassir hat seinen neuen Club Lock and Key genannt. Das kann kein Zufall sein." Noch war das Lokal nicht eröffnet, aber die Gerüchte überschlugen sich, und die ganze Stadt wartete voll freudiger Erregung, was der Prinz der Sünde und der Finsternis ihren Bewohnern zu bieten hatte.

„Nein, wohl kaum. Liebe kann in The Point wirklich merkwürdige Züge annehmen. Wenn man nicht sehr genau hinschaut, verpasst man sie vielleicht, weil sie so gar nicht nach Liebe aussieht."

Ich drehte den Kopf, damit ich Titus küssen konnte. „Dann bin ich echt froh, dass Ihnen nicht allzu viel entgeht, Detective."

Er küsste mich ebenfalls. „Und ich bin froh, dass du um das kämpfst, was du für richtig hältst, Reeve."

Das brauchte man, wenn man in The Point nicht nur überleben, sondern ein gutes Leben haben wollte.

Liebe und Kampfgeist.

Ein Glück, dass wir von beidem reichlich hatten.

– ENDE –

Danksagung

Ganz ehrlich: Mein größter Dank auf der ganzen Welt gilt allen, die es bis an diesen Punkt in The Point (Achtung, Wortspiel) geschafft haben. Ich kann gar nicht sagen, wie dankbar ich euch bin und wie sehr ich es zu schätzen weiß, dass ihr bereit wart, etwas Neues auszuprobieren, dass ihr mir durch all diese neuen Welten gefolgt seid, dass ihr willens wart, mich alle möglichen Arten von Geschichten erzählen zu lassen, dass ihr eure Zeit und euer Vertrauen in diese intensiven, komplizierten, wilden Figuren investiert habt. Ihr seid Leser und Buchliebhaber nach meinem Herzen. Ich vergöttere euch dafür, dass ihr es gewagt habt, euch auf etwas so anderes einzulassen, und kann nur hoffen, dass ich euch nicht enttäuscht habe. Ich hoffe immer, dass die Belohnung das Risiko wert ist, denn wie die meisten meiner Leser wissen, beruht meine gesamte Karriere darauf, dass ich Risiken eingehe und Neues ausprobiere. Aber so sehr aufs Ganze gegangen wie mit The Point bin ich selten, und vielleicht ist das der Grund, warum ich beim Schreiben dieser Bücher mehr Spaß habe, als einer einzelnen Person eigentlich zusteht.

Ich habe so viele Ideen, und durch meinen Kopf jagen so viele Geschichten, dass ich, wenn es euch nicht gäbe, vermutlich einfach explodieren würde. Kreativität ist eine hungrige Bestie, und man braucht mehr als eine Sorte Futter, um sie zu befriedigen. Daher nochmals danke für die Unterstützung, die Liebe und die Begleitung auf dieser Reise. Danke, dass ihr so mutig seid. ☺ Ohne euch gäbe es weder mich noch diese großartigen Figuren, denn ihr allein gebt mir die Gelegenheit, sie zum Leben zu erwecken. Meine Leser sind mein Ein und Alles … daran dürft ihr nie zweifeln.

Danke, Blogger, für alles, was ihr tut. Danke, dass ihr für das Lesen werbt. Danke, dass ihr Bücher liebt und diese Liebe mit dem Rest der Welt teilt. Danke, dass ihr so fleißig seid und so selbstlos. Danke für eure Aufrichtigkeit. Danke, dass ihr echt seid.

Wie immer wäre der heiße Polizist ohne meine Lektorin Amanda nicht so großartig geraten, und er würde da draußen in der Welt nicht so geliebt werden, wenn ihn nicht mein Superteam bei HarperCollins/William Morrow unterstützen würde. Jessie, Molly, Caro, Elle … ihr Mädchen macht die große böse Welt des Buchmarkts ein bisschen weniger beängstigend und gebt mir immer das Gefühl, dass ich und die Jungs genau da sind, wo wir sein sollten … auch wenn ich diesmal echt dachte, dass A. versucht, mich unter die Erde zu bringen. „Oh, achtet gar nicht auf Jay, wenn sie sich da hinten in der Ecke in Embryohaltung zusammenkauert, sobald die Korrekturen reinkommen – das gehört einfach dazu.“ Aber ernsthaft, danke, Team, dafür, dass ihr … na ja, mein Team seid!

Ich kann ohne KP Simmon nicht mehr leben! Mehr gibt es dazu nicht zu sagen. Sie ist nicht nur ein PR- und Marketing-Genie, sondern auch eine wunderbare Freundin, ein netter Mensch, eine tolle Betreuerin und eine feste Größe in der Branche. Mit einer Dosis KP ist das Leben, ob beruflich oder persönlich, einfach immer etwas süßer.

Stacey Donaghy, dir danke ich dafür, dass du mir stets ein leuchtendes Vorbild bist und selbst bei meinen verrücktesten Ideen mithalten kannst. Ich weiß, dass das an manchen Tagen eine ziemliche Zumutung sein kann, aber du schaffst es doch immer, dich mitreißen zu lassen und gleichzeitig darauf zu achten, dass ich nicht zu weit gehe. Und das ist wirklich kein Kinderspiel.

Melissa Shank und der Rest des Shank-Teams, danke, dass ihr so wundervoll, liebenswert und stark seid. Danke, dass ihr meine Familie seid und so viel Liebe und Leben in euch habt. Ich bin überglücklich, dass ihr zu meinem Leben gehört. Mel, du weißt, dass ich ohne dich nicht mal mit der Hälfte von dem Chaos, das ich veranstalte, klarkäme. Vielen, vielen Dank, dass du dich um alles kümmerst, ohne dass ich erst fragen muss. Du bist die Beste, und ich werde dich bis in alle Ewigkeit mit Bergen von Liebe und Dankbarkeit überhäufen.

Vilma Gonzalez, Denise Tung und Heather Self – danke, dass ihr meine Mädchen seid! Danke, dass ihr endlose SMS und E-Mails über euch ergehen lasst. Danke, dass ihr all die Milliarden Bücher lest, die ich schreibe, und mir eure ungeschminkte, ehrliche Meinung sagt. Danke, dass ihr dafür sorgt, dass ich immer besser werde in dem, was ich tue. Danke, dass ihr so großartige, starke, lustige, reizende Frauen seid, die jeden Tag ein bisschen schöner machen. Ha, und danke, dass ich euch reihenweise heiße Typen schicken darf, während ich nach einem Motiv fürs Titelbild suche ... ja, ja ... es ist manchmal schon ein hartes Schicksal, meine Freundin zu sein. ☺ Ich liebe euch, Ladys, und ich hasse es wirklich, dass ihr so weit von mir entfernt lebt ...

Und ihr, all meine Buch-Menschen – Jen, Jen Mc, Jenn, J4, Tiffany, Cora, EK, Emma, Kristen, Jamie, Kimberly, Laurelin, Sophie, Monica, Tucker, Amy, Tijan, Lo, Karina, Chelsea, Crystal, Carolyn, Ali, Debbie, Denise, Renee, Stephanie, Damaris, Courtney, Christine, Danielle, Teri ... ihr seid so grandios, und ich möchte euch alle auf einmal umarmen und mit meiner Liebe ersticken.

Jeder, der mir in den sozialen Medien folgt oder mich schon mal bei einer Lesung getroffen hat, weiß, dass immer die Möglichkeit besteht, dass meine Leute sich dort blicken lassen. Ich liebe meine Familie und bin mit Eltern gesegnet, die wirklich alles für mich sind. Meine Mom war immer meine beste Freundin, und mein Dad ist von jeher der coolste Typ, den ich je kannte. Es gehört zu den größten Freuden, die das Schreiben in mein Leben gebracht hat, dass ich die ganze Aufregung und die Erfüllung meiner Träume mit ihnen teilen kann. Also, vielen Dank, Mom und Dad, dass ihr da seid, um das alles zu sehen, und vielen,

vielen Dank, dass ihr mich auf der Reise hierhin begleitet habt. Danke, dass ihr mir immer ein Bud Light bringt, damit ich nicht verdurste. Oh, und danke, dass ihr eine so vergnügliche Gesellschaft seid – die Leute bei den Signierstunden würden lieber mit euch beiden rumhängen als mit mir!

Natürlich geht wieder ein Riesen-Liebesgruß an mein Rudel (es ist die tollste Sache der Welt, zu meiner felltragenden Familie nach Hause zu kommen) und an den Mann, der sich für mich um die Kerlchen kümmert, wenn ich unterwegs bin. Danke, dass du so cool bist, Mike Maley! Und ich meine das ernst mit der Einladung zum Renaissance-Festival in diesem Jahr!

Wie immer bin ich leicht zu finden, wenn ihr mir was zurufen wollt und ich zurückrufen soll:
https://www.facebook.com/jay.crownover
https://www.facebook.com/AuthorJayCrownover?ref=hl@
jaycrownover auf Twitter
www.jaycrownover.com
http://jaycrownover.blogspot.com/
https://www.goodreads.com/Crownover
http://www.donaghyliterary.com/jay-crownover.html
http://www.avonromance.com/author/jay-crownover

Lesen Sie auch von Jay Crownover:

Band-Nr. 25887
9,99 € (D)
ISBN: 978-3-95649-250-1
320 Seiten
Auch als eBook erhältlich!

Jay Crownover
The Point: Entfesselte Sehnsucht

Willkommen in The Point – der Stadt der Außenseiter, der Gesetzlosen, der gebrochenen Herzen. Düster und gefährlich: Shane Baxter ist ein echter Bad Boy, dem Gewalt nicht fremd ist. Eine falsche Entscheidung zu viel brachte ihm fünf Jahre Gefängnis ein. Jetzt ist er wieder frei und will herausfinden, wer ihn verraten hat – um jeden Preis. Doch eine unschuldige Rothaarige stellt sich ihm in den Weg …
Dovie kennt das Leben auf der falschen Seite des Gesetzes. Aber sie hat eine andere Wahl getroffen und versucht, sich an die Spielregeln zu halten. Jetzt ist ihr Bruder verschwunden – und nur Baxter kann ihr helfen, ihn zu finden. Doch der Exhäftling macht ihr Angst. Denn er weckt Gefühle, die es in ihren dunkelsten Fantasien nicht gab ...

Band-Nr. 25973
9,99 € (D)
ISBN: 978-3-95649-603-5
320 Seiten
Auch als eBook erhältlich!

Sidney Halston
Hot Fighters: Kampf um dein Herz

Die letzte Beziehung hat tiefe Narben auf Jessicas Seele hinterlassen. Kann sie ihr Herz schon wieder für jemanden öffnen? Doch in dem heißen Cage-Fighter Slade Martin hat sie einen Mann gefunden, der sich liebevoll um sie kümmert. Ist Slade der Richtige für sie? Zwar hat er nur Augen für sie – aber um den Rest seines durchtrainierten Körpers scheinen sich sämtliche Frauen Floridas zu reißen …

Deutsche Erstveröffentlichung

Band-Nr. 25957

9,99 € (D)

ISBN: 978-3-95649-614-1

320 Seiten

Auch als eBook erhältlich!

Lauren Dane

Soundtrack unserer Sehnsucht

Egal, wie viele Groupies er hatte, wie heiß die Partys mit ihnen waren – Rockstar Vaughan Hurley hat nie die einzige Frau vergessen, die er wirklich geliebt hat: Kelly, seine Exfrau. Trotzdem hat er nie seinen verdammten Stolz überwunden, um sie zurückzugewinnen. Doch jetzt läuft ihm die Zeit davon, denn Kelly will wieder heiraten. Und Vaughan hat nur eine Chance, das zu verhindern: Er muss sie an den wilden Takt ihrer Leidenschaft erinnern …